Der erste Fall für das deutsch-österreichische Ermittlerteam Alexa Jahn und Bernhard Krammer

Gleich an ihrem ersten Tag bei der Kripo Weilheim wird Oberkommissarin Alexa Jahn zu einem Fall hinzugezogen, bei dem sich den Ermittlern ein schreckliches Bild bietet: Am Brauneck in Lenggries hängt an einer Felswand eine leblose Frau, dem Oberkörper der Toten wurden Beine aus Stroh angenäht. Kurz darauf tauchen weitere Leichenteile am Achensee in Tirol auf. Wie es scheint, hat der Täter die Leiche auf zwei Länder verteilt. Doch weshalb?

Alexa Jahn sieht sich mehr Fragen als Antworten gegenüber, und der Druck auf die junge und engagierte Oberkommissarin wächst, als ihr die Leitung der Ermittlung übertragen wird. Sie könnte jede Unterstützung gebrauchen, doch Fehlanzeige. Ihr direkter Kollege Florian Huber sieht sie als Konkurrentin, und der erfahrene Chefinspektor auf österreichischer Seite, Bernhard Krammer, macht lieber sein eigenes Ding. Derweil verfolgt der Täter weiter seinen perfiden Plan …

»Ein fulminanter Reihenauftakt, den man nicht verpassen sollte – fesselnd, nicht aus der Hand zu legen.«
Ursula Poznanski

Weitere Informationen finden Sie unter www.fischerverlage.de

Anna Schneider

GRENZ
FALL

Der Tod
in ihren
Augen

Kriminalroman

FISCHER Taschenbuch

Aus Verantwortung für die Umwelt hat sich der S. Fischer Verlag zu einer nachhaltigen Buchproduktion verpflichtet. Der bewusste Umgang mit unseren Ressourcen, der Schutz unseres Klimas und der Natur gehören zu unseren obersten Unternehmenszielen.

Gemeinsam mit unseren Partnern und Lieferanten setzen wir uns für eine klimaneutrale Buchproduktion ein, die den Erwerb von Klimazertifikaten zur Kompensation des CO_2-Ausstoßes einschließt.

Weitere Informationen finden Sie unter: www.klimaneutralerverlag.de

3. Auflage: Februar 2021

Originalausgabe
Erschienen bei FISCHER Taschenbuch
Frankfurt am Main, Februar 2021

Redaktion: Carlos Westerkamp

© 2021 S. Fischer Verlag GmbH, Hedderichstr. 114,
D-60596 Frankfurt am Main

Satz: Fotosatz Amann, Memmingen
Druck und Bindung: CPI books GmbH, Leck
Printed in Germany
ISBN 978-3-596-70050-9

Für Tom,
den tapferen
Kämpfer.

PROLOG

Mit wenigen Handgriffen saß das Werkzeug perfekt, nur ein leises, metallisches Klicken war zu hören, als sich das Türschloss öffnete. Kichernd drängelte sich das Mädchen in das Innere des Hauses.

»Sei leise, bitte!«, ermahnte sie der Junge, der eilig sein Lockpicking-Set in seiner Gürteltasche verstaute, noch einmal prüfend nach rechts und links schaute und sich dann ebenfalls in den Flur schob.

Es war kühl, und ihre Schritte hallten auf dem steinernen Fliesenboden. Er folgte den nassen Spuren, die sie hinterlassen hatte.

»Zieh die Schuhe aus«, zischte er leise. »Da wird doch alles dreckig.«

»Ach, hab dich nicht so«, lachte sie und lugte hinter einer Tür am anderen Ende des Flurs hervor. »Das trocknet doch, bis die zurück sind. Mach schon!«

Er streifte die Schuhe ab und beeilte sich, zu ihr zu kommen. Das Wohnzimmer war riesig, und durch die bodentiefen Fenster drang genug Licht ins Innere, um sich umschauen zu können. Ein glänzender schwarzer Flügel mit Familienfotos darauf nahm die eine Seite des Raumes ein. In der anderen, direkt vor der Fensterfront, stand ein beigefarbenes Ecksofa, von dem man sowohl auf den Kamin als auch auf einen Flachbildschirm schauen konnte, der die halbe Wand bedeckte. Er inspizierte die Fenster und alle Regale, während seine Freundin sich auf die Couch warf.

»Wo bleibst du denn so lange?«, gurrte sie und kickte ihre Sneakers von den Füßen. Auf dem hochflorigen Teppich erzeugten sie kaum ein Geräusch.

»Ich muss erst schauen, ob hier irgendwo eine Kamera ist.«

»Meinst du, die wollen uns zugucken?«, fragte sie übermütig, zog ihren Pullover aus und rekelte sich über der Couchlehne.

Sein Herz schlug wie wild, und seine Lippen wurden schlagartig trocken, als er sie dort in ihrem roten Spitzen-BH liegen sah. Aber er musste zuerst sicherstellen, dass sie bei ihrem Date keine böse Überraschung erleben würden. Vorher könnte er sich ohnehin nicht entspannen.

Wieder kicherte sie nur und hüpfte dann von der Couch. »Warst du eigentlich schon einmal in diesem Haus?«, fragte sie, schlich sich von hinten an ihn heran und umschloss seine Hüfte mit den Armen. Er roch den Duft ihres Parfums, spürte die Wärme ihres Körpers, der sich nun sanft an seinen Rücken schmiegte.

»Wie kommst du denn darauf?« Er schüttelte den Kopf. »Dann müsste ich ja wohl kaum abchecken, ob die irgendwas zur Überwachung installiert haben, oder?«

»Stimmt auch wieder«, sagte sie, ließ von ihm ab und lief hinüber in die Kochecke. »Ich wollte nur wissen, ob du schon vor mir mit einem Mädchen hier warst. Aber wenn das so ist ... dann besorge ich uns schon mal was zu trinken.«

»Das geht nicht!«, rief er ihr nach. »Das würden die Besitzer doch sofort merken! Wir müssen alles genau so hinterlassen, wie wir es vorgefunden haben. Am besten machen wir ein Foto. Außerdem geht diese Seite zur Straße raus. Komm besser wieder her, bevor dich jemand am Fenster sieht.«

»Seit wann bist du denn so ein Spießer? Lass mich wenigstens mal schauen. Ich passe schon auf, bin ja schließlich nicht blöd.« Mit einem breiten Grinsen öffnete sie die Tür des Kühlschranks. Bevor er etwas einwenden konnte, wurde ihr Gesicht von der Beleuchtung aus dem Inneren erhellt. Sofort war ihm klar, dass etwas ganz und gar nicht stimmte. Sie stand da wie erstarrt, das Lächeln war aus ihren Zügen verschwunden, die Augen weit aufgerissen. Ihr Mund klappte auf und zu, aber sie brachte keinen Ton heraus.

Als er fast bei ihr war, um selber nachzusehen, was ihren Blick so in den Bann zog, machte sie einen Satz zur Seite und übergab sich schwallartig in das Spülbecken. Sie röchelte, immer wieder hob sich ihr Magen.

Obwohl er jetzt gewappnet war, dass etwas Widerliches in dem Kühlschrank sein musste, hatte er absolut nicht mit dem Anblick gerechnet, der sich ihm darbot: Auf einem Suppenteller direkt in Augenhöhe stand ein Klumpen Fleisch. Den oberen Rand bildeten blutige Fetzen. Er blinzelte, und nur langsam konnte sein Verstand erfassen, dass es sich um einen bleichen Fuß handelte. Den eines Menschen.

Er schlug die Tür zu, lehnte sich dagegen, hielt sich die Hand vor den Mund und japste nach Luft. Seine Gedanken rasten.

Dann rannte er zur Couch, raffte den Pullover und die Schuhe seiner Freundin zusammen, eilte wieder zu ihr zurück, vermied es dabei jedoch, noch einmal auf den Kühlschrank zu schauen. Sie keuchte und zitterte noch immer am ganzen Körper, aber ihr Magen schien sich beruhigt zu haben.

»Geht es wieder?«, fragte er mit rauer Stimme.

Sie nickte. Er reichte ihr die Sachen, und während sie sie ohne ein Wort an sich nahm und hineinschlüpfte, machte er sich daran, die Spüle notdürftig mit Wasser zu säubern.

Dann ergriff er ihre Hand und zog sie in Richtung Ausgang.

»Nichts wie weg hier!«, brachte er noch hervor. Aber das Bild der rot lackierten Zehennägel auf dem weißen Porzellan würde er niemals vergessen.

1.

Laut schreien oder rennen? Mehr Möglichkeiten hatte sie nicht. Schon ertönte der Signalton, der das Schließen der Türen ankündigte. Alexa Jahn legte beherzt einen Sprint ein und erreichte in allerletzter Sekunde die Regionalbahn, die sie nach Weilheim bringen sollte, wo sie an diesem Montag ihre neue Stelle antreten würde. Sie verschnaufte kurz und sah noch einmal auf den Bahnsteig zurück. Ein junger Mann versuchte offenbar dasselbe wie sie, war jedoch viel zu weit vom Zug entfernt, um es zu schaffen. Kurzentschlossen schob sie ihren Koffer zwischen die Türflügel, bevor sie sich schließen konnten. Das eindringliche Gepiepse hielt an, aber nach einer Weile öffneten sie sich wieder.

»Danke! Das ist das erste Mal, dass ich von einer Frau gerettet wurde«, sagte er und lächelte Alexa spitzbübisch an. Der Mann war etwas größer als sie, hatte dichtes dunkelbraunes Haar und blaue Augen. Eine kleine Narbe auf der rechten Wange fiel ihr auf, die aber schon einige Jahre alt war.

»Gern geschehen«, antwortete sie. Noch immer außer Atem von ihrem strammen Lauf zog Alexa nun ihren großen Koffer hinter sich her und steuerte auf den erstbesten freien Sitzplatz zu.

Sie hätte damit rechnen müssen, dass der ICE Verspätung haben würde, immerhin war das keine Ausnahme. Aber es hatte sie schon Mühe gekostet, sich kurz vor vier Uhr aus dem Bett zu schälen, um den Zug von Aschaffenburg nach München zu erreichen. Noch früher wäre sie vermutlich gar nicht wach geworden. Sie seufzte. Zum Glück hatte sie es gerade noch geschafft und würde nicht gleich an ihrem ersten Tag zu spät kommen. Nur auf die Brotzeit, die sie eigentlich am Münchner Hauptbahnhof hatte kaufen wollen, musste sie nun verzichten. Und auf einen Kaffee. Aber das würde sie überleben.

In einer knappen Dreiviertelstunde würde sie schon Weilheim erreichen. Vom Bahnhof waren es fußläufig nur etwa zehn Minuten bis zu ihrer neuen Dienststelle, und sie wäre somit absolut pünktlich.

Alexa zog ihre Jacke aus, wickelte den Schal ab, schob ihn in den Ärmel, legte beides über die Lehne und hob zuletzt mit einem kräftigen Ruck ihren Koffer auf die Ablage über dem Fenster. Zu spät merkte sie, dass der Mann von vorhin dicht hinter ihr stand.

»Jetzt wollte ich mich revanchieren«, sagte er und zuckte die Schultern. »Aber anscheinend komme ich heute immer zu spät.«

Er nickte ihr zu, setzte sich dann in die Bankreihe schräg gegenüber und entnahm seiner abgegriffenen braunen Ledertasche ein paar Unterlagen, in die er sich sofort vertiefte. Von ihrem Platz aus musterte sie ihn noch eine Weile verstohlen. Er war ein paar Jahre älter als sie, ungefähr Mitte dreißig, und hatte eine tiefe Stirnfalte, wenn er las.

Dann schaute sie aus dem Fenster, betrachtete die vorbeiziehenden Gebäude und Landschaften. Je weiter sie sich von der bayerischen Landeshauptstadt entfernten, umso ländlicher wurde die Umgebung. Schon bald konnte sie die ersten

Häuser im typisch alpenländischen Baustil ausmachen, die mit ihrer Holzverkleidung, verzierten Fensterläden und üppig bewachsenen Blumenkästen so ganz anders aussahen als in ihrer Heimatstadt Aschaffenburg. Großartig – so hatten ihre Kollegen und Freunde einhellig ihren Wechsel kommentiert. Sie würde genau da arbeiten und leben, wo andere Urlaub machten. Ihr erster Gedanke war hingegen gewesen: ausgerechnet Oberbayern!

Immer, wenn sie in den Alpen war, fühlte sie sich beklommen und auf eine eigenartige Weise eingeengt. Die Berge, die wilde Natur, aber auch die stille Art der Menschen dort, die das Herz nicht auf der Zunge trugen und teilweise schroff reagierten, hatte Alexa nie für diese Gegend einnehmen können. Außerdem hasste sie Schnee schon seit ihrer Kindheit und konnte einfach nicht begreifen, warum jemand bereit war, ein Vermögen für eine Woche Skiurlaub auszugeben. So hatte sie die große Bergkette, die den Weg in den Urlaub nach Italien verlängerte, bisher nur als Hindernis wahrgenommen.

Aber Respekt vor den Einheimischen ebenso wie vor der Natur zu haben war vielleicht gar keine schlechte Voraussetzung für ihre Arbeit bei der hiesigen Kripo. Und wer wusste schon, wie es wirklich hier im Süden war? Sie kannte die Gegend ja im Grunde nicht und konnte sich kein Urteil darüber erlauben.

In jedem Fall war es eine tolle Chance, die ihr Chef ihr vermittelt hatte. Der Aufstieg zur Kriminaloberkommissarin nach knapp eineinhalb Jahren war absolut nicht üblich. Und vertraulich hatte sie auch erfahren, dass eine weitere Beförderung fast genauso schnell zu erwarten war, wenn sie sich in

Weilheim bewährte. Denn der Leiter dieser Dienststelle war bemüht, die Frauenquote zu heben, und hatte ganz bewusst nach sehr guten weiblichen Nachwuchskräften gesucht, die er nach besten Kräften fördern wollte. Dennoch hatte sie im Grunde ihres Herzens gehofft, weiter da bleiben zu können, wo sie von Beginn an gearbeitet hatte, in ihrem vertrauten Team. Und bei Jan. Seufzend legte sie den Kopf an die Lehne. Der Gedanke an ihn schmerzte immer noch. Sie hatten zusammen die Ausbildung absolviert, und nach einer Weile hatte sie sich in ihn verliebt. Doch er war schon vergeben – deshalb behielt sie ihre Gefühle für sich und konzentrierte sich völlig auf die Arbeit.

Schwergefallen war ihr das nie, doch erst jetzt merkte sie, wie wenig sie im Grunde zurückgelassen hatte. Seit sie nach dem Abitur zum ersten Mal die Dienstuniform angezogen hatte, wusste sie, dass es keinen besseren Arbeitsplatz für sie gab als die Polizei. Damals war die Kleidung noch grün und beige gewesen und nicht so adrett wie die neue dunkelblaue. Dennoch schien sie sich mit der Uniform in eine Person zu verwandeln, die ihre Bestimmung gefunden hatte. Dann war sie genau da, wo sie hingehörte. Dieses Gefühl hatte sie bis heute nicht verloren und eine steile Karriere hingelegt.

Doch sie wollte noch viel weiter, träumte davon, einmal eine Dienststelle zu leiten, wirklich Einfluss zu haben und ein großes Team von erfahrenen Kollegen anzuführen. Und diese Stelle war der beste Weg, ihr Ziel zu erreichen. Mit der Zeit würde sie auch Jan vergessen und sich vielleicht sogar neu verlieben. Jedenfalls hoffte sie das.

Alexa zog ihr Smartphone heraus, kontrollierte, ob die Frisur und ihr dezentes Augen-Make-up in Ordnung waren.

Zufrieden musterte sie ihr Spiegelbild im Display, strich den dunklen Pony seitlich aus der Stirn, die andere Strähne schob sie hinter das Ohr. Perfekt. Schließlich gab es nur eine Möglichkeit für den ersten Eindruck. Alexa mochte ihr Äußeres, auch wenn ihre Nase leicht schief und ein bisschen zu groß war. Ihre Hüften waren ebenfalls etwas zu breit geraten. Aber mit diesen winzigen Fehlern hatte sie längst ihren Frieden gemacht.

Sie wollte gerade ihr Smartphone in der Handtasche verstauen, als sie bemerkte, dass jemand sie ansah. Der Mann, den sie »gerettet« hatte, beobachtete sie völlig ungeniert und grinste sie breit an.

Rasch schaute sie weg, rief eine andere App auf und lenkte sich mit der Notiz ab, in der sie die wichtigsten Namen ihrer neuen Kollegen aufgelistet hatte, um sie sich noch einmal genau einzuprägen. Wenn sie gut vorbereitet war, hatte sie auch ihre Nervosität im Griff. Und ihr Gegenüber würde schon wieder aufhören, sie anzustarren, wenn sie ihn konsequent ignorierte.

Wenig später hatte Alexa Weilheim erreicht und hielt gespannt auf die Eingangstür des dreistöckigen Gebäudes zu, in dem die Kriminalinspektion untergebracht war. Ihr Rollkoffer ratterte laut auf dem Pflaster des Weges. Die Luft war kühl, aber die Sonne zeigte sich schon am blauen Himmel. Es würde ein schöner Tag werden.

Tief sog sie die klare Luft ein, als die Tür von innen aufgeschoben wurde und zwei Männer aus dem Gebäude traten. Der erste war klein und untersetzt, und um seine Halbglatze verlief ein dunkler Haarkranz. Seine Gesichtszüge waren ernst, aber tief eingegrabene Lachfalten zeigten, dass er Humor besaß. Der blaue Mantel wie auch der Anzug, den er zu einem weißen Hemd ohne Krawatte trug, waren schon älter und an manchen Stellen ausgebeult. Alexa schätzte ihn auf ungefähr sechzig. Der Jüngere überragte ihn um eine Kopflänge, war sportlich in Jeans, Trekkingschuhen und einer dünnen Daunenjacke gekleidet. Seine blonden Haare umrahmten ein sonnengebräuntes Gesicht mit den typischen hellen Augenrändern eines Skifahrers. Er musterte Alexa prüfend, als sie lächelnd auf die Männer zuhielt.

»Frau Jahn!«, rief der Kleinere, dessen Gesichtszüge sofort freundlich und entspannter wirkten. »Wir wollten gerade zum Bahnhof fahren, um Sie abzuholen. Wir sind zu einem Einsatz gerufen worden. Ein Vermisstenfall am Brauneck. Wir dachten, wir nehmen Sie gleich mit und zeigen Ihnen dabei ein wenig die Gegend. Ich hoffe, Sie haben nichts dagegen.«

Alexa streckte ihm die Hand entgegen. »Einsätze sind mir zu jeder Zeit willkommen, Herr Brandl.« Ihr neuer Chef hatte einen angenehm festen Händedruck und war genauso groß wie sie selbst – und ihr noch sympathischer als schon zuvor bei der Videokonferenz, über die sie das Einstellungsgespräch geführt hatten.

Dann wandte sie sich zu dem anderen Mann. Er ergriff ebenfalls ihre Hand, nickte ihr zu, doch sein Händedruck war kurz und flüchtig. Das musste ihr Kollege Florian Huber sein, deshalb begrüßte sie ihn gleich mit Namen, was er mit einer hochgezogenen Augenbraue quittierte. Huber war etwas älter als sie selbst, schon immer in Weilheim eingesetzt und im selben Rang wie sie. Er machte sich vermutlich Hoffnungen auf eine baldige Beförderung zum Hauptkommissar. Und wie sie befürchtet hatte, sah er sie als nicht ganz so willkommene Konkurrenz, denn im Gegensatz zu ihrem Vorgesetzten lächelte er nicht.

»Nehmen wir meinen Koffer mit oder soll ich ihn rasch in den Flur stellen?«, fragte sie deshalb, um nicht kompliziert zu erscheinen.

»Den bringt der Florian schnell für Sie rein.« Ludwig Brandl nickte dem Kollegen zu, der ohne Zögern den Koffer ergriff. »Wollen Sie sich noch frisch machen, bevor wir aufbrechen? Wir fahren eine Weile, bis wir in Lenggries ankommen.«

Alexa schüttelte den Kopf. Nun war sie froh, dass sie keinen Kaffee getrunken hatte und nicht mehr zur Toilette musste. Sie war sofort einsatzbereit. »Nicht nötig. Von mir aus können wir gleich los! Nach wem wird denn gesucht?«

»Das wissen wir noch nicht. Es ist ein Rucksack gefunden worden, aber darin war nichts enthalten, was einen Hinweis auf den Besitzer geliefert hätte.«

Während sie auf einen silbernen Audi A6 Kombi zuhielten, hatte Huber sie schon eingeholt. Alexa, die zwar um einiges kleiner war als ihr Kollege und kein Problem damit hatte, hinten zu sitzen, war dennoch gespannt, ob er ihr den Beifahrersitz anbieten würde oder nicht. Aber er war der Fahrer, deshalb stellte sich die Frage nicht. Noch nicht.

Brandl hielt ihr galant die Tür auf der rechten Seite auf, ganz ein Mann der alten Schule, doch Alexa winkte bloß lächelnd ab und deutete auf die Rückbank.

»Ich sitze gerne hinten und rücke einfach in die Mitte, dann können Sie beide mir berichten, was ich sonst noch wissen muss. Ließ sich denn feststellen, ob der Rucksack schon länger dort war? Vielleicht hat ihn nur jemand vergessen.«

»Das Sonderbare ist, dass der Rucksack direkt neben einem Wanderweg stand«, meldete sich jetzt Florian Huber zu Wort, während er den Motor startete. »Nicht etwas abseits bei einer Bank oder einer Gelegenheit, die man zum Ausruhen hätte nutzen können. Die Wanderer, die den Fund angezeigt haben, konnten ihn schon aus der Entfernung sehen. Sie haben mehrmals gerufen, und als niemand erschien, verständigten sie die Bergwacht. Das Gebiet dort ist sehr schroff, und viele unterschätzen die Wege.«

Er musterte sie im Rückspiegel, und mit einem Mal erinnerte sie sich an ihr Schuhwerk. Zwar trug sie Sneakers, aber für Bergwanderungen waren die nicht wirklich geeignet. Sie ärgerte sich, dass sie nicht gefragt hatte, was mit dem Brauneck gemeint war, denn ihre Trekkingschuhe standen jetzt in der Dienststelle. Das hatte sie nun von ihrem Arbeitseifer.

»Das ist wirklich seltsam. Aber könnte er nicht einfach dem- oder derjenigen zu schwer geworden sein?«, fragte sie nach und überspielte ihre kurze Verunsicherung.

»Möglich«, antwortete Huber. »Wir fahren ja gerade hin, um uns ein detailliertes Bild zu machen. Die Bergwacht ist schon vor Ort, eine Hundestaffel ist auch unterwegs und trifft wahrscheinlich mit uns zusammen dort ein. Bis die Sonne heute Abend untergeht, müssen wir versuchen, den Besitzer zu finden. In der Nacht sollen Wolken aufziehen, und es wird wieder empfindlich kalt werden. Es könnte sogar noch einmal schneien, wenn wir Pech haben.«

Alexa nickte nachdenklich. Gerade als sie über die nächste

Kuppe fuhren, lichtete sich der Wald, und am Horizont erschien das Panorama der Voralpen, auf deren Gipfeln noch Schnee lag.

Sie lehnte sich in ihrem Sitz zurück und fragte sich, was dort oben geschehen sein konnte. Ein Unfall vielleicht. Oder jemand hatte sich verlaufen. Aber in beiden Fällen würde man wohl kaum seinen Rucksack am Wegesrand zurücklassen.

Sie musterte das mächtige Bergmassiv, das vor ihr lag, die grauen, steinigen Wände, ohne jedes Grün, ohne Spuren von Leben. Sofort stieg ein mulmiges Gefühl in ihr auf.

2.

Eine Schar von Menschen tummelte sich auf dem Weg direkt unterhalb des Waldsaumes, über dem steil der Berg aufragte. Auch auf dem Gipfel des Braunecks lag noch Schnee, dichte Nebelschwaden stiegen aus den Tannen auf und nahmen der Sonne ihr Licht. Alexa erkannte Kollegen von der Polizei sowie mehrere Menschen in farbenfroher Kleidung und ausgestattet mit Helmen, die von der Bergwacht sein mussten.

Florian Huber war ihr und Brandl ein Stück voraus. Ihre Sorge wegen des Schuhwerks hatte sich als unbegründet erwiesen, denn ihr Chef schnaufte schon nach der kurzen Wegstrecke, die sie vom Parkplatz aus zurückgelegt hatten, so dass sie sich entschied, in seinem Tempo zu bleiben. Wie ihr schien, hatte er ein Problem mit der Hüfte oder dem Knie. Sie hielt sich dicht an seiner Seite, um ihm beizustehen, falls er nicht mehr konnte – und auch, um ihm die Möglichkeit zu geben, sie allen Beteiligten vorzustellen.

Endlich sah sie zwischen den vielen Leuten den Rucksack, der die Suche ausgelöst hatte, und fragte sich plötzlich, warum sie eigentlich mit drei Kriminalbeamten ausgerückt waren, obwohl kein Hinweis auf ein Verbrechen vorlag. Im Grunde hätte die Bergwacht diese Suche auch alleine übernehmen können. Aber sie kannte sich mit den hiesigen Abläufen und Gepflogenheiten natürlich nicht aus. Womöglich hatte Brandl auch nur deshalb seine Hilfe angeboten, weil es eine gute Gelegenheit war, sie mit den Kollegen und dem künftigen Einsatzgebiet bekannt zu machen.

Ein Mann in roter Fleecejacke trat aus der Menge hervor und kam ihnen ein paar Meter entgegen. Wie Brandl sie wissen ließ, handelte es sich um Tobias Gerg, den Leiter der Bergwacht von Lenggries. Die Kollegen in Uniform kamen von der Polizeiinspektion in Bad Tölz, ein hübsches Städtchen direkt an der Isar, das sie auf der Fahrt passiert hatten.

»Servus, Tobi. Ich möchte dir unsere neue Mitarbeiterin Alexa Jahn vorstellen. Sie hat heute ihren ersten Tag.« An Alexa gewandt fuhr er fort: »Der Tobi ist einer unserer besten Leute hier. Er kennt sich aus wie kein anderer. Du bist schon wie lange bei der Bergwacht?«

»Ach, das interessiert doch niemanden, Ludwig.«

Der schlanke, drahtige Mann mit dem graumelierten Kurzhaarschnitt nickte Alexa zu und hob zum Gruß die Hand. Das war ihr auf Anhieb sympathisch. Er wirkte wie jemand, der nicht viele Worte machte, doch wenn er etwas sagte, dann hatte es Relevanz.

»Er tut immer so bescheiden, aber die Bergwacht hier hat ungefähr dreihundert Einsätze pro Jahr«, klärte Brandl sie auf.

Alexa zog die Augenbrauen hoch. »Passiert hier wirklich so viel? Das hätte ich nicht gedacht.« Tatsächlich wirkte das Gelände auf den ersten Blick nicht so problematisch. Und da es sich nur um die Voralpen handelte, hätte sie nie mit einer derart hohen Zahl gerechnet, denn das hieß, dass die Helfer fast täglich angefordert wurden.

»Es könnten weit weniger sein, wenn die Menschen etwas

vorsichtiger wären, gute Ausrüstung hätten und vor allem besser auf das Wetter achten würden. Immer wieder werden Wanderer oder Skiläufer von sich ändernden Bedingungen überrascht – obwohl die Vorhersagen mittlerweile schon sehr gut sind. Oder sie rutschen ab, weil sie kein trittfestes Schuhwerk haben.«

Nicht nur Alexa dachte bei diesen Worten sofort an ihre eigene Bekleidung. Auch Huber musterte ihre Sneakers mit einem amüsierten Grinsen. Aber sie würde sich nichts anmerken lassen, wie auch immer sie mit den Schuhen klarkam.

»Habt ihr denn inzwischen irgendetwas Neues in der Sache herausgefunden?«, fragte ihr Chef nach.

»Nein. Wir wissen nicht, wem der Rucksack gehört. Kein Handy, kein Ausweis, kein Hinweis auf einen Namen. Die Wanderer haben ihn heute in der Früh entdeckt, aber vom Besitzer gibt es keine Spur.«

»Also stammt er von jemandem, der gestern vielleicht zu spät den Abstieg gemacht hat oder ganz früh am Morgen nach oben wollte und ihn nach einer Rast einfach vergessen hat«, resümierte Brandl.

»Oder derjenige hat sich verlaufen. Ist einem Tier hinterher, in der Hoffnung auf ein tolles Foto oder so einen Schmarrn.« Gerg verzog den Mund. »Wir steigen jetzt am besten weiter hinauf, denn hier unten haben wir schon alles abgesucht. Würde Schnee liegen, könnten wir einfach den Spuren folgen, aber der- oder diejenige könnte im Grunde überall sein. Bleibt zu hoffen, dass die Hunde uns gleich auf die richtige Spur bringen.«

Da sie offenbar noch Zeit hatten, ging Alexa zu dem Rucksack. Sie zog ein Paar Gummihandschuhe aus ihrer Handtasche, die sie noch immer bei sich trug, und hockte sich hin, um ihn näher zu inspizieren.

Er war weinrot, von einer einschlägigen Marke. Dunkle Spuren an der Rückseite und an den Trägern wiesen auf eine häufige Nutzung hin. Damit handelte es sich bei der vermissten Person jedenfalls nicht um einen Hobbysportler, der zum ersten Mal unterwegs war.

Sie hob die Lasche an und leuchtete mit ihrem Smartphone hinein. Im Inneren sah sie einen Schal und eine Trinkflasche aus Metall, die ebenfalls Kratzer aufwies. Auf dem Deckel hatten mal Initialen gestanden, aber die Überreste waren kaum zu entziffern. Der erste Buchstabe könnte vielleicht ein B sein, bei dem zweiten hatte sie nicht einmal eine Vermutung. Möglicherweise würde die Spurensicherung mehr dazu sagen können. Es lag auch eine Karte darin. Sie zog sie ein Stück heraus und betrachtete sie genauer. Das Papier war an den Kanten schon brüchig, und die Farben ließen an der Falz nach, aber es war offenbar keine Route eingezeichnet, nichts, was ihnen bei der Suche geholfen hätte. Sie schob sie zurück, fand dann noch diverse Energieriegel, Seile, Handschuhe, Steigeisen und einen faltbaren Wanderstock. Ein Profi, daran hatte sie nun keinen Zweifel mehr. Vermutlich trafen dann all die Dinge, die Tobias Gerg zuvor gesagt hatte, nicht auf die Person zu, die sie suchten.

»Darf ich?«, fragte sie und bemerkte erst jetzt, dass die Männer ihr Tun interessiert beobachteten.

Ihr Chef nickte ihr zu. Ihr erster Verdacht bestätigte sich, als sie die Handschuhe herausnahm und sie zum Vergleich auf ihre eigene Hand legte: Sie suchten nach einem Jugendlichen oder nach einer Frau.

In diesem Moment trafen die Kollegen von der Hundestaffel ein. Alexa hielt die Handschuhe für den Mann und die Frau bereit, die ihre Hunde an der kurzen Leine dicht bei sich führten. Der darin haftende Schweißgeruch war ideal, um die Tiere Witterung aufnehmen zu lassen.

»Kommt doch mal alle zusammen«, rief nun Ludwig Brandl. »Weil das Wetter schlechter werden soll, schlage ich vor, wir teilen uns in zwei Gruppen auf. Jeweils einer von unserer Einheit und je zwei von der Bergwacht gehen mit jedem Hund mit. Die beiden Gruppen brechen in einem knappen zeitlichen Abstand nacheinander auf. Der Suchtrupp sollte aber nicht zu groß sein, denn falls die vermisste Person einen Unfall hatte und gestürzt ist, müssen wir eventuell in unwegsames Gelände.« Dann wandte er sich an die Streifenpolizisten. »Ihr kennt die Leute hier im Ort am besten. Fragt doch bitte in allen Pensionen und Gasthäusern nach, ob dort jemand abgängig ist. Es scheint sich ja um eine Einzelperson zu handeln.«

»Nach der Größe der Handschuhe zu urteilen, könnte es eine Frau sein. Oder ein Jugendlicher«, warf Alexa spontan ein und hielt die Handschuhe hoch.

Brandl nickte. »Ihr habt sie gehört. Noch irgendwelche Fragen?« Er sah in die Runde. »In Ordnung, dann weiß jetzt jeder, was er zu tun hat. Die Bergwacht hat Handfunkgeräte dabei, damit bleiben wir in Kontakt.«

»Wird der Aufstieg schwierig sein?«, fragte Alexa Tobi Gerg, der seinen Sanitätsrucksack schulterte.

»Für jemanden, der geübt ist, sicher nicht«, murmelte Florian Huber. Aber nicht leise genug, dass Alexa es nicht gehört hätte.

»Es kommt darauf an, welche Strecke wir gehen müssen. Das Gipfelkreuz ist auf 1555 Meter. Querfeldein kann es schon schwierig werden. Generell sind die Wege hier aber nur mittelschwer, wenn man trittsicher und schwindelfrei ist. Die achthundert Höhenmeter können allerdings schon eine Herausforderung sein.«

Tobi Gerg schlug Brandl bei diesen Worten leicht auf die Schulter. Er hatte offenbar dasselbe gedacht wie Alexa. Sie hoffte, für ihren Chef würde das Ganze nicht zu anstrengend werden.

»Du machst dir ja wohl keine Sorgen um mich, oder?«, lachte der nur und meinte dann: »Die Strecke gehe ich noch immer mit links.«

Alexa reichte nun dem Hundeführer die Handschuhe.

Der Mann murmelte ein paar kurze Kommandos. Seine braune Schweißhündin, die offenbar zu einem Mantrailer ausgebildet war, hatte den Namen Bolha. Mit geweiteten Nasenflügeln nahm das Tier den Geruch auf, schnüffelte immer wieder an dem Stoff, dann hielt es die Schnauze in die Luft. Anschließend gab ihr Führer Alexa die Handschuhe zurück, ließ die Leine lang und konzentrierte sich ganz auf seine Hündin.

Sie hielt den Duftträger nun der anderen Führerin hin, doch die winkte ab. Alexa vermutete deshalb, dass es sich bei diesem Tier um einen Flächensuchhund handelte, der keiner speziellen Fährte folgte, sondern dazu ausgebildet war, Verletzte aufzuspüren. Es war ein schwarzer Labrador, der auf den Namen Artos hörte. Seine Führerin bückte sich und sprach ruhig mit dem Tier. Die Ohren des Hundes waren aufmerksam aufgerichtet, und sobald er von der Leine gelöst wurde, lief er einmal kurz zu dem Rucksack hinüber, setzte sich dann aber zielstrebig bergauf in Bewegung.

Ganz anders der andere Hund. Bolha hielt die Nase auf dem Boden, lief hin und her, schnaufte, hob dann die Schnauze, ihre Nasenflügel weit gebläht, schnaubte erneut. Dann begann das Gehabe wieder von vorne.

Seltsam, dachte Alexa. Da aber weder Huber noch ihr Chef dem ersten Team folgten, sondern noch immer gespannt die Reaktion von Bolha beobachteten, entschied sie, mit Artos zu gehen. Natürlich wäre der Personenspürhund eindeutig die vielversprechendere Variante gewesen, denn der suchte nicht bloß nach menschlichen Abriebspuren, sondern war dazu ausgebildet, den speziellen Geruch einer Person aufzunehmen – und sie zu finden.

Aber diesen Part würde sie heute Florian Huber überlassen. Immerhin war es ihr erster Tag, und sie wollte beweisen, dass sie teamfähig war.

Also beeilte Alexa sich, die Handschuhe wieder in den Rucksack zurückzulegen, um nicht den Anschluss an ihre Gruppe zu verlieren, die schon einige Meter entfernt war.

Als sie gerade die Laschen schließen wollte, fiel ihr Blick auf etwas, das ihr zuvor nicht aufgefallen war: Es gab einen kleinen dunkelbraunen Fleck auf der Schließe des Leders. Sie musterte die restliche Oberfläche genauer und fuhr zuletzt noch einmal mit der Fingerspitze über die Ränder des Flecks. Es konnte im Grunde alles sein, aber auch ohne kriminaltechnische Untersuchung hätte sie schwören können, dass es sich um eingetrocknetes Blut handelte.

3.

Der Hund lief zügig mit gesenktem Kopf den Bergpfad entlang, vergewisserte sich nur von Zeit zu Zeit, ob seine Führerin noch hinter ihm war. Alexa, Tobi Gerg und der andere Mann von der Bergwacht achteten darauf, das Tempo zu halten. Niemand sagte ein Wort. Auf den ersten Metern hatte Alexa sich noch häufig umgeschaut, neugierig, ob auch das andere Tier diesen Weg einschlagen würde. Aber schon bald hatten sie das offene Gelände verlassen und waren von dichtem Wald umgeben, der ihr die Sicht auf ihren Ausgangspunkt nahm.

Der steile Weg war anstrengender, als sie zunächst erwartet hatte, und je höher sie kamen, umso schmaler wurde der Pfad und umso mehr Schotter lag darauf. Immer wieder rutschte sie auf den Steinen weg und musste sich konzentrieren, um in den Sneakers nicht umzuknicken. Zwar hatte sich der Nebel bereits gehoben, und ab und zu kam die Sonne durch, aber es war noch empfindlich kühl. Wenn dieser Weg mittelschwer war, dann hoffte sie, nie zu einem Einsatz in schwerem Gelände gerufen zu werden.

Sobald der Wald sich lichtete, konnte sie an dem wolkenlosen Himmel die bunten Schirme der Gleitschirmflieger sehen, die lautlos über ihren Köpfen schwebten. Auch einen See mit türkisfarbenem Wasser hatten sie passiert, der nach Auskunft von Tobi Gerg im Winter benutzt wurde, um den

Hang künstlich zu beschneien. Die Skilifte waren seit Ostern geschlossen. Im Grunde war die Umgebung die pure Idylle, aber wirklich genießen konnte sie sie nicht. Sie hätte sich eine kurze Rast gewünscht, merkte nun doch deutlich, dass sie schon eine Weile auf den Beinen war und heute den ganzen Tag noch nichts gegessen hatte.

Als Alexa sich gerade erkundigen wollte, ob sie nicht bereits viel zu weit von dem Rucksack entfernt waren, bellte Artos plötzlich, machte eine Kehre und lief abseits des schmalen Ziehweges mitten in den Wald hinein.

Der Hund wurde immer schneller, der Untergrund gleichzeitig unwegsamer. Es roch nach Tannennadeln und Erde, die Luft war schwer und feucht. Nur mit Hilfe von vereinzelten Felsen, an denen sie etwas Halt fand, konnte Alexa sich weiter zwischen den Büschen und hohen Tannen vorarbeiten.

»Geht es?«, fragte Tobi Gerg, der offenbar bemerkt hatte, dass ihre Kräfte nachließen.

Alexa nickte kurz, wollte die anderen nicht aufhalten, jetzt, wo das Tier so aufgeregt vorwärtsdrängte. Sie konzentrierte sich noch stärker auf jeden einzelnen ihrer Schritte. Das feuchte Moos, das vereinzelt die Felsen überzog, machte sie rutschig, gleichzeitig standen die Bäume immer dichter.

Die Gruppe umrundete eine karge graue Felsformation, die hoch neben ihnen aufragte und aus der sich plötzlich mit einem klackernden Geräusch ein winziger Stein löste. Sie zuckte zusammen, schaute nach oben und sah, wie er immer wieder irgendwo abprallte, schneller wurde und dann das steile Gelände hinabjagte. Bloß vorsichtig bleiben, dachte Alexa.

Im Zickzackkurs ging es weiter über umgefallene Baumstämme und Wurzeln. Ein Rabe krächzte irgendwo hoch oben, das Echo seiner Schreie hallte laut von den Bergwänden wider. Die Führerin rief Artos jetzt kurze Kommandos zu, dass er langsamer machen sollte, damit die Gruppe beisammenblieb.

Plötzlich bellte der Rüde laut und rannte mit hohem Tempo den steilen Berg hinab. Alexa hielt sich an einem Baum fest und spähte in die Richtung, in die das Tier lief. Im Laub, etwa zwanzig Meter weiter unten, sah sie etwas Farbiges. Ein Schuh. Also war dort auch ein Mensch, ohne jeden Zweifel.

Mit einem Schlag kehrten ihre Kräfte zurück, und sie hatte nur noch ein Ziel: dem Verletzten so schnell wie möglich zu Hilfe zu kommen.

Gerg hatte schon sein Handfunkgerät herausgezogen und gab seinem Kollegen durch, dass sie fündig geworden waren. Alexa schob sich an ihm vorbei und beeilte sich, der Führerin zu folgen. Als sie einen kleinen Bogen um einen Felsen machen musste, entdeckte sie in einem Gebüsch etwas Metallisches. Sie verlangsamte ihr Tempo, suchte sicheren Halt und schob die Äste zur Seite. Ein blaues Mountainbike lag vor ihr am Boden, dessen Vorderreifen sich von der völlig verbogenen Felge gelöst hatte.

»Diese leichtsinnigen Deppen«, knurrte Gerg, der hinter ihr aufgeschlossen hatte. »Die meinen immer, sie könnten abseits der Strecken fahren. Und dann ...«

Der junge Mann, der einen schwarzen Fahrradhelm mit gelben Flammen darauf trug, kam gerade wieder zu sich, als der Hund ihn jaulend mit der Schnauze anstieß. Alexa stand nur da und starrte den Biker an. Er war komplett in stylische Sportsachen gekleidet und hatte eine Bauchtasche umgeschnallt. Vermutlich war er somit nicht derjenige, dem die Handschuhe und der betagte Rucksack gehörten. Sie hoffte, dass ihr die Enttäuschung nicht allzu deutlich im Gesicht abzulesen war.

Die Hundeführerin nahm Artos wieder an die Leine, lobte ihn, tätschelte seinen Kopf und gab ihm ein paar Leckerlis. Gerg und sein Kollege kümmerten sich um den Biker, stützten ihn, während er sich aufsetzte. Sein Ellenbogen, beide Knie und Unterschenkel waren von Schürfwunden und Schrammen übersät, aber er schien nicht ernsthaft verletzt und konnte sich schon nach wenigen Minuten von selbst wieder aufrappeln. Der Busch hatte seinen Fall gebremst, und sein Helm hatte ihm vermutlich das Leben gerettet. Aber Alexa schätzte, dass ihn das nicht davon abhalten würde, immer wieder in irrem Tempo die steilen Berge hinabzurasen. Er war noch ein Teenager, fühlte sich aber sicher längst erwachsen, stark und vor allem unverletzlich.

Gerg trug jetzt Desinfektionsmittel auf die Wunden auf und schimpfte auf den Burschen ein, den er zu kennen schien.

»Herrschaftszeiten, ihr wisst doch, dass ihr nicht querfeldein fahren sollt. Einen Meter weiter drüben«, er deutete auf einen spitzen Felsen, den Alexa erst jetzt bemerkte, »und du hättest entweder keinen Verstand mehr oder würdest für immer im Rollstuhl sitzen.«

Der blasse Junge wollte sich verlegen am Kopf kratzen, zuckte aber zurück und verzog schmerzhaft das Gesicht. Sofort half ihm Gerg mit ein paar geschickten Griffen den Gurt des Helms zu lösen. Obwohl er so grantig tat, stand ihm die Sorge deutlich ins Gesicht geschrieben. Vielleicht hatte er auch einen Sohn in dem Alter.

»So war das doch gar nicht!«, verteidigte sich nun der Biker kleinlaut. »Die Bremse hat nicht funktioniert. Ich bin immer schneller geworden, und es ist ja so verdammt steil auf diesem Abschnitt. Da habe ich gedacht, ich lenke besser zur Seite, in die Büsche, um so das Tempo wieder in den Griff zu bekommen. Aber dahinter war dann der Abhang, und ich konnte mich nicht mehr halten und dann ... Keine Ahnung, wie lange ich hier gelegen habe ...«

Gerg schüttelte den Kopf, packte das Verbandsmaterial zurück in seinen Rucksack, stand auf und klopfte sich den Dreck von den Knien.

»Alexa Jahn, Kripo Weilheim«, stellte sie sich vor. Es war das erste Mal, dass sie das tat. Es fühlte sich noch fremd, aber gut an. Dann fragte sie den Biker: »Wann bist du denn heute Morgen los?«

Ruckartig fuhr sein Kopf zu ihr herum. »Kripo? Wieso, ich meine ... kriege ich jetzt Ärger?« Er wurde noch ein Stück blasser und schaute zu Boden.

»Nur, wenn du der Kommissarin nicht auf der Stelle ihre Frage beantwortest, Seppi«, ermahnte Gerg ihn.

Der Junge erklärte detailreich, dass er ganz früh am Morgen den Seufzerweg nach oben genommen hatte, und nannte die präzise Uhrzeit, zu der er vom Gipfel aus gestartet war, eine knappe Viertelstunde bevor Alexa mit ihren Kollegen unten am Hang angekommen war. Also hatte der Hund diese Fährte verfolgt. Und sie war eindeutig dem falschen Team hinterhergelaufen.

»Einen Rucksack hast du nicht zufällig dabeigehabt? Und ihn unten am Weg vergessen?«, fragte Alexa noch, obwohl sie wusste, dass es im Grunde überflüssig war.

Der Junge schüttelte den Kopf. »Ich? Wieso? Nein. Ich sagte doch, ich bin in der Früh hoch und dann ...« Er zuckte die Schultern.

»Kannst du laufen? Oder soll ich jemanden rufen, der uns eine Krankentrage bringt?«, fragte jetzt Gerg.

»Nein, passt schon. Ich schaff das.« Der Junge tastete seine Hose ab und schien etwas zu suchen. »Scheiße. Mein Handy ...«

Obwohl Alexa natürlich heilfroh war, dass sie den Jungen entdeckt hatten und er wohlbehalten war, wollte sie sich nicht unnötig lange hier aufhalten. Und er würde diesen Ort sicher nicht verlassen, bevor er sein wichtigstes Utensil gefunden hatte. Da Gerg bisher vom anderen Team keine Nachricht bekommen hatte, waren auch Brandl und Huber offenbar noch nicht fündig geworden.

»Könnten Sie kurz meinen Chef anfunken?«, bat Alexa ihn, die nicht länger ihre Zeit vertun wollte. »Ich würde versuchen, sie irgendwo abzupassen, falls das möglich ist.«

Gerg zog sein Funkgerät heraus, teilte kurz mit, was ihre Suche ergeben hatte, und fragte nach den Koordinaten des anderen Suchtrupps.

Schon ertönte die blecherne Stimme von Gergs Kollegen: »Wir sind noch immer genau da, wo wir uns getrennt haben. Die Hündin hat gesucht, aber keine Fährte gefunden.«

Alexa starrte den Hügel hinab und ließ das Gehörte wirken. Erst jetzt bemerkte sie den leichten Wind, der aufgekommen war. Vereinzelte Wolken waren am Himmel zu sehen. Die Bäume ächzten, und immer wieder knisterte es im Unterholz.

Seltsam. Soviel sie wusste, nahm ein Personenspürhund

die Fährte über die Hautschuppen auf, die ein Mensch ständig in der Bewegung verlor und die der Wind dann in der Gegend verteilte. Wenn Bolha da unten keine Spur fand, musste das im Grunde bedeuten, dass der Besitzer des Rucksacks nie da gewesen war, wo er gestanden hatte. Denn in Luft konnte derjenige sich schlecht aufgelöst haben. Aber wenn jemand das Gepäckstück gestohlen hatte, warum lag es dann nicht irgendwo im Dickicht, sondern stand mitten auf dem Weg, wie ein Mahnmal?

Alexa fröstelte, und eine ungute, beklemmende Vorahnung beschlich sie.

4.

Gemeinsam mit der Hundeführerin und einem Bergretter war Alexa vorgegangen und schon nach einer knappen Viertelstunde wieder bei ihrem Ausgangspunkt angekommen. Huber stand mit den beiden Männern von der Bergwacht mitten auf dem Weg und telefonierte, schaute dabei unentwegt nach oben in den Himmel. Der andere Hundeführer war mit Bolha vermutlich schon zu seinem Wagen zurückgekehrt, denn ihn konnte sie weit und breit nicht mehr sehen. Brandl hatte sich etwas abseits im Schatten auf einem umgestürzten Baum am Waldsaum niedergelassen und rieb sich das Knie, erhob sich aber sofort, als sie sich näherten.

»Den Einsatz hatten wir uns einfacher vorgestellt, der Huber und ich«, sagte ihr Chef.

»Sie haben das aber nicht bloß gemacht, um zu schauen, ob ich fit genug für die Berge hier bin?«, fragte sie lächelnd und stellte den Fuß auf den Baumstamm, um ihre Wade zu dehnen.

»Sicher nicht«, lachte Brandl. »Aber ihr habt ja wenigstens jemanden gerettet da oben. Wir sind nur hinter dem Tier im Kreis gelaufen wie die Deppen.«

Jetzt musste auch Alexa lachen. Sie würde sich gut mit Brandl verstehen. Ihr Chef in Aschaffenburg hatte ihr nicht zu viel versprochen. Der Mann trug das Herz auf dem rechten Fleck, und sie hatte das Gefühl, ihn schon ewig zu kennen.

»Wie geht es jetzt weiter?«, fragte sie. »Tobias Gerg müsste mit dem Verletzten gleich hier sein.«

In dem Moment rief Huber Brandls Namen und deutete nach oben. Alexa musste ihre Augen mit der Hand abschirmen, um nicht geblendet zu werden. Doch bevor sie etwas entdecken konnte, vernahm sie schon das unverkennbare Geräusch eines Hubschraubers, der in ihre Richtung flog.

»Wir haben den Rettungshubschrauber angefordert«, erklärte Brandl. »Heute Nacht soll es verdammt kalt werden hier oben, und wenn sich doch jemand verlaufen hat ... Wir sollten nichts unversucht lassen, nur weil der Hund nichts gewittert hat. Vielleicht waren die Handschuhe einfach nur zu lange nicht benutzt worden, der Geruch nicht intensiv genug.«

Alexa nickte ihm zu. Dröhnend kreiste der Hubschrauber jetzt über ihren Köpfen. Solange er das Waldstück absuchte, wäre jede weitere Unterhaltung unmöglich. Deshalb zog Alexa ihr Handy aus der Tasche. Der Empfang war schwach, aber sie hatte Netz. Rasch tippte sie *Mantrailer* ein und überflog die Zeilen über die Ausbildung und den Einsatz dieser speziell trainierten Hunde. Alles deutete darauf hin, dass die Tiere wirklich gut darin waren, Spuren zu suchen, und erstaunlich oft Erfolge erzielten. Selbst auf dem Wasser konnten sie speziellen Fährten folgen und Vermisste entdecken.

Seltsam, dachte Alexa. Sie steckte das Handy wieder in ihre Tasche und sah nachdenklich nach oben. Immer noch war der Himmel übersät von den bunten Gleitschirmfliegern, die den Berggipfel umkreisten, was die Suchaktion für den Piloten des Helikopters nicht leichter machte. Es war ein riskantes Manöver, so nah an dem Bergmassiv zu fliegen und gleichzeitig keinen der Gleitschirmflieger in Gefahr zu bringen.

Dann eilte sie zu der Hundeführerin, die genau wie die anderen interessiert zusah, wie der Hubschrauber langsam das Gelände abflog.

»Haben Sie mitbekommen, dass Bolha keine Fährte gefunden hat?«, fragte Alexa gegen den Lärm an.

Die Frau nickte und presste die Lippen zusammen. »Ich dachte mir das schon, als sie so unruhig war. Kein gutes Zeichen.«

»Wie meinen Sie das?«, fragte Alexa nach.

»Unsere Bolha ist eine der Besten. Wenn die nichts findet, dann kann das nur einen Grund haben.«

»Sie meinen, dass der Rucksack geklaut wurde und der Besitzer nie hier war und wir ganz umsonst nach ihm suchen?«

Die andere schüttelte den Kopf. »Nein. Ich vermute eher, dass wir zu spät gekommen sind. Vermutlich stand der Rucksack doch schon seit gestern Abend da. Unsere Hunde folgen nur den Spuren von Lebenden, wissen Sie? Wenn sich jedoch der Individualgeruch der gesuchten Person verflüchtigt hat, können Bolha und Artos nicht mehr helfen.«

Alexa schaute wieder den Berg hinauf. Er wirkte gewaltig, dunkel und unheimlich, und sie erinnerte sich an diese seltsame Stille, die sie zuvor im Wald wahrgenommen hatte. Dort war kein Autolärm an ihr Ohr gedrungen, keine weit entfernten Stimmen. Nichts. Nur der Wind in den Bäumen und das Geräusch ihrer Schritte. Dabei war sie nicht einmal alleine gewesen. Wie musste sich jemand fühlen, der sich dort in der Dunkelheit aufhielt? Womöglich verletzt... Denn sie hoffte einfach, dass die Hundeführerin sich irrte.

Sie nickte der Frau zu und ging wieder hinüber zu Brandl, um ihm zu berichten, was sie erfahren hatte. Doch etwas schien passiert zu sein. Huber deutete hektisch nach oben, einer von der Bergwacht sprach über das Funkgerät. Hatte die Suche etwas ergeben? Alexa beobachtete den Hubschrauber, der das Gelände nun nicht mehr absuchte, sondern seine Höhe nahe einer kahlen Felsspitze hielt, auf der Alexa ein Gipfelkreuz entdeckte.

Im Laufschritt kam Huber zu ihnen zurück.

»Haben sie was gefunden?«, fragte Brandl, eilte ihm seinerseits humpelnd ein paar Schritte entgegen.

Huber nickte. »Von hier unten kann man es nicht sehen, hat der Pilot des Rettungshubschraubers gemeint. Aber an der Ostflanke des Braunecks, an der sogenannten Demmelspitze, hängt auf der Rückseite ein Körper in einem Klettergeschirr. Sie vermuten, dass dort jemand beim unerlaubten Klettern abgestürzt ist. Wir können nicht ganz auf den Felsen rauf, aber von hier kann man in ungefähr vierzig Minuten unterhalb der Stelle sein. Sie werden jemanden an einem Seil runterlassen, der die Person bergen soll, denn zu Fuß ist es zu gefährlich. Der Berg ist seit ein paar Jahren für die Besteigung gesperrt. Er zerfällt immer mehr, und die Gemeinde hatte die Befürchtung, dass jemand bei einem Felssturz verletzt werden könnte.«

»Lebt die Person noch?«, fragte Alexa zögerlich, obwohl sie die Antwort nach der Information der Hundeführerin im Grunde schon erahnte.

Huber schüttelte den Kopf. »Sie sind ein paarmal hin und her geflogen, aber sie hat sich nicht bewegt und auch auf Rufe nicht reagiert. Aber sie kann natürlich auch bewusstlos sein, dehydriert, deshalb wollen sie sie so schnell wie möglich bergen. Kommt jemand mit? Ich will mir das unbedingt aus der Nähe anschauen.«

Doch Brandl hielt ihn zurück. »Wenn das wirklich so gefährlich ist, Florian, dann solltest du nicht da oben rumkraxeln. Lass uns das Ganze von hier aus beobachten und dann gleich, wenn sie fertig sind, rüber zum Hubschrauberlandeplatz der Bergwacht fahren und dort auf den Helikopter warten.«

Huber schnaubte unwirsch, und es war ihm deutlich anzumerken, dass er nicht mit der Entscheidung einverstanden war. Er hielt einen Moment inne, ging dann aber ohne ein weiteres Wort zurück zu den Bergrettungsleuten.

Brandl sah ihm nachdenklich hinterher.

»Er hätte es ohnehin nicht geschafft, rechtzeitig oben zu sein«, wandte Alexa ein und deutete zu dem grauen Felsen, an dem sich nun eine Person mit einer orangefarbenen Schutzweste vom Hubschrauber abseilte. »Es geht schon los!«

Fasziniert beobachtete sie, wie das Seil, an dem der Mann hing, gefährlich im Wind schwankte. Ganz langsam verringerte der Hubschrauber den Abstand zur Bergspitze, ließ gleichzeitig den Mann weiter herab. Noch immer pendelte er hin und her, seine Füße berührten schon fast den Felsen. Alexa biss sich nervös auf die Unterlippe. Die Männer da oben mussten Nerven wie Drahtseile haben. Eine falsche Bewegung, und sie hätten den nächsten Verletzten. Doch der Hubschrauberpilot arbeitete zentimetergenau, und schon hatte der Bergretter Halt gefunden und befestigte ein Seil zwischen dem Hubschrauber und dem Gipfelkreuz.

Ein zweiter Mann kletterte nun aus dem Inneren und stellte sich mit dem Rücken zum Helikopter auf die äußere Kufe. Alexa konnte kaum hinsehen. Natürlich waren die Männer gesichert. Dennoch: Ein kurzes Wackeln, ein heftiger Windstoß, und der Mann würde abstürzen und mit hohem Tempo gegen einen der Felsen prallen.

Langsam wurde an dem Seil, das nun zwischen dem Heli und der Bergspitze befestigt war, eine Trage herabgelassen, mit der sie die verletzte Person bergen wollten.

»Passiert es oft, dass Leute hier in der Gegend abstürzen?«

Brandl hielt den Blick weiter nach oben gerichtet. »Öfter, als uns lieb ist. Es ist eine Mischung aus Unerfahrenheit, schlechter Ausrüstung, vor allem aber von Leichtsinn. Am Latschenkopf gab es 2019 gleich zwei tödliche Unfälle. Die Leute versteigen sich, und statt sofort umzukehren und wieder auf die festen Wege zu gelangen, gehen sie das Risiko ein und klettern immer weiter in das unwegsame Gelände hinein, hoffen irgendwie wieder herauszufinden. Aber manche haben auch Glück. Am Geierstein stürzte mal ein Wanderer vierzig Meter tief in eine Schlucht, blieb schwerverletzt in einem Bach liegen, konnte aber noch einen Notruf absetzen. Den haben die Bergretter rechtzeitig in ein Krankenhaus bringen können. Schädelbasisbruch, aber er hat's überlebt.«

Er hielt inne, denn nun fuhr die Trage zurück nach oben. Der Bergretter saß seitlich darauf, und ganz langsam bewegte sich der Hubschrauber von dem gefährlichen Bergmassiv weg.

»Hoffen wir, dass unser Fall heute auch noch ein glückliches Ende nimmt. Kommen Sie, Frau Jahn, wir sollten uns jetzt auf den Weg machen.«

5.

Fast gleichzeitig mit dem Helikopter erreichten sie den Landeplatz, blieben aber zur Sicherheit noch im Audi sitzen. Der Hubschrauber drehte sich um die eigene Achse und setzte nur langsam auf dem Boden auf. Kleine Äste und Blätter wirbelten wild durch die Luft. Keiner von ihnen hatte auf der Fahrt ein Wort gesagt. Die Anspannung stand Alexas Kollegen deutlich ins Gesicht geschrieben.

In ein paar Minuten würden sie wissen, was mit der geborgenen Person los war – und hoffentlich auch, ob sie etwas mit dem herrenlosen Rucksack zu tun hatte. Dass der Helikopter nicht sofort ein Krankenhaus angeflogen hatte, war in jedem Fall kein gutes Zeichen.

Endlich öffnete Brandl die Autotür, und wie auf Kommando taten Alexa und Huber es ihm gleich. »Kein Krankenwagen«, murmelte ihr neuer Chef und schüttelte den Kopf.

Alexa nickte und straffte die Schultern. Neben ihnen hielt der Streifenwagen der örtlichen Kollegen, die offenbar ebenfalls von dem Team des Rettungshubschraubers informiert worden waren. Sie blieben noch für einen Moment dicht bei den Autos stehen, denn die Luftverwirbelungen, die der Rotor verursachte, betrugen auch in dieser Entfernung mindestens Windstärke acht. Die Haare peitschten Alexa ins Gesicht. Zum Schutz senkte sie den Kopf und schirmte ihre Augen mit der Hand ab.

Die Tür des Hubschraubers ging auf, und zwei der Bergretter machten sich geduckt daran, die Trage aus dem Inneren zu heben und aus dem Gefahrenbereich der Rotorblätter zu bringen.

Gemeinsam liefen sie den beiden Männern entgegen. Einer von ihnen stand mit hängenden Schultern da, schüttelte immer wieder den Kopf, und als sie nur noch wenige Meter entfernt waren, fiel Alexa bereits seine unnatürliche Blässe auf.

Er löste den Helm, unter dem seine Haare strähnig und nass zum Vorschein kamen. Während er sie sich aus der Stirn strich, sagte er mit belegter Stimme: »Das müsst ihr euch ansehen. Ihr glaubt das sonst nicht.« Er schlug die Augen nieder, wischte sich übers Gesicht und deutete hinter sich. »Und den Rechtsmediziner solltet ihr auch rufen.«

Sie näherten sich der Trage, noch immer hatte keiner von ihnen etwas gesagt. Auf den ersten Blick konnte Alexa nichts Ungewöhnliches erkennen: Bei der Person, die geborgen worden war, handelte es sich um eine Frau, deren Alter sie auf Mitte vierzig schätzte. Ihr Gesicht schien unversehrt. Allerdings wunderte Alexa sich, dass man der Frau nicht den Helm abgenommen hatte.

»Ich habe versucht, so wenig wie möglich zu verändern. Aber ich musste sie ja irgendwie da oben wegbekommen. Als ich ihren Körper hochgezogen habe, war mir schon klar, dass irgendetwas nicht stimmt. Aber das …« Der Bergretter schüttelte erneut den Kopf, dann gab er seinem Kollegen ein Zeichen, die Gurte zu lösen, mit denen die Leiche auf der Trage fixiert war. »Ich frage mich wirklich, wie man so was machen kann.«

Brandl ging daneben in die Knie und konnte dabei ein leises Stöhnen nicht unterdrücken. Alexa blieb hinter ihm stehen und beobachtete gespannt, wie der Mann nun behutsam den Reißverschluss der roten Schutzhülle aufzog, die den Körper der Leiche auf der Trage bisher verborgen hatte.

Die Frau trug eine schwarze Jacke mit weißen Signalstreifen an den Reißverschlüssen, die bereits geöffnet war. Darunter einen lilafarbenen Fleecepullover über einem weißen T-Shirt, dazu eine schwarze Wanderhose mit erhöhtem Bund, Hosenträgern und vielen Seitentaschen, deren Nähte und seitliche Reißverschlüsse ebenfalls lila waren. Um ihren Oberkörper verlief das Gurtzeug, mit dem sie sich oben an dem Steilhang gesichert hatte, das sie aber offenkundig nicht hatte retten können.

»Was ...?«, fragte Brandl nun und deutete auf die Füße der Frau, deren unnatürliche Stellung jetzt auch Alexa ins Auge fiel. Die Fußspitzen waren nach innen gedreht. Am unteren Saum entdeckte sie auf beiden Seiten kleine silberne Metallklammern, die sich rund um das Hosenbein zogen.

»Ich hatte mich gewundert, weil sie so leicht war«, fuhr der Mann von der Bergrettung fort. »Ein lebloser Körper ist ja nicht ohne. Aber dann, als ich sie abseilen und auf die Liege heben wollte, kam ich erst darauf, was da die ganze Zeit nicht gestimmt hat. Die Beine ... sie knickten einfach weg.«

Alexas Blick wanderte an der Leiche entlang nach oben. Auch auf Höhe der Hüfte lugten unter dem Klettergurt kleine Metallklammern hervor, jeweils in circa einem Zentimeter Abstand. Bevor sie fragen konnte, was es damit auf sich hatte, redete der Mann schon weiter. Er stand ganz offensichtlich unter Schock, denn er hörte nicht auf zu schwitzen, wischte sich immer wieder über das Gesicht. Oder er versuchte auf diese Weise das Bild der toten Frau loszuwerden, das ihn offenbar total aus der Fassung gebracht hatte.

»Ich habe es erst nicht verstanden, weil es so absurd ist. Das muss ein vollkommen Irrer gewesen sein, der die Frau da oben hingetragen hat. Oder besser gesagt ihren Oberkörper.«

Ein Schaudern erfasste Alexa, als sie begriff, mit was sie es hier zu tun hatten.

»Du willst mir aber nicht sagen, dass die Frau zerteilt worden ist«, meinte Brandl.

»Doch, genau so ist es«, sagte der Mann und hockte sich neben dem Kommissar hin. »Der Oberkörper ist vorhanden, aber von der Taille abwärts nur Stroh. Siehst du, hier in der Hose ist ein winziges Loch.«

Er deutete auf eine Stelle, an der tatsächlich ein paar beige Halme über dem Hosensaum herauslugten. Erst jetzt bemerkte Alexa, dass die Beine der Toten völlig gerade und unnatürlich gleichförmig aussahen. Sie schüttelte den Kopf und rieb sich die Arme, über die ihr eine Gänsehaut lief.

»Die Schuhe dagegen sind richtig schwer. Ich denke, die wurden mit Steinen oder Ähnlichem gefüllt. Deshalb hing sie stramm am Seil, und wir konnten aus der Luft beim besten Willen nicht erkennen, was uns erwarten würde…« Er blinzelte, schaute nach oben und schüttelte den Kopf.

Alexa starrte Huber an, der direkt neben ihr stand und mit einem pfeifenden Geräusch Luft abließ, die er wohl unbewusst angehalten hatte. Dann betrachtete sie noch einmal genau den vor ihr liegenden Körper. Der Täter hatte die Montur der Frau so präpariert, dass sie tatsächlich wie aus einem Stück erschien. Doch Pullover, Hose und Schuhe waren mit einem Tacker aneinandergeheftet, wie man ihn zum Polstern benutzte. So hielt das ganze Konstrukt, das der Täter geschaffen hatte, zusammen. Nur deshalb hatte er die Leiche überhaupt vom Tal bis auf den Berg hinauftragen können. In einem Stück wäre er mit einem so hohen Gewicht wohl kaum bis zur Spitze gekommen. Dennoch mussten sie es mit einem sehr sportlichen und kräftigen Mann zu tun haben, denn schon die wenigen Meter ohne jede zusätzliche Belastung hatten Alexas Kräfte gefordert. Mit einem toten Körper – und wenn es auch nur die Hälfte davon war – musste das eine immense Herausforderung gewesen sein. War das der Grund dafür, weshalb er die Frau zuvor zerteilt hatte?

»Habt ihr etwas gefunden, das auf ihre Identität hindeutet?«, wollte Alexa wissen. »Papiere? Ein Handy? Irgendetwas? Oder kennt sie vielleicht zufällig jemand von euch? Ist sie aus der Gegend?«

Der Mann verneinte. »Ich habe die Taschen grob abgetastet, aber da war nichts. Auch kein Schmuckstück oder eine Uhr oder irgendein anderer persönlicher Gegenstand. Vielleicht unter ihrer Kleidung, aber wie gesagt, ich wollte so wenig wie möglich verändern.«

Brandl erhob sich und klopfte dem Bergretter auf die Schulter.

»Gute Arbeit. Vielleicht hilft uns genau das weiter.« Dann drehte er sich zu ihnen um, das Gesicht ernst und die Stimme fest: »Florian, du rufst die Kollegen von der Kriminaltechnik und den Rechtsmediziner an.« Er wandte sich an die Polizisten von der Bad Tölzer Dienststelle. »Habt ihr im Ort irgendetwas herausfinden können?«

»Negativ«, entgegnete einer von ihnen. »Um diese Zeit ist alles komplett ausgebucht und voller Touristen. Aber niemand scheint bisher vermisst zu werden. Wir haben darum gebeten, dass sie uns informieren, wenn sich heute am Abend jemand nicht zurückmeldet, jedenfalls werden das die großen Häuser so machen. Die kleinen Pensionen haben wir noch nicht geschafft, da haken wir aber gleich weiter nach. Und den Rucksack hat auch keiner wiedererkannt.«

»Okay. Den Rucksack lasst jetzt hier, damit wir ihn auf Spuren untersuchen lassen können. Damit sicher ist, ob er der Toten gehört hat oder ob wir noch jemanden vermissen.« Brandl legte eine kurze Pause ein. Dann fuhr er mit sachlicher Miene fort: »Besorgt doch bitte zuvor noch ein Zelt, damit wir die Leiche vor der Sonne schützen können, bis der Kollege für die Untersuchung hier ist. Und Stellwände benötigen wir auch. Und dann sollen eure Leute bitte sofort alle Vermisstenmeldungen checken. Wir können jetzt relativ sicher sagen, dass es um eine Frau Mitte vierzig geht.«

Brandl sah an Alexa vorbei und deutete auf einen Mann, der ein Stück entfernt eine Kamera mit einem großen Objektiv auf sie gerichtet hielt. Ein Wanderer, dem Äußeren nach zu urteilen.

»Und sagt diesem Deppen da hinten, er soll sofort aufhören, hier Bilder zu machen. Ich fürchte, dass unser Einsatz ohnehin schon für große Aufmerksamkeit gesorgt hat und bald die ersten Schaulustigen eintrudeln werden.«

Mit einem Nicken zeigten die Kollegen aus Bad Tölz an, dass sie verstanden hatten, und machten sich auf den Weg zu ihrem Auto. Huber stand noch immer regungslos da.

Alexa kniete sich hin und betrachtete das Gesicht der Frau,

das wie aus einem Wachsfigurenkabinett aussah. Das dunkle Tuch um ihren Hals verstärkte den Eindruck noch. Ihre Hände waren schmal, die Fingernägel kurz geschnitten und nicht lackiert. Alexa konnte keine Verletzungen oder Hämatome entdecken, die auf einen Kampf hingedeutet hätten. Da war nur eine ältere, winzige Narbe auf ihrem Handrücken.

Und noch etwas fiel ihr jetzt auf: Obwohl die Leiche in der Körpermitte zerteilt worden war, fand sich nirgends Blut an der Kleidung. Derjenige, der ihr das angetan hatte, musste die Frau komplett ausgeblutet haben, bevor er sie auf den Berg gebracht hatte. Das ganze Verbrechen folgte offenbar einem Plan, und der Täter hatte sich allem Anschein nach viel Zeit gelassen. Und er hatte keine Angst gehabt, entdeckt zu werden. Das war vielleicht das Beängstigendste an dem Fund.

Sie musste sich abwenden, als plötzlich ein Film vor ihren Augen ablief, wie der Mörder über die Tote hergefallen sein musste, wie er ihre Leiche brutal zurichtete. Sie holte tief Luft und versuchte, sich vor ihren Kollegen nicht anmerken zu lassen, wie nahe ihr die Sache ging. Aber sie ahnte, dass sie der Anblick noch in ihren Träumen verfolgen würde. Egal, wie gut man in der Ausbildung auf alles Mögliche vorbereitet wurde, die Realität war schlimmer.

Brandls Blick wanderte zurück den Berg hinauf, wo das graue Gestein der Demmelspitze in der Sonne steil aufragte. Wie zu sich selbst murmelte er: »Fragt sich nur, wo wir die andere Hälfte von ihr suchen sollen. Dass ich in meinem letzten Jahr noch so einen Fall kriegen muss ... Und wenn die Presse erst von der Sache Wind bekommt ...« Resigniert schüttelte er den Kopf.

Alexa schaute in dieselbe Richtung wie Brandl und erinnerte sich daran, was er noch kurze Zeit zuvor zu ihr gesagt hatte: dass er sich diesen Einsatz einfacher vorgestellt hatte. Was vermutlich bloß als kleiner Ausflug in die Berge gedacht war, würde das Team nun nicht nur intensiv beschäftigen. Es entpuppte sich zudem als das grauenhafteste Verbrechen, mit dem Alexa es in ihrer bisherigen Laufbahn zu tun gehabt hatte. Auch sie hatte nicht im Traum daran gedacht, dass ihr erster Tag bei der Weilheimer Kripo so verlaufen würde.

Aber sie schwor sich, rund um die Uhr zu arbeiten, bis das kranke Schwein gefasst war, das diesen Mord auf dem Gewissen hatte.

6.

In den nächsten Stunden setzte sich die Maschinerie in Gang, die bei jedem Gewaltverbrechen reibungslos funktionierte: Die Leiche war nach der ersten Begutachtung durch den Rechtsmediziner nach München in die Gerichtsmedizin abtransportiert worden, und eine Sonderkommission aus Mitarbeitern der Weilheimer Kripo, der Polizeiinspektion Bad Tölz sowie einigen Männern der örtlichen Bergwacht hatte sich formiert. Es mussten Spuren gesichert, nach Zeugen gesucht werden. Weiterhin blieb das größte Rätsel, um wen es sich bei der Toten handelte, denn die Sichtung der Vermisstenanzeigen hatte bislang kein Ergebnis erbracht. Obwohl Alexa bisher niemanden aus der Soko *Rucksack* kannte, fühlten sich die Abläufe angenehm vertraut an, da sie bei jeder Ermittlung die gleichen waren. Sie liebte die konzentrierte, routinierte Arbeit, die nur in einem guten Team mit Spezialisten zu bewältigen war.

Brandl übernahm die Leitung, und der Respekt, der ihm von sämtlichen Beteiligten entgegengebracht wurde, war deutlich an ihren Mienen abzulesen und beruhte auf ehrlicher Anerkennung. Die Leute sahen zu ihm auf, und offenbar machte ihm niemand seine Machtstellung streitig. Alexa freute sich darauf, mit ihm zusammenzuarbeiten, denn sie konnte viel von ihm lernen, das spürte sie.

Nur eines ließ sie stutzen: Sie wusste natürlich schon seit

ihrem ersten Tag bei der Polizei, dass dort weniger Frauen als Männer beschäftigt waren. Die Quote im gehobenen Dienst, zu dem sie als Kriminaloberkommissarin zählte, lag in Deutschland bei knapp zehn Prozent. In der versammelten Runde gab es außer ihr selbst jedoch nur zwei weitere Frauen: eine von der Bergwacht und eine Schutzpolizistin, beide ungefähr in ihrem Alter. Das erklärte einmal mehr, warum Brandl sie unbedingt in Weilheim haben wollte. In ihrer alten Dienststelle war das Verhältnis zwar auch nicht ausgewogen gewesen, aber doch um einiges besser. Es machte ihr allerdings auch klar, dass sie in ihrer neuen Polizeiinspektion wohl noch einiges an Überzeugungsarbeit zu leisten hatte.

»Können wir denn heute überhaupt noch mit der Spurensuche an der Demmelspitze beginnen?«, fragte Brandl mit Blick auf die Männer der Bergwacht.

Gerg schaute zum Himmel hinauf, an dem tiefliegende graue Wolken aufzogen. »Lange haben wir nicht mehr. Höchstens eine, maximal zwei Stunden, würde ich sagen. Danach wird es bei der Wetterlage auf dem maroden Gestein zu gefährlich. Gerade jetzt, wo sich Frost- und Tauwetter abwechseln, ist der Wettersteinkalk brüchig und die Gefahr von Felsstürzen zu hoch.«

Für einen Moment ließ Brandl die Information sacken, schüttelte nach einer Weile jedoch entschieden den Kopf. »Dann lassen wir das. Bis wir mit allen Gerätschaften oben angekommen sind, bleibt uns allenfalls ein Zeitfenster von weniger als einer Stunde – falls sich das Wetter schneller verschlechtert, sogar noch weniger. Wir sollten uns heute lieber auf die Befragungen beschränken und hoffen, dass bis morgen irgendetwas aus der Rechtsmedizin oder der kriminaltechnischen Untersuchung des Rucksacks hervorgeht, das uns weiterbringt. Stattdessen schlage ich vor, morgen früh gleich mit einer Lagebesprechung zu beginnen und im Anschluss daran den gesamten Gipfel und den Fußweg, der hinführt, unter die Lupe zu nehmen.«

Alle in der Runde nickten zustimmend.

»Gibt es bei euch einen Raum, in dem wir die nächsten Tage zusammenkommen und provisorisch ein paar Arbeitsplätze einrichten können?«

Gerg schüttelte den Kopf. »Da kann ich dir nicht weiterhelfen, Ludwig, tut mir leid. Unsere Wache ist schon seit Jahren viel zu klein. Wir brauchen unbedingt einen Neubau, das ist schon lange beantragt, denn unser Team ist wegen der steigenden Einsatzzahl in den letzten Jahren fast um ein Drittel gewachsen. Aber wir könnten versuchen, im Alpenfestsaal unterzukommen, wenn die nicht zu viele Buchungen haben. Soll ich mal dort anrufen? Der ist direkt beim Bahnhof und sicher eine ganz gute Ausgangslage für euch. Außerdem gibt es da gleich ein Bistro, wo man etwas zu essen bekommt.«

Brandl nickte und schaute erneut zu der Felsspitze hinauf. »Eins ist mir wichtig, Leute: Ich möchte nicht, dass etwas über den Zustand der Leiche in der Presse auftaucht. Dass wir eine Tote gefunden haben, wird sich nicht geheim halten lassen. Aber wie sie zugerichtet war, darf keinesfalls nach außen dringen. Deshalb möchte ich bei der morgigen Suche nach der anderen Hälfte der Leiche auch nicht allzu viele Leute dabeihaben.« Er blickte von einem zum anderen, um sich zu versichern, dass jeder verstanden hatte, was er meinte. »Gut, dann packen wir es an – wir teilen den Ort am besten noch einmal unter uns auf und klappern die Pensionen ab, die euch noch gefehlt haben«, sagte er an die Polizisten gewandt, die direkt neben ihm standen. »Teilt uns ruhig mit ein, damit wir bis zum Abend alle überprüfen können.«

Während die Kollegen die Teams zusammenstellten, bedeutete Brandl seinen beiden Mitarbeitern ihm zu folgen, trat ein paar Schritte aus dem Kreis heraus, schaute auf die Uhr und rieb sich nachdenklich das Kinn.

»Soll ich heute vielleicht über Nacht hierbleiben?«, schlug Alexa spontan vor. »Es würde mir nichts ausmachen, mir hier ein Zimmer zu nehmen. Sie müssten nur meiner neuen Vermieterin in Weilheim Bescheid geben, damit sie sich keine Sorgen macht. Und mir morgen vielleicht meinen Koffer mitbringen? Für heute komme ich schon klar.«

Huber musterte sie von der Seite und wirkte, als würde er darüber nachdenken, ob er ebenfalls bleiben sollte.

Doch Alexa kam ihm zuvor: »Sie beide werden bestimmt schon zu Hause erwartet. Und Sie fahren auch noch eine Weile zurück.« Ihr war nicht entgangen, dass sowohl ihr Chef als auch Huber einen Ehering trugen. »Wenn ich hierbleibe«, sprach sie weiter, »könnte ich später am Abend noch einmal die Parkplätze kontrollieren und überprüfen, ob ein Fahrzeug stehengeblieben ist. Die Kleidung der Toten deutet ja darauf hin, dass sie hier zum Wandern war, und wenn in den Pensionen niemand vermisst wird, könnte sie mit dem Auto angereist sein.«

Brandl lächelte. »Als verantwortungsbewusster Vorgesetzter müsste ich diesen Vorschlag eigentlich ablehnen – immerhin warst du schon früh auf den Beinen und der Tag heute war sicher schon anstrengend genug. Aber ich halte das für eine ausgesprochen gute Idee, wenn du bleibst. Und falls du dich über die Anrede wunderst: Wir reden uns hier alle beim Vornamen an.« Er hielt ihr die Hand hin, die sie beherzt ergriff. »Ich würde den Tobi bitten, dass er dir ein Zimmer besorgt und dich heute Abend begleitet. Und um den Koffer und die Vermieterin in Weilheim kümmern wir uns natürlich auch.«

Sie freute sich, dass ihr Vorschlag so gut bei Brandl ankam. Wenn Huber ihr Vorstoß zu forsch war, ließ er sich wenigstens nichts anmerken. Und um von ihrer Seite keine Fronten zu eröffnen, streckte sie ihm die Rechte entgegen.

»Ich bin die Alexa.«

Huber nickte kurz und ergriff ihre Hand. »Florian.«

Sein Handschlag war kräftig, und es schien ihr, als hätten sie Frieden geschlossen. Vielleicht hatte der Fund sein Gutes gehabt und Hubers bisherige Vorbehalte ihr gegenüber gemildert.

Alexa war froh, in Lenggries bleiben zu können: Zum einen starb sie fast vor Hunger und würde auf diese Weise nicht noch eine Stunde warten müssen, bis sie etwas zu essen bekam. Auf der Fahrt hatte sie in der Dorfmitte mehrere Restaurants gesehen, die alle ganz nett aussahen.

Zudem konnte sie am Abend noch ein wenig spazieren gehen und sich in einem der Wirtshäuser ein wenig umhören. Als Unbeteiligte konnte sie vielleicht irgendetwas aufschnappen, das ihnen weiterhalf, wenn die Gerüchte die Runde machten.

Denn wie Brandl schon gesagt hatte: Die Bergung war sicher nicht unbemerkt geblieben, und im Dorf würde das für reichlich Gesprächsstoff sorgen.

7.

Er betrat die Wohnung, stellte den Koffer ab und schloss die Tür hinter sich. Das Echo, das leise durch den Flur hallte, ließ ihn zusammenzucken. Es klang wie das letzte Stück einer Filmspule, das immer wieder an das Gerät schlägt, bis man den Apparat vom Strom nimmt.

Aber das hier war nicht das Ende.

Es war erst der Anfang.

Auf dem Weg zum Badezimmer ließ er seine verschwitzten Sachen einfach auf den Boden fallen. Es gab keine Notwendigkeit mehr, sie aufzusammeln. Niemand würde sich an dem Geruch stören oder an der Unordnung.

Er war jetzt allein. Und würde es bleiben.

Er musterte sich im Spiegel. Sein Körper war drahtig, stark und durchtrainiert, seine Haut gebräunt von der Sonne. Er achtete auf sich, musste einen tadellosen Eindruck hinterlassen. Immer. Das war essenziell für das, was er plante. Niemand durfte Verdacht schöpfen.

Er drehte das Wasser auf, wusch mit dem harten Duschstrahl den Geruch und die Erinnerung an die vergangene Nacht von seiner Haut. Es war anstrengend gewesen. Der letzte Akt, bevor das eigentliche Schauspiel begann.

Dann schnappte er sich ein Handtuch, horchte in die Leere der Wohnung, die nun immer da sein würde. Er blinzelte kurz, zwang sich, an etwas anderes zu denken, schlug sich hart ins Gesicht.

Alles war gut.
Nichts konnte ihn mehr ablenken von seiner Mission.
Er gegen den Rest der Welt.
So wie es im Grunde immer gewesen war.

8.

Nachdem sie ein Zimmer in einer Pension mitten im Ort bezogen und sich im nahen Drogeriemarkt mit dem Nötigsten für die Nacht eingedeckt hatte, gönnte Alexa sich ein deftiges Abendessen im Wirtshaus Dorfschänke, auf das sie bei ihrem ersten Rundgang gestoßen war und das Gerg ihr empfohlen hatte. Der Gastraum des rustikal eingerichteten Lokals, das auch Der Bunker genannt wurde, war relativ klein und gemütlich, in einem offenen Holzofen wurde Fleisch gegrillt, und die Kellnerin bediente in Tracht. Ihre Mutter hätte es als *zünftig* bezeichnet.

Aber anders als Alexa es sich erhofft hatte, saßen ringsherum nur Touristen, deren atmungsaktive Kleidung auf Wanderurlauber schließen ließ. Auch als Alexa sich noch eine viel zu große Portion Kaiserschmarrn als Nachtisch gönnte, die in einer Eisenpfanne serviert wurde und wunderbar zu dem eiskalten, hausgemachten Apfelmus im Weckglas schmeckte, war der Stammtisch des Lokals bloß von einem einzelnen älteren Herrn besetzt. Er trug einen grünen Trachtenhut und sinnierte mit ernster Miene über seinem Bierkrug, wechselte lediglich von Zeit zu Zeit ein Wort mit der Bedienung.

Tatsächlich hatte sich Alexa mehr von diesem Aufenthalt versprochen. Frustriert schob sie die Hälfte der riesigen Portion zur Seite. Es war jammerschade, das stehenzulassen, aber ihre Augen waren wieder einmal größer gewesen als ihr

Magen. Sie orderte die Rechnung, denn sie hatte noch Zeit und wollte sich ein wenig die Füße vertreten, um dabei den Tag Revue passieren zu lassen, bevor sie sich um halb neun mit Gerg traf, um die Parkplätze zu inspizieren.

Draußen hatte es sich schon stark abgekühlt, und sie zog rasch den Reißverschluss ihrer Jacke zu, wickelte ihren Schal eng um den Hals und vergrub die Hände in den Taschen. Die klare Luft belebte sie sofort. Was gut war, denn sie hatte zu schnell und zu viel gegessen, fühlte sich träge und wäre am liebsten gleich ins Bett gefallen. Auch dagegen half Bewegung am besten.

Sie lenkte ihre Schritte in Richtung Ortsmitte. Als Zentrum konnte man die wenigen Geschäfte im Grunde nicht bezeichnen. Lenggries war wie aus einem Bilderbuch: Die urigen, geduckten Häuser hatten hölzerne Fensterläden und mit Schnitzereien verzierte Balkongeländer, an denen das Holz von Sonne und Regen ergraut war. Im Sommer waren sie sicher reich mit bunten Blumen geschmückt. Viele der Häuser waren von Holzstapeln gesäumt, und schon bildete Alexa sich ein, den Geruch von Kaminfeuer zu riechen. Im Ortskern kam sie an einer gut erhaltenen Kirche vorbei. Sie fragte sich, ob dort genauso viele Plätze in den Bänken leer blieben wie in ihrer Heimat oder ob Religion hier noch eine größere Bedeutung hatte. Der äußeren Fassade nach schien die Zeit in diesem Tal irgendwie stehen geblieben zu sein, und vielleicht hielten die Menschen dann auch stärker an alten Traditionen fest.

Nachdenklich ging Alexa weiter. Die größeren Häuser an der Hauptstraße waren bunt bemalt, die Beschilderungen oft in kunstvoll geschwungenen Lettern. Weiß-blaue Fahnen wehten im Wind, das ganze Dorf war sauber und gepflegt.

Alles hier war so anders, schien in einem langsameren Tempo zu laufen. Beschaulich. Wieder dachte sie an den alten Mann, der vorhin im Gasthaus einfach nur dagesessen war. Er hatte keine Ablenkung gebraucht, weder ein Handy noch eine Zeitung, und ihr wurde bewusst, wie selten ein solcher Anblick heutzutage geworden war.

Dennoch: So heil, wie die hübschen Fassaden es vorgaukelten, war die Welt auch hier auf dem Land nicht. Gerade der Kontrast zu der dörflichen Idylle gab dem Mordfall eine noch grausamere Dimension.

Alexa hielt kurz an und drehte sich einmal um die eigene Achse. Der Ort lag inmitten der Berge, deren Schatten sie auch jetzt noch wahrnehmen konnte. Wie ein riesiger Schutzwall. Doch Sicherheit verspürte sie deshalb nicht. Im Gegenteil: Sie fühlte sich kleiner und verletzlicher. Es war eher so, als würden die Berge sie beschränken und daran hindern, ihre Gedanken voll zu entfalten. Aber das war natürlich Einbildung. Vermutlich war sie einfach erschöpfter von ihrem ersten Tag, als sie ursprünglich gedacht hatte.

Doch bevor sie weiter darüber nachdenken konnte, kam ein Wagen von der Bergrettung neben ihr zum Stehen. Gerg ließ die Scheibe herunter.

»Sind Sie schon abfahrbereit, Frau Jahn? Oder wollen Sie noch hochgehen? Ich bin ein wenig zu früh, tut mir leid.«

»Passt schon«, antwortete sie, umrundete das Auto und hievte sich auf den Beifahrersitz. »Sie haben sich Ihren Feierabend längst verdient. Lassen Sie uns ruhig anfangen.«

»Und das Zimmer, ist das in Ordnung? Ich hab der Kati gesagt, sie soll die Übernachtung nicht so teuer machen. Hoffe, sie hält sich dran. Bei ihr ist es immer absolut sauber, das kann ich versprechen. Aber wenn sie ein Geschäft wittert, ist sie nicht besonders zimperlich mit den Preisen.«

»Wie nett, dass Sie sich so für mich einsetzen. Es ist alles in Ordnung. Auch der Preis, keine Sorge.«

Sie regulierte die Rückenlehne, die sehr steil eingestellt war. Der süße Nachtisch stieß ihr auf, und sie hoffte, ihr Magen würde sich beruhigen, wenn er etwas mehr Platz hätte. »Danke auch für Ihre Empfehlung. Das Essen in der Dorfschänke war wirklich lecker.« Sie rieb über ihren Bauch. »Ich hätte nur die Finger von dem Kaiserschmarrn lassen sollen. Beim nächsten Mal werde ich mir einen Kinderteller bestellen.«

Gerg grinste breit. »Hier bei uns kriegst du noch richtige Portionen für dein Geld.«

Alexa ließ den Wechsel in der Anrede unkommentiert, denn auch im Gasthaus war sie zuvor geduzt worden. Das schien hier in der Region so üblich zu sein. Dennoch fühlte es sich für sie ungewohnt an. Außerdem war er nicht bei der Polizei und wesentlich älter, deshalb blieb sie aus Höflichkeit beim förmlichen Sie.

Gerg bog schwungvoll auf den Parkplatz ein, den sie schon vom Morgen kannte. Alexa suchte in ihrer Tasche einen Stift und ihren Block, um sich die Kennzeichen zu notieren, denn es standen tatsächlich noch zwei Fahrzeuge dort.

Am Ersten fuhr Gerg vorbei, ohne das Tempo zu drosseln. »Das musst du nicht aufschreiben, der silberne SUV da vorne gehört einem der Wirte.«

»Sie kennen hier wohl jeden?«, fragte Alexa, während sie sich den Typ und das Kennzeichen des anderen Wagens notierte. Auch das des Mercedes behielt sie trotz des Einwands von Gerg im Kopf. Schließlich konnte ein Ortsansässiger durchaus der Mörder der Frau sein, und ein Auto, das zu jeder Tageszeit völlig unauffällig unterhalb der Bergspitze stehen konnte, würde sie auf keinen Fall außer Acht lassen.

»Die meisten. Ich bin in Lenggries aufgewachsen«, antwortete Gerg. »Und übrigens nennen mich alle hier bloß Tobi.«

Lächelnd nickte Alexa. Sie wollte noch etwas Nettes über seine Heimat sagen, aber sofort musste sie an das mulmige Gefühl denken, das sie auf dem Berg und auch vorhin im Ort gehabt hatte. Deshalb ließ sie es lieber bleiben. Stattdessen erkundigte sie sich nach dem Jungen, den sie am Morgen gefunden hatten.

»Dem geht es sicher nicht besonders. Seine Mutter war fuchsteufelswild, als sie von dem Unfall hörte. Immerhin hat er das Fahrrad zu Schrott gefahren. Das war neu und saumäßig teuer. Sie hat gleich sein Handy einkassiert und ihn zu Hausarrest verdonnert.«

Nachdenklich starrte Alexa in die Dunkelheit. Dabei hätte die Frau eigentlich froh sein sollen, dass ihr Junge heil nach Hause gekommen war, nach allem, was Alexa im Laufe des Tages gehört hatte. Und was man mit Geld ausgleichen konnte, war ihrer Meinung nach im Grunde kein wirkliches Problem.

»Haben Sie …« Sie hielt kurz inne und korrigierte sich: »Hast du vorher schon einmal so einen Fall erlebt, wie wir ihn heute hatten?«

»Nein. Und ich hoffe, dass das auch die einzige zerteilte Leiche bleiben wird. Aber die Leute werden ja ohnehin immer verrückter. Eigentlich ging es uns nie besser, aber wirklich anmerken tut man das den wenigsten.«

Alexa ließ seine Worte auf sich wirken. Sie deckten sich mit dem, was sie selbst insgeheim dachte.

»Glaubst du, wir werden da oben morgen irgendwelche Hinweise finden?«, fragte sie weiter, während Gerg vor dem nächsten Parkplatz stehen blieb, auf dem sie erneut ein Kennzeichen notieren konnte.

»Ich hoffe es. Vor allem, dass wir den Rest der Leiche finden, bevor ein nichtsahnender Wanderer darüber stolpert. Ich habe schon den Hubschrauber geordert und ein paar Kollegen gebeten, morgen noch zu uns zu stoßen, um bei der Suche zu helfen. Das Gelände ist groß und in Teilen unwegsam, wenn man von einem Radius ausgeht, der bei dem Rucksack anfängt und bei der Demmelspitze endet.«

Alexa wunderte sich, dass er unabgestimmt weitere Kollegen einbezogen hatte, denn je mehr von der Sache wussten, umso größer war die Wahrscheinlichkeit, dass doch etwas nach draußen drang. Allerdings kannten sich Gerg und Brandl schon lange und waren sicher ein eingespieltes Team.

Sie erreichten den nächsten öffentlichen Parkplatz, der sich direkt im Ort befand und der noch recht voll war. Alexa stieg kurz aus und machte dieses Mal Fotos. Sie konnte morgen in aller Frühe erneut eines machen und am folgenden Abend noch eines, um sie später abzugleichen.

Als hätte er ihre Gedanken gelesen, redete Gerg sofort weiter, nachdem sie wieder in den Wagen gestiegen war.

»Ich hätte mir gewünscht, dass der Ludwig gleich mit einem größeren Suchtrupp anfängt. Im Sommer 2019 hatten wir auch einen Vermisstenfall. Aufgrund von Fotos und Videos in den sozialen Medien war das Gebiet klar abgegrenzt, in dem wir suchen mussten. Die Polizei und auch wir hatten nach einigen Tagen längst aufgegeben. Aber eine Gruppe von Freiwilligen ließ nicht locker und entdeckte drei Wochen später die Leiche des Vermissten.«

Gerg presste die Lippen zusammen und lenkte den Wagen wieder zurück auf die Hauptstraße, um den nächsten Parkplatz anzufahren. Alexa verstand, dass ihn diese Erinnerung belastete.

»Wenigstens hatten die Angehörigen dann Gewissheit«, sagte sie.

Er nickte, auch wenn ihre Bemerkung ihn sicher nicht darüber hinwegtrösten konnte, dass sie seinerzeit zu früh aufgegeben hatten.

Eine Sache war Alexa noch nicht klar: »Wie kommt es, dass man Vermisste hier so schwer findet?«

»Im Winter können die Leute vom Schnee verschüttet werden. Da haben wir oft keine andere Chance als abzuwarten, bis die Schneeschmelze kommt. Aber das Gelände ist auch sonst sehr zerklüftet und der Bodenbewuchs dicht. Bei dem Fall vor zwei Jahren war der Bereich, in dem die Leiche am Ende gefunden wurde, zuvor sogar schon einmal von uns genau untersucht worden. Aber in dem dichten Gestrüpp eines Latschenfeldes, da hast du manchmal gar keine Chance, etwas zu sehen. Manche Vermisste finden wir deshalb erst nach Jahren. Eine Frau, direkt hier aus dem Ort, wurde erst neun Jahre später entdeckt. Wieder andere finden wir nie. Hoffen wir also das Beste für morgen.«

Dem konnte Alexa nur beipflichten. Obwohl Gergs Ausführungen sie nicht gerade zuversichtlich stimmten.

9.

Nachdem sie die Kennzeichen und Fotos archiviert und noch kurz mit ihrer Mutter Susanna telefoniert hatte, stand Alexa am Fenster und starrte nach draußen in die Dunkelheit. Die Nacht schien ihr undurchdringlicher, als sie es je anderswo empfunden hatte. Nur wenige Lichter erhellten den Ort. Ein leichter Wind war aufgekommen und rüttelte von Zeit zu Zeit an den Fensterläden.

Es war ihr sehr schwergefallen, ihrer Mutter während des Telefonats nichts von dem grauenhaften Fund zu erzählen. Sie hatten ein besonders enges Verhältnis, nicht nur weil Susanna sie ganz alleine großgezogen und es nie einen Vater in Alexas Leben gegeben hatte, sondern weil ihre Beziehung immer von gegenseitigem Respekt geprägt gewesen war. Nur während der Jahre, in denen Alexa in der Pubertät gesteckt hatte, war es zu Reibungen gekommen. Alexa hatte sich damals partout nicht damit zufriedengeben wollen, dass Susanna ihr weiterhin jedes Detail über ihren Vater vorenthielt, was oft zu lautstarken Auseinandersetzungen geführt hatte.

Mittlerweile wusste Alexa Bescheid darüber, dass sie in einer kurzen, aber leidenschaftlichen Nacht nach einer zufälligen Begegnung in einem Hotel entstanden war. Im Teenageralter hatte ihre Mutter sie jedoch noch nicht für reif genug gehalten zu verstehen, warum sie sie zur Welt gebracht hatte, ohne jemals zu versuchen, ihren leiblichen Vater ausfindig zu machen.

»Das war so einfach nicht gedacht gewesen. Es war eine Affäre. Mehr nicht. Wir hatten keine Ansprüche aneinander. Natürlich hat er mir gefallen, sonst wäre das nie passiert. Aber ich kannte ihn viel zu wenig, um ein Leben mit ihm aufzubauen. Dafür bedarf es mehr. Tiefere Gefühle, Vertrauen, eine gemeinsame Geschichte. Es hat sich anders ergeben, als ich erwartet habe. Dennoch habe ich es nie bereut. Besser hätte mein Leben nicht verlaufen können«, begann ihre Mutter eines Abends die schonungslose Beichte, kurz bevor Alexa ihre erste eigene Wohnung bezogen hatte. Zwar war diese nur knapp fünfzehn Minuten entfernt, aber es war Alexa wichtig gewesen, selbständig zu sein, ihre eigenen vier Wände zu haben und die Verantwortung für ihr Leben zu übernehmen. So wie ihre Mutter es immer getan hatte.

Außerdem hoffte Alexa, Susanna würde dann endlich mehr auf ihre eigenen Bedürfnisse achten und sich vielleicht irgendwann doch noch einen Partner suchen. Sie hatte immer das Gefühl gehabt, sie sei der Grund dafür, dass ihre Mutter sich niemals an einen Mann gebunden hatte. Darin hatte sie sich allerdings sehr getäuscht. Auch nach ihrem Auszug war Susanna allein geblieben, hatte jedoch nie einen unglücklichen Eindruck gemacht. Ganz im Gegenteil. Auch wenn sie immer wieder erstaunt war, wie wenig sie ihrer Mutter ähnelte, in dieser Hinsicht waren sie gleich: Sie hatte nie das Gefühl gehabt, eine Beziehung zu brauchen, um zufrieden zu sein.

Alexa musterte die Umrisse des Berges, der sich schemenhaft in tiefem Schwarz vor dem Nachthimmel abzeichnete.

Gergs Erzählungen und die Erlebnisse des Tages hallten in ihr nach. Was dort oben wohl sonst noch verborgen war?

Sie atmete einmal tief durch und schloss für einen Moment die Augen, um sich zu konzentrieren. Ihre Mutter, die als Osteopathin arbeitete, würde sie vermutlich wieder daran erinnern, dass alle Dinge, genau wie der menschliche Organismus, eine Struktur bildeten, miteinander verwoben waren. Dass auch Ereignisse eine in sich geschlossene Einheit waren.

Doch so sehr Alexa sich bemühte, den Fund in einen Kontext zu setzen, es wollte ihr nicht gelingen. Sie fand einfach keine Erklärung dafür, warum jemand eine halbe Leiche an einen Berg hängte.

Vielleicht musste sie früher ansetzen. Warum zerteilte jemand überhaupt einen Toten? Es kam extrem selten vor, dass eine Leiche zerstückelt wurde. Natürlich hätte der Täter sie in einem Stück auch niemals ohne Hilfsmittel auf den Berg schaffen können. Ein toter Körper hatte ein extrem hohes Gewicht. Allerdings war es auch nicht einfach, eine Leiche zu zerteilen. Das kostete ebenfalls Kraft. Man brauchte Geräte wie eine Axt oder eine Säge und musste damit umgehen können. Aber was hatte er überhaupt dort oben gewollt? Der Gipfel war definitiv nicht der Tatort. Warum also gerade dieser Berg?

Die brutale Gewalt, die der Frau nach ihrem Tod angetan worden war, stand für Alexa in krassem Widerspruch zu allem, was sie sonst wahrgenommen hatte: Die Tote war tadellos gekleidet gewesen, ihr Gesicht und ihre Hände wirkten sauber, als hätte man sie noch gewaschen, und auch ihr Haar hatte ordentlich und frisch gekämmt ausgesehen. All das sprach nicht für extreme Gefühle wie Wut oder Hass, ließ nicht auf einen Täter in Rage schließen.

Doch warum hatte er ihnen die Leiche so präsentiert? Das Nachspiel zur Tötung hatte ihn Zeit und Mühe gekostet – und der Täter hätte jederzeit bei seinem Tun entdeckt werden können. Wollte er vielleicht genau das? Suchte er dabei irgendeinen Kick? Und hatte das Pech gehabt, dass niemand vorbeigekommen war? Nutzte er deshalb den Rucksack als Wegweiser?

Sie öffnete die Augen und spähte in die Dunkelheit. Der Wind war stärker geworden. Die Kronen der Bäume vor ihrem Fenster bogen sich, und ihre Schatten zeichneten bizarre Bilder auf den Asphalt. Zeitweise schien es Alexa so, als würde dort unten jemand stehen. Sie sah genauer hin, konnte aber niemanden entdecken. Sicher spielte ihr das diffuse Licht einen Streich. Als sie gerade den Blick abwenden wollte, nahm sie eine Bewegung wahr. Eindeutig. Sie legte die Hände an die Augen, drückte sich nahe an die Scheibe, um besser sehen zu können. Erneut rührte sich etwas. Ihr Atem ging schnell. Wieder fuhr eine Böe durch das dichte Geäst. Da ... der Schatten löste sich – und ein Fuchs lief die Straße entlang. Sie atmete hörbar aus. Sie war eindeutig überspannt.

Wieder wanderte ihr Blick den Berg hinauf, und sie fragte sich, ob dort oben die andere Hälfte der Toten lag. Würden sich bereits Tiere an ihr zu schaffen machen?

Schnell trat sie einen Schritt zurück, zog die Vorhänge zu, schnappte sich ihr Handy und konzentrierte sich wieder auf den Fall. Sie googelte »Zerstückelung einer Leiche«. Aber auch keiner der Rechtsmediziner, die in den aufgelisteten Zeitungsartikeln zitiert wurden, lieferte ihr eine Erklärung, die sie weiterbrachte. Während der eine Experte von einem zweck- und regellosen Vorgehen ausging, sprach ein anderer davon, dass ein solcher Tathergang der schieren Verzweiflung entspringe: Plötzlich sehe sich der Täter mit einem Toten konfrontiert, den er irgendwie loswerden müsse. Aber auch das passte nicht zu diesem Fund, denn dann wäre er sicher viel pragmatischer vorgegangen, hätte die Teile irgendwo im Wald verscharrt oder in Säcke gepackt, um sie in einem Container zu entsorgen. Sein Ziel wäre gewesen, die Leiche möglichst schnell und unbemerkt loszuwerden. Im Schutz der Dunkelheit. Ohne Risiko. Nicht, sie mit einem waghalsigen Manöver an einen Fels zu hängen.

Frustriert legte Alexa das Smartphone weg und begann damit, aus ihren Sachen zu schlüpfen. Sie musste endlich aufhören, sich das Hirn über den Fall zu zermartern. Immerhin stand ihr morgen ein langer und anstrengender Tag bevor, und sie brauchte ihren Schlaf, um einen klaren Kopf zu haben.

Rasch löschte sie das Licht, kroch unter die dicke Bettdecke, schaltete den Fernseher an und ließ sich noch eine Weile von den Bildern berieseln, um die Gedanken an die Tote endlich aus ihrem Kopf zu verbannen.

10.

»Wir haben noch immer keinen Hinweis auf die Identität der Toten. Die Überprüfung der Kennzeichen, die unsere neue Kollegin Alexa Jahn in die Wege geleitet hat, ergab bisher keinen Anhaltspunkt, deshalb müssen wir die Suche auf die umliegenden Ortschaften ausweiten. Darum kümmern sich die Kollegen aus Bad Tölz bereits.« Brandl räusperte sich. »Aus der Rechtsmedizin liegen uns allerdings erste Ergebnisse vor. Die Frau war zum Zeitpunkt der Zerstückelung bereits tot. Die Spurenlage hat ganz klar ergeben, dass sie von hinten erdrosselt und erst post mortem zerteilt wurde.«

Unweigerlich fasste sich Alexa an den Hals. Aus dem Augenwinkel bemerkte sie, dass Huber sie von der Seite musterte. Schnell schob sie die Hand in den Nacken und ließ ihre Fingerspitzen dort kreisen, so als wolle sie die Muskulatur lockern.

Es passierte ihr oft, dass ihre Gesten das Gehörte spiegelten, wenn sie extrem konzentriert war. Es half ihr, sich die Fakten einzuprägen, aber schon in ihrer alten Dienststelle hatte das immer wieder zu spöttischen Bemerkungen ihrer Kollegen geführt. Vor allem der Männer. Hier wollte sie es erst gar nicht so weit kommen lassen, zumal Huber nicht denken sollte, sie sei ein Sensibelchen.

Ihr Kollege war am Morgen überraschend mit ihrem Koffer im Frühstücksraum der Pension aufgetaucht. Er hatte sich einen Kaffee bringen lassen und sie gebeten, in Ruhe fertig zu essen. Ihr Gespräch war zwar schleppend verlaufen, aber er hatte danach genauso geduldig gewartet, bis sie sich umgezogen hatte – und sie war froh, dass sie nun passendes Schuhwerk für ihren nächsten Einsatz in den Bergen hatte.

Danach hatte er sie erneut zu den Parkplätzen gefahren, die sie am Abend zuvor fotografiert hatte, und anschließend zu dem Saal, der ihnen als provisorische Einsatzzentrale diente. Dort stellte er sie den acht Kollegen vor, die das Kernteam bilden sollten. Zwar hätte sie das lieber selbst gemacht, aber sie ließ sich nichts anmerken, denn es war sicher nett gemeint. Vielleicht hatte Brandl ihn angewiesen, dies zu tun, dennoch war sie froh, dass sie an diesem Tag offenbar einen besseren Start hatten.

Jetzt tauchte an der Wand hinter Brandl ein Foto vom Hals des Opfers auf.

»Die Strangmarken deuten darauf hin, dass der Täter einen schmalen Draht oder ein Kabel verwendet hat. Das Opfer war zu diesem Zeitpunkt noch bei Bewusstsein und hat versucht, das Drosselwerkzeug zu lockern.« Er wechselte zu einem Bild, das diese Verletzungen dokumentierte. »Das zeigen die Kratzer am Hals, die von den Fingernägeln des Opfers stammen. Aber es ging alles sehr schnell. Deshalb sind die Stauungszeichen kaum ausgeprägt. Ansonsten waren keine Abwehrspuren zu finden. Vermutlich wurde die Frau demnach von hinten überrascht.«

Brandl machte eine kurze Pause und musterte die Anwesenden im Saal eingehend.

»Jetzt kommen wir zur Zerstückelung.«

Alexa rutschte auf ihrem Stuhl ein Stück nach vorne, als Brandl ein neues Bild aufrief, auf dem zu sehen war, was sich unterhalb der Kleidung der Toten befunden hatte. Sie war erstaunt, wie sauber der Wundrand wirkte.

»Der Täter hat scharfe Messer und eine Axt benutzt«, fuhr Brandl fort und zeigte dann eine weitere Fotografie. »Wie ihr sehen könnt, hat er anschließend einen blauen Plastikbeutel über die offene Wunde gezogen und das Ganze mit Klebeband fest verschnürt, wodurch es an der Kleidung selbst keine Blutspuren gab. Der Täter hat nichts entfernt, alle Organe, die zu den oberen Extremitäten gehören, sind mit verpackt worden. Ihr Körper weist bis auf einige Hämatome keine Verletzungen auf.«

»Konnte der Mediziner etwas zum Todeszeitpunkt sagen?«, meldete sich Alexa zu Wort.

Brandl nickte. »Sie war zwischen 24 und 48 Stunden tot, als wir sie gefunden haben. Bevor sie auf den Berg gebracht wurde, war der Körper in einer Umgebung, in der es wesentlich kälter als zwanzig Grad war, so lauten die bisherigen Ergebnisse.«

Ein bis zwei Tage. Viel Blut. In einem Keller vielleicht? Das würde die Temperatur erklären. Alexa wollte gerade nachhaken, als Brandl mit seinen Erklärungen fortfuhr: »Bisher konnten keine Spuren gesichert werden, die uns einen Hinweis auf den Täter liefern. Natürlich arbeiten die Kollegen weiter daran und prüfen Fasern und einige Tannennadeln, die an der Kleidung der Toten hingen. Aber im Moment wissen wir weder, wo der Mord passiert sein könnte, noch, wer das Opfer ist. Deshalb müssen wir absolut gründlich vorgehen, wenn wir die Gegend absuchen, in der wir ihre Leiche gestern gefunden haben. Die Papiere der Frau müssen irgendwo sein, ihr Portemonnaie, ein Handy. Aber auch jede Zigarettenkippe, jeder kleine Papierfetzen kann wichtig sein. Und lasst uns alle hoffen, dass wir schnell auf den anderen Teil der Leiche stoßen.«

»Du sagtest eingangs, sie wurde überrascht. Können wir davon ausgehen, dass es sich um ein Zufallsopfer handelt? Eine Bergsteigerin, die dem Täter zufällig begegnet ist?«, fragte jemand.

Brandl hielt einen Moment inne, bevor er antwortete. »Darüber möchte ich momentan nicht spekulieren. Wir wissen zu wenig, sowohl über das Opfer und den Tatort als auch über den Täter selbst. Deshalb sollten wir uns hüten, vorzeitig in eine bestimmte Richtung zu denken. Sonst noch Fragen?«

Alexa schaute in die Runde. Sie hätte noch tausend Fragen gehabt, behielt sie aber für sich. Ihr Chef hatte recht: Es war zu früh für Theorien. Nur eines stand aus ihrer Sicht fest: Der Täter war sicher ein Mann, denn alle Details, die sie gehört hatte, erforderten viel Kraft und eine gewisse Körpergröße.

»Der Tobi wird euch jetzt in drei Gruppen einteilen. Wir werden das Gebiet aus verschiedenen Richtungen untersuchen, teils zu Fuß, teils mit den Fahrzeugen der Bergrettung. Ich selbst fahre mit dem All Terrain Vehicle gleich ganz nach oben und starte direkt unterhalb des Gebiets, wo gestern der Hubschrauber war. Also: an die Arbeit. Und viel Erfolg!«

Florian Huber stand sofort auf und eilte zu seinem Chef. Doch bevor er loswerden konnte, was ihm auf der Zunge lag, winkte Brandl auch Alexa zu sich.

Als sie die beiden erreichte, holte Brandl etwas aus seiner Aktentasche. »Ich habe deine Dienstmarke mitgebracht, Visitenkarten, ein Handy und deine Dienstwaffe – auch wenn ich hoffe, dass die heute nicht zum Einsatz kommt. Aber man weiß nie. Nicht ganz der übliche Weg, aber deine Begrüßung und den Einstand holen wir nach, wenn das alles hier vorbei ist, in Ordnung?« Er drückte ihr das Schulterholster in die Hand. Dann fuhr er fort: »Ihr teilt euch bitte in unterschiedliche Gruppen auf. Und gebt mir sofort Bescheid, wenn ihr irgendwas gefunden habt. Mir schmeckt die Geschichte nicht, und ich befürchte, wir bekommen noch eine Menge zu tun, wenn sich das erst herumgesprochen hat. Wir müssen uns hüten, dass es nicht heißt, hier würden wahllos Bergsteiger hingerichtet. Dann fällt die Presse wie die Aasgeier über den Ort her, und die Telefone in der Dienststelle stehen nicht mehr still. Und wir können alles brauchen, außer Panik.«

Alexa und Huber nickten.

»Gut. Ich verlasse mich auf euch. Keine Spekulationen. Und nun los. Bis heute Abend will ich wissen, wer die Frau ist.«

11.

Mit dem Mannschaftswagen fuhr Alexa an der Gruppe vorbei, die in breiter Formation den Weg absuchte, den sie bereits vom vergangenen Tag kannte. Huber führte die Suchmannschaft an, die dieses Mal einen Leichenspürhund bei sich hatte, und lief mit konzentrierter Miene ganz vorne. Er hob kurz die Hand, als sie ihn passierten.

Obwohl Brandl um Stillschweigen gebeten hatte, waren doch bereits einige Freiwillige zu der Gruppe hinzugekommen. Alexa vermutete, dass es die ehrenamtlichen Kollegen von der Bergwacht waren, von denen Gerg am Vorabend gesprochen hatte, oder Polizisten in Zivil, die helfen wollten. Es war ohnehin utopisch, dass ein solcher Fall nicht die Runde machen würde. Solange die Information in den eigenen Reihen blieb, hielt sie es jedoch für einen Vorteil, denn das Gelände, das sie überprüfen wollten, war weitläufiger, als sie zunächst gedacht hatte, und schwierig zu begehen.

Die Toyota Land Cruiser, die ihnen als Mannschaftswagen dienten, waren geräumig, und es fanden neben dem Fahrer und ihr selbst fünf weitere Leute im Innenraum Platz. Niemand sprach ein Wort, mit ernster Miene hing jeder seinen Gedanken nach. Der Himmel war noch verhangen, aber es würde keinen Regen geben, hatte man ihr versichert.

Angespannt schaute Alexa dem Beifahrer über die Schulter und beobachtete, wie der andere Offroader trotz des Anhängers, auf dem das Allzweckfahrzeug transportiert wurde, und trotz der Steigung zügig vorwärtskam. Ihr Chef würde später mit diesem Gefährt zusammen mit Gerg noch bis direkt unterhalb der Demmelspitze fahren. Der Rest ihrer Truppe befand sich ebenfalls in dem vorausfahrenden Fahrzeug, und sie sollten dann ab dem Haltepunkt zu zehnt die Strecke bis unterhalb der Felsformation absuchen.

Als sie erneut um eine enge Spitzkehre bogen, begann der Wagen stark zu ruckeln. Alexa hielt sich an der Lehne fest und schaute aus dem Fenster. Zu ihrer Rechten fiel ein Abhang steil nach unten ab. Instinktiv beugte sie sich ein Stück nach innen, so als könnte sie damit dem Wagen Stabilität geben. Obwohl sie sich bei der Besprechung des Einsatzes inmitten der Soko schon recht wohlgefühlt hatte, war sie unsicher, weshalb Brandl ihr derart schnell die Leitung einer der Gruppen übertragen hatte. Vielleicht wollte er ihr damit etwas Gutes tun, ihre Position von Anfang an stärken. Aber es wäre keinem damit gedient, wenn sie eine falsche Entscheidung fällte. Und sie kannte weder das Gelände noch die Gegend, war außerdem nicht im Bergwandern geübt. Es hatte jedoch keine Gelegenheit gegeben, Brandl ihre Bedenken mitzuteilen, und so blieb ihr nichts übrig, als die Herausforderung anzunehmen.

Kurzentschlossen wandte sie sich zu ihren Mitstreitern um. »Ich möchte euch alle bitten, mich heute tatkräftig zu unterstützen«, begann sie mit fester Stimme. »Es ist erst mein zweiter Tag bei der Weilheimer Kripo, und ich habe keinerlei Erfahrung als Bergsteigerin. Da, wo ich bisher tätig war, gab es zwar Geländeeinsätze, aber die waren keine wirkliche Herausforderung. Flachland. Ihr wisst, was ich meine.«

Die anderen nickten, murmelten ein »Freilich«, schienen aber wenig beeindruckt von ihrer Ansprache, denn es kehrte unmittelbar wieder Ruhe im Fahrzeuginneren ein.

Sie ließ die Schultern sinken, war froh, es zumindest angesprochen zu haben. Auch wenn die anderen es nicht der Rede wert fanden, fühlte sie sich jetzt besser.

Alexa sah wieder nach draußen, versuchte aber, den Blick nicht nach unten zu richten, denn der Anblick begann sie nervös zu machen. Stattdessen fixierte sie den Weg vor sich und die graue, karge Bergspitze, die sich immer dann in ihr Sichtfeld schob, wenn der Wald sich lichtete.

Um sich abzulenken, ließ sie sich noch einmal durch den Kopf gehen, was sie gehört hatte. Am besten wäre es, sie könnte sich Notizen machen, denn das half ihr immer, ihre Ideen zu sortieren und gleich Arbeitsschritte abzuleiten. Doch der Wagen ruckelte zu sehr.

Bisher gab es eindeutig mehr Fragen als Antworten. Warum dieser Berg? Bedeutete er etwas für den Täter? Kannte der Täter sein Opfer und der Berg hatte etwas mit der Beziehung zwischen den beiden zu tun? Wieder dachte sie an die fehlenden Abwehrspuren. Anders als Brandl und der Kollege bei der Besprechung hatte sie das Gefühl, dass Mörder und Opfer sich gekannt hatten. Vielleicht wollte der Täter genau das erreichen: dass alle glaubten, dass sie ein Zufallsopfer war. Wenn sie doch bloß wüssten, um wen es sich bei der Frau handelte! Alexa hoffte, heute wenigstens ihre Papiere oder ein Handy zu finden. Sonst würden Tage, vielleicht sogar Wochen vergehen, bis man herausfand, wie sie hieß. Irgendjemand musste sie doch vermissen!

Erneut schloss Alexa die Augen. Dieses Mal versuchte sie

sich in die Haut des Opfers zu versetzen. Wie die Frau den Draht spürte. Den Druck auf dem Adamsapfel. Es war schnell gegangen, hatte Brandl gesagt. Konnte sie im Moment ihres Todes vielleicht gar nicht begreifen, dass dieser Mensch ihr etwas antun würde? War sie überrascht worden und hatte den Ernst der Situation erst erfasst, als ihr schwarz vor Augen wurde?

Vielleicht waren Täter und Opfer gemeinsam hierhergefahren, und was als kurzer Ausflug geplant war, endete später in einer Katastrophe. War seine Wut auf die Frau, die ihn zum Äußersten getrieben hatte, anschließend so groß geworden, dass er sie nach ihrem Tod immer weiter traktierte, bis ihr Körper in zwei Hälften vor ihm lag? Aber dann hätten die Befunde aus der Rechtsmedizin anders lauten müssen. Nichts wies auf Raserei hin. Alles wirkte auf Alexa eher bedacht. Das allerdings würde die Ermittlungen erschweren. Denn ein Täter, der nicht in Panik geriet, machte weniger schnell einen Fehler.

Der Wagen fuhr nun über steinigeres Gelände, und der Fahrer drosselte erneut das Tempo. Alexa hielt sich wieder an der Lehne vor sich fest und spürte das Holster, dessen frisches und noch hartes Leder sich an ihrer Haut rieb.

Plötzlich kam ihr ein neuer Gedanke in den Sinn, und sie setzte sich ruckartig auf: Was, wenn der Mörder ein perfides Suchspiel mit ihnen spielte? Schon die Positionierung des Rucksacks war ungewöhnlich gewesen.

Genauso exponiert hatte er die Leiche präsentiert, sie zur Schau gestellt. Zugegeben, der Hubschrauber hatte die Tote erst nach einer Weile entdeckt, aber vielleicht hing das bloß mit dem brüchigen Gestein des Felsens zusammen. Gerg hatte erwähnt, dass der Hügel gesperrt war. Da der Mann den Körper nur in der Dämmerung oder der Nacht dorthin transportiert haben konnte, war er vielleicht gezwungen gewesen, diese Stelle zu wählen, statt einer, die von außen besser einsehbar war.

In jedem Fall sprach das alles für eines: Der Mörder kannte sich aus. Wenn er nicht aus der Gegend kam, dann hatte er sich definitiv mehr als einmal hier aufgehalten.

Sie musterte die Gesichter ihrer Mitfahrer. Ob sie deshalb so still waren? Ging ihnen dasselbe durch den Kopf? Dass sie mit demjenigen, der die Leiche in Stücke gehackt hatte, vielleicht schon einmal an einem Tisch gesessen, ihn im Supermarkt getroffen hatten oder er sogar bei ihnen zu Hause zu Gast war?

»Wir sind da«, brummte der Fahrer nun und brachte den Toyota zum Stehen. »Alle aussteigen. Ab hier geht es zu Fuß weiter.«

Alexa öffnete die Tür und sprang aus dem Wagen. Die kalte, feuchte Luft schlug ihr entgegen und machte sie schlagartig noch wacher. Gleichzeitig übermannte sie eine gespannte Aufregung, die sie bis in die Fußspitzen spürte. Sie schaute nach oben, wo das Gipfelkreuz auf dem kargen Felsen über ihr aufragte.

»Jetzt geht es los«, murmelte sie.

12.

Mehr als eine Stunde später stand Alexa der Schweiß auf der Stirn, und die Frische und Entschlossenheit, die sie noch beim Beginn der Suche empfunden hatte, war längst verpufft und schierer Resignation gewichen. Sie waren gemeinsam immer weiter nach oben geklettert. Das Gelände war steil, felsig und noch schwieriger zu begehen als der gestrige Weg. Obwohl sie sich dank des üppigen Frühstücks kräftiger fühlte und das Schuhwerk beim Klettern half, kamen sie nur langsam vorwärts. Wenn sich die Bäume lichteten, erschwerte ihnen dichtes, oft kniehohes Gestrüpp sowohl das Laufen als auch die Sicht. Sie mussten in einer versetzten Reihe gehen, und immer wieder hatte sich einer der Bergretter an dem Abhang an Seilen gesichert herabgelassen, um das Dickicht abzusuchen, das sie anders nicht erreichen konnten. Die anderen warteten dann so lange, bis sie wieder vollzählig waren und weitergehen konnten.

Der Hubschrauber kreiste mittlerweile auch wieder über dem Berg, das Geräusch der Rotorblätter hallte in lautem Stakkato von den Felsen wider.

Sie hatten absolut nichts gefunden außer Bonbonpapieren, Taschentüchern und diversen Zigarettenstummeln. Aber weder ein Ausweis noch der Rest des Leichnams waren aufgetaucht.

Wie vereinbart, schickte Alexa eine Nachricht an Brandl

und Huber, während sie eine kurze Rast machten, um zu verschnaufen und Wasser zu trinken.

»Sie halten verdammt gut mit«, sagte ein Mann aus der Gruppe der Bergwacht, der Max Eger hieß und ungefähr in ihrem Alter war.

Alexa zuckte mit den Schultern und bedankte sich. Ihr Kopf glühte, und sie war sicher, hochrot im Gesicht zu sein. Ihre blasse Haut begünstigte diese Neigung, die bei großen Anstrengungen oder Sport sichtbar wurde.

»Nein, wirklich. Für jemanden, der noch keine Erfahrung hat, machen Sie das wirklich gut«, wiederholte er.

Die anderen nickten zustimmend, dennoch gewann Alexa den Eindruck, er wolle nur höflich sein. Rasch nahm sie einen letzten Schluck aus ihrer Flasche, schraubte sie dann entschlossen zu und steckte sie zurück in die Tasche. Noch einmal so lange, und sie hätten nach ihrer Schätzung die Demmelspitze erreicht.

»Weiter geht's, oder?«, brüllte sie gegen das laute Dröhnen des Hubschraubers an, der dicht über ihnen flog.

Einer der Bergwachtleute richtete den Blick nach oben, schirmte die Augen gegen das helle Grau des Himmels ab.

»Der zeigt auf was, seht ihr das? Ein Stückl weiter oben.«

Alexa legte den Kopf in den Nacken und versuchte zu erkennen, wovon er sprach. Und wirklich: An der offenen Tür des Helis stand jemand, der nach unten deutete, so als wolle er ihnen ein Zeichen geben. Sie hob die Arme, winkte und reckte dann den Daumen hoch, um zu signalisieren, dass sie verstanden hatte.

»Die müssen irgendetwas entdeckt haben. Aber ich möchte hier nicht einfach abbrechen, deshalb schlage ich vor, wir bilden zwei Teams«, schrie sie, so laut sie konnte. »Ich gehe mit zwei Leuten vor und schaue, worauf der Kollege uns hinweisen wollte. Kommt ihr hier zurecht und sucht den Rest der Strecke ab? So verlieren wir keine Zeit.«

Sofort trat Max Eger an ihre Seite. »Bin dabei.«

Auch die junge Schutzpolizistin in ihrem Team erklärte sich bereit, sie zu begleiten.

»Dann mal los«, sagte Alexa und ging mit großen Schritten voran. Eine nervöse Unruhe überfiel sie. Sollten sie etwa wirklich so großes Glück haben, in kürzester Zeit etwas zu finden?

Flankiert von ihren Begleitern hastete sie in die Richtung, über der der Heli konstant seine Höhe hielt. Alexa keuchte schwer von dem steilen Anstieg, aber es kam nicht in Frage, das Tempo zu drosseln. Nicht jetzt.

Der Wald lichtete sich, und sie umrundeten einen Kamm, an dem sie nur einzeln hintereinanderher gehen konnten. Neben ihr fiel das Gelände jetzt jäh ab und war nur noch von Gräsern und knöchelhohen Kiefern bewachsen. Wenn sie hier stürzen würde, gab es keinen Halt. Also konzentrierte sie sich auf jeden Schritt und vermied es, den Blick abzuwenden, um nicht ins Straucheln zu geraten.

Der Heli schwebte jetzt fast parallel zu ihnen, wieder deutete der Mann aus der geöffneten Tür. Offenbar war das, was seine Aufmerksamkeit geweckt hatte, ein Stück unterhalb von ihnen. Als Alexa erneut ein Zeichen gab, drehte der Hubschrauber ab, und erleichtert atmete sie auf. Wenigstens war der Lärm weg, so konnten sie sich besser konzentrieren und verständigen. Der Hubschrauber flog nach unten, wo sich vermutlich die Gruppe von Huber befand.

Alexa wollte sich über den Rand des Abhangs beugen, doch

Max Eger hielt sie zurück. »Vorsicht!« Er trat mit der Hacke fest auf, und schon lösten sich kleine Steine. »Ich seile mich ab. Alles andere ist zu gefährlich.«

Er suchte sich in der Wand einen Fixpunkt, schlug den Haken ein und sicherte das Seil mit einem Karabiner. Dann prüfte er mit einem starken Ruck, ob alles hielt, befestigte es an seinem Klettergurt und begann langsam, sich den Hang hinabzulassen.

Schon nach wenigen Minuten konnten sie ihn nicht mehr sehen, nur das Seil bewegte sich. Als es plötzlich nach links gezogen wurde, behielt Alexa den Haken fest im Auge. Wenn er sich lösen würde und der Spannung nachgab, fiele der Bergretter ungebremst den Hang hinab. Nervös trat sie von einem Bein aufs andere, als sie seine Rufe hörte.

»Fund«, schrie er.

Im selben Moment stoben zwei Krähen mit wütendem Geschrei davon, stiegen hoch in die Luft und landeten dann in einem der Gehölze, ohne Eger aus dem Blick zu lassen.

Die beiden Frauen schauten sich an und nickten. Kurz überlegte Alexa, ihren Chef oder Huber zu verständigen, aber womöglich war es besser, damit noch zu warten.

Schon nach wenigen Minuten konnten sie Egers Helm sehen. Die Kollegin hielt Alexa fest, die sich zu ihm vorbeugte, um das anzunehmen, was er ihr entgegenhielt: einen Plastiksack.

Genauso blau wie das Material, mit dem der Oberkörper der Leiche verklebt gewesen war, schoss es Alexa durch den Kopf, und sie bekam eine Gänsehaut. Das Plastik war jedoch mit kleinen Rissen versehen, und an einer Stelle wirkte die Farbe ausgeblichen.

Sie nahm das Bündel an sich und war enttäuscht über das Gewicht. Viel wog es nicht, um den fehlenden Unterleib schien es sich also nicht zu handeln. Vielleicht die persönlichen Sachen des Opfers?

Doch sie legte den Sack zunächst zur Seite und hielt dem Bergretter ihre Hand hin, um ihm das letzte Stück zurück nach oben auf den Pfad zu helfen. Er keuchte vor Anstrengung, konnte seinen Blick aber nicht von dem abwenden, was er gefunden hatte.

»Der obere Teil wehte im Wind. Zum Glück haben die Krähen sich daran zu schaffen gemacht. Sonst hätten die den Sack aus der Luft nie und nimmer unter den Koniferen entdecken können.«

Schweigend kniete sich Alexa nun hin. Sie zog Handschuhe über, schaute noch einmal in die Gesichter ihrer Begleiter, nickte ihnen zu und bemühte sich, den Knoten zu lösen. Er war sehr fest und steif, und sie brauchte einen Moment. Mit einem Ruck öffnete sich endlich der Sack, aus dem ihnen ein penetranter Leichengestank entgegenschlug.

Zunächst erkannte sie nur eine haarige, fleischige Masse. Erst auf den zweiten Blick begriff sie, dass es graues Fell war, ein Körper, Glieder. Eine tote Katze, deren Kopf fehlte. Maden ringelten sich auf dem Leib. Und irgendetwas war um die Läufe des Tieres gewickelt, vermutlich Isolierband.

»Ekelhaft«, murmelte die Kollegin neben ihr und wendete sich ab. »Wer tut so etwas?«

Alexa verkniff sich einen Fluch. Sie hatte solche Hoffnungen in diesen Fund gelegt. Sie vermutete, dass das Tier schon geraume Zeit in diesem Gestrüpp gelegen hatte, vielleicht sogar seit dem letzten Herbst. Immerhin war hier vor kurzem noch eine dichte Schneedecke gewesen, die den Körper konserviert hatte. Auch wenn sie sicher war, dass die Krähen nichts mit dem fehlenden Kopf zu tun hatten, sah sie keine Verbindung zu dem aktuellen Fall. Schnell schloss sie den Sack und drehte ihn oben zu, hoffte, dass keine Flüssigkeit aus den Löchern sickern würde.

Im nächsten Moment passierten mehrere Dinge gleichzeitig: Sie hörten das Echo eines Felsstücks, das in die Tiefe fiel, der Heli flog mit hohem Tempo dicht über sie hinweg zur Demmelspitze hinauf, und Alexas Handy vibrierte in ihrer Tasche.

Es war Huber. »Florian hier. Es hat einen Unfall gegeben. Oben auf dem Gipfel. Brandl ist ...« Er stockte.

Alexa wusste nicht, ob Huber zögerte oder ob der Empfang abgebrochen war. »Hallo? Bist du noch dran?«, fragte sie alarmiert.

»Brandl ist abgestürzt«, fuhr er fort. »Sie bringen ihn mit dem Hubschrauber ins Krankenhaus. Er war nicht bei Bewusstsein ... Wir müssen ...« Wieder brach er ab. Es war keine Störung. Das Ganze ging ihm nahe.

»Was ist mit ihm?«, fragte Alexa heiser.

»Ich kann es dir nicht sagen, aber Gerg klang sehr besorgt. Und wenn er ihn nicht selbst runterbringt ...«

»Was soll ich tun?«, wollte sie wissen.

»Wir unterbrechen die Suche. Gerg wird gleich mit dem ATV runterfahren. Er bringt dich dann zum Mannschaftswagen. Die anderen sollen auch runterkommen, wenn sie keine Erfahrung im Bergsteigen haben. Ich mache mich jetzt sofort auf den Rückweg und fahre zu Brandl ins Krankenhaus.«

»Ich will mit«, entfuhr es Alexa. Es war ihr egal, was Huber dachte, ob es richtig oder falsch war, mit ihm ins Krankenhaus zu fahren. Für sie war es selbstverständlich. Sie kannten sich zwar noch nicht so lange, aber sie waren dennoch ein Team.

»Gut«, entgegnete Huber. »Dann warte ich, bis du unten bist. Aber bitte beeil dich.«

Alexa legte auf und erklärte den anderen, was geschehen war. Während Max Eger sein Seil aufwickelte, rief die Schutzpolizistin einen ihrer Kollegen an, damit auch der andere Trupp wieder zu den Mannschaftswagen zurückkehrte.

Noch einmal ließ Alexa ihren Blick nach oben wandern, wo sie jedoch außer Felsen und einem daraus hervorragenden Kieferngewächs nicht viel sehen konnte. Aber sie wusste seit gestern auch so genau, was dort geschah: Brandl wurde auf einer Trage in den Hubschrauber verfrachtet und dann hoffentlich schnell genug in eine Klinik gebracht.

Dieser verdammte Berg! Wieder fragte sie sich, warum so viele Menschen behaupteten, in der Einsamkeit der Alpen ihren Frieden zu finden. So viele Unglücke waren in den letzten vierundzwanzig Stunden passiert: der Biker, die Tote und jetzt noch ihr Chef.

Vielleicht gehörten Menschen einfach nicht hier hin.

13.

Wie so oft saß Bernhard Krammer an dem schmalen Tisch direkt rechts neben der Eingangstür. Hier konnte er aus dem Fenster schauen, hatte aber auch den gesamten Raum im Blick. Es war sein Stammplatz. Jeden Tag kam er hierher, seit er in Innsbruck lebte. Manchmal mehrfach, denn auch am Abend konnte man hier gut essen. Er wusste selbst nicht, was es gewesen war, das ihn bei seinem ersten Rundgang angezogen hatte. Das Café Central war wie aus einer anderen Zeit mit seiner Stuckdecke, den ausladenden Kronleuchtern, den Marmorsäulen und dem Mobiliar aus dunklem Holz. Vielleicht gab es bessere Kaffeehäuser in der Stadt, aber das interessierte ihn wenig. Manchen war es zu verkitscht. Aber für Krammer war es einer der Plätze, an denen er zur Ruhe kam. Vielleicht auch, weil er in allem ein Stück Wien wiederfand. Von dem Ort, den er geliebt hatte, als sein Leben noch in Ordnung gewesen war.

Schon das Klavier direkt im Eingangsbereich, mit glänzendem schwarzem Pianolack überzogen, beschäftigte ihn immer wieder. Vielleicht würde er sich eines Tages dransetzen. Etwas darbieten. Wenn er nach Feierabend hier war, einen Wein zu viel getrunken hatte, liefen seine Finger schon geschmeidig die Tischkante entlang, so als würde er die Tonleiter spielen. Manchmal konnte er sogar die Töne hören, die er in seiner Vorstellung anschlug.

Er hatte gut gespielt. Bach, Chopin und Beethoven am liebsten. Seine Lehrerin duldete keine Fehler und ließ ihn unerbittlich üben. Das hatte sich ausgezahlt. Agnes Gruber hatte sie geheißen. Mit ihren knochigen, blassen Fingern, an denen dicke goldene Ringe prangten, hatte sie auf seine Hände geklopft, wenn er den falschen Ton traf. Vermutlich war es der Ekel vor dieser Berührung gewesen, die ihn immer besser werden ließ.

Irgendwann war sie gestorben. Plötzlich und unerwartet. Und mit einem Mal war seinen Eltern die musikalische Erziehung ihres Sohnes nicht mehr so wichtig gewesen. Erst da erfuhr er, dass sie ihn kostenlos unterrichtet hatte. Jeden Freitagnachmittag. Wieso sie nie Geld dafür nahm, wollte er gar nicht so genau wissen, obwohl es ihm im Nachhinein seltsam vorkam.

Bei der Erinnerung an die alte Gruber mit ihrer krächzenden Stimme brach ihm gleich wieder der Schweiß aus, und doch vermisste er das Spiel. Die Klarheit der Töne. Das Gefühl der kühlen Tasten unter den Fingern, den Nachklang am Ende der Stücke. Sein Blick streifte das Klavier.

Er seufzte. Irgendwann vielleicht.

Dann richtete er den Blick nach draußen, doch den morgendlichen Verkehr, der sich zäh am Café vorbeischob, beachtete er nicht. Es war wie ein Hintergrundrauschen, das nicht wirklich wichtig war.

Krammer nahm einen Schluck von seinem kleinen Braunen, in den er einen Schuss Schlagobers gegeben hatte, und genoss den Geschmack. Dann sah er auf die Uhr. Er musste längst im Büro sein, sicher würde seine Kollegin Roza schon unruhig.

Er nahm das Kännchen, gab noch etwas mehr von der cremigen Flüssigkeit in seinen Mokka und rührte sie dann unter, bis der Braune die Farbe hatte, nach der er benannt war.

Er konnte es genau vor sich sehen, wie Roza Szabo energisch die Treppe in den zweiten Stock hinaufeilte, mit kurzen, aber sicheren Schritten den Flur durchquerte, um mit einem Blick zu erkennen, dass sein Büro leer war. Dann würde sie eine Tür weiter gehen und ihre gemeinsame Sekretärin Elly Schmiedinger fragen, ob er sich abgemeldet habe. Und Elly, die gute Seele der Abteilung, würde ihn wie jedes Mal in Schutz nehmen und eine plausibel klingende Ausrede erfinden, warum er wieder zu spät kam.

Er schmunzelte, klopfte den Löffel am Rand der Tasse ab und legte ihn auf den Unterteller, bevor er den letzten Schluck mit Genuss trank.

Roza war klein und zierlich, hatte halblanges rotes Haar, das sie meist locker hochgesteckt trug, aber man durfte sie aufgrund ihres Aussehens nicht unterschätzen. Sie konnte mit eiserner Hand durchgreifen, wenn sie wollte. Das Temperament hatte sie von ihrer ungarischen Mutter, genauso wie ihr großes Repertoire an verbalen Spitzen, mit denen sie Schwächen ihres Gegenübers stets treffend beschreiben konnte.

Nachher würde sie ihn über den Rand ihrer rot geränderten Lesebrille hinweg mustern, den Mund zu einem schmalen Strich verzogen. Sie hütete sich davor, ihn offen zu kritisieren. Meistens jedenfalls. Immerhin war er ihr sowohl vom Rang wie auch vom Dienstalter her überlegen. Und in der Gruppe Leib und Leben, die er als Chefinspektor beim LKA Tirol leitete, war die Bedeutung von Titeln und Hierarchie immer noch ungebrochen. Diesen Vorteil nutzte er gerade schamlos aus. Auch das wusste er.

Er hob kurz den Zeigefinger, um dem Kellner anzuzeigen, dass er zahlen wollte, und holte bereits sein Portemonnaie aus der Hosentasche.

Dann ließ er noch einmal den Blick über die gegenüberliegende Tischreihe wandern. Es gab einen weiteren Grund, warum er immer wieder im Central saß. Einen viel wichtigeren als den Kaffee oder die Erinnerung an Wien: Er hoffte immer, *sie* hier zu sehen. Was allerdings nur selten geschah. Auch heute nicht.

Er kannte ihren Namen nicht. Wusste nichts über sie. Aber genau wie er saß sie häufig alleine an einem Tisch, bestellte jedes Mal einen Melange und ein Stück Kuchen, zog dann ein Buch aus der Tasche und begann zu lesen. Sie sah nie auf und schien von dem Trubel um sie herum nichts zu bemerken, völlig versunken in ihre Geschichte. Aber sie lächelte immer, wenn sie einen Schluck aus ihrer Tasse nahm, so als hätte sie dieses wunderbare Getränk zum allerersten Mal gekostet. Dann strich sie ihr blondes Haar hinters Ohr und konzentrierte sich wieder auf ihr Buch.

Dieses Lächeln war es, bei dem es ihn wie ein Schlag getroffen hatte. Er war nie jemand gewesen, der sich schnell für eine Frau begeistern konnte, sei sie noch so hübsch, klug oder charmant. Und nach seiner gescheiterten Ehe hatte er sich auf einen einsamen Lebensabend eingestellt, hatte begonnen, sich ganz in der Arbeit zu vergraben. Zwei Mal nur hatte er sich bisher richtig verliebt, und in beiden Fällen war er gescheitert. Doch obwohl er nie ein Wort mit der Frau gesprochen hatte, war es völlig um ihn geschehen. Für ihn war es kein Zufall. Es war Bestimmung, dass sie sich hier begegnet waren.

»Nur dass sie dich noch gar nicht bemerkt hat«, würde seine Kollegin Roza seine Gedanken kommentieren.

Und sie hätte leider recht damit. Nicht ein einziges Mal hatte die Frau ihn wahrgenommen. Dennoch war sie der Lichtblick in seinem Leben. Und sie war der Grund, warum er nach dem einen oder anderen Glas Wein darüber nachdachte, sich ans Klavier zu setzen und zu spielen. Für sie.

Und er wüsste auch genau, welches Stück er spielen würde: Chopins *Regentropfen-Prélude*. Diese Melodie drückte alles aus, was er fühlte, besser als jedes Wort.

Aber vermutlich würde es nie so weit kommen. Schließlich wusste er genau, wie er war. Schon seine letzte Frau hatte es trotz viel guten Willens nicht mehr mit ihm ausgehalten. Seiner Schweigsamkeit und seiner Melancholie wegen. Und auch zuvor hatte ihm keine ihr Herz geschenkt. Nur seines war ihm immer aufs Neue gebrochen worden.

Krammer schaute in die Tasse, in der der Rest Mokka längst auf dem Boden eingetrocknet war, legte das Geld passend auf den Tisch und eilte aus dem Café.

14.

Huber stand kerzengerade an der Glastür des Wartezimmers und starrte unablässig auf den Gang. Jedes Mal, wenn ein Arzt oder Pfleger vorbeikam, wurde er unruhig. Seine Sorge war deutlich spürbar, er schien das Schlimmste zu befürchten. Auf Alexa wirkte es beinahe, als sei sein Vater ins Krankenhaus eingeliefert worden und nicht sein Chef. Offenbar hatte Brandl eine ähnliche Bedeutung für ihn. Dabei war ihr Huber zuvor eher als jemand erschienen, der für den eigenen Erfolg das Mäntelchen genau in den Wind hing, der ihn weiterbrachte, und für den Mitgefühl ein Fremdwort war.

Doch er war kreidebleich gewesen, als sie ihn im Tal getroffen und er ihr in knappen Worten geschildert hatte, was er wusste: dass Brandl entgegen jeder Warnung von Gerg selbst auf den Gipfel gestiegen war, sich direkt über ihm ein dicker Brocken aus der Wand gelöst hatte und er zusammen mit dem Gestein in eine Felsspalte gestürzt war.

Brandl hatte eine Kopfverletzung davongetragen, von der noch niemand sagen konnte, wie schwerwiegend sie war. Und seine Hüfte und seine Beine waren nach dem Sturz seltsam verdreht gewesen. Das verhieß nichts Gutes.

Alexa sah auf die Uhr. Sie warteten hier nun schon seit einer Stunde. Und obwohl es alles andere als passend war, meldete sich ihr Magen. Eine typische Reaktion für sie: Immer wenn sie unter Stress stand, bekam sie Hunger wie ein Wolf.

Bevor sie Schritte auf dem Gang hören konnte, hatte Hubers nervöse Unruhe sie schon darauf gefasst gemacht, dass sich jemand näherte. Aber es war nur Tobi Gerg, der zu ihnen ins Wartezimmer trat. Er klopfte Huber auf die Schulter, sie wechselten einen Blick, sprachen jedoch kein Wort. Dann bezog Florian Huber wieder seinen Posten an der Tür.

Ein guter Zeitpunkt für Alexa, um rasch zu verschwinden und etwas Essbares zu besorgen.

»Will außer mir jemand einen Kaffee?«

Gerg schüttelte den Kopf, aber Florian Huber bejahte. »Gerne. Schwarz, mit einem Löffel Zucker, bitte.«

Alexa tat es den Männern gleich und nickte nur kurz, froh, dem Zimmer für einen Moment entfliehen zu können.

Sie nahm den Aufzug und fuhr direkt ins Erdgeschoss, wo sie in der Eingangshalle einen kleinen Kiosk gesehen hatte. Außer zwei Kaffee steckte sie noch einen Schokoriegel ein, denn beim Anblick der reich belegten Semmeln kam ihr plötzlich wieder der Katzenkadaver in den Sinn und verschlug ihr sofort den Appetit. Stattdessen kaufte sie einen kleinen Strauß Blumen. Brandl würde bestimmt etwas Farbe in seinem Zimmer gebrauchen können.

Plötzlich fiel ihr auf, dass sie fast gar nichts über ihren Chef wusste: Hatte er Kinder? Wo war seine Frau? Hatte ihr überhaupt jemand Bescheid gegeben? Sie hoffte, dass Gerg oder Huber daran gedacht hatten. Wobei es durchaus sein konnte, dass Huber dies in seiner Betroffenheit schlicht vergessen hatte.

Eilig nahm sie den Papphalter für die beiden Kaffeebecher in die eine und den Strauß in die andere Hand und eilte zum

Aufzug, bevor der seine Türen wieder schloss. Mit dem Ellenbogen drückte sie den Knopf für den zweiten Stock.

Die Situation im Wartezimmer hatte sich nicht verändert: Noch immer stand Huber in der Tür. Als er sie ihr öffnete, kam aus der anderen Richtung ein Arzt mit wehendem weißem Kittel den Flur entlang und hielt auf sie zu.

Sie stellte die Sachen auf einem Tischchen ab, doch bevor sie die anderen fragen konnte, ob Brandls Angehörige über den Unfall informiert worden waren, sprach der Arzt sie direkt an.

»Sind Sie Frau Jahn? Ich bin Kai Becker, der behandelnde Arzt von Herrn Brandl. Würden Sie mir bitte folgen?«

Alexa schaute völlig perplex von dem Arzt zu Huber, neben den jetzt auch Gerg getreten war.

»Wie geht es ihm?«, wollte Florian Huber wissen.

Doch der Mediziner hob nur die Hand, murmelte ein »Später« und bedeutete Alexa, mit ihm zu kommen.

Sie zuckte die Schultern und tat, worum sie gebeten wurde. Doch Hubers verletzten Blick würde sie so schnell nicht vergessen. Er sah aus, als hätte ihm jemand eine Ohrfeige verpasst.

»Können Sie mir sagen, wie es ihm geht? Wir machen uns Sorgen, wissen Sie«, fragte nun Alexa, die sich beeilen musste, mit Becker mitzuhalten, der etwas über eins neunzig groß war und entsprechend ausgreifend vorausschritt.

»Wir haben ihn gleich operiert. Oberschenkelhalsbruch. Nichts Gravierendes. Er wird schnell wieder gesund werden, wenn er sich strikt an unsere Vorgaben hält«, sagte der Arzt nüchtern und schien nicht bereit, weitere Auskünfte zu geben.

Er öffnete die Tür zu einem der Krankenzimmer und zog sie gleich wieder hinter ihr zu, nachdem sie eingetreten war. Brandl lag allein in dem Raum, direkt unter einem großen Fenster, und stöhnte, als er versuchte, sich im Bett ein wenig aufzurichten. Sein Kopf war bandagiert, er trug eine Halskrause und hatte blutige Kratzer im Gesicht, setzte jedoch ein breites Lächeln auf, als er sie erkannte.

Alexa war froh, ihn so gut gelaunt zu sehen, denn dann hatte der Arzt wohl recht mit seinem Kommentar, und ihr Chef war noch einmal mit einem blauen Auge davongekommen.

»Sie haben uns einen ganz schönen Schrecken eingejagt!«, sagte Alexa und stellte erst jetzt fest, dass sie den Blumenstrauß im Wartezimmer vergessen hatte. Da sie ohnehin noch eine Vase besorgen musste, würde sie ihn einfach später vorbeibringen.

»Das war nicht meine Absicht«, lachte er. »Aber du merkst, ich bin schon wieder ganz klar, denn ich habe nicht überhört, dass du mich plötzlich wieder siezt.«

»Entschuldigung, ich muss mich wohl einfach noch daran gewöhnen.«

»Hol dir einen Stuhl und setz dich her«, sagte Brandl und schob sich noch ein Stück höher, wobei er vor Schmerzen das Gesicht verzog. So gut, wie er sie glauben machen wollte, ging es ihm offenbar doch nicht.

»Soll ich nicht die anderen holen? Florian und Tobi Gerg sind auch …«

»Nein«, fiel er ihr ins Wort. »Ich dachte mir schon, dass sie da sind, aber ich habe etwas mit dir zu bereden. Unter vier Augen.«

Sie nickte und holte sich einen der blauen Stühle, die an dem Tisch in der Mitte des Zimmers standen.

»Das Ganze hier hatte ich so nicht kommen sehen, glaub mir«, fuhr er fort, als sie neben seinem Bett Platz genommen hatte. »Ich habe eine Gehirnerschütterung, ein Schleudertrauma und ein paar gebrochene Rippen. Das wäre alles kein großes Problem mit Schmerzmitteln. Aber ich habe mir auch zusätzlich noch einen Oberschenkelhalsbruch zugezogen und werde mindestens zwölf Tage hier in der Klinik bleiben müssen, sagt der Arzt.« Er verzog den Mund zu einer schmalen Linie.

»Aber das sind doch gute Neuigkeiten! Wir hatten mit viel Schlimmerem gerechnet. Gerg sagte, du hättest eine schwere Kopfverletzung …«

»Den Kopf, den kriegt so schnell keiner kaputt. Sternzeichen Widder. Der hält was aus.« Wieder lachte er. »Aber der Arzt sagt, dass die Fraktur im Knochen Schonung braucht. Langsame Therapie, Reha, du weißt schon. Das wird Wochen dauern.« Brandl sah sie ernst an. »Deshalb wollte ich dich sehen.«

Alexa ahnte langsam, worauf das Gespräch hinauslief.

»Ich will, dass du die Ermittlungen der Soko ab heute leitest«, sagte Brandl.

»Was? Ich? Aber …«, versuchte sie etwas einzuwenden. Sie dachte wieder an Florian Hubers Verhalten am gestrigen Tag, an seine Sorge um Brandl, an seinen Blick.

Doch bevor sie formulieren konnte, was sie von dieser Entscheidung hielt, fuhr Brandl fort: »Du bist nicht mit der Kultur und den Einheimischen hier verstrickt, hast einen klaren Blick. Und ich weiß von deinem Vorgesetzten, dass du genug Erfahrung hast, das hinzubekommen. Es ist eine gute Möglichkeit, dir hier Respekt zu verschaffen. Für alle Fälle ist der Tobi ja auch dabei, der ist fast schon einer von uns, musst du wissen. Außerdem kannst du auch mich jederzeit anrufen. Weglaufen werde ich ganz sicher nicht. Mir ist hier definitiv jede Abwechslung mehr als willkommen.«

Sie wusste nicht, was sie davon halten sollte. Natürlich war ihr klar gewesen, dass sie sich vor einer Beförderung zur Hauptkommissarin erst einmal beweisen musste, denn noch immer begegnete man Frauen in gehobenen Positionen mit mehr Vorbehalten als den männlichen Kollegen. Erst recht als die Neue, die man erst kritisch beäugen musste. Aber das brauchte eigentlich Zeit. Außerdem waren in den letzten Stunden leise Zweifel an dem Wechsel nach Weilheim in ihr aufgekeimt. Aber die Aufgabe reizte sie auch. Trotz aller Bedenken. Schließlich war sie nur aus einem einzigen Grund hergekommen und hatte alles Vertraute zurückgelassen: um Karriere zu machen.

»Ich weiß, ich überfalle dich damit. Normalerweise geht es bei uns auch nicht so turbulent zu. Natürlich hätte ich mir mit der Entscheidung gerne mehr Zeit gelassen, genauso wie du dich erst hier eingewöhnen solltest. Aber manche Situationen erfordern besondere Maßnahmen. Und ich denke, es ist eine tolle Chance für dich.« Er strich sich über den Verband und schürzte die Lippen. »Denk einfach darüber nach und gib mir bis morgen Bescheid, ob es für dich in Ordnung geht.«

Sie musterte sein Gesicht. So verletzlich er auch gerade wirken mochte, Brandl hatte eine innere Stärke und Ruhe, die sofort auf sie ausstrahlte.

»In Ordnung. Ich überlege es mir. Aber Florian wird das nicht gefallen«, sagte sie schließlich.

»Ach, ich kenne den Florian schon viele Jahre. Der steckt das weg, glaub mir. Und er bekommt eine andere Aufgabe, die mir genauso wichtig ist.«

Alexa verstand nicht, was er meinte.

»Meine Frau...«, fuhr er fort. »Sie sitzt im Rollstuhl. Schon seit ziemlich genau einem Jahr. Sie leidet unter Multipler Sklerose. Ich werde ihn bitten, sich um sie zu kümmern, während ich hier bin. Ihre Pflege liegt mir sehr am Herzen, das weiß er – und sie kennen sich seit langem.«

Zwar hatte Alexa erhebliche Zweifel, dass Huber damit zufrieden sein würde, aber taktisch hätte ihr Chef es nicht besser einfädeln können: Huber konnte diese Bitte im Grunde gar nicht ablehnen. Und vermutlich würde ihn gerade das doppelt hart treffen.

Nachdenklich kaute sie auf ihrer Unterlippe und sah auf die Uhr.

»Ich glaube, ich brauche keine Bedenkzeit mehr«, sagte sie mit Bestimmtheit. »Ich übernehme die Leitung gerne.«

Es war besser, gleich alles auf eine Karte zu setzen. Wenn es ihr misslang, würde sie ohnehin nicht so bald zur Hauptkommissarin befördert werden, und sie konnte dann immer noch um eine Versetzung bitten.

Aber es war genau die Chance, auf die sie immer gehofft hatte. Die würde sie sich weder von wortkargen oder misstrauischen Kollegen noch von einer unwirtlichen Gegend verderben lassen. Und Welpenschutz brauchte sie auch keinen.

Sie würde sich schon einleben. Und im schlimmsten Fall

musste sie eben von München aus pendeln. Das war die Sache wert.

Brandl streckte ihr die Hand entgegen. »Ich freue mich, obwohl ich keine andere Entscheidung von dir erwartet hatte. Und jetzt hol bitte die anderen her. Wir teilen es ihnen am besten gleich mit, damit spätestens morgen alle wieder mit klarem Kopf an die Arbeit gehen können.«

15.

Nur knapp zehn Minuten brauchte Bernhard Krammer bis zur Landespolizeidirektion, in der er sein Büro hatte. Er eilte die wenigen Stufen zur Hauptpforte hinauf, schob die Eingangstür auf und öffnete mit seinem Dienstausweis die gesicherte zweite. Er grüßte ein paar Kollegen vom Rauschgiftdezernat, die ihm entgegenkamen. Er kannte mittlerweile die allermeisten hier, immerhin war er jetzt schon seit drei Jahren in Innsbruck beschäftigt.

Als er seine Räumlichkeiten erreichte, telefonierte Roza Szabo gerade bei offener Tür. Doch bevor er sich rasch mit einem kurzen Handzeichen zum Gruß in sein Büro zurückziehen konnte, gestikulierte sie bereits wild und bedeutete ihm hereinzukommen.

»Aha. Und der Mann ist sich sicher? Aber Sie sagten doch, es handele sich um einen Müllsack.« Wieder machte sie ihm Zeichen, sich hinzusetzen, und schob ihre Lesebrille nach oben in die roten Haare, die sie heute offen trug.

Krammer öffnete die Knöpfe seines dunkelblauen, knielangen Mantels und nahm den Schal ab. Wie immer war es stickig in ihrem Büro. Er selbst war ein Frischluftfanatiker und hatte eigentlich zu jeder Jahreszeit ein Fenster gekippt. Roza hielt es genau umgekehrt.

Sie notierte sich etwas. »In Ordnung, ich verstehe. Gute Arbeit. Wir schicken gleich jemanden los. Und Sie bitten den

Herrn, sich für uns zur Verfügung zu halten. Ich denke, wir sind in einer knappen Dreiviertelstunde da. Pfiat eich, servus und baba.«

Sie legte auf und musterte Krammer mit schiefgelegtem Kopf.

Krammer wartete schon auf den üblichen Kommentar, ob er sich einen halben Tag freigenommen habe, aber dieser blieb heute aus.

»Das war ein Kollege der Polizeiinspektion in Achenkirch. Sie sind einem Hinweis nachgegangen, über den sie vor einer guten Stunde von der Bezirksleitstelle in Schwaz benachrichtigt wurden. An einem Hundeplatz gleich neben der Pertisauer Landesstraße hat ein Mann, der dort am Morgen seinen Hund Gassi geführt hat, ein verschnürtes Paket gefunden, in dem Leichenteile sein sollen.«

Krammer rieb sich das Kinn und wartete geduldig, dass sie mit ihrer Erzählung fortfuhr.

»Das, was er gefunden hat, war in einen blauen Plastiksack gewickelt. Der Mann dachte zuerst, es handele sich um eine Mülltüte, in der jemand seinen Abfall im See entsorgt hat. Er wollte ihn herausziehen und wenigstens zum nächsten Mülleimer bringen. Aber er schaffte es nicht, das Bündel mit einem Stock näher ans Ufer zu ziehen. Dabei riss die Folie wohl etwas ein, und sofort schlug sein Hund an, und er konnte ihn kaum noch halten. Als der Mann genauer hingesehen hat, war er überzeugt, dass es sich um menschliche Überreste handeln muss, und rief die Polizei.«

»Klingt für mich erst einmal nach einer etwas überspannten Phantasie.«

Roza nickte. »Möglich. Der Kollege, der anrief, ist noch ein absoluter Frischling. Hoffen wir, dass du recht behältst und dass er sich nur von dem Hundehalter hat anstecken lassen.«

Sie stand auf und nahm ihren Mantel von der Garderobe. Krammer hingegen blieb sitzen und fragte sich, warum sie nicht einfach alleine an den Achensee fahren konnte. Dann hätte er sich ganz in Ruhe in der Akte eines der älteren ungelösten Fälle vertiefen können, die er gerade einen nach dem anderen noch einmal durchging, um nach neuen Erkenntnissen oder Verbindungen zu suchen.

»Na komm. Im schlimmsten Fall haben wir einen Ausflug aufs Land gemacht«, sagte sie, während sie sich ihren rostroten Mantel überzog, der genau zum Ton ihrer Haare passte.

Roza hatte recht. Etwas Abwechslung war vielleicht gut, und der Morgen hätte durchaus schlechter anfangen können. Der Himmel war zwar grau, aber es war trocken, und vielleicht konnten sie auf dem Rückweg in einem Gasthaus anhalten, um am Ufer des malerischen Sees noch eine Kleinigkeit zu essen. Dem war auch Roza selten abgeneigt, deren ungarische Großmutter Köchin gewesen war. Sie teilten die Leidenschaft für gutes Essen und erlesenen Wein.

»Auf geht's. Ich fahre«, sagte sie bestimmt, winkte mit dem Schlüssel ihres Volvos und war schon zur Tür hinaus in Richtung Treppenhaus.

Träge folgte Krammer ihr und setzte ein unwilliges Gesicht auf. Roza sollte keinesfalls merken, wie sehr er es genoss, dass sie unbedingt immer ihr Auto nehmen wollte. Immerhin verschaffte sie ihm auf diese Weise noch einen Moment der Entspannung, bevor sie an den Tatort kamen.

16.

Alexa stand mit Gerg und Huber auf dem Platz vor dem riesigen Gebäudekomplex der Unfallklinik in Murnau, einem der größten Traumazentren Süddeutschlands. Immer wieder durchbrach die Sonne die graue Wolkendecke, und Fetzen blauen Himmels schoben sich darunter hervor, die hoffen ließen, dass bald der Frühling kommen würde. Die Baumreihen, die den Parkplatz säumten, trugen schon winzige Knospen, und Alexa bildete sich ein, dass es etwas wärmer geworden war.

Huber, den Brandl noch ein paar Minuten unter vier Augen gesprochen hatte, hielt den Blick auf seine Schuhspitzen gerichtet. Er hatte beim Verlassen des Zimmers zunächst keine Reaktion auf Brandls Entscheidung gezeigt, aber es war ihm jetzt deutlich anzumerken, dass er damit zu kämpfen hatte. Er brauchte Zeit, das Ganze zu verdauen.

Verstohlen schaute sie auf ihr Smartphone und stellte fest, dass es bereits weit nach Mittag war. Sie straffte die Schultern, um so groß wie möglich zu erscheinen, und ergriff beherzt das Wort.

»Wir haben einen anstrengenden Vormittag hinter uns, deshalb schlage ich vor, wir machen eine kurze Mittagspause, um uns zu stärken. Kannst du mich vielleicht nach Lenggries mitnehmen, Tobi?«

Gerg nickte, aber Huber regte sich noch immer nicht.

»Florian, könntest du nach Weilheim zurückfahren, um alle dort persönlich über Brandls Unfall zu informieren? Und klären, ob die Kollegen mittlerweile auf eine Vermisstenanzeige gestoßen sind, die zu der Frau vom Berg passen könnte? Falls nicht, dann leite bitte alles in die Wege, damit die anderen Inspektionen im Umkreis informiert und um Mithilfe gebeten werden. Ihr seid doch sicher gut miteinander vernetzt. Wir müssen so schnell wie möglich die Identität der Frau klären.«

Huber hob den Kopf und sah Alexa direkt in die Augen. Über seiner Nasenwurzel hatten sich zwei steile Falten gebildet, die seinem Blick etwas Skeptisches verliehen. Sie machte sich auf Widerspruch gefasst, doch er stand eine ganze Weile lang nur da und schwieg. Schließlich nickte er. »Du hast recht. So können wir vorgehen. Und was machst du?«

»Ich werde das Team der Soko über den Gesundheitszustand von Brandl informieren. Vielleicht haben die Befragungen im Ort auch irgendetwas ergeben. Danach würde ich gerne noch einmal die Parkplätze kontrollieren, ob eines der Fahrzeuge von gestern noch immer dort steht. Es ist eine Nadel im Heuhaufen, aber so lange wir nichts haben ...«

Gerg ergriff das Wort: »Ich kann dich gerne chauffieren, schlage aber vor, dass der Hubschrauber doch noch einmal die Umgebung abfliegt. Und einige meiner Kollegen könnten mit den Freiwilligen unterhalb der Demmelspitze weitersuchen, bis die Dämmerung einsetzt. In den Felsspalten kann man aus der Luft nur wenig erkennen. Für uns ist das Routine, und ich mache mir keine Sorgen, dass dabei erneut jemand zu Schaden kommt.«

»Danke«, sagte Alexa, »das ist eine gute Idee. Und dann

treffen wir uns am Abend noch einmal im Einsatzzentrum, um das weitere Vorgehen zu besprechen. Sagen wir gegen 19 Uhr?«

Beide Männer nickten.

»Gut, dann hoffen wir mal, dass wir bis dahin etwas haben. Sonst bleibt uns nichts anderes übrig, als an die Öffentlichkeit zu gehen.«

Alexa graute vor dieser Vorstellung. Öffentlichkeit bedeutete immer viel Unruhe und zahlreiche Hinweise, die sie am Ende nicht weiterbrachten. Aber ohne neue Anhaltspunkte war dieser Schritt unvermeidlich. Sie hatten ohnehin schon viel zu viel Zeit verloren. Der Täter hatte ganze Arbeit geleistet. Sein Vorsprung wuchs immer weiter, und er war sicher längst über alle Berge.

Im wahrsten Sinne des Wortes.

17.

Der mit einigen Bäumen und Bänken bestandene Wiesenstreifen, der sich zwischen dem Achensee und der Straße befand, war bereits voller Menschen und Einsatzfahrzeuge, als Krammer und Szabo den Hundeplatz erreichten. Der See, der rundherum von Bergen umschlossen war, glitzerte in dunklem Blau in der Sonne, die gerade eben die dichte Wolkendecke durchbrach. Am schmalen Uferstreifen war das Wasser viel heller und ging in helles Türkis über. Immer wieder verschlug es Krammer den Atem angesichts der Schönheit seines Heimatlandes.

Sie parkten unmittelbar in der Nähe der Absperrung, vor der sich schon eine Reihe Neugieriger scharte. Krammer konnte nicht begreifen, was Menschen an Verbrechen so faszinierte. Warum standen sie da und glotzten? Was erwarteten sie? Ging es wirklich darum, einen Blick auf den Toten zu erhaschen? Dabei war gerade eine Wasserleiche nichts für zarte Gemüter, wenn sich die fahle, aufgedunsene oberste Hautschicht langsam vom Rest ablöste. Diese sogenannte Waschhaut war so ziemlich das Ekelerregendste, was er je zu Gesicht bekommen hatte. Warum beeilten sie sich nicht, von hier wegzukommen, zurück in ihr behütetes Heim? Zog sie das Böse an, weil jeder Mensch eine dunkle Seite in sich trug? War es wie ein leises Echolot, das sie anlockte?

Fassungslos sah er in die ernsten Gesichter der Männer

und Frauen verschiedenen Alters, sogar ein kleines Kind entdeckte er auf dem Arm seines Vaters. Sie reckten die Köpfe, tauschten murmelnd Informationen aus. Tippten auf ihren Handys herum. Krammer überlegte, zu ihnen zu gehen, sie zu fragen, ob sie vielleicht einen Platz in der ersten Reihe haben wollten, um endlich mal eine tolle Neuigkeit an Freunde und Verwandte schicken zu können.

Erst als Roza Szabo ihn am Ärmel mit sich zog, wandte er den Blick ab. Es hatte sowieso keinen Sinn. Der Respekt ging den Leuten immer mehr ab. Daran würde er nichts ändern. Seiner Meinung nach war die Menschheit sowieso längst auf dem Weg ins Verderben. Was auch der heutige Einsatz wieder einmal bewies.

Sie hielten dem Polizisten am rot-weißen Flatterband ihre Ausweise entgegen und näherten sich dann dem Fundort.

»Der Rudi Hellinger ist auch schon da«, stellte Roza im Gehen fest. »Wieso weiß der Herr Medizinalrat eigentlich immer früher Bescheid als wir? Oder ist der so viel besser motorisiert? Ich fahre doch nun wirklich nicht langsam.« Als sie den Gerichtsmediziner erreichten, machte sie jedoch ihr freundlichstes Gesicht und gurrte: »Ja servus, der Herr Hellinger! Wie gut, dass Sie schon da sind! Setzen Sie uns ins Bild? Womit haben wir es zu tun?«

Hellinger schaute nur kurz auf, war dann aber gleich wieder auf das konzentriert, was vor ihm lag. Eine menschliche Leiche beziehungsweise das Wenige, was von ihr gefunden worden war. Also hatte der Hundehalter doch recht gehabt.

»Da hat jemand post mortem eine Leiche zerlegt«, erklärte Hellinger. »Mit einer Axt, würde ich sagen, aber das schaue ich mir im Labor noch genauer an. Wir haben es eindeutig mit einer Frau zu tun. Der rechte Fuß fehlt. Kein Fischfraß, er wurde ebenfalls abgetrennt. Keine Kleidung. Oberflächlich betrachtet scheint es keine Verletzungen zu geben.«

Jetzt beugte sich auch Krammer interessiert über die Leiche. Ihre Beine waren schlank, sehnig und gut trainiert. Er tippte, dass sie eine Ausdauersportart machte: Laufen, Wandern, Fahrradfahren. Sonst konnte er keine Auffälligkeit feststellen.

»Irgendeine Vermutung, wieso der Fuß fehlt?«, fragte er schließlich.

Roza schaute Krammer mit hochgezogener Augenbraue an: »Wieso fragst du nur nach dem Fuß? Mich irritiert eher, wieso der Oberkörper fehlt.«

»Ich finde die Frage nicht so abwegig, Frau Szabo. Ich habe mich das auch gleich gefragt. Möglich wäre, dass dieser Fuß irgendeine Besonderheit hatte, die die Identifizierung des Opfers erleichtert. Vielleicht eine ganz besondere Verletzung oder eine Deformation. Oder ein Tattoo. Denn offenbar wollte der Täter nicht, dass wir wissen, wer die Tote ist.«

Roza war ihr Missfallen darüber, dass Krammer und Hellinger sich einig waren, deutlich anzusehen. Sie würde es vermutlich wieder auf Männerseilschaften zurückführen. Krammer ahnte schon, was er sich auf der Rückfahrt anhören musste. Aber was der Mediziner gesagt hatte, war ihm gerade wichtiger als die Befindlichkeiten seiner Kollegin. Es war die erste Leiche, die er in dieser Form vor sich sah. Natürlich hatte er schon von solchen Fällen gehört, aber sie waren ihm in seiner Laufbahn nie untergekommen. Bis heute.

»Sie denken, dass das die Motivation des Täters war? Uns die Arbeit zu erschweren?«, fragte Szabo.

»Es ist zumindest eine Möglichkeit. Wenn wir nicht wissen, wer sie ist – und eine Identifizierung dürfte mit dem, was wir hier vor uns haben, ausgesprochen schwierig werden –, dann werden wir auch dem Täter nicht so schnell auf die Spur kommen. Das, worin sie eingewickelt war, sind handelsübliche Müllsäcke, die es in jedem Supermarkt gibt. Ich wüsste momentan nicht, wo wir bei der Suche nach dem Täter ansetzen sollten. Aber das ist ja auch gottlob euer Job.«

Er erhob sich, winkte einen Mann heran und bat ihn, den Leichnam in die Rechtsmedizin zu bringen.

Krammer schaute sich um. Der Hundeplatz war vom Täter gut ausgewählt worden. Es gab keine Kameras. Ständig hielten hier Hundehalter mit ihren Pkw an und führten ihre Hunde aus. Es war ein permanentes Kommen und Gehen. Aber warum hatte er die Leiche so nahe beim Ufer platziert, wo die Gefahr bestand, dass sie schnell gefunden wurde? Denn nach dem Zustand zu urteilen, konnte die Frau noch nicht lange im Wasser gelegen haben. Er hatte sie auch nicht beschwert, um sie auf dem Grund zu halten. War er vielleicht überrascht worden, als er sie hier entsorgte?

»Wie lange ist sie eigentlich tot?«, wollte Krammer wissen.

»Ich denke, ein bis zwei Tage. Vielleicht auch mehr. Ich muss noch einige Tests und Untersuchungen durchführen, bevor ich dir das genau sagen kann. Die Tüte war jedenfalls dicht. Es wird insofern nicht schwierig sein, handfeste Ergebnisse zu bekommen, obwohl sie im Wasser lag. Morgen kann ich dir präzisere Angaben machen.«

Hellinger ging zum Ufer, prüfte die Wassertemperatur, nahm sowohl eine Wasserprobe als auch eine des Bodens. Krammer mochte Hellinger. Er wünschte, er hätte mal einen Partner, der ebenfalls auf diese Weise arbeitete. Roza Szabo war zwar eine fähige Kriminalistin, aber sie hatte ihre ganz eigene Art, die es ihm nicht immer leichtmachte, mit ihr klarzukommen.

»Was hältst du von der Sache?«, fragte Krammer nun seine Kollegin, die erstaunlich ruhig geblieben war, obwohl Hellinger ihre Bemerkung von vorhin nicht kommentiert hatte. Normalerweise war ohnehin sie es, die wie ein Maschinengewehr Fragen abfeuerte.

»Ach, interessiert dich das jetzt doch?«, fragte sie schnippisch, grinste dann aber. »Ich denke, wir sollten Taucher anfordern. Wir müssen herausfinden, ob es noch weitere Säcke im See gibt. Und wir sollten das Ufer absuchen, zumindest bis zu den nächsten Ortschaften. Bis die Kollegen hier sind, sollten wir auch den Mann befragen, der unsere halbe Nixe gefunden hat.«

Krammer ließ seinen Blick über den See wandern. Das Essen in einem netten Lokal konnte er definitiv vergessen. »Einverstanden. Während du dich mit dem Hundehalter beschäftigst, sehe ich mich schon mal hier am Ufer ein wenig um. Vielleicht finde ich noch irgendeinen Anhaltspunkt.«

»Aber bleib nicht zu lange, hörst du? Ich denke, spätestens in einer Stunde hat sich herumgesprochen, dass hier die Beine einer Toten rumgeschwommen sind. Und die Pressemeute, die dann anrückt, kann ich alleine nicht stemmen, fürchte ich.«

Presse. Der Tag würde noch schlimmer werden, als Krammer gedacht hatte.

Journalisten waren ihm verhasst. Vor Jahren hatte er in Wien im Fall eines Serienmörders ermittelt. Als er nach einigen Tagen immer noch keinen Verdächtigen präsentieren konnte und wieder eine Frau verschwand, die in das Muster des Täters passte, hatten die Journalisten ihn zum Sündenbock auserkoren und ihn regelrecht gejagt. Nachdem er den Fall damals abgeschlossen hatte, reichte er unmittelbar sein Versetzungsgesuch ein. Diese Ermittlung und ihre Nachwirkungen waren der Grund, warum er nach Innsbruck gegangen war. Nicht die gescheiterte Ehe mit seiner Frau, wie er offiziell immer behauptet hatte. Roza konnte nicht wissen, was sie mit der Bemerkung bei ihm auslöste. Sie traf keine Schuld daran, denn sie hatte keine Ahnung von der damaligen Geschichte. Zumindest hoffte er das.

Jäh begann seine Schläfe heftig zu pochen. Das passierte ihm seit einem guten Jahr immer dann, wenn er unter Druck stand. Er weigerte sich jedoch, zum Arzt zu gehen. Die Schmerzen hielten ihn immerhin wach und holten ihn aus seiner Lethargie.

Er schaute auf den See hinaus, auf dessen ruhiger Oberfläche sich die Silhouette des gegenüberliegenden Bergkamms spiegelte. Warum war er damals nicht einfach vorzeitig in den Ruhestand gegangen? Dann könnte er jetzt hier entspannt auf einer Bank sitzen und auf das Wasser schauen. Jeden Tag. Hätte nichts mit all dem zu tun. Die monatelange Jagd nach einem wahnsinnigen Täter hatte an ihm gezehrt. Jeder hätte es verstanden.

Aber er hatte damals zum ersten Mal auf sein bisheriges Leben geschaut und war erschrocken. Denn da war nichts: keine Kinder, eine längst erkaltete Beziehung und Freundschaften, die oberflächlich waren und ausschließlich im Kollegenkreis bestanden. Ohne seinen Job, so hatte er gedacht, würde er in kürzester Zeit verrückt werden.

Doch in den letzten Wochen fragte er sich in schöner Regelmäßigkeit, ob das nicht ohnehin sein Schicksal war, er dem Ganzen nur etwas Aufschub gegeben hatte. Krammer fühlte sich kraftlos, sah nichts, was ihm als Perspektive oder Hoffnung erschien, und es kam ihm so vor, als würde er sich immer mehr in sich selbst verlieren. Stück für Stück. Bis irgendwann nichts mehr übrig war.

Er atmete tief ein, fühlte die kühle Luft in seinen Lungen und massierte die Schläfen. Dann drehte er sich um und versuchte, sich auf den Fall zu konzentrieren. Die Suche nach ersten Anhaltspunkten würde sicher bis zum Abend andauern.

18.

Alexa starrte die Wand an, die ihr als Pinnwand diente. Sie hatte provisorisch einen Tisch davorgeschoben, und mittlerweile standen sogar schon ein Rechner mitsamt Drucker und ein Telefon darauf bereit. Die Kollegen aus Weilheim hatten alles hergeschafft und angeschlossen, so dass im hinteren Bereich des Saals seit dem Treffen am Morgen drei Arbeitsplätze entstanden waren. Alle anderen saßen in der Mitte an großen, zusammengeschobenen Tischen.

Alexas Blick fiel immer wieder auf den Schreibtisch, der in einer Ecke etwas abseits hinter einer Trennwand stand, mit einem richtigen Schreibtischstuhl aus Leder daran. Dieser Platz war sicher für Brandl gedacht gewesen – und würde vorerst leer bleiben müssen.

Was würde Brandl jetzt an ihrer Stelle tun?

Sie alle hatten unentwegt telefoniert, waren in den Pensionen, in Restaurants, Supermärkten, Bäckereien und an den Tankstellen gewesen, um erneut nachzufragen, ob jemandem irgendetwas aufgefallen war. Ein streitendes Paar vielleicht. Eine Frau, die Hilfe suchte. Ein Mann, der etwas Schweres getragen hatte oder sich in irgendeiner Art seltsam verhielt. Aber niemand konnte sich an etwas Brauchbares erinnern. Es gab einfach zu viele Wanderer, die mit schwerem Gepäck hier ankamen und zu ihren Touren aufbrachen. Kein einziger Hinweis war eingegangen, der sie weiterbrachte. Sie suchten nach der berühmten Nadel im Heuhaufen. Aber jeder Mensch hinterließ Spuren, verdammt!

Frustriert schob sie ihren Stuhl zurück und trat ans Fenster, betrachtete das Brauneck, dessen Spitze bereits von Wolken verhangen war. Gerg würde sicher bald seine Suche beenden. Vielleicht brachte er eine Nachricht.

Wenigstens hatten die Kriminaltechniker bestätigt, dass der Rucksack der ermordeten Frau gehört hatte. Damit bestand die Möglichkeit, Fotos von dem Gepäckstück und ihrer Kleidung für eine Öffentlichkeitsfahndung zu benutzen. Sie konnte nur hoffen, dass niemand dahinterkam, dass dieser Aufruf mit einer zerstückelten Frauenleiche zu tun hatte. Alexa war mulmig zumute, wenn sie an den Medienrummel dachte, der sonst über sie alle hereinbrechen würde.

Sie sah auf die Uhr. Nur noch eine Stunde, dann stand die Einsatzbesprechung an, in der sie die nächsten Schritte vorgeben musste. Besser, sie bereitete sich darauf vor, als weiter zu grübeln.

Der Klingelton eines der Telefone durchschnitt die Stille. Alexa eilte zu ihrem Tisch und nahm das Gespräch im Stehen an. Es war ein Kollege, der sie mit jemandem verbinden wollte, dessen Namen sie aber bei dem tiefen Bayerisch, das er sprach, nicht verstehen konnte.

»Alexa Jahn, Kripo Weilheim«, meldete sie sich, nachdem sie ein Klicken in der Leitung hörte.

»Bernhard Krammer, LKA Tirol, Gruppe Leib und Leben. Wir haben heute von Ihrer internen Fahndung gehört. Stimmt es, dass Sie ein Stück einer weiblichen Leiche gefunden haben?«

»Das ist richtig«, entgegnete sie abwartend.

»Darf ich Sie fragen, um welchen Teil der Leiche es sich handelt?«, sagte er mit ruhiger Stimme.

Alexa hielt einen Moment inne. Sie hatte keine Ahnung, wer der Mann war. Aber sie hoffte, dass der Kollege zuvor überprüft hatte, ob das nicht ein ausgebuffter Pressetrick war. Auf dem Display stand allerdings tatsächlich eine Nummer mit der Vorwahl 0043. Trotzdem wollte sie vorsichtig sein und nicht voreilig an Fremde Informationen herausgeben.

»Warum möchten Sie das wissen, Herr Krammer? Haben Sie irgendetwas, das für unsere Ermittlungen von Belang ist?«

Sie hörte seinen Atem in der Leitung. Lachte er etwa? Oder hatte er einen seltsamen Tick?

»Das kommt ganz darauf an. Wenn die Teile zueinander passen, könnte es durchaus sein.«

Alexa fuhr sich durchs Haar und ließ sich auf ihren Stuhl fallen. Mit der Antwort hatte sie nicht gerechnet.

»Wir haben heute aus dem Achensee den Unterleib einer Frau geborgen. Unsere Taucher haben das Gewässer im Umkreis abgesucht, aber keine weiteren Leichenteile gefunden. Und als vorhin die Meldung der PI Weilheim hereinkam …«

Sie eilte hinüber zu der Karte, die an der Wand hing, und suchte die Seen ab. Rasch fand sie den Achensee. Sie maß mit den Fingern die Entfernung nach Lenggries ab und schätzte, dass sie rund vierzig Kilometer betrug.

»Moment. Wissen Sie schon, wie lange die Frau bereits tot war?« Es wäre zwar seltsam, aber sie konnte nicht ausschließen, dass beide Funde vielleicht gar nichts miteinander zu tun hatten.

»Unser Rechtsmediziner schätzt ungefähr zwei Tage, wollte sich aber nicht festlegen.«

»Was hatte die Frau an?«

»Nichts. Sie war lediglich in einen Plastiksack gehüllt.«

»Und der war blau?«

Krammer atmete wieder in den Hörer. »Genau.«

Alexa stellten sich die Nackenhaare auf. »Wir haben einen weiblichen Oberkörper gefunden, der hier an einer Bergspitze hing. Unsere Leiche war voll bekleidet. Aber an der Stelle, an der der Körper zerteilt worden ist, war die offene Wunde mit einem blauen Plastiksack abgeklebt.«

Sie brauchte definitiv für morgen ein Auto und musste gleich in aller Frühe nach Österreich fahren. Huber konnte hier mit dem Team weitermachen. Wenn das ein Zufall war, dann doch ein ausgesprochen seltsamer. Sie mussten unbedingt die DNA beider Leichenteile vergleichen.

Krammer räusperte sich. »Wissen Sie, wer die Frau war? Hatte sie Ausweispapiere bei sich?«

»Nein. Wir haben an einer anderen Stelle einen Rucksack gefunden, der ihr nachweislich gehört hat, aber darin war nichts, was uns ihre Identität verraten hätte.«

»Ein Fuß lag nicht zufällig darin?«

Für einen Moment fragte sie sich, ob Krammer sie auf den Arm nehmen wollte. Doch dieses Mal hörte sie keine Atemgeräusche. Die Frage schien ernst zu sein, also verneinte sie.

»Dann gibt es vermutlich noch einen Ort, an dem der Täter etwas versteckt hat. An dem Stück, das wir gefunden haben, fehlt nämlich der rechte Fuß. Komplett. Und der wurde nach

Meinung des Mediziners mit derselben Axt abgeschlagen wie der Oberkörper.«

Jetzt war es an Alexa, hörbar auszuatmen. Das Ganze erinnerte sie plötzlich an eine Art Spiel, eine perverse Form einer Schnitzeljagd. Sie hatte Gesellschaftsspiele noch nie gemocht, aber dieses war ihr ganz besonders zuwider.

Nach der Besprechung, die sie so kurz wie möglich gehalten hatte, war Alexa erneut die Protokolle der bisherigen Befragungen durchgegangen, aber keinen Schritt weitergekommen. Nicht den allerkleinsten. Sie fluchte leise vor sich hin. Der Mörder wusste offenbar genau, wie er ihnen die Arbeit besonders schwer machen konnte. Obwohl nun zwei Teams in zwei Ländern mit dem Fall beschäftigt waren, gab es keinen einzigen Anhaltspunkt, wo sie mit der Suche nach dem Täter beginnen konnten. Darüber hinaus war die Tote noch immer namenlos.

Sie hatten vereinbart, dass Gerg mit einem Trupp am Berg weiter nach Spuren suchen würde. Die Erinnerung an den vorherigen Fall machte ihm offenbar zu schaffen, und er wollte sich nicht vorwerfen lassen, erneut vorschnell aufgegeben zu haben. Huber würde mit der Soko weiter Befragungen durchführen und alles für die Veröffentlichung von Bildern vorbereiten, von denen sie sich Hinweise aus der Bevölkerung erhofften, wenn sie bis zum morgigen Abend nicht herausgefunden hatten, wer die Tote war.

Selbst die Tatsache, dass sie wahrscheinlich den zweiten Teil der Leiche gefunden hatten, war kein Trost, denn wieder fehlte etwas: der Fuß. Sie mochte gar nicht darüber nachdenken, in welchem Radius der auftauchen könnte.

Außerdem konnte der Täter nun aus zwei Ländern kommen, und auch hier waren sie nicht auf die direkte Umgebung der Fundorte beschränkt. Er konnte im Grunde überall sein. Genau das war sein Vorteil: Auf einen Schlag war das Suchgebiet, das vorher bereits enorm groß war, noch umfassender geworden.

Alexa ließ erschöpft den Kopf auf ihre Arme sinken. Es war sowieso schon schwierig genug für sie in diesem neuen Umfeld. Und jetzt stand sie vor einer riesigen Ermittlung, die über die österreichische Grenze hinweg koordiniert werden musste. Aber sie kannte das Team nicht, hatte keine Ahnung, auf welche der Kollegen sie sich blind verlassen konnte oder wo ihre Stärken lagen, um sie effizient einzusetzen. Ohne die Unterstützung von Florian Huber konnte sie das kaum hinbekommen. Allerdings wusste sie immer noch nicht, woran sie eigentlich bei ihm war. Immerhin hatte er ihr sein Auto für den morgigen Tag überlassen. Vielleicht machte sie sich auch zu viele Gedanken.

Ihre Augen brannten schon vor Müdigkeit, und als sie blinzelte, begannen sie leicht zu tränen. Es hatte keinen Sinn: Sie musste ins Bett. In der Verfassung kam sie ohnehin keinen Schritt weiter – das wusste sie aus Erfahrung.

Sie verstaute alle Unterlagen in der abschließbaren Schreibtischschublade, ließ den Laptop herunterfahren und packte ihn für die Fahrt nach Innsbruck in ihre Tasche.

Für einen Moment wünschte sie sich, sie könnte mit Jan reden. Er wusste immer ganz instinktiv, was zu tun war. Sollte sie ihn kurz anrufen? Sie hielt ihr neues Diensthandy in der Hand und zögerte. Dann steckte sie es eilig weg.

Es gab jetzt kein Zurück mehr. Sie war hier und konnte

nicht beim ersten Gegenwind um Hilfe bitten. Und ein Gespräch mit Jan würde sie emotional noch mehr aus der Bahn werfen.

Es gab nur einen Weg: weitermachen – entgegen allen Zweifeln und Ängsten.

19.

Konzentriert fuhr er die Strecke nach Hause. Die Feldwege kannte er mittlerweile so gut, dass er sie selbst in der Nacht in hohem Tempo zurücklegen konnte, auch wenn er zur Sicherheit die Scheinwerfer ausgeschaltet ließ. Am Anfang war ihm das schwergefallen. Aber mittlerweile war er geübt. Die Monate der Vorbereitung hatten sich ausgezahlt. Monate der Entbehrung. Der Anstrengung. Der Lügen.

Eine Träne löste sich aus seinem Augenwinkel. Verärgert wischte er sie weg. Er konnte sich keine Gefühle leisten. Zum Trauern blieb keine Zeit. Was nutzte auch diese übertriebene Sentimentalität? Sie hatte sich das alles selbst zuzuschreiben. Er konnte sein Vorhaben nicht mehr stoppen. Das ging einfach nicht. Das hätte ihr klar sein müssen.

Die Konsequenzen genauso.

Schließlich hatte er sich das alles nicht ausgesucht. Es war wie ein Weckruf gewesen, als er in den Reihen in dem großen Saal gesessen hatte. Während er zuhörte, war es, als habe sich ein Spot auf ihn gerichtet, ihn aus der Masse gehoben. Da hatte er plötzlich ganz klar vor sich gesehen, was zu tun war. Viel zu lange hatte er schon stillgehalten, ohne sich zu wehren.

Dann war der Raum plötzlich ganz klein geworden, die Gesichter um ihn herum schienen belanglos und fremd. Ohne jede Bedeutung. Da hatte er es gewusst: Seine Zeit war gekommen. Nach all den Jahren.

Sein Hass war die Saat. Sie war stetig gewachsen. Immer wieder hatte er von ihr gekostet.
Und sie hatte ihn stark gemacht.

20.

Krammer hatte die zuständige Beamtin aus Deutschland direkt ins Institut für Gerichtliche Medizin gebeten, damit sie dabei sein konnte, wenn Hellinger seine Ergebnisse verkündete. Nach dem Telefonat mit der Kommissarin waren plötzlich Erinnerungen in ihm aufgestiegen wie Blasen in einem Sektglas. An Leichtigkeit und Abenteuer. Und an eine alte Version seiner selbst, die es schon lange nicht mehr gab und die ihm seltsam fremd vorkam. Er wusste nicht, wieso ihre Stimme etwas in ihm auslöste. Und hatte es bereits bitter bereut.

Denn es war schon immer sein Schicksal, dass alles Schöne und Gute in seinem Leben vergänglich war, wie Blätter, die von einem alten Baum rieselten. Was ihm blieb, war das Böse und die rastlose Jagd danach. Nur sie gab den Tagen ihre Struktur und seinem Leben eine Art von Sinn. Und selbst dabei beschlich ihn mehr und mehr das Gefühl, dass seine Erfolge im Beruf ebenfalls längst der Vergangenheit angehörten. Zumindest seit er in Innsbruck war, hatte er nicht mehr mit aufsehenerregenden Ermittlungsergebnissen von sich reden machen. Im Gegenteil.

Heute Morgen fühlte er sich müde und verkatert, so als hätte er einen kalten Entzug hinter sich. Sicher lag es an dem Rotwein, den er am Vorabend getrunken hatte. Ein guter Tropfen, aber er hatte es schlicht übertrieben. Tschaikowsky war ebenfalls nicht die beste Wahl gewesen. Seine Klavierstücke machten ihn nur noch schwermütiger.

Es tat ihm ohnehin nie gut, intensiv in der Vergangenheit zu wühlen. Danach schmeckte sein Leben immer wie eine lauwarme, schlecht gewürzte Dosenkonserve, auf die er schon lange keinen Appetit mehr hatte.

Krammer rieb mit dem Daumen seine Schläfen und schloss für einen Moment die Augen. Sicher sah er genauso aus, wie er sich fühlte. Ein bedauernswerter Grantler mit fahler Haut und verquollenen Augen. Die Deutsche würde gleich wissen, was mit ihm los war. Dass er seine besten Tage längst hinter sich hatte.

Schon hörte er Schritte auf dem Gang, die entweder von seiner Kollegin Szabo stammen mussten oder von dieser Kommissarin Jahn. Auf jeden Fall von einer Frau. Er spähte den Flur hinunter und sah eine zierliche Person auf sich zusteuern. Sie war kleiner, als er erwartet hatte, das dunkle, kinnlange Haar wippte bei jedem ihrer Schritte.

Er nahm Haltung an und begriff jetzt erst, warum er so angespannt gewesen war. Er war einfach ein alter Depp und unverbesserlicher Romantiker. Hatte sich Ähnlichkeiten erhofft, die er nun nicht bestätigt fand. Was jedoch sowohl für die Ermittlungen wie auch für sein ohnehin schon labiles seelisches Gleichgewicht definitiv besser war.

Sie streckte ihm die Hand entgegen und stellte sich vor. Ihr Händedruck war fest, ihr Blick direkt und selbstbewusst. Gut so. Diese Ermittlung würde nicht einfach werden, da konnte er kein schüchternes Hascherl auf der deutschen Seite gebrauchen. Er schätzte, dass die Kommissarin wegen ihres Alters und ihrer Größe oft unterschätzt wurde. Was vielleicht in manchen Situationen durchaus von Vorteil war. Ihrer Attitüde nach zu urteilen, hatte sie jedoch Biss und Ehrgeiz. Das spürte er sofort.

»Vielen Dank, dass Sie es ermöglicht haben, dass ich heute bei der Obduktion dabei sein kann, Herr Krammer.«

»Bernhard«, antwortete er und fügte ihren Eigenschaften noch Höflichkeit hinzu. »Immerhin sieht es für mich so aus, als würden wir in den nächsten Tagen häufiger miteinander zu tun haben.«

Alexa Jahn lächelte und wirkte erleichtert. Vermutlich war es ihre erste grenzüberschreitende Ermittlung. Für ihn war es die zweite in seiner Laufbahn – aber im Gegensatz zu ihr hatte er erfahren müssen, dass ein gutes Miteinander leider kein Kriterium für den Erfolg war. Doch er wollte es der jungen Kollegin mit seinen Bedenken nicht schwerer machen als nötig. Sie stand am Beginn ihrer beruflichen Laufbahn und war sicher noch voller Elan und Idealismus. Der würde ihr ganz von selbst vergehen, davon war er überzeugt.

»Warten wir noch auf jemanden, oder suchen wir gleich den Rechtsmediziner auf?«, fragte sie auch schon.

»Wir sollten noch auf meine Kollegin warten. Roza Szabo wird sicher jeden Moment hier sein.« Dann fügte er lächelnd hinzu: »Sie wäre sicher nicht erbaut, wenn wir schon ohne sie anfangen würden.«

Die Deutsche nickte. Es machte den Eindruck, als hätte sie noch etwas sagen wollen, aber stattdessen trat sie ans Fenster, schaute nach draußen und tippte dabei ungeduldig mit der Fußspitze auf den Boden. Warten schien eindeutig nicht zu ihren Stärken zu gehören. Auch ihm war es zu Beginn seiner Karriere nie schnell genug gegangen, so als käme es darauf an, mit den Übeltätern Schritt zu halten, ihnen mit einem gewissen Tempo vielleicht sogar zuvorzukommen. Doch diese Lektion hatte er gelernt: Es war völlig egal, wie sehr er sich bemühte oder wie viele Fälle er aufklärte. Sie taten es wieder und wieder. Die Menschen wurden nicht müde, einander die fürchterlichsten Dinge anzutun. Im Gegenteil.

Er musterte Alexa Jahn von der Seite und folgte ihrem wachen Blick, mit dem sie den Platz vor dem Gebäude inspizierte. Was hatte eine so junge Person wohl auf die Idee gebracht, sich für den höheren Polizeidienst zu bewerben und sich ausgerechnet für die Mordkommission zu interessieren? Da jagte sie doch bloß für ein zu geringes Gehalt rund um die Uhr die übelsten Verbrecher. Warum machte sie keinen weniger gefährlichen Job? Wenn sie Menschen helfen wollte, hätte sie genauso gut Psychologin oder Sozialarbeiterin werden können. Und dabei vielleicht weit mehr erreicht.

Schon blickte sie verstohlen auf die Uhr. Krammer zog sein Smartphone aus der Tasche, um sie nicht weiter so anzustarren. Dabei stellte er fest, dass Roza Szabo bereits mehrfach versucht hatte, ihn zu erreichen. Offenbar hatte er am gestrigen Abend irrtümlich den Klingelton abgestellt. Verflixt.

Rasch hörte er die Mailbox ab und erfuhr, dass die Kollegen in Schwaz einen Mann gefunden hatten, der wohl nähere Angaben zu dem Leichenfund machen konnte, weshalb Roza Szabo bereits auf dem Weg zum Achensee war.

Er räusperte sich, um Alexa Jahns Aufmerksamkeit zu bekommen. »Wir können doch schon rein, meine Kollegin folgt gerade noch einem anderen Hinweis.«

Die Kommissarin nickte. »Also los. Ich bin gespannt, was es mit eurem Fund auf sich hat.«

21.

Sie traten in den kahlen Raum, der an den Wänden in Weiß mit einem rundum laufenden blauen Streifen gefliest war, der mit der Farbe der Türen harmonierte, während der Boden ein helles Grau aufwies. Die Neonlampen an der Decke waren genau wie die Seziertische aus glänzendem Metall und tauchten den Raum in ein grelles Licht. Wieder einmal staunte Alexa über die penible Sauberkeit, die in solchen Räumen herrschte. Nirgends auf dem Metall konnte sie einen Fingerabdruck entdecken.

Bernhard Krammer ging vor. Sie musterte ihn. Er war groß, schlank, sein Haar war ergraut, aber er wirkte nicht alt. Sein Gesicht war von Narben überzogen. Sie fragte sich, welchen Grund es dafür geben mochte.

Nachdem er den Gerichtsmediziner begrüßt hatte, stellte er schon Alexa vor: »Rudi, das hier ist die ermittelnde Beamtin aus Deutschland, Kommissarin Jahn. Dr. Hellinger ist der fähigste Mann am Institut und weit über die Grenzen Österreichs bekannt«, fügte er noch an. Dann wandte er sich direkt an Hellinger: »Kannst du uns schon etwas zu dem Fund sagen?«

Der Mediziner hob kurz seine behandschuhte Hand, hielt sich aber nicht mit langen Grußformeln auf, was Alexa mehr als recht war. »Die Frau war bereits seit zwei oder drei Tagen tot, bevor wir sie gefunden haben. Da ich keinen Hinweis darauf habe, wo die Leiche gelagert wurde, kann ich keine präziseren Angaben zu dem Zeitraum machen. Leider. Ihr Alter würde ich auf Mitte vierzig schätzen. Keine Kinder. Es liegt nach allem, was ich sehen kann, auch kein Sexualdelikt vor.«

Krammer atmete schwer. »Ein schwacher Trost, wenn man bedenkt, was ihr nach ihrem Tod angetan wurde.«

Alexa nickte. Der Fund in den Bergen zuvor hatte sie bereits geschockt. Aber dieses gesichtslose Leichenfragment, das alles Menschliche verloren hatte, war noch weit schlimmer, denn es wirkte auf dem metallenen Tisch eher wie ein Stück Vieh in einer Schlachterei. So sorgsam der Täter den Oberkörper präpariert und angezogen hatte, so nüchtern war er hier vorgegangen: Er hatte sie in einen Plastiksack gesteckt und scheinbar achtlos in den See geworfen. Wie passte das zusammen?

»Generell weist ihr Unterleib keine Verletzungen auf«, fuhr Hellinger fort. »Weder alte noch neue. Sie hatte keinerlei Knochenbrüche, es gibt keine Schnitte und nur ein paar kleinere Hämatome.«

»Also nichts, was ihre Identifizierung erleichtern würde«, folgerte Krammer.

Der Rechtsmediziner deutete auf die Stelle, an der der Fuß abgetrennt war. »Eigentlich sollte ich mich nicht so aus dem Fenster lehnen mit meinen Vermutungen – immerhin seid ihr die Ermittler –, aber ich denke, der Mann wusste genau, was er da tut. Er war vielleicht kein Profi, aber er kannte sich aus. Er hat zunächst das Fleisch und die Sehnen mit einem sehr scharfen Messer durchschnitten und erst danach mit einer Axt den Knochen glatt durchtrennt.«

»Wie kommst du zu dieser Einschätzung?«, fragte Krammer, bevor Alexa es tun konnte.

»Eine Leiche zu zerteilen ist viel schwerer, als man gemeinhin glaubt. Ich weiß, wovon ich spreche, es ist schließlich mein Job. Normalerweise sehe ich verschiedene grobe Einschnitte in der Haut, so als müsse der Täter erst probieren, welchen Druck er auszuüben hat, welche Technik am zielführendsten ist.«

»Und diese Art von Probeschnitten fehlt hier?«, schloss Alexa aus seinen Ausführungen.

Hellinger nickte und deutete nun auf die oberen Schnittstellen. »Hier wird es ganz deutlich: Der Unterleib ist sorgsam zerteilt worden. Das war kein Täter, der in Raserei verfallen ist oder in einem Blutrausch war. Ich würde eher sagen, er ist sehr langsam vorgegangen. Ordentlich. Mit Sorgfalt. Wenn ihr versteht, was ich meine.«

»Dann fühlte er sich sicher. Und hatte keine Angst, dass der Mord entdeckt werden könnte«, murmelte Alexa mehr zu sich selbst als zu den anderen. Er musste also wissen, dass die Tote nicht vermisst werden würde. Was wiederum bedeutete, dass er sie vor dem Mord gekannt hatte. Oder sie zumindest schon länger unter seiner Beobachtung stand. In jedem Fall wusste er einiges über sie und ihr Umfeld. Außerdem war er vermutlich an einem so entlegenen Ort, dass er keine Angst haben musste, entdeckt zu werden, als er über sie herfiel. Ihr Blick wanderte zu einem der alten weißen Sprossenfenster, hinter denen sie in der Ferne den Kamm des Karwendelgebirges aufragen sah.

»Noch etwas macht mich in meiner Beurteilung stutzig«, fuhr Hellinger fort. »Wir konnten nicht die winzigste Spur an der Toten finden. Keine Fasern, keine Fingerabdrücke.«

»Also trug er Handschuhe«, warf Krammer ein. »Was wiederum dafür spricht, dass er ganz genau wusste, was er tat.«

»Das denke ich auch. Und er hat sie sehr gründlich gewaschen. Nachdem er sie zerteilt hat.«

Alexa starrte auf die Leiche, versuchte sich vorzustellen, wie der Täter sein Opfer nach dem Mord reinigte, mit einem Tuch oder mit einem Duschkopf alles von ihr wusch, was ihnen hätte helfen können, ihn zu überführen.

Noch ein anderer Gedanke ging ihr durch den Kopf. Etwas, das ihr beinahe absurd erschien, in Anbetracht des Zustandes der Leiche: dass er sich auf diese Art von ihr verabschiedet hatte. Eine letzte Geste sozusagen. Sie zu säubern, ihr eine gewisse Reinheit zurückzugeben.

»Die Welt wird immer verrückter«, riss Krammer Alexa aus ihren Gedanken. »Und die Menschen immer bestialischer. Wenn du sagst, er ging langsam vor, dann hat er das Ganze vermutlich richtig genossen, hat vielleicht in ihrem Blut gebadet oder etwas ähnlich Perverses getan. Ich kann es kaum fassen. In meiner ganzen Laufbahn habe ich so etwas noch nicht erlebt.«

Alexa sah Krammer erstaunt an. Er interpretierte die Details völlig anders als sie. Und ganz offensichtlich schien ihn der Fall sehr mitzunehmen. Er war noch blasser als vorhin im Flur und fuhr sich ständig mit der Hand durchs Gesicht. Sie überlegte kurz, ob sie ihrem letzten Gedanken Ausdruck verleihen sollte, der in eine gegenteilige Richtung führte, hielt sich dann aber zurück, denn schon setzte Hellinger seine Ausführungen fort.

»Ich habe den Kollegen in Deutschland kontaktiert, der Ihre Tote vom Berg untersucht hat.«

Gespannt sah Alexa Hellinger an und bemerkte etwas zu spät, dass sie offenbar vor lauter Aufregung die Innenseite ihrer Lippe aufgebissen hatte. Sie schmeckte Blut.

»Wir haben die Führung der Bauchschnitte verglichen und sind uns zu fünfundneunzig Prozent sicher, dass beide Leichenteile zu derselben Person gehören. Der DNA-Vergleich braucht noch ein paar Stunden, aber wir können schon jetzt mit großer Wahrscheinlichkeit davon ausgehen, dass Sie beide denselben Täter suchen.«

Alexas und Krammers Blicke trafen sich für einen Moment. Doch sofort wandte sich Krammer wieder ab. »Auf einem Berg, in einem See ... Ich möchte gar nicht wissen, wo das Versteck für den Fuß sein wird. Womöglich in einer Höhle. Wie krank ist dieser Kerl eigentlich?«

Wieder verkniff sich Alexa einen Kommentar. Dieser Mord schien besonders perfide zu sein – und der Täter ausgesprochen gerissen. Aber Krammer hatte sie mit seinem Kommentar auf ein interessantes Detail aufmerksam gemacht: Der Täter hatte sie bisher nur an Orte geführt, wo andere Menschen ihren Urlaub verbrachten, Entspannung und Ruhe suchten. Und vielleicht wollte er genau diese stören.

22.

Krammer verließ zusammen mit Alexa das Gebäude, das direkt gegenüber dem altehrwürdigen Bauwerk lag, in dem die Medizinische Fakultät der Universität untergebracht war. Sooft er konnte, ging er anschließend kurz dort hinein, denn er liebte die weißen Kassettendecken in der Eingangshalle genauso wie die breiten Steintreppen, die von reliefverzierten Geländern gesäumt waren. Heute allerdings nicht.

Sie hatten kein Wort gesprochen, seit sie aus dem Sektionssaal getreten waren, und der Kommissar ahnte, dass seine junge Kollegin vermutlich höflich sein wollte und ihm als Dienstälteren die Eröffnung des Gespräches überließ. Er beschleunigte seinen Schritt und hielt Alexa Jahn, die noch immer sehr nachdenklich wirkte, die Eingangstür auf.

Eigentlich hätte er sich glücklich schätzen müssen, mit einer so engagierten Beamtin zusammenarbeiten zu dürfen. Aber ihm war viel eher danach, ihr zu sagen, dass sie sich schleunigst in die Verwaltung versetzen lassen oder am besten gleich einen anderen Beruf ergreifen sollte, wenn sie jemals glücklich leben wollte. Denn sein Instinkt sagte ihm, dass sie es mit einem Fall zu tun hatten, der ihnen alles abverlangen würde. Genau wie damals in Wien. Dieses Verbrechen würde sie keine Sekunde loslassen, ihnen den Schlaf rauben, weil sie es mit einem Wahnsinnigen aufnehmen mussten, der keine Achtung vor Menschen hatte und sie einfach in Teile schnitt. Mordlüstern und nach Sensationen heischend. Und sicher suchte er schon längst nach dem nächsten Kick, hatte ein weiteres Opfer im Visier.

»Hast du schon Erfahrung mit Ermittlungen dieser Art?«, fragte er schließlich so neutral wie möglich.

Sie schüttelte den Kopf und antwortete rasch: »Es wird sich vermutlich sowieso schnell bis zu dir herumsprechen: Ich bin nur KOK, also eigentlich bloß die Sachbearbeiterin, wie es so schön heißt. Aber als mein Chef gestern einen Unfall erlitten hat, wurde ich zur Einsatzleiterin ernannt. Um mich hier zu bewähren. Wenn du dich darüber beschweren möchtest, dann darfst du dich gerne vertrauensvoll an ihn wenden.«

Sie hob herausfordernd den Kopf und verschränkte die Arme vor der Brust.

Ihr Verhalten entlockte Krammer ein Schmunzeln, das er gleich bereute. Sie würde vermutlich denken, er wolle sich über sie lustig machen. Doch dem war nicht so. Ganz im Gegenteil. Sie erinnerte ihn in diesem Moment nur sehr an eine jüngere Version seiner selbst.

Rasch erwiderte er deshalb: »Ich hatte nicht vor, mich zu beschweren. Aber im Gegensatz zu dir hatte ich schon einmal mit so einer Art von Täter zu tun. Ich fürchte, wir werden uns die Zähne an diesem Fall ausbeißen – und vielleicht trotz all unserer Bemühungen nie herausfinden, wer oder was hinter diesem Mord steckt. Weil es uns nicht gelingt, so verquer zu denken wie dieser Kerl. Ich bin ein alter Hund, mir macht es nichts, was andere über mich reden, ob ich Erfolge habe oder nicht. Aber du stehst noch am Anfang deiner

Laufbahn. Falls es uns also nicht gelingt, den Mann zu überführen ...«

»Wir haben doch gerade erst mit der Arbeit begonnen«, fiel Alexa ihm ins Wort. »Ist es nicht ein wenig zu früh, die Flinte ins Korn zu werfen?«

»Schon«, gab er einsilbig zu. Vermutlich nervte er Alexa Jahn bereits mit seiner Art, und er ärgerte sich, dass Roza Szabo nicht gekommen war. Mit ihr würde sich die junge Deutsche weit besser verstehen. Zwei energische Frauen mit Biss. Er selbst war eher der griesgrämige Bremsklotz in der Maschinerie.

»Dann sollten wir überlegen, wie wir weiter vorgehen wollen. Du sagst, du hättest bereits Erfahrungen mit so was. Hattest du schon einen ähnlichen Fall? Auch eine Zerstückelung? Falls es hier in der Gegend war, könnte es sich dann vielleicht um denselben Täter handeln? Oder einen Nachahmer?«

Krammer schüttelte den Kopf. Er hatte sich missverständlich ausgedrückt, wollte aber nicht näher auf den Altfall eingehen. »Nein, so war das nicht gemeint. Die Ähnlichkeit bezog sich nicht auf die Art der Tötung. Sondern allein auf das völlig kranke Hirn des Täters, das ich dahinter vermute.« Er seufzte. »Es gibt einfach immer mehr vollkommen Irre in der Welt.«

»Glaubst du das wirklich?«, hakte sie sofort nach.

»Was?«, fragte Krammer.

»Na ja, dass der Täter psychisch krank ist.«

Er nickte. »Du nicht?«

»Ich weiß es nicht. Ich bin keine Psychologin, und ganz sicher ist dieser Fall alles andere als normal. Aber was ich bisher über die Vorgehensweise des Täters gehört habe, spricht für mich eher für einen sehr intelligenten Kopf. Er wusste genau, was er tut, das hat auch euer Dr. Hellinger eben mehrfach gesagt. Und mir scheint das alles sehr gut durchdacht zu sein. Vielleicht will er uns damit etwas mitteilen – nur begreifen wir einfach seine Sprache noch nicht.«

Krammers und Alexas Blicke trafen sich. Er erkannte, dass ihr extrem wichtig war, was er über diese Einschätzung von ihr dachte. Nachdem er nun über ihren beruflichen Hintergrund Bescheid wusste, verstand er auch warum: Sie war nicht nur ehrgeizig, sie stand zudem unter enormem Erfolgsdruck. Dennoch konnte er ihr nicht den Gefallen tun, ihr nach dem Mund zu reden. Es lag ihm fern, sich in das Gehirn eines solchen Kerls hineinzudenken, zu versuchen, seine völlig abstrusen Ideen nachzuvollziehen. Diesen folgenschweren Fehler hatte er einmal gemacht – und zutiefst bereut. Damals hatte er ihn in eine Hölle gesogen, aus der er kein zweites Mal aus eigener Kraft herauskommen würde.

»Ich glaube, er ist ein eiskalter Mistkerl. Vielleicht einer dieser Egomanen, dem die Freundin einen Laufpass gegeben hat und der die Schmach nicht aushalten kann, verlassen worden zu sein. Weil damit jeder erkennen würde, dass er nicht der Held ist, für den er sich ausgibt. Deshalb hat er die Frau, die es gewagt hat, ihn zu demütigen, nicht nur einfach ausradiert, sondern in ihre Einzelteile zerlegt. So wie sie es seiner Meinung nach zuvor mit seiner Seele gemacht hat. Wobei er so eine gar nicht besitzen kann, nach allem, was wir gesehen haben.«

Sie waren mittlerweile bei Alexas Wagen angekommen, an den sie sich anlehnte. Nachdenklich schaute sie ihn an. »Tun wir für einen Moment so, als hättest du recht. Es gab jedoch keinerlei Anzeichen von Raserei, von extremen Gefühlen. Hätte da nicht etwas von seiner Wut durchkommen müssen? Natürlich ist es barbarisch, was er der Toten angetan hat, aber es wirkt doch eher klinisch. Alles ist gesäubert, nichts ist mit Blut besudelt, und anschließend hat er sie noch in etwas eingehüllt, ihre Haut vor äußeren Einflüssen geschützt. Verstehst du, was ich meine?«

Vielleicht lag sie damit richtig. Aber das zuzugeben fiel Krammer schwer. Im Gegenteil, etwas in ihm sperrte sich sogar dagegen. Er redete sich ein, es sei zu ihrem Schutz, so als könne er sie dadurch dazu bringen, die Finger von dem Fall zu lassen.

Deshalb entgegnete er hastig: »Möglicherweise war das sein Weg, uns seine Allmacht zu demonstrieren. Dass er über die Sache hinweg ist. Er sich alle Zeit der Welt nehmen kann, weil er jetzt wieder die Zügel in der Hand hat. Jeden dritten Tag tötet ein Mann eine Frau aus diesem Grund: wegen seiner verletzten Eitelkeit. Wahrscheinlich hält er sich für ungeliebt, vom Leben betrogen – und vor allem von ihr. Das ist seine Rechtfertigung dafür, Gott zu spielen und einem anderen Menschen das Leben zu nehmen. Zerstörung als Wiedergutmachung für sein Leid. Dabei gibt es für Mord keine Entschuldigung. Für diesen Wahnsinn hier erst recht nicht. Und glaub mir, das ist das Werk eines Psychopathen.« Den letzten Satz murmelte er nur. Als er ihren nachdenklichen Blick sah, setzte er noch nach: »Und wenn du seine Sprache verstehen willst, wie wäre es damit: Ain't no mountain high enough, ain't no river wide enough ... So heißt es doch in dem Lied, oder? Da sollte es eigentlich um Liebe gehen, doch dieser Kerl hat die Bedeutung einfach ins Gegenteil verdreht.«

Alexa zog die Stirn in Falten und ließ ihn nicht aus den Augen.

Gerade wollte Krammer sich für seine letzte, völlig deplatzierte Bemerkung entschuldigen, als sie nachdenklich sagte: »Ich weiß, du willst das nicht hören, aber nach etwas in dieser Art suche ich. Der Berg und der See – diese Orte müssen eine Bedeutung haben. Einen tieferen Sinn.« Sie hielt einen Moment inne und fuhr dann mit frischem Elan fort, so als würden ihre eigenen Worte ihren Geist zu neuen Leistungen antreiben. »Unser Täter sucht eindeutig die Öffentlichkeit. Ich kann es nicht richtig erklären, aber schon der Rucksack, der das Erste war, was wir gefunden haben, stand da wie ein Mahnmal. Dann die Hubschraubersuche, bei euch die Taucher. Er will mit diesen Sachen etwas aussagen.«

Krammer schüttelte den Kopf und fuhr sich mit der Hand über den Nacken. Für einen Moment ärgerte es ihn, dass er bereits zum »Du« übergegangen war. Eine unpersönliche Umgangsform hätte es ihm leichter gemacht, ihre Theorien einfach abzutun und sich schleunigst ins eigene Büro zurückzuziehen. Dabei war er selbst es gewesen, der sofort den Teamspirit verbreiten musste. Aber er hatte ja nicht ahnen können, dass sie in ihrem Denken so sehr auseinander liegen würden. Und dass sie partout in das Hirn dieses Kerls kriechen wollte, um seine Bestialität zu verstehen.

Als hätte sie seine Gedanken gelesen, wandte sie nun ein: »Ach, was rede ich. Im Grunde ist es ja noch viel zu früh, nach dem Motiv zu suchen. Habt ihr denn eine Ahnung, um wen es sich bei der Frau handelt? Gibt es eine Vermisstenanzeige, die zu der Beschreibung unserer Toten passen würde? In unserer Datenbank war bisher Fehlanzeige.«

Er zuckte die Schultern. »Das kann ich nicht genau sagen. Wir haben die exakten Angaben zur Größe, Haarfarbe und so weiter ja bisher noch nicht prüfen können.« Dann zückte Krammer sein Handy und griff zu einer Notlüge. »Da schau her: Meine Kollegin hat offenbar einen ersten Hinweis bekommen.« Er ließ das Handy wieder in der Manteltasche verschwinden, bevor die Deutsche auf das Display schauen konnte. »Ich muss da jetzt hin. Ist sonst noch was?«

Alexa sah ihn abschätzend an, holte dann ihren Autoschlüssel hervor und betätigte den Türöffner. Er befürchtete schon, sie würde ihn begleiten wollen, doch sie streckte ihm nur die Hand entgegen. »Sollen wir später noch einmal telefonieren? Sagen wir am frühen Nachmittag? Um unsere Ermittlungsschritte zu koordinieren?«

Krammer legte zwei Finger an die Stirn und grüßte wie beim Militär. »Zu Befehl. Ich melde mich gegen 15 Uhr.«

Sie stieg in ihren Wagen, ohne auf diese Provokation zu reagieren. Gekonnt setzte sie aus der Parklücke zurück und fuhr zügig über den Parkplatz davon.

Krammer blieb einen Moment stehen, dann seufzte er laut. Na Servus. Was hatte er sich da nur wieder eingebrockt.

Wenigstens war er jetzt noch eine gute Stunde alleine im Büro, bevor Roza Szabo kam. Die würde er genießen, denn ihm war sonnenklar, dass er in nächster Zeit so schnell keine Ruhe mehr finden würde.

Und wenn es nur an dieser energischen Deutschen lag.

23.

Frustriert stellte Alexa Hubers Wagen vor der provisorischen Einsatzzentrale im Alpenfestsaal ab. Ihr Blick wanderte sofort zur Demmelspitze, über der schon wieder der Hubschrauber kreiste. Sie hatte so sehr gehofft, von der Erfahrung des österreichischen Kollegen profitieren zu können, doch nach diesem ersten Treffen war sie sich nicht mehr sicher, ob sie von seiner Seite überhaupt etwas zu erwarten hatte. Er war der typische Fall eines behäbigen Beamten, der bestimmt viele Erfolge zu verzeichnen hatte, den aber die jahrelange Mörderjagd offensichtlich längst ausgebrannt hatte. Sie hatte schon eine Reihe von Kollegen kennengelernt, denen es so ergangen war. Denen der Beruf zu sehr zugesetzt oder die der tägliche Kampf desillusioniert hatte.

Sie würde ganz sicher mit ihm zurechtkommen, aber sie vermutete, dass von dieser Seite nicht viel an Entlastung zu erwarten war. Krammer hatte bereits ein Bild des Täters im Kopf und schien nicht wirklich offen für andere Ideen. Jedenfalls nicht für das, was sie von sich gegeben hatte.

Alexa konnte jetzt nur auf die erwähnte Kollegin von Krammer hoffen, ansonsten würde der Erfolg der Ermittlungen noch stärker von ihr abhängen. Sie spürte das Gewicht der Verantwortung zentnerschwer auf ihren Schultern. Aber Krammer würde vermutlich allenfalls in alten Akten stöbern und seine üblichen Verdächtigen abklappern, deren Profil zu seinen vorgefertigten Vermutungen passte.

Sie hatte aus dem Auto heraus bei Brandl angerufen, bei dem jedoch gerade der Chefarzt Visite machte und der deshalb für den Moment nicht zu sprechen war.

Alexa schob mit Schwung die Tür auf und stellte verwundert fest, dass der ganze Raum wie leergefegt war. Nur eine einzige Polizistin saß da und telefonierte. Ungeduldig wartete Alexa, bis sie das Telefonat beendet hatte, um sich nach Hubers Verbleib zu erkundigen.

»Wo sind denn alle?«, fragte sie schließlich.

»Ach, die sind drüben auf dem Parkplatz bei der Talstation direkt unterhalb vom Brauneck. Offenbar hat die Presse Wind von dem Fall bekommen, und der Florian wollte nicht, dass sie herausfinden, wo wir unsere Zentrale eingerichtet haben. Deshalb sind sämtliche Kollegen mitgefahren. Ich glaube, er hat vor, der Presse eine Erklärung abzugeben, damit wir wieder in Ruhe ...«

Noch bevor die Polizistin ihren Satz beenden konnte, war Alexa schon zur Tür hinaus und checkte ihr Handy. Wie sie vermutet hatte, war keine Nachricht an sie eingegangen. Ihr Kollege hatte es wohl nicht für nötig gehalten, sie über diese Wendung in dem Fall zu informieren. Oder er hatte es ganz bewusst unterlassen. Sie hätte sich denken können, dass so etwas passieren würde, wenn sie ihm vertrauensvoll den Rücken zudrehte. Florian Huber war scharf auf eine Beförderung, das hatte sie schon bei dem ersten Treffen gespürt – und es war im Grunde nur konsequent, dass er die Gelegenheit ergriff, um sich in den Vordergrund zu spielen. Und wie würde ihm das besser gelingen, als über die Presse?

Seine Idee war nicht einmal schlecht, denn demjenigen, dessen Gesicht in der Öffentlichkeit präsentiert wurde, oblag im Allgemeinen die Leitung der Ermittlungen. Zumindest würde jeder Außenstehende das so sehen – und sicher auch ein Großteil der hiesigen Kollegen, die Florian Huber ebenfalls favorisierten.

Alexa legte einen Schritt zu. Sie musste unbedingt den Parkplatz erreichen, bevor Huber vor die Kameras treten konnte. Er hatte sich mit der Falschen angelegt. So schnell würde sie ihm das Feld nicht überlassen. Keinesfalls.

Wenigstens nicht freiwillig.

Als Alexa um die letzte Kurve bog, sah sie schon von weitem die große Ansammlung von Fahrzeugen und Menschen. Auch ein Übertragungswagen eines lokalen Fernsehsenders war vor Ort. Ihre Kollegen hatten eine Absperrung errichtet. Sie bahnte sich hupend einen Weg durch die Menge, um so nahe wie möglich an das Flatterband heranzufahren, und parkte einfach mitten in einer Wiese. Dann stieg sie aus, eilte die letzten Meter hinauf und hielt dem Beamten ihren Ausweis hin. Erst jetzt wurde sie sich der Aufmerksamkeit bewusst, die sie durch ihr Eintreffen erweckte, denn schon waren die ersten Objektive auf ihre Person gerichtet.

Sie hatte ein durchaus gespaltenes Verhältnis zur Presse. Oft war es notwendig und wichtig, die Medien einzuschalten. Doch ihrer Meinung nach wurde heutzutage zu viel, zu früh und vor allem zu wenig reflektiert berichtet. Und die permanent gezückten Handykameras waren mit dafür verantwortlich, dass der Presse kaum noch etwas vorenthalten werden konnte. Immer gab es jemanden, der rein zufällig dabei war und alles gefilmt hatte – statt sich selbst zu retten oder anderen zu Hilfe zu eilen. Dass dies nicht immer von Vorteil war, ließ sich Außenstehenden nur schwer vermitteln. Und so konnten sie mit ermittlungstechnischen Argumenten meist nicht erreichen, dass Dinge eine Weile bewusst zurückgehalten wurden. Für die Presseleute stand das Interesse der Öffentlichkeit stets im Vordergrund. Angeblich. Dabei ging es ihnen im Wesentlichen nur um Aufmerksamkeit. Geschichten über Morde und Gewalt brachten Klicks und höhere Auflagen. Denn der Hunger nach Sensationen, nach der nächsten Katastrophe, brauchte immer neues Futter.

Sie ging mit großen Schritten den Hang hinauf und hatte nun auch Huber entdeckt, der alle Kollegen um einen halben Kopf überragte. Offenbar hatte er mit der Konferenz noch nicht begonnen, denn die Presseleute beobachteten genau, was er tat, und alle Kameras waren auf ihn gerichtet. Als er Alexa hereileilen sah, löste er sich aus der Gruppe und kam ihr entgegen.

Sie setzte ein ernstes Gesicht auf, und obwohl ihr danach war, ihn gleich zur Rede zu stellen, wusste sie, dass es klüger war, erst abzuwarten, wie er ihr diese Show erklären würde.

»Verdammt, da bist du ja endlich! Die haben wohl einen Wink bekommen. In der Einsatzzentrale stand das Telefon nicht mehr still«, begann er ohne jede Begrüßung.

»Und da hast du dir gedacht, du holst sie einfach alle hier zusammen und erzählst ihnen von dem Mord«, führte sie seine Ausführungen in ruhigem Ton fort.

Er kniff die Augen zusammen und schaute sie unbeirrt an. »Ja. Klar. Was hätte ich denn sonst tun sollen? Vorhin tauchte plötzlich ein Reporter in unserem Einsatzzentrum auf und wollte Fotos machen. Stell dir doch nur mal vor, wenn der die Bilder auf den Pinnwänden fotografiert hätte ... Ich habe ihm sofort die Speicherkarte abgenommen. Er hat sich nicht dagegen gewehrt, hat vielmehr behauptet, es läge ihnen längst Fotomaterial vor. Also habe ich über unsere Pressekontakte eine Info verschickt, dass wir hier und heute eine Erklärung abgeben.«

»Und was willst du ihnen sagen? Dass wir einen Irren haben, der eine Leiche über zwei Länder verteilt?« Jetzt war es vorbei mit Alexas Ruhe. Fotos. Das war unmöglich! Sie hatten alles von vornherein gut abgeschirmt. Sicher hatte der Reporter zu dieser Finte gegriffen, um an weitere Informationen zu kommen.

Außer es gab jemanden in den eigenen Reihen, der etwas hatte durchsickern lassen, um sich ein hübsches Sümmchen dazuzuverdienen. Es wäre nicht der erste Fall, bei dem so etwas passierte. Doch als Neue musste sie vorsichtig sein mit derartigen Unterstellungen.

»Spinnst du? Natürlich nicht!« Huber blinzelte irritiert. »Was hätte ich denn deiner Meinung nach tun sollen? Abwarten? Es darauf ankommen lassen? Außerdem hast du gut reden. Du warst nach Innsbruck unterwegs, während ich hier die Meute an der Backe hatte.« Er ließ wütend Luft ab. »Also habe ich mich kurz am Telefon mit dem Chef abgestimmt. Wir haben beschlossen, dass es besser ist, die Flucht nach vorn anzutreten und bekannt zu geben, dass wir nach einer vermissten Person suchen, die vor ein paar Tagen von Lenggries aus zu einer Wanderung aufgebrochen ist. Wir wollen eine Beschreibung des Rucksacks und der Jacke herausgeben und ein paar Einzelheiten wie Größe und Haarfarbe der Frau – und um Rückmeldung bitten. Von der Leiche sagen wir nichts.«

Huber hielt inne und schien erst jetzt zu begreifen, was Alexa gesagt hatte. »Moment. Heißt das ... du sagst mir so ganz nebenbei, dass der Unterleib im Achensee der fehlende Teil von unserer Toten ist? Warum hast du mir das nicht schon früher erzählt? Oder habe ich deine Nachricht etwa verpasst?« Er nestelte an seiner Tasche herum, um sein Handy zu checken.

Alexa strich sich die Haare aus dem Gesicht und blinzelte kurz. Aber es lag nicht an den Sonnenstrahlen, die gerade hinter einer Wolke durchbrachen. Vielmehr ärgerte sie sich, weil sie Huber tatsächlich nicht darüber informiert hatte, was sie in Innsbruck in der Gerichtsmedizin erfahren hatte.

Sie fühlte sich ertappt. Denn es stimmte: Sie war so sehr mit dem ersten Zusammentreffen mit Krammer beschäftigt gewesen, mit ihren Überlegungen, was die beiden Fundorte bedeuten konnten, dass sie völlig vergessen hatte, dass Huber vermutlich wie auf heißen Kohlen gesessen und auf ihre Nachricht gewartet hatte. Mit seinem Vorwurf hatte er absolut recht: Auch sie hätte sich früher melden müssen. Und er war, anders als sie geglaubt hatte, nicht einfach vorgeprescht, sondern hatte sich mit Brandl abgestimmt. Was sie ebenfalls bisher versäumt hatte, aus welchen Gründen auch immer.

»Stimmt. Du hast recht. Das hätte ich machen sollen. Aber du genauso«, lenkte sie deshalb ein. »Merken wir uns das einfach für die Zukunft, okay?«

Sein Blick ging zwischen ihren Augen hin und her, sein Mund war zu einem schmalen Strich zusammengepresst. Doch nach einer Weile nickte er.

»Dann lass uns noch einmal kurz durchgehen, was wir für die Presse haben und wie wir es formulieren wollen«, fuhr sie fort. »Wie viele Leute habt ihr denn hierher eingeladen, und auf wen muss ich besonders aufpassen?«

24.

»Drehst du um Himmels willen die Musik leiser!«, herrschte ihn Szabo an, wartete jedoch nicht ab, sondern machte sich selbst an seiner Stereoanlage zu schaffen. »Wir sind eine öffentliche Behörde, kein Konzerthaus, Bernhard. Die Kollegen sollen doch nicht denken, wir amüsieren uns hier.«

Nein, dachte er. Es wäre ja auch ein echtes Vergehen, wenn sie in ihrem Beruf so etwas wie Spaß hätten. Krammer rieb sich die Schläfen, denn seine Kopfschmerzen waren wieder zurückgekehrt. Er zog einen Blister mit Aspirin aus seiner Schreibtischschublade und warf die Tablette in sein Wasserglas. Es war besser, einen klaren Kopf zu bekommen, wenn seine Kollegin diese Laune hatte.

»Also, was gibt es? War der Zeuge nicht so vielversprechend, wie du gehofft hast?«, fragte er und trank die sprudelnde Flüssigkeit in einem Zug aus.

Sie verdrehte die Augen. »Der Mann hat dort gestern jemanden gesehen. In aller Frühe. Derjenige habe lange einfach so dagestanden und auf den See geschaut. Er habe sich dabei immer wieder über das Gesicht gewischt.«

»Und?«

»Nichts weiter. Das war ihm seltsam vorgekommen, denn es war noch finster. Außerdem hatte er sich gewundert, weil der Kerl ohne Hund an dem Platz war.«

»Ist es neuerdings strafbar, kein Tier zu haben?«

Roza Szabo lachte laut, setzte sich auf einen Stuhl vor seinem Schreibtisch und löste ihre roten Haare aus dem Knoten, den sie meistens bei offiziellen Anlässen trug.

»Das nicht, Gott bewahre. Seltsam ist es allerdings, wenn jemand im Dunkeln die Aussicht genießt, da muss ich dem Mann schon recht geben. Ansonsten war die Befragung eine absolute Katastrophe. Hör nur die Beschreibung: mittelgroß. Europäer. Dunkle Jeans, dunkle Jacke, und er hatte eine Beanie auf.«

»Er hatte was?«

»So nennt man diese Strickmützen, wie sie die Jugend heute trägt.«

Krammer nickte. Nun verstand er, warum seine Kollegin nicht glücklich über den Zeugen war. »Es könnte also so gut wie jeder gewesen sein.«

»Genau das. Nicht einmal zum ungefähren Alter konnte er eine Einschätzung abgeben. Weil er ihn nur von hinten gesehen hat.«

»Also sind wir nicht viel weiter.«

»Ich hab's versucht. Ich hätte ja sofort alles gemacht, ein Phantombild anfertigen lassen, aber mit den Angaben…« Sie hob resigniert die Hände. »Der Mann hat noch nicht einmal gesehen, ob der Besagte zum Parkplatz zurückging oder wohin er danach gelaufen ist. Und dafür meldet sich dieser Kerl bei uns und zitiert uns dort hin. Drei Beamte waren da. Zwei aus Schwaz und meine Wenigkeit. Und wer zahlt das alles? Die Leute meinen wohl, wir hätten nicht genug zu tun. Kein Wunder, dass wir pausenlos Überstunden machen. Nicht einmal auf die Uhr hat er bei dieser einzigartigen Beobachtung gesehen!« Ihr Gesicht war gerötet, und sie fächelte sich mit den Händen Luft zu. »Aber jetzt erzähl du, wie ist es bei dir gelaufen? Was hat der Hellinger herausgefunden?«

»Die Leichenteile gehören zusammen, also die aus Deutschland und unsere.«

Sie beugte sich über den Schreibtisch. »Nicht wahr! Und wieso deponiert unser Mann die Leiche in zwei Ländern?«

»Das stand leider nicht in der Gebrauchsanleitung«, sagte Krammer und erntete erneut einen lauten Lacher seiner Kollegin.

»Ich frage mich gerade, wie das jetzt gehen soll mit den Ermittlungen zwischen uns und denen. Hattest du so was schon einmal? Ich jedenfalls nicht.«

»Die Gerichtsmediziner haben sich schon kurzgeschlossen und stellen ihre Befunde zusammen. Die haben wir spätestens morgen auf dem Tisch.«

»Perfekt. Und wir? Wem obliegt denn jetzt die Leitung bei den Ermittlungen? Macht da jeder sein Ding, oder müssen wir uns ab jetzt permanent abstimmen? Wie ist denn überhaupt die Kollegin aus Weilheim?«

»Jung und ehrgeizig.« Krammer räusperte sich. Er wusste selbst nicht, warum ihn die Frage so verlegen machte, deshalb drehte er rasch den Bildschirm zu seiner Kollegin herum, bevor sie seine Unsicherheit bemerkte. »Ich wollte gerade die Vermisstenanzeigen checken. Die Kollegin hat mir schon ein Bild der Toten zukommen lassen. Schau hier.« Er klickte auf die Datei, um die Ansicht zu vergrößern.

Doch Roza sah nicht auf das Foto, sondern hielt ihren Blick weiter auf ihn gerichtet. »Jung«, wiederholte sie nachdrücklich.

Er schob seinen Stuhl ein Stück vom Schreibtisch weg, zog eine Schublade heraus und legte dann seine Füße gekreuzt darauf. Aber so lässig und gleichgültig er sich auch gab, seine Kollegin ließ sich nicht so schnell hinters Licht führen. Unverwandt starrte sie ihn über ihre Lesebrille hinweg an.

»Also schön. Alexa Jahn ist noch ganz am Beginn ihrer Karriere. Sie ist gerade erst nach Weilheim gewechselt, wurde aber wohl aufgrund ihrer vielversprechenden Laufbahn zur kommissarischen Leitung der deutschen Soko ernannt.«

Roza Szabo rührte sich weiterhin nicht. Krammer setzte sich wieder aufrecht hin und nahm noch einen Schluck Wasser.

»Sie ist sehr klug. Und gewissenhaft. Selbstbewusst«, fügte er schließlich zu seinen Ausführungen hinzu. Als seine Kollegin ihn weiterhin anstierte, platzte ihm der Kragen: »Herrgott, was willst du denn noch von mir wissen?«

»Ich habe dich gefragt, wie die Zusammenarbeit laufen wird. Du warst es, der mir darauf mit sämtlichen Eigenschaften der Deutschen antwortet. Mir hätte eigentlich ein ›kompetent‹ oder ›versiert‹ völlig gereicht.«

Er schüttelte den Kopf und musste unwillkürlich über sich selbst lachen. Und wieder einmal stellte seine Kollegin unter Beweis, warum sie so gut war in dem, was sie tat. Vor allem in Verhören war sie unübertroffen, und ihr entging praktisch nichts.

»Sie ist also auch noch hübsch«, murmelte Szabo nun in die Stille hinein.

Krammer verging das Lachen, und er zog seine Augenbrauen zusammen. Worauf wollte sie denn jetzt mit diesem Kommentar hinaus? Dachte sie etwa, er würde sich in seinem

Alter in so ein junges Ding vergucken? Das war wirklich kompletter Blödsinn. »Ich weiß nicht, was dieser Kommentar soll. *Hübsch* ist ja ein durchaus dehnbarer Begriff.«

»Na, hör mal«, sagte sie grinsend. »Du zappelst da herum wie ein Kasper. Was soll ich denn sonst denken? Und so dehnbar ist der Begriff nun auch nicht. Also?«

Krammer hatte sich in etwas verrannt. Schon wieder. Doch um Szabos neugierigen Fragen ein Ende zu bereiten, antwortete er wahrheitsgemäß: »Hässlich ist sie jedenfalls nicht.«

Dann deutete er wieder auf den Bildschirm. »Aber ich möchte jetzt endlich meine Recherchen fortsetzen, damit heute überhaupt etwas passiert. Also, das ist das Foto von der Toten, das mir die Kollegin geschickt hat. Und jetzt sollten wir endlich die Liste der abgängigen Personen durchsehen. Oder willst du mir noch mehr Fragen stellen? In ungefähr zwei Stunden telefoniere ich mit Alexa Jahn, um zu besprechen, wie wir die Zusammenarbeit einteilen wollen. Bis dahin sollten wir wissen, mit wem wir es bei der Leiche zu tun haben. Da die Deutschen keine Übereinstimmung gefunden haben, heißt das vermutlich, dass sie hier verschwunden ist. Und wer die Ermittlungen künftig leitet, dürfte wohl davon abhängen, wo die Frau lebte, würde ich sagen. Also … du willst den Fall doch haben, oder nicht?«

Roza Szabo starrte ihn weiter an, dann drehte sie sich schwungvoll zur Seite und erhob sich. »Ich glaube, die Liste durchzuschauen, schaffst du alleine. So viele Vermisstenfälle aus dem EKIS kommen da sicher nicht in Frage. Ich schreibe derweil das Protokoll zu meiner Befragung. Damit wir deiner jungen und hübschen Kollegin auch etwas bieten können, wenn sie anruft.«

Dann zwinkerte Szabo und ging kichernd aus dem Raum.

Verblüfft ließ Krammer sich gegen die Rückenlehne seines Stuhls fallen und stieß einen lauten Seufzer aus.

Frauen. Er würde nie aus ihnen schlau werden.

25.

Seine Finger flogen über die Tasten. Er hielt den Atem an, während er die Nachrichten überflog. Immer schneller wechselte er die Webseiten, seine Augen weit aufgerissen.

Einsätze, Bergungen, jeden noch so kleinen Meldungsfetzen musste er kontrollieren. Alles genau im Blick halten. Für alle Eventualitäten gerüstet sein. Das hatte er von Kindesbeinen an gelernt. Kontrolle war der Schlüssel zum Erfolg.

Doch er war umsonst unruhig gewesen. Nichts stand da. Keine Neuigkeiten, keine Verdachtsmomente, keine Theorien. Sie hatten nichts verstanden.

Für einen Moment wurde er wütend. Sie waren völlig blind, hatten keine Phantasie! Dabei hatte er ihnen alles auf einem silbernen Tablett präsentiert.

Andererseits gab es damit auch nichts, was sein Vorhaben torpedieren konnte.

Niemanden, der ihn vorschnell entlarven würde.

Wobei ihn das nicht wunderte. Er kam gut in der Stille zurecht, hatte gelernt, sich im Hintergrund zu halten. Er verschmolz mit der Umgebung, wurde eins mit ihr, bis er nicht mehr auffiel. Jeder konnte ihn sehen, aber keiner bemerkte ihn.

Nur so hatte er seine Kindheit überleben können.

Und genau so würde er endlich ans Ziel gelangen.

Sie waren schon viel zu lange ungeschoren davongekommen.

Jetzt war es Zeit, sie zur Rechenschaft zu ziehen. Diejenigen, die die Schuld trugen.

Keinen hatte er jemals vergessen.
Und bald war Zahltag.

26.

Nachdem sie die Presse informiert und ihnen die Fotos und Beschreibungen der Jacke und des Rucksacks der Toten übermittelt hatten, waren Alexa und Florian Huber einen kleinen Umweg gefahren und hatten am Alpendöner angehalten, um sich dort noch etwas zu essen mitzunehmen. Sie hofften, dass ihnen dadurch niemand mehr folgte. Erst danach hatten sie sich auf den Weg zur Einsatzzentrale gemacht, in der auch alle anderen vollzählig wieder eingetroffen waren. Obwohl die Meldung noch nicht draußen sein konnte, klingelten die Telefone bereits unablässig.

Aber zuerst musste Alexa etwas in den Magen bekommen. Sie war schon früh aufgebrochen, und auch dieser Tag würde wieder lang werden. Außerdem war sie bei ihrer ersten Pressekonferenz doch ziemlich nervös gewesen, und jetzt war ihr flau im Magen. Eilig holte sie die Thermoskanne mit Tee aus ihrer Tasche, die ihr die Besitzerin der Pension am Morgen bereitgestellt hatte, und wickelte den Döner aus seiner Alufolie. Ein köstlicher Duft schlug ihr entgegen.

Während sie in das warme Fladenbrot biss, beobachtete sie die Kollegen. Auch Huber widmete sich seinem Essen, doch im Gegensatz zu ihr stand er mitten im Raum, umringt von den anderen Beamten, die sich rege mit ihm unterhielten.

Irritiert schaute sie auf ihren Tisch. Es lag ihr kein neuer Bericht vor. Nichts. Sie legte den Döner weg, leckte etwas

Joghurtsauce von ihren Fingern und checkte ihre Mails. Auch hier: nichts. Sie schaute erneut zu der Gruppe.

Dann schüttelte sie den Kopf. Sie interpretierte da zu viel hinein. Sie standen einfach zusammen und tauschten sich aus. Weil sie sich schon ewig kannten. Mehr war da nicht dran.

Sicher war bislang noch niemand dazu gekommen, überhaupt einen Bericht zu tippen. Immerhin waren sämtliche Einsatzkräfte vorhin bei der Pressekonferenz gewesen.

Dennoch stand sie auf, nahm ihr Essen mit und gesellte sich zu ihnen, stellte sich direkt neben Huber.

»Wie wird das denn nun eigentlich laufen, wenn wir mit den Ösis zusammenarbeiten müssen?«, fragte einer der Männer, der Markus Biberger hieß.

Alexa wollte schon antworten, hatte aber gerade noch den Mund voll. Huber hatte offenbar die Ergebnisse von ihrer Fahrt nach Österreich bereits an alle weitergegeben, was ihr einen kleinen Stich versetzte. Andererseits hatte sie ihn nicht um Stillschweigen gebeten.

»Wir haben den ersten Leichenteil gefunden, also liegen die Ermittlungen bei uns. Und nach der Pressekonferenz ist wohl sowieso klar, wer das Sagen in dem Fall hat«, fügte Huber an und machte grinsend eine Siegerfaust.

Alexa verschaffte sich etwas mehr Raum und sagte mit fester Stimme: »Es ist doch im Grunde egal, wer die Ermittlungen leitet. Wichtiger ist, dass wir jetzt den anderen Teil der Leiche haben und die weitere Suche in dem unwegsamen Gelände einschränken können. Und wir haben endlich eine Chance, die Frau zu identifizieren. Sie prüfen dort gerade die Vermisstenliste.«

Alle Blicke waren auf sie gerichtet. Man hätte eine Stecknadel fallen hören können. Und Alexa wurde mit einem Mal bewusst, dass jeder im Raum fast einen Kopf größer war als sie selbst. Sie streckte den Rücken durch und nahm mit gelassener Miene einen großen Bissen von ihrem Döner.

Florian Huber brach schließlich das Schweigen: »Ich weiß nicht, wie man das in eurer Einheit da oben im Norden geregelt hat, aber meiner Meinung nach ist das keineswegs egal. Wie soll eine so große Ermittlung denn funktionieren, wenn niemand die Kräfte bündelt und den Takt vorgibt? Das wird doch ein haltloses Durcheinander.«

»Wir stimmen uns natürlich ab, das ist ja wohl klar. Um 15 Uhr telefoniere ich dazu mit Bernhard Krammer, dem Chefermittler aus Innsbruck. Je nachdem, wo der Wohnort der Toten ist, sollte meines Erachtens auch der Schwerpunkt der Ermittlungen liegen. Vielleicht sollten wir gleich im Anschluss daran ein Teammeeting abhalten, dann teile ich euch in Gruppen auf.« Sie hielt kurz inne. »Ich bin jedenfalls froh, dass wir noch mehr Manpower haben, um den Fall schnell zu einem Abschluss zu bringen.«

Alexa schaute Florian Huber direkt in die Augen. Die Diskussion darüber, wer die Leitung bei der Ermittlung hatte, ging ihr gehörig gegen den Strich. Er hielt ihrem Blick eisern stand, doch seine Lippen, die wieder fest zusammengepresst waren, zeigten deutlich, wie sehr er sich gerade beherrschen musste.

Die anderen Beteiligten schienen die seltsame Schwingung zwischen ihnen zu spüren und verzogen sich wie auf ein stilles Kommando zurück an ihre Schreibtische, um sich ihrer Arbeit zu widmen.

Alexa überlegte kurz, ob sie alles auf sich beruhen lassen

sollte, hielt es aber doch für besser, das Thema anzusprechen. Es brachte nichts, den offensichtlichen Konflikt zwischen ihnen noch länger totzuschweigen. Sie mussten sich auf die Ermittlungen konzentrieren, und vielleicht half es, dem Ganzen Luft zu machen.

Sie bedeutete Huber, mit ihr nach draußen zu gehen – ließ ihm dabei aber bewusst den Vortritt. Er atmete heftig, als sie vor die Tür traten, so als hätten ihn die paar Meter, auf denen ihnen sämtliche Blicke folgten, enorm angestrengt.

»Raus mit der Sprache«, begann sie deshalb ohne Umschweife. »Was ist eigentlich los? Willst du mir irgendetwas sagen?«

Huber starrte auf seinen Döner, den er kaum angerührt hatte und der mittlerweile sicher genauso kalt war wie ihr eigener. Er machte allerdings keine Anstalten zu sprechen. Deshalb fuhr Alexa einfach fort.

»Glaubst du eigentlich, ich hätte mir ausgesucht, dass das alles so läuft? Ich bin nicht verantwortlich für Brandls Unfall, und ich habe auch nicht darum gebeten, hier das Kommando zu übernehmen. Mich hat das genauso überrascht wie dich. Aber jetzt ist es nun einmal so, und wir beide sollten das Beste daraus machen.«

Er sah sie nicht an, als er ganz leise murmelte: »Was dir ja auch wirklich gut gelingt.« Dann biss er in seinen Fladen, kaute bedächtig und hielt dabei den Blick weiter von ihr abgewandt.

»Was meinst du denn damit?«, fragte Alexa, die nicht verstand, worauf sein Kommentar abzielte.

»Na, seit gestern glänzt du ja vor allem durch Abwesenheit. Du bist mit Gerg unterwegs oder in Innsbruck. Und wenn du dich auf Anhieb so gut mit dem Österreicher verstehst, wird das wohl auch so bleiben.«

Sie schüttelte den Kopf. »Ich verstehe nicht, worauf du hinauswillst. Ich muss mich ja wohl an den Ermittlungen beteiligen.«

»Schon klar. Dann bleibt es also so: Du kassierst die Lorbeeren, und ich kann mich darum kümmern, dass hier überhaupt etwas läuft.«

»Ich tue *was?*« Alexa konnte kaum fassen, was Huber ihr gerade unterstellte.

»Du hast mich schon verstanden. Schau dir doch den heutigen Tag an: Ich hatte die Pressemeute am Bein, musste mir schnell etwas einfallen lassen, wie ich die von dem Saal hier fernhalte, alles vorbereiten, während du in der Gegend herumkutschierst bist. Und dann kommst du hier an, stellst dich vor die Kameras und erzählst anschließend auch noch dem Team, das seit Tagen ackert oder mit Gerg oben am Berg herumkraxelt, etwas von ›mehr Manpower‹. Besonders motivierend wirkte das nicht, das kann ich dir sagen. Und am Ende bleibt doch ohnehin wieder alles an mir hängen.« Er schaute auf die Uhr und tippte auf das Zifferblatt. »Du solltest dich übrigens beeilen. Schließlich musst du ja bald schon wieder mit dem Kommissar darüber reden, wie ihr die Zusammenarbeit organisiert.«

»So siehst du das also?«, fragte sie.

»Ja. Das tue ich.« Er trat einen Schritt auf sie zu und starrte ihr ins Gesicht. »Statt dich erst einmal um deine eigene Einheit zu kümmern, die Leute überhaupt kennenzulernen und die Ermittlungen zu strukturieren, hast du die erstbeste Gelegenheit ergriffen, dich aus dem Staub zu machen.«

»Stopp!« Alexa hob die Hand. »Ich habe mich nicht *aus dem Staub* gemacht. Und ich konnte nicht ahnen, dass Infos nach draußen sickern und die Presse hier auftauchen würde, obwohl wir absolutes Stillschweigen vereinbart haben. Wobei sich ohnehin die Frage stellt, wie das passieren konnte und wo das Leck in unseren Reihen ist.« Sie bereute den letzten Satz, sobald die Worte ihren Mund verlassen hatten, aber sie konnte seine Vorwürfe nicht einfach auf sich sitzen lassen. »Außerdem habe ich das Gefühl, dass es dir im Grunde ganz recht ist, wenn ich nicht da bin und du den Chef spielen kannst.«

Huber schob seinen Unterkiefer hin und her und sah sie aus zusammengekniffenen Augenschlitzen an. »Wenn du glaubst, dass einer von meinen Kollegen das herausposaunt hat, dann ist es vermutlich sogar besser, wenn du gleich wieder nach Innsbruck fährst. Vielleicht haben die sich dort besser im Griff.«

Dann drehte er sich um, warf den Döner mit Wucht in den Papierkorb und ging ohne ein weiteres Wort wieder nach drinnen.

Alexa hätte Huber am liebsten ihren kalten Fladen hinterhergeschleudert, so wütend war sie über die unerwartete Wendung ihrer Unterhaltung. Kein Wunder, dass die Kollegen auf Abstand blieben, wenn Huber diesen Eindruck von ihr hatte und das unterschwellig weitertrug. Vermutlich machte es für alle auch durchaus Sinn: Sie war die Neue, die von irgendwoher kam, sich mit der Frauenquote die Leitung erschlichen hatte und nun andere für sich arbeiten ließ.

Aber sie würde ihm nicht den Gefallen tun, jetzt beleidigt zu reagieren und ihm das Feld zu überlassen. Außerdem musste sie wieder rein, bevor der Ansturm der Öffentlichkeit begann. Alexa ahnte, dass die Nachricht in den Medien eine Lunte war, die über kurz oder lang zu einem echten Großbrand führen würde. Deshalb musste sie Maßnahmen treffen, um dem Ansturm Einhalt zu gebieten. Eigentlich hatte sie erst mit Brandl sprechen wollen, aber dafür hatte sie jetzt keine Zeit mehr. Sie würde das auf ihre eigene Kappe nehmen. Und ihren Kollegen mit ihrem Fleiß und ihren Erfolgen Lügen strafen.

Sie straffte die Schultern, warf ihren Döner ebenfalls mit Wucht in den Abfalleimer und ging dann erhobenen Hauptes wieder in den Saal.

27.

Die Telefone klingelten unablässig, und das gesamte Team war damit beschäftigt, die eingehenden Hinweise zu prüfen. Schon seit einer Stunde war Krammers Meldung überfällig. Alexa hasste es, zu warten. Aber da er vielleicht noch mit der Vermisstendatei oder mit dem Zeugen beschäftigt war, wollte sie nicht ohne Grund stören. Dennoch ärgerte sie sich, dass er sich nicht an ihre Absprache hielt.

Huber saß seit ihrer Auseinandersetzung an seinem Tisch und tippte etwas in den Computer, ohne eine Miene zu verziehen. Obwohl er nur wenige Minuten vor ihr in den Saal gekommen war, schien die Atmosphäre anders. Sicher hatten die Kollegen den Streit mitbekommen und blieben nun auf Abstand. Es war ihnen nicht zu verdenken – immerhin kannten die acht neuen Kollegen sie kaum.

Sie hatte die Leute aufteilen wollen, aber Alexa wusste nicht so recht, wo sie ansetzen sollte – außer noch einmal alle Pensionen und Hütten abzuklappern oder die Parkplätze nach stehengebliebenen Autos abzusuchen und allenfalls den Wirt zu befragen, dessen Kennzeichen sie notiert hatte. Andererseits hatte sich das Areal mit dem neuen Fund erweitert, doch sie konnten schlecht alle Orte bis zur österreichischen Grenze kontrollieren. Vielleicht war die Tote auch von München aus gependelt – immerhin war die Region mit der Bayerischen Oberlandbahn, kurz BOB, gut an die Großstadt angeschlossen. Oder aber sie war eine Urlauberin und kam von irgendwoher.

Alexa sah sich im Raum um. Für eine derart groß angelegte Suche hatte sie eindeutig zu wenig Leute. Doch solange sie keine konkrete Spur zu einem Täter hatten, der im Grunde ebenfalls von überallher kommen konnte, würde man wohl kaum Verstärkung in die Soko entsenden.

Ungeduldig klickte sie mit ihrem Kugelschreiber. Eigentlich war sie immer gut darin gewesen, sich in die spezielle Situation der Opfer hineinzudenken. Oder in die der Täter. Aber dieses Mal hatte sie rein gar nichts in der Hand, womit sie arbeiten konnte. Sie wusste weder aus welcher gesellschaftlichen Schicht die Frau stammte, noch welchen Beruf sie hatte oder ob sie aus dem In- oder Ausland kam.

Moment: Hatten sie das eigentlich geprüft? Vielleicht war die Frau im Ausland verschwunden, und man hatte nur ihre Leiche hier entsorgt. Sie fuhr sich mit den Händen durch die Haare und hätte zu gerne einen lauten Schrei ausgestoßen. Dieser Fall schien jede Minute umfangreicher zu werden. Und sie hatte keine Idee, wie sie weitermachen sollte.

Es hatte nur einen einzigen Vorteil, dass sie den Namen der Vermissten bisher nicht kannte: Wenigstens musste sie keinem besorgten Angehörigen eingestehen, dass sie völlig im Dunkeln tappte. Ohne Richtung, ohne Spur.

Hätten sie jedoch den Namen, dann könnten sie in Gipfel- oder Hüttenbüchern Einträge prüfen oder sämtliche Hotels befragen, ob sie dort eingecheckt hatte. So blieb ihr nichts anderes übrig, als weiter Mutmaßungen anzustellen.

Also: Die Leiche war in drei Teile geteilt. Hatte die Zahl

etwas zu bedeuten? Vermutlich nicht. Einen sexuellen Hintergrund schloss sie vorerst aus. Aber der fehlende Fuß war ganz sicher ein wichtiger Hinweis. War der Mörder ein Fußfetischist? Damit ging sie gedanklich ungefähr in dieselbe Richtung wie Krammer. Doch sie hielt den Täter nicht für irre. Der Sache musste ein anderes Motiv zugrunde liegen.

Vielleicht gaben ihnen die Kleidung der Toten und nicht zuletzt das Geschirr, an dem sie gehangen hatte, irgendeinen Hinweis. Sie mussten die Hersteller herausfinden. Sie machte sich eine Notiz und schaute noch einmal den Bericht der Spurensicherung an. Nein, es war nichts über den Gurt oder das Halteseil hereingekommen. Hier musste sie nachhaken.

Blieb die Frage, warum zwei Länder. Beide waren durch das Karwendelgebirge verbunden. Lenggries galt als Tor zum Karwendel, und der Achensee lag in derselben Region, die früher vom Bergbau geprägt war. Geographisch gehörte das Gebiet insofern zusammen – auch wenn ihre Kollegen ihr deutlich gemacht hatten, dass sie das definitiv anders sahen. Gemeinhin wurde dieser Teil der Alpen als Silberregion bezeichnet, aber sie konnte sich nicht vorstellen, dass das für diesen Fall Relevanz hatte.

Ernüchtert sank sie gegen die Lehne ihres Stuhles. Ihr Blick wanderte zur Uhr. Krammer ließ sie nun schon seit über neunzig Minuten warten. Wenn er immer so unzuverlässig war, würde das die Ermittlungen auch nicht gerade erleichtern. Sie hoffte sehr, dass es einen triftigen Grund für diese Verspätung gab.

Dann beobachtete sie wieder Huber aus dem Augenwinkel, der immer noch konzentriert auf den Bildschirm schaute. Zu gerne hätte sie gewusst, was er gerade tat. Hatte er irgendeine

Spur gefunden, oder surfte er nur in den sozialen Medien herum, um sie glauben zu machen, er sei sehr beschäftigt?

Halt, ermahnte sie sich. Sie würde sich nicht in Unterstellungen ergehen. Dieser Kleinkrieg zwischen ihnen war doch Kinderkram. Stattdessen sollten sie gemeinsam überlegen, wo ein vernünftiger Ansatzpunkt für die weiteren Ermittlungen war.

Als Alexa gerade aufstehen wollte, um zu ihm zu gehen, gestikulierte einer der Mitarbeiter wild, während er im Stehen weitertelefonierte.

Sie beeilte sich, zu seinem Platz zu kommen, und wartete gespannt darauf, was er herausgefunden hatte.

»Und Sie sind sich ganz sicher, dass es sich um die Frau handelt, die wir suchen?«, hörte sie den Beamten gerade sagen.

Sie hielt den Atem an, wollte auf keinen Fall auch nur ein Wort verpassen.

»Würden Sie mir bitte Ihre Adresse nennen, dann schicken wir sofort jemand zu Ihnen.« Der Kollege klemmte den Hörer zwischen Schulter und Ohr und schrieb mit. Sie sah zwei Namen und eine Adresse in der Nähe von München.

»Bitte haben Sie Verständnis, dass ich Ihnen jetzt am Telefon keine weitere Auskunft geben kann, Herr Amberger. Doch, ich habe sehr wohl verstanden, dass Sie der Lebensgefährte sind. Natürlich haben Sie ein Recht auf Information. Meine Kollegen sind so schnell wie möglich bei Ihnen, das verspreche ich. Bitte halten Sie sich in ungefähr einer Stunde in Ihrer Wohnung zu unserer Verfügung, unsere Beamten machen sich sofort auf den Weg.«

Alexa nickte, fotografierte das Blatt und folgte Florian Huber, der bereits seine Jacke anhatte.

»Schon unterwegs«, rief er laut in den Raum hinein, eilte zu seinem Auto und gab die Adresse ins Navi ein.

»Endlich«, entfuhr es Alexa. »Ich hatte schon befürchtet, es könnte sich bei der Frau um eine Ausländerin auf Urlaub handeln, von deren Verschwinden wir erst in einigen Monaten erfahren.«

Huber setzte schwungvoll zurück, schwieg aber beharrlich.

Alexa sah ihn von der Seite an. Ob er noch immer sauer war wegen der Unterhaltung vorhin? Oder hatte auch er erkannt, wie kleinlich das gewesen war? An seiner Miene konnte sie nichts ablesen, und ihr war danach, ihn einfach zu schütteln.

Aber das würde vermutlich auch nichts helfen. Sie kannte diesen Typ: Er würde erst sprechen, wenn ihm danach zumute war, und sich bis dahin in eisernes Schweigen hüllen. Egal, was sie tat. Stattdessen konzentrierte sie sich besser auf den Fall.

Sie zog ihr Handy hervor und wollte versuchen, etwas über die Frau herauszufinden. Vielleicht hatte diese Sonja Mayrhofer ein Konto bei Facebook, Instagram oder Twitter. Alexa war selbst kein Fan der sozialen Medien, aber um sich ein erstes Bild von einer Person zu machen, waren sie durchaus hilfreich.

»Wir sollten das Kriseninterventionsteam einschalten, denke ich«, meinte Huber in die Stille hinein.

Eine gute Idee. Die eigentlich von ihr hätte kommen müssen, dachte sie.

»Möchtest du das machen? Kennst du jemanden vom KIT? Oder soll ich das übernehmen, während du fährst?«, fragte

Alexa deshalb und fügte dann noch mit einem Augenzwinkern hinzu: »Nicht dass jemand meint, ich würde mich drücken.«

Humor war oft der Schlüssel zu mehr Lockerheit. Gespannt beobachtete sie Hubers Miene, die tatsächlich nicht mehr ganz so verkniffen wirkte. Vielleicht brauchten sie einfach nur ein wenig Zeit, um sich aneinander zu gewöhnen.

Statt einer Antwort bediente Huber den Bordcomputer und suchte nach der Telefonnummer, also machte Alexa sich daran, auf dem Smartphone den Namen der Frau in die Suchmaschine einzugeben. Die Suche ergab eine Reihe von Einträgen, doch auf keinem der Fotos erkannte sie ihr Gesicht wieder. Aber es gab ein Profil auf Instagram, das auf den Namen Sonja Mayrhofer lief.

Gespannt rief Alexa das Konto auf. Es hatte mehrere Dutzend Bilder und Follower im unteren dreistelligen Bereich. Sie scrollte die Seite hinunter, und obwohl kein Porträt der Frau zu sehen war, schien es sich um die richtige Person zu handeln, denn sie fand ausschließlich Aufnahmen, die von Bergwanderungen stammten: eine Aussicht über die Alpenzüge, Gipfelkreuze, Wege, die einen Berg hinauf- oder hinabführten, Waldhänge, Pilze und einige Tierbilder. Sie ließ Huber einen Blick darauf werfen, der bereits mit den Münchener Kollegen sprach, routiniert die Adresse des Paares durchgab und darum bat, umgehend jemanden vom Kriseninterventionsteam zu Thomas Amberger zu schicken. Immerhin mussten sie ihm heute nicht nur sagen, dass seine Partnerin nie wieder nach Hause kommen würde, sondern dass sie kaltblütig ermordet worden war. Sicher ein Schlag für den Mann.

Alexa hatte einen Kloß in der Kehle, als sie daran dachte, und betrachtete angespannt die vorbeiziehende Landschaft, die bereits flacher wurde.

Schnell versuchte sie sich mit Sonja Mayrhofers Profil abzulenken. Jedes der Bilder zeigte ihre Liebe zur Natur, zur Schönheit der Landschaft. Zu diesem Zeitpunkt hatte sie ganz sicher nicht geahnt, dass sie dort auch ihren Tod finden würde. Ausgerechnet an dem Ort, wo sie im Leben offenbar am liebsten ihre Zeit verbrachte.

28.

Eine gute Dreiviertelstunde später hielten sie direkt vor der Garage, die zu dem Reihenmittelhaus in Oberhaching gehörte, in dem Amberger bisher zusammen mit seiner Lebensgefährtin gewohnt hatte. Ein schmaler Weg führte zu dem Neubau, der nach traditioneller Bauart am Giebel mit dunklem Holz verkleidet war. Die Fenster waren mit Fensterläden im selben Ton versehen, was die Anmutung der bayrischen Bauweise noch verstärkte. Vor der Haustür stand auf einem Schild ein Willkommensgruß, daneben säumte eine Reihe dreckverschmierter Laufschuhe die Wand. Das Paar schien sehr sportlich zu sein.

An dem kleinen Fenster links konnte Alexa eine Silhouette ausmachen, die in dem Moment verschwand, als Huber den Klingelknopf drückte.

Gespannt beobachtete Alexa, wie sich die Tür öffnete. Thomas Amberger war ebenso groß wie ihr Kollege, sein Gesicht war lang und schmal und sein dunkles Haar militärisch kurz geschnitten. Er wirkte mindestens zehn Jahre älter als Sonja Mayrhofer, war eher ungefähr im selben Alter wie ihre Mutter, Ende fünfzig. Er trug ein hellblaues Hemd, einen dünnen grauen Wollpullover zu einer Jeans und hatte die Figur eines Mannes, der viel und ausgiebig lief. Sie tippte auf Marathon. Vielleicht sah er deswegen auch etwas älter aus.

Nachdem er sie knapp begrüßt hatte, ohne ihnen die Hand

zu schütteln, wechselte Alexa mit Huber einen Blick. Er ließ ihr den Vortritt, und sie folgte dem Mann durch einen engen Flur in den Wohnraum, der gleichzeitig als Esszimmer diente und die Sicht auf ein winziges Gartenstück erlaubte, hinter dem die nächste Reihenhaussiedlung aufragte. Sie umrundeten einen kleinen Trolley, auf dem ein Wollmantel lag. Ansonsten war alles sehr aufgeräumt und sauber, und obwohl sie nur spärlich eingerichtet war, wirkte die Wohnung mit dem vielen Weiß und hellen Holz dennoch heimelig und gemütlich. Nordic Style würde man es vermutlich nennen.

In einem Regal stand ein Bild des Paares, das bei einem offiziellen Anlass aufgenommen worden war. Sie hielten sich darauf in den Armen, beide schick gekleidet. Lachend. Dennoch erkannte Alexa die Frau auf Anhieb. Nun gab es keinen Zweifel mehr.

Amberger bot ihnen einen Platz auf dem Sofa an und setzte sich in einen Sessel schräg gegenüber. Er hielt die Hände im Schoß gefaltet, sein Blick war jedoch unstet. Kein Wunder. Er ahnte sicher, dass ihr Besuch nichts Gutes zu bedeuten hatte.

»Was ist mit Sonja?«, brach es auch schon aus ihm heraus.

Wieder schaute Alexa kurz zu Huber, bevor sie fragte: »Seit wann vermissen Sie Ihre Lebensgefährtin?«

Eigentlich waren sie gehalten, eine Todesnachricht ohne Umschweife zu überbringen. Dennoch wollte sie erst noch ein paar Dinge erfragen. Schließlich wusste sie nicht, wie er reagieren würde. Wenn er zusammenbrach, verloren sie erneut wertvolle Zeit.

»Meine Verlobte«, korrigierte Amberger sie. »Wir werden bald heiraten. An unserem Jubiläum. Ich weiß, was Sie denken: Verdammt spät für so einen Schritt. Aber im Juni sind wir fünfundzwanzig Jahre zusammen. Das wollten wir damit feiern.« Er seufzte und rieb sich die Hände, als müsste er sich aufwärmen, obwohl es ausgesprochen warm in der Wohnung war.

Alexa spürte, wie ihre Kehle trocken wurde, und war froh, dass Huber das KIT bereits informiert hatte. Der Tod seiner Verlobten würde dem Mann unter diesen Umständen erst recht den Boden unter den Füßen wegziehen, und nach diesem Tag würde für ihn nichts mehr so sein wie zuvor. Nicht nur, dass er heute erfahren musste, dass er sie unwiederbringlich verloren hatte, es gab für ihn auch keine Möglichkeit mehr für ein Abschiedswort, eine letzte Berührung. Und er verlor jemanden, mit dem er fast sein halbes Leben verbracht hatte. Sie mochte sich nicht vorstellen, was das für ihn bedeutete. Ausgerechnet in diesem Jahr, das nur Anlass zur Freude hätte geben sollen.

»Sonja ist zu einer Wanderung aufgebrochen«, fuhr er fort. »Sie wollte am Freitag am späten Nachmittag nach der Arbeit los. Wir besitzen eine kleine Wohnung in Bad Tölz, die wir oft an den Wochenenden nutzen, wissen Sie?« Er holte kurz Luft und sah Alexa forschend an. »Aber … was ist mit ihr? Wieso … sind Sie hier? Ich bin davon ausgegangen, dass sie einen Unfall hatte. Und ich verstehe nicht, was die Polizei damit zu tun hat.«

»Wo befindet sich diese Wohnung? Können Sie uns bitte die genaue Adresse sagen?«, fragte Huber, der einen Block gezückt hatte, um sich alles zu notieren. Amberger nannte ihnen Ort und Straße. Sie sah Schweißperlen auf seiner hohen Stirn, während er darauf wartete, dass endlich jemand aussprach, was mit seiner Verlobten los war. Sein Gesicht schien noch blasser als zuvor. Alexa hatte das Gefühl, dass er kurz vor einem Zusammenbruch stand. Doch Huber fragte schon weiter, und Alexa wollte ihm vor Amberger nicht in die Parade fahren.

»Und wo waren Sie an dem Wochenende? Gab es einen Grund, warum Sie sie erst heute vermisst gemeldet haben?«, fragte er betont sachlich.

Amberger löste seinen Blick von Alexa, blinzelte leicht, so als hätte er ihren Kollegen erst jetzt bemerkt.

»Ich dachte ja, sie wäre längst wieder hier. Sonja ... sie nutzt solche Gelegenheiten immer, um in den Bergen auszuspannen. Sie mag die Großstadt nicht. Die Hektik. Ich selbst war in London. Auf Geschäftsreise. Ich bin erst vor zwei Stunden wieder gelandet und habe dann gleich bei Ihnen angerufen und...«

Deshalb der Koffer im Flur. Alexa verstand. Er hatte sich nicht einmal die Zeit genommen, auszupacken, hatte sich gleich voller Sorge an sie gewandt.

»Ist sie immer alleine unterwegs, wenn sie in die Berge fährt? Oder trifft sie sich dort mit jemandem?«

Thomas Amberger zögerte mit der Antwort, schien Probleme zu haben, die Frage ihres Kollegen zu verstehen. Alexa war klar, worauf Huber abzielte. Immerhin war in den meisten Todesfällen von Frauen der Lebenspartner oder jemand aus der Familie der Täter. Aber Amberger hatte vermutlich ein stichfestes Alibi und war bislang nur ein Zeuge. Sie durften ihn nicht noch länger im Unklaren lassen, was mit seiner Lebensgefährtin los war. Sein Zustand verschlechterte sich sichtlich, seine Lippen waren schon beinahe farblos. Er musste endlich die Wahrheit hören.

Sie legte eine Hand auf Hubers Arm und wollte ihm gerade bedeuten, die Befragung zu unterbrechen, als Amberger doch noch antwortete: »Meist geht sie alleine. Aber natürlich nicht immer. Sonja liebt Bergwandern, wissen Sie? Da ist es ihr egal, ob sie Begleitung hat oder nicht. In der Natur fühlt sie sich niemals einsam, sagt sie immer.«

Wieder benutzte Amberger die Gegenwartsform bei seiner Beschreibung.

»Hat sie sich etwa verlaufen? Gab es einen Unfall? Ist sie verletzt? Sie …« Seine Stimme versagte, und er wischte sich über das Gesicht. »Ich hatte immer Angst, dass so was eines Tages passiert, sie in ein Unwetter gerät …«

»Ihre Verlobte ist tot, Herr Amberger. Es tut mir leid, Ihnen das heute mitteilen zu müssen. Ich weiß, das muss ein Schock für Sie sein. Wir haben bereits jemanden gerufen, der Ihnen in den nächsten Stunden zur Seite steht. Eine Psychologin wird sich um alles kümmern, was Sie brauchen.«

Alexa hielt in ihrer Rede inne und beobachtete, wie Ambergers Kopf sich ganz langsam abwandte. Sein Blick war starr, und seine Unterlippe schien zu beben. Dann schüttelte er den Kopf und fragte mit kratziger Stimme: »Das ist eine Verwechslung. Es muss sich um eine andere Person handeln. Ich meine, woher wissen Sie überhaupt, dass sie es ist?«

Hoffnung lag in seinem Blick, die, wie Alexa wusste, jedoch schon bald verfliegen würde. Er weigerte sich, das Unbegreifliche anzunehmen. Ein Schutzmechanismus. Bedauernd schüttelte Alexa den Kopf.

»Wir sind uns sicher. Leider.« Sie hielt seinem Blick stand, versuchte ganz langsam und ruhig zu sprechen, um überzeugend zu klingen. »Sie selbst haben uns angerufen, erinnern

Sie sich? Weil Sie die Sachen aus unserer Pressemeldung wiedererkannt haben. Außerdem haben wir das Bild dort drüben gesehen. Von ihnen beiden. Es gibt leider keinen Zweifel, Herr Amberger. Ihre Verlobte wird nicht mehr nach Hause kommen.«

Er sah sie noch einen Moment an, dann sackte sein Kopf nach vorne, und er starrte zu Boden. Nach einer Weile stammelte er: »Karlo hat mich angerufen. Ein enger Freund von uns. Ich war ja gerade erst gelandet.« Wie zur Bestätigung zog er eine Bordkarte aus seiner Brusttasche, die Huber sofort an sich nahm. »Ich dachte, sie hätte sich verlaufen, wäre vielleicht verletzt. Oder dass sie bestohlen worden ist. Aber jetzt ... Ich ...«

»Sollen wir diesen Karlo vielleicht anrufen? Möchten Sie ihn heute bei sich haben?«, fragte Alexa und nickte Huber zu, der sofort sein Handy herausholte.

Amberger schüttelte den Kopf, der weiter kraftlos zwischen seinen Schultern hing. Dann rieb er sich über sein Gesicht.

Alexas Blick fiel auf seine rissigen und rauen Finger. Seinem Äußeren nach und wegen der Reise nach London hätte sie spontan auf einen Bürojob getippt, doch seine Hände wirkten, als würde er sie regelmäßig zum Arbeiten benutzen. Sie schaute aus dem Fenster. Der Garten war sehr gepflegt, aber zu klein. Vielleicht begleitete er seine Frau doch häufiger in die Berge, ging Bouldern. Oder er hatte ein handwerkliches Hobby.

Thomas Amberger bewegte sich nicht, war in eine seltsame Stille verfallen. Ob er sie überhaupt gehört hatte? Sie schaute Huber an, der nur die Schultern zuckte und den

Mann auf dem Sessel weiter scharf beobachtete. Ihr Kollege traute ihm nicht, das war ihm deutlich anzumerken.

»Möchten Sie etwas trinken, Herr Amberger? Vielleicht ein Glas Wasser?«, fragte sie schließlich.

Langsam nickte er und hauchte ein »Danke« in ihre Richtung. Alexa war froh, der Situation für einen Moment zu entkommen, und durchschritt den Wohnraum. An dessen Ende stand ein Esstisch, hinter dem eine Tür in die schmale Küche führte. Dort hatte er also aus dem Fenster geblickt, als sie gekommen waren.

Alexa schaute sich um und fand rasch in den Schränken ein Glas. Auch hier war alles sehr ordentlich und fast schon penibel sauber. Ihre eigene Wohnung in Aschaffenburg war so völlig anders gewesen: Überall hatten Gewürze, Behälter und Kochutensilien herumgestanden, und immer hatte sie ein paar Töpfe mit frischen Kräutern auf dem Fensterbrett, die ihr oft genug vertrocknet waren, wenn wieder einmal ein Fall ihre ganze Aufmerksamkeit auf sich zog. Dennoch kaufte sie sie immer wieder neu. Hier hingegen schien nur selten gekocht zu werden. Vermutlich gehörte das Paar eher zu denjenigen, die sich gerne ihr Essen liefern ließen. Heutzutage konnte man ja wirklich alles zu jeder Zeit bekommen – in München ganz sicher. Dabei gab es für Alexa nichts, was sie mehr entspannte, als zu kochen. Am besten für einen Gast, auch wenn das viel zu selten vorkam.

Sie ließ das Wasser aus dem Hahn ein wenig laufen, bis es richtig kalt war, machte dann das Glas halb voll und brachte es Amberger. Er trank jedoch nicht, hielt es bloß in der Hand, so als wisse er nicht mehr, was er damit eigentlich sollte.

In diesem Augenblick klingelte es an der Tür.

Huber sprang auf, um zu öffnen. Offenbar war auch er froh, der bedrückenden Stimmung kurz entfliehen zu können.

»Erwarten Sie jemanden?«, fragte Alexa, doch Thomas Amberger starrte sie nur blicklos an, als wäre er gerade in Gedanken ganz weit weg gewesen. Er schien auch zunächst gar nicht zu registrieren, dass Huber mit einer Fremden zurückkam, die Alexa an dem Logo des BRK als die erwartete Verstärkung aus dem Kriseninterventionsteam erkannte, die Betroffenen in den ersten Stunden nach traumatisierenden Notfällen Hilfe leisteten.

»Line Persson ist mein Name, Herr Amberger.« Sie drückte ihm ihr Beileid aus. Sie tat das mit einer ruhigen, sanften Stimme und hielt seine Hände, während sie sprach. Dann wartete sie einen Moment, bevor sie auch Alexa begrüßte.

Line Persson hatte blaue Augen, einen gebräunten Teint und honigblonde Haare. Sie war nicht gertenschlank und wirkte sehr weiblich. Eine Frau, bei der Männer sicher zweimal hinschauten, obwohl ihre Einsatzkleidung alles andere als vorteilhaft war. Ihre fließenden Bewegungen und ihre aufrechte Körperhaltung ließen vermuten, dass sie völlig mit sich im Reinen war. Ihr Haar hatte sie zu einem lässigen Knoten hochgebunden, aus dem sich einige Strähnen lösten. Als sie Alexa freundlich zulächelte, erschienen zwei Grübchen, die sie ihr auf Anhieb sympathisch machten.

Nicht nur wegen ihres Aussehens und Namens, auch wegen des leichten Akzents war Alexa sicher, dass sie aus Skandinavien stammte. Sie tippte auf Schweden.

Die Psychologin zog sich einen Stuhl heran und setzte sich nahe zu ihnen, wartete jedoch geduldig ab. Alles an ihr wirkte gelassen, so als hätte sie derartige Situationen schon viele Male durchlebt – was vermutlich auch der Fall war. Alexa beneidete sie um ihre Souveränität und hoffte, dass man ihr die fehlende Erfahrung nicht zu sehr anmerkte.

Jetzt blickte Line Persson sie an, so als wolle sie fragen, ob sie bereits mit der Vernehmung fertig waren. Alexa wünschte, es wäre so, aber im Grunde hatten sie gerade erst angefangen. Sie wusste, dass sie Amberger noch mitteilen sollte, dass seine Frau brutal ermordet worden war. Aber als sie ihn jetzt vor sich sah, gekrümmt und völlig in sich versunken, so als habe er sich an einen schützenden Ort in seinem Inneren zurückgezogen, brachte sie es nicht über sich, weiterzureden. Sicher war es besser, wenn die Helferin vom KIT das übernahm, denn sie hatte die Ausbildung, ihn aufzufangen, falls er zusammenbrach. Noch etwas, worum sie Line Persson beneidete.

»Herr Amberger, wir wollen Sie in Ihrer Trauer gar nicht länger stören«, sagte Alexa schließlich, um für heute zu einem Ende zu kommen. »Aber könnten Sie vielleicht einmal nachsehen, ob Ihre Verlobte ihren Ausweis vergessen hat? Oder ihr Handy? Beides haben wir bisher nicht gefunden.«

Amberger bewegte sich nicht. Line Persson hob die Hand zu einer beschwichtigenden Geste. Vermutlich hatte sie recht: Er brauchte einfach Zeit, um seine Gedanken zu sortieren. Sie konnten sich alle nur schwer vorstellen, was ihm gerade durch seinen Kopf ging.

»Aber die Sachen muss sie doch dabeigehabt haben«, sagte er schließlich. »Sie würde nie ohne ihr Handy in die Berge gehen, das ist viel zu gefährlich. Oft genug ist dort zwar kein Empfang, deshalb telefonieren wir auch eigentlich nie, wenn sie unterwegs ist und ich im Ausland. Dennoch ist es eine Sicherheit … falls … ich meine, für Sonja. Sie wäre nie so leichtsinnig.« Er fuhr sich mit den Händen über das Gesicht und starrte zur Decke, schien zu begreifen, dass es diese Sicherheit für seine Verlobte nicht mehr gab.

»Vielleicht können wir das morgen klären?«, sagte Line Persson mit ihrer beruhigenden Altstimme und stand auf. Sie bedeutete Alexa und Huber, ihr zu folgen. »Ich bringe die beiden Beamten für Sie zur Tür, Herr Amberger. Sie müssen sich darum jetzt nicht kümmern.«

Die Psychologin begleitete sie zur Haustür und zog die Wohnzimmertür hinter sich ein gutes Stück zu. Alexa räumte Ambergers Reisekoffer zur Seite und hängte den Mantel an die Garderobe, damit genug Platz in dem schmalen Flur war.

Dann raunte Line Persson ihnen zu: »Der Mann steht unter Schock. Ihr habt es gemerkt: Er hört gar nicht richtig hin. Wenn es geht, sollten wir die Befragung für heute abbrechen und ihm ein wenig Ruhe gönnen. Er wäre sowieso keine große Hilfe, fürchte ich. Er muss erst begreifen, was geschehen ist.«

»Er weiß noch gar nicht, dass sie ermordet wurde. Ich hatte das Gefühl, diese Info würde ihn überfordern.«

Line Persson nickte. »Gut möglich. Es wäre ohnehin wichtig, dass er seine Frau noch ein letztes Mal sieht. Damit er versteht, dass das alles wahr ist, er es wirklich begreift. Am besten treffen wir uns morgen gleich nachdem ich mit ihm in der Rechtsmedizin war und er sich verabschiedet hat. Wenn er dann erfährt, dass seine Verlobte einem Mord zum Opfer fiel, ist er sicher sofort bereit, Sie beide zu unterstützen und alle Fragen zu beantworten. Aber heute …« Sie brach ab und deutete mit dem Kopf in Richtung Wohnzimmer, wo Amberger noch immer regungslos saß. Er wirkte wie in Stein gemeißelt.

Alexa verstand, was die Psychologin meinte, und stimmte widerwillig zu, auch wenn sie sich gewünscht hätte, noch mehr zu erfahren und sie sich am liebsten sofort in der Ferienwohnung umgesehen hätte. Sie überlegte, nach dem Schlüssel zu fragen, aber es wäre vermutlich besser, Ambergers Reaktion zu beobachten, wenn er dort eintrat. Außerdem konnte nur er sagen, ob etwas fehlte oder verändert war. Das musste wohl oder übel bis zum nächsten Tag warten.

Huber schien es genauso zu gehen wie ihr, aber schließlich nickte auch er.

»Lassen Sie uns noch die Uhrzeit wissen, wann und wo wir uns treffen?«, fragte Alexa und wandte sich dann an Huber: »Und sollen wir vielleicht über Bad Tölz zurückfahren und uns in der Nachbarschaft der Ferienwohnung umhören? Da müssen wir doch sowieso entlang, oder?«

Huber stimmte ihr mit einem »Auf geht's« zu, trat nach draußen und entriegelte den Wagen. Rasch nahm sie auf dem Beifahrersitz Platz, sah sich aber noch einmal in der Straße um. Auch hier konnten sie in den nächsten Tagen Befragungen durchführen. Endlich kamen sie weiter.

Alexas Nacken kribbelte, und sie fühlte sich mit einem Mal hellwach.

29.

Krammer massierte seinen schmerzenden Nacken. Er hatte alle Vermisstenanzeigen überprüft, doch keine der dort aufgelisteten Personen passte zu der Beschreibung oder dem Foto der Toten.

Die Verbindungstür zu Szabos Büro stand offen, und er sah, dass sie mit verkniffener Miene ihren Bericht tippte. Sie war immer noch ärgerlich wegen des verpatzten Vormittags, auch weil sie dadurch die Deutsche verpasst hatte.

Er rief sein Mail-Postfach auf und wartete, bis die Nachrichten aktualisiert waren. Nichts. Er wollte gerade sein Handy zur Hand nehmen, um seine SMS zu checken, als es genau in diesem Moment zu klingeln begann. Er nickte Roza Szabo zu, die sofort an seinen Tisch eilte und ihm ein Zeichen machte, er solle das Gespräch auf Lautsprecher stellen – was er nicht tat.

»Servus. Was hast du über die Tote herausgefunden?«, begann er das Gespräch betont fröhlich.

Szabos Augen waren weit aufgerissen, und sie gestikulierte noch heftiger. Typisch für sie: Aufgeben war nicht ihre Art. Szabo war die hartnäckigste Person, die er kannte. Dabei wusste sie ganz genau, dass er es auf den Tod nicht leiden konnte, auf Lautsprecher umzustellen, weil er es dem Anrufer gegenüber als unhöflich empfand. Szabo quittierte seine Weigerung mit einem genervten Seufzen.

»Wenn ich mich nicht irre, waren wir heute Nachmittag telefonisch verabredet, oder?«, erwiderte Alexa Jahn.

Krammer rieb sich den Nacken und war nun erst recht froh, dass das Telefon nicht auf laut stand. Denn es stimmte: 15 Uhr war längst vorbei.

»Ich habe noch die Liste der abgängigen Personen gecheckt – was jedoch keinen Treffer ergeben hat«, murmelte er und wich Szabos fragenden Blicken aus.

»Das hättest du mir auch einfach sagen können. Eine SMS hätte mir gereicht. Im Sinne einer guten Zusammenarbeit müssen wir uns aufeinander verlassen können.«

Krammer ließ das unkommentiert, doch ihre resolute Art entlockte ihm ein Schmunzeln. Er verstand jetzt einmal mehr, warum ihr Chef ihr die Leitung übertragen hatte. Sie wusste sich zu behaupten.

Alexa Jahn fasste kurz und präzise das wenige zusammen, was sie in der Zwischenzeit über das Opfer in Erfahrung gebracht hatte. Krammer klemmte das Handy zwischen Kinn und Schulter, schrieb Namen und Adresse der Toten auf und drehte dann das Blatt so, dass Szabo es lesen konnte.

Seine Kollegin ließ sich auf den Stuhl vor seinem Schreibtisch fallen. Offenbar ärgerte sie sich, dass die Tote in Deutschland gewohnt hatte. Anders als ihn selbst hatte Szabo die Aussicht auf einen spektakulären Fall gereizt. Kein Wunder: Sie ahnte nicht, was so eine Ermittlung mit einem machen konnte, wie sehr es an jedem zehrte, der es mit einem Wahnsinnigen aufnehmen wollte. Sie dachte nur an die Aufmerksamkeit, die man bekam. Auf große Teams, Zeitungsartikel, Gerichtsprozesse. Vor allem aber hoffte sie auf eine Beförderung, die sie auch längst verdient hätte.

Für einen Moment hielt er die Luft an, während Alexa Jahn sprach. »Eine Ferienwohnung? Und wo liegt die genau?«, hakte Krammer nach.

Sofort hatte er Szabos Aufmerksamkeit geweckt. Auch diese Adresse notierte er, und wieder zeigte ihre Miene deutlich ihre Enttäuschung.

»Wann wird das Gespräch stattfinden?«, wollte Krammer wissen und fasste in diesem Moment einen Entschluss, der ihn selber erstaunte.

Szabo machte eine fragende Geste und sah aus, als würde sie ihm gleich vor Neugier das Smartphone aus der Hand reißen.

»Verstanden«, schloss er das Telefonat. »Bis morgen.«

»Raus mit der Sprache: Was hat die Kommissarin gesagt? Und um welche Art von Gespräch geht es da?«

»Der Lebensgefährte der Toten konnte nicht vernommen werden. Er hielt sich im Ausland auf und hat erst heute von ihrem Verschwinden erfahren. Er steht wohl unter Schock.«

»Na ja. Das ist sicher kein Wunder, wenn man die Umstände des Todes bedenkt.«

»Wohl wahr. Aber die Details haben ihm die Kollegen noch gar nicht berichtet. Es war wohl so, dass das Paar in diesem Jahr heiraten wollte.«

»Jesses na.« Szabo seufzte tief. »Dann trifft es den Mann ja doppelt hart. Jetzt muss er einen Grabstein aussuchen statt einen Hochzeitsanzug. Furchtbar.«

Krammer nickte. Er sah das genauso. Für einen Moment saß jeder von ihnen still da und hing den eigenen Gedanken nach.

»Damit liegt der Fall dann bei den Deutschen, richtig? Wenn die Tote dort herkam«, resümierte Szabo schließlich.

Krammer zuckte die Schulter. Für ihn war dieser Mord ein echter Grenzfall. Nicht nur, weil der Täter die Leichenteile auf zwei Länder verteilt hatte. »Wir wissen immer noch nicht, wo sie zu Tode kam«, murmelte Krammer nachdenklich. »Und auch nicht, wo der Täter wohnt. Denn es kann wohl kein Zufall sein, dass wir im Achensee einen Teil der Leiche gefunden haben. Er würde sich doch nicht ohne Grund die Behörden zweier Länder an die Fersen heften.« Außer er war größenwahnsinnig. Aber diesen Gedanken behielt Krammer für sich.

»Auch wieder wahr.«

Szabos Laune hatte sich merklich gebessert. Die Hoffnung auf einen großen und aufregenden Fall schien sie in Schwung zu bringen. Deshalb war Krammer sicher, dass ihr nicht gefallen würde, was er geplant hatte.

»Ich fahre nach Deutschland. Morgen«, sagte er und wich Szabos Blick aus. »Ich will bei der Befragung von diesem Amberger dabei sein.«

»Na logisch. Das lassen wir uns nicht entgehen!« Sie lachte. »Immerhin ist er ja auch zur Hälfte unser Zeuge.«

»Ich fahre alleine«, unterbrach er sie entschieden.

»Wie …« Szabo war offenbar so verblüfft über seinen Tonfall, dass sie nicht einmal protestierte. »Und was tue ich?«, fragte sie nur.

»Du hältst hier die Stellung und suchst weiter nach dem Fuß. Irgendetwas daran muss auffällig sein, denn warum sonst hätte der Kerl den abtrennen sollen? Vielleicht gibt es darauf einen eintätowierten Namen oder was weiß ich. Irgendwann macht der Kerl einen Fehler. Früher oder später. Und dann schnappen wir ihn uns.« Er ballte die Fäuste. »Noch hält er sich für unangreifbar. Aber genau diese Arroganz wird ihn zu Fall bringen.«

»Glaubt die Jahn denn, dass dieser Amberger etwas mit dem Tod seiner Zukünftigen zu tun hat, oder warum willst du morgen unbedingt dort hin?«

»Dazu hat sie sich nicht geäußert. Aber für mich ist eins klar: Sie ist noch viel zu unerfahren, um es mit einem Verbrecher von diesem Kaliber aufzunehmen. Und egal für wie fähig ihr Chef sie auch halten mag, um ihr diese Ermittlung zu übertragen – ich denke, ich sollte dabei sein.«

Noch etwas trieb ihn an, was er Szabo gegenüber unerwähnt ließ: Er wusste, was auf ihn zukam. Doch ihm würde es nicht schaden, am Ende der Ermittlungen leer und ausgebrannt zu sein. Alexa Jahn hingegen schon.

Szabo sah ihn lange prüfend an, und es war unheimlich still in seinem Büro. Man hätte eine Stecknadel fallen hören können. Für einen kurzen Moment befürchtete Krammer, seine Kollegin würde gleich wieder mit Sticheleien über seine vermeintlichen Motive anfangen. Doch gerade als er aufstehen wollte, um demonstrativ seinen Mantel zu holen und zu gehen, nickte Szabo zu seinem Erstaunen.

»Du hast recht. Mach das. Ich kümmere mich hier um alles. Aber halt mich auf dem Laufenden, hörst du? Und solltest du dort doch meine Hilfe brauchen, dann melde dich. Wir sind ein Team.«

Etwas an ihrem Gesichtsausdruck ließ Krammer aufmerken. Es stand eine Sorge darin, die er noch nie zuvor bei ihr gesehen hatte.

Traute sie ihm etwa trotz ihrer ermutigenden Worte nicht zu, dass er diese Ermittlung durchführen konnte? Hielt sie ihn für zu alt oder zu träge? Prüfend musterte er ihre Miene, versuchte diesen Blick zu deuten – und merkte erst dabei, dass seine Hände schweißnass waren. Sein Herz raste, und ihm wurde schwindelig. Instinktiv schloss er kurz die Augen, atmete tief ein und wieder aus.

Offenbar war er selbst derjenige, der gerade Zweifel an seinen Fähigkeiten bekam. Resolut wischte Krammer die Hände an der Hose ab und stand auf.

Szabo drückte sanft seine Schulter. »Du packst das, hörst du? Du bist der Beste. Vergiss das nicht.«

Krammer senkte den Kopf. Er konnte ihr nicht in die Augen sehen. Wahrscheinlich war Szabo gerade bewusst geworden, was er von Beginn an gedacht hatte: Dieser Täter hatte nicht nur eine völlig kranke Psyche – ihm fehlte offenbar auch jegliche Form von Angst. Was ihn umso gefährlicher machte.

Doch Krammer wollte sich nicht noch einmal dem Vorwurf aussetzen, zu schwerfällig gehandelt zu haben. Zu ungenau recherchiert zu haben. Und dadurch mitverantwortlich zu sein für weitere Morde. Deshalb würde er es mit diesem Gegner aufnehmen. Vielleicht zum allerletzten Mal.

30.

»Was geht dir durch den Kopf?«, fragte Alexa, nachdem sie das Telefonat mit Krammer beendet hatte und ins Auto gestiegen war, wo Huber gerade die Adresse der Ferienwohnung in das Navi eingegeben hatte.

Ihr Kollege sah kurz zu ihr herüber, so als wolle er sich vergewissern, ob sie die Frage ernst meinte, und ließ sich mit seiner Antwort Zeit.

»Ambergers Alibi können wir leicht überprüfen. Ich habe schon die Kollegen gebeten, die Flugdaten von seiner Bordkarte und die Hotelbuchung zu checken.«

Alexa war erstaunt, dass er diese Anfrage bereits erledigt hatte. Vielleicht funktionierten sie als Team besser, als sie erwartet hatte.

»Hältst du ihn für glaubwürdig?«, fragte sie.

»Ich weiß nicht. Er hat ja kaum etwas gesagt. Aber das werden wir schon noch herausfinden.«

Alexa nickte und schaute aus dem Fenster. »Er hat keine Träne um sie geweint«, murmelte sie. Doch machte das aus Amberger automatisch einen Verdächtigen? Betroffenheit zeigte sich auf unterschiedlichste Weise, und seine eher nüchterne Reaktion konnte durchaus am Schock liegen. Außerdem wusste sie noch zu wenig über Amberger und seine Verlobte, um schon irgendwelche Hypothesen aufzustellen.

Alexa wählte die Nummer der Einsatzzentrale. »Gibt es schon was zu der Toten?«, fragte sie den Kollegen am Telefon. »Konntet ihr etwas über Sonja Mayrhofer herausfinden? Oder hat unsere Pressemeldung irgendwelche neuen Erkenntnisse gebracht?«

»Negativ. Bislang gibt es nichts, was uns weiterbringen würde. Keine Hinweise aus der Bevölkerung, und die Tote ist auch nicht aktenkundig. Das Einzige, was wir bisher von ihr wissen, ist der Beruf: Sie arbeitete in einer Bank in München, aber wohl nur zu achtzig Prozent, und hatte gerade frei. Aber ist Huber nicht bei dir? Dem habe ich das vorhin schon geschrieben.«

Sie bedankte sich und beendete das Gespräch.

Die Bemerkung gab Alexa einen Stich, denn sie selbst hatte keine derartige Nachricht bekommen. Damit stand außer Frage, wen das Team als Leiter ansah. Großartig. Sie musste beim nächsten Meeting dringend klarstellen, dass solche Informationen zuallererst an sie gehen sollten.

Bevor sie weiter über diese Tatsache nachgrübeln konnte, meinte Huber: »Ich frage mich, wie gut dieser Karlo das Paar kannte.«

Erstaunt sah Alexa ihn an. »Wieso? Wie meinst du das?«

»Na, ich könnte jedenfalls nicht sagen, welche Jacke die Freundin eines Freundes beim Wandern trägt. Oder welchen Rucksack.«

Sie ließ sich die Bemerkung durch den Kopf gehen. »Wenn er sie öfter begleitet hat, wäre das schon möglich, oder? Immerhin hat Amberger nicht gesagt, dass er selbst es war, mit dem sie die Bergwanderungen unternommen hat. Er sagte nur, sie wäre nicht immer alleine gegangen. Aber in jedem

Falle sollten wir diesen Karlo befragen. Kümmerst du dich darum?«

Huber nickte kurz, sagte aber nichts weiter dazu. Er verlor nie ein Wort zu viel. Und wenn sie es recht überlegte, war es mit den meisten der neuen Kollegen so: Auch Gerg sprach nur das Nötigste. Brandl stellte die einzige Ausnahme dar.

Was hatte es nur damit auf sich, dass die Männer hier im Süden so still und in sich gekehrt waren? Dabei sah sie genau, dass Huber etwas beschäftigte. Aber sie hatte absolut keine Lust, ihm jeden Satz aus der Nase zu ziehen. Zumal sie sicher war, damit auf Granit zu beißen.

Ihr selbst fiel es immer leichter, ihre Gedanken zu sortieren, wenn sie sie in Worte fasste. Mit Jan hatte sie ständig diskutiert. Manchmal die halbe Nacht hindurch. Sie seufzte. Mit ihm war ihr die Arbeit immer leicht gefallen – trotz ihrer Gefühle.

Während der restlichen Fahrt hingen Huber und sie beide schweigend ihren Gedanken nach. Der Himmel war bedeckt, doch nun brach die Sonne durch. Aprilwetter. Alexa bemerkte, dass die Bäume erstes Grün trugen. Die Jahreszeiten hatten etwas Tröstliches für sie. Egal, was auch in der Welt passierte: Irgendwann kam der Frühling, brachte Wärme und Farbe mit.

Sie wollte ihren Gedanken gerade Ausdruck verleihen, aber Hubers verschlossene Miene hielt sie davon ab. Sie fuhren durch den nächsten Ort. *Einöd*, las sie auf dem Ortschild. Wie treffend. Kurz musste sie schmunzeln, verbarg ihr Gesicht aber hinter ihrer Hand. Er sollte nicht denken, dass sie sich über etwas lustig machte. Die Atmosphäre zwischen ihnen war schon angespannt genug.

Immer wieder blitzte das türkisblaue Wasser der Isar nun neben der Straße auf, die sich durch das Tal schlängelte. Auf einem Pfahl sah Alexa einen Greifvogel sitzen, der plötzlich seine Flügel ausbreitete und in Richtung des Waldes davonflog, bis er nur noch ein Punkt am Horizont war.

Huber lenkte den Wagen gekonnt die schmale Straße hinauf, die sie nach Bad Tölz brachte. Nur noch wenige Minuten, und sie würden sich dem Haus nähern, in dem die Tote vermutlich ihre letzten Stunden verbracht hatte.

Nachdem sie den Berg hinter der Kirche wieder hinabgefahren waren, hielt Huber auf einem Parkplatz.

»Von hier gehen wir besser zu Fuß. Die Gasse, in der die Wohnung ist, liegt ein Stück oberhalb und ist für den Verkehr gesperrt.«

Sie stiegen ein Stück den Berg hinauf und bogen dann gleich links in die schmale Fröhlichgasse ein.

Alexa mochte die Kleinstadt auf Anhieb. Sie liebte Orte mit solchen verwinkelten Straßen, kleinen Treppen und Wegen, die nicht wie auf dem Reißbrett entworfen wirkten, sondern mit den Jahren gewachsen waren. Sie schaute den mit Laubbäumen bedeckten Berg hinauf, auf dessen Gipfel sie eine kleine Kapelle und eine Kirche mit zwei Türmen entdeckte. Zwischen den Häuserfronten hindurch sah sie immer wieder den Stadtteil auf der anderen Seite des Flusses und konnte sich vorstellen, wie toll der Ausblick von den Balkonen aus in das Isartal oder in Richtung der Alpen sein musste.

Einen guten Geschmack hatten die beiden, das musste man ihnen lassen.

»Bestimmt nicht ganz billig, so eine Wohnung hier, oder?«, fragte sie und bemühte sich, mit Huber Schritt zu halten.

»Absolut. Und es sind kaum Wohnungen auf dem Markt. Das ist in der ganzen Gegend ein Problem. Immer mehr Leute kaufen sich eine Immobile für das Wochenende oder die Ferien und lassen sie dann die restliche Zeit leer stehen. Das treibt die Preise immer weiter in die Höhe. Ich kenne welche, die schon seit Jahren hoffen, hier etwas kaufen zu können. Und diejenigen, die hier leben und arbeiten, haben oft gar keine Chance, weil sie sich weder ein Haus noch eine Wohnung in dieser Preisklasse leisten können.«

Alexa musterte die hübschen Fassaden der alten Häuser, die gut in Schuss waren, und verstand, dass Huber das ärgerte. Mit seinem Gehalt, das bei der Kripo zwar ganz ordentlich, aber nicht üppig war, würde eine Eigentumswohnung für ihn und seine Familie vermutlich immer ein Traum bleiben.

»Zumindest auf den ersten Blick scheint Geld für das Paar wohl kein Problem gewesen zu sein. Das Reihenhaus kostet sicher auch eine Menge, egal ob sie es gemietet oder gekauft haben«, brummte er.

Langsam gingen sie auf das Gebäude zu, in dem sich die Wohnung befinden musste. Das malerische, weiß gestrichene Haus mit grünen Fensterläden und kleinen Balkonen war eines der letzten in der Straße und stammte aus dem frühen 19. Jahrhundert. Der Anstrich war frisch, und es sah überaus gepflegt aus. Drei Parteien wohnten darin, die Initialen *T. A.* und *S. M.* standen auf dem obersten Klingelschild. Obwohl niemand dort sein konnte, drückte Alexa dennoch den Knopf, was ihr einen irritierten Blick von Huber einbrachte. Doch schon öffnete sich im ersten Stockwerk, unterhalb der Dachwohnung, ein Fenster. Eine Frau mit fransig geschnittenem grauem Haar beugte sich heraus und rief ihnen zu: »Da brauchen S' nicht klingeln. Die sind immer nur am Wochenende da.«

Die Frau schien wahrhaft gute Ohren zu haben. Vielleicht war das ein Vorteil, wenn sie ebenso präzise bei ihren Beobachtungen war. Verlässliche Zeugen gab es leider selten. Aber neugierige Nachbarn konnten für diese Zwecke Gold wert sein.

»Wir sind von der Kripo Weilheim. Könnten wir Ihnen kurz ein paar Fragen stellen, Frau …«

»Reusch. Aber natürlich. Warten S' einen Moment, bitte.«

Das Fenster schloss sich, und für eine Weile geschah nichts. Doch dann hörten sie drinnen zuerst im Treppenhaus eine Tür laut scheppern, und kurz darauf ertönte der Türsummer.

Alexa zuckte die Schultern und ließ Huber den Vortritt.

31.

Sie gingen die Holztreppe hinauf, wo im zweiten Stock bereits die Wohnungstür von Evi Reusch weit offen stand. Es duftete verlockend nach Backwaren. Im Flur konnten sie einige bäuerliche Antiquitäten sehen, die ausgesprochen geschmackvoll waren und zu den dicken Holzbalken passten, die in die Decke eingezogen waren.

Evi Reusch war ebenso groß wie Alexa und teilweise in Tracht gekleidet, die aber dennoch modern wirkte. Um den Hals hatte sie ein graues Dreieckstuch geschlungen, das mit grünen und rosa Nähten gesäumt war, Farben, die sich in ihrer Bluse und ihrer Jacke wiederfanden.

Sie zupfte an ihrer fransigen Kurzhaarfrisur und rieb sich die Hände. Sie schien nervös zu sein, was nicht ungewöhnlich war. Viele Menschen reagierten so, wenn sie ein Gespräch mit Kriminalbeamten führen mussten.

»Ich bin Alexa Jahn, und das ist mein Kollege Florian Huber«, stellte sich Alexa vor und zückte ihren Dienstausweis. »Dürfen wir kurz reinkommen? Wir stören Sie auch nicht allzu lange, Frau Reusch.«

»Ja, ja. Aber natürlich. Ich hatte nicht mit Besuch gerechnet, bitte entschuldigen Sie die Unordnung.«

Frau Reusch machte ihnen Platz und ließ sie in ihre Wohnung eintreten. Von Unordnung war allerdings weit und breit nichts zu sehen.

»Bitte gehen Sie schon einmal durch ins Wohnzimmer, ich will nur eben die Uhr stellen, damit ich den Kuchen nicht vergesse.«

Sie eilte in die Küche, und Alexa bemerkte, wie leichtfüßig sich die Frau bewegte, obwohl sie schon weit in den Siebzigern sein musste.

Gemeinsam mit Huber trat sie in das geräumige Wohnzimmer, in dem derselbe rustikale Einrichtungsstil vorherrschte. Über dem Sofa hingen gerahmte Bilder in verschiedenen Größen, die Evi Reuschs Familie im Laufe der Zeit zeigten. Von der Einschulung bis zur Hochzeit war ein ganzes Leben in Bildern eingefangen.

Schon hörten sie Schritte hinter sich.

»Darf ich Ihnen etwas anbieten? Tee oder Kaffee vielleicht? Der Kuchen braucht leider noch ein paar Minuten.«

Huber schüttelte den Kopf und brachte zum ersten Mal an diesem Tag etwas Ähnliches wie ein Lächeln zustande. Auch ihm war die Frau offenbar sympathisch.

Nachdem sie Platz genommen hatten, begann Alexa: »Wir wollen Sie gar nicht lange aufhalten, Frau Reusch. Aber eins muss ich sagen: Gemütlich haben Sie es hier. Wie lange wohnen Sie denn schon in dieser Wohnung?«

»Vom ersten Tag an. 2012 ist das Haus kernsaniert worden, und da bin ich hier eingezogen. Genau wie der Herr Amberger und die Frau Mayrhofer.« Sie hielt kurz inne und fuhr sich mit der Zunge über ihre Lippen. »Bitte entschuldigen Sie meine Neugier, aber was haben die beiden denn mit der Polizei zu tun? Ich meine ... ich wohne ja ganz alleine hier.«

Alexa und Huber wechselten kurz einen Blick. Dieses Mal nahm er den Ball gekonnt auf: »Darüber dürfen wir Ihnen leider keine Auskunft geben, Frau Reusch. Aber es besteht für Sie kein Grund zur Sorge.«

Sie atmete hörbar aus, blieb jedoch kerzengerade sitzen.

»Ihre Familie?«, fragte Alexa, um etwas Lockerheit in die Unterhaltung zu bringen, und deutete auf die Wand hinter sich.

»Ja. Mein Sohn und meine Tochter.« Evi Reusch strahlte die Bilder an. »Er hat mir diese Wohnung gekauft, bevor er mit seiner Familie nach Kanada ausgewandert ist. Nach meiner Scheidung…« Sie seufzte. »Und meine Sandra wohnt im Norden, mitten in Hamburg. Sie hat eine sehr gute Stelle in der Werbung. Wir sehen uns nicht oft, aber es gibt ja zum Glück dieses Skype. Eine tolle Erfindung. Da ist man richtig nah dabei, trotz der Entfernung.« Frau Reusch deutete auf den Computer hinter sich, der funkelnagelneu aussah.

Alexa tat Evi Reusch ein wenig leid. Sie schien eine nette Frau zu sein und auch ein gutes Verhältnis zu ihren Kindern zu haben. Aber nun wunderte sie nicht, warum sie offenbar auf jedes Klingeln im Haus hörte. Vermutlich hatte sie nicht oft Gesellschaft. Sofort musste sie an ihre eigene Mutter denken, die auch alleine lebte, schob jedoch rasch das aufkeimende schlechte Gewissen zur Seite.

»Wären Sie bereit, uns ein paar Fragen zu Ihren Nachbarn zu beantworten?«

»Bekommen die denn dadurch keinen Ärger?«, fragte sie, noch immer misstrauisch. »Ich will nicht so eine sein, die hinter dem Rücken der Leute tratscht, wissen Sie. Wir haben eine gute Nachbarschaft, und ich bin froh, dass die beiden hier wohnen. Es sind anständige, ruhige Leute. Das Glück hat man ja nicht oft. Der Letzte, der hier direkt unter mir gewohnt hat, der hörte ständig Musik. So laut, dass man kaum den Ton vom Fernseher verstehen konnte. Aber der war nur Mieter, und zum Glück hat er sich schnell etwas anderes gesucht.«

»Wann ist der denn ausgezogen?«, hakte Alexa gleich ein.

»Ach, das ist schon ein paar Wochen her. Der Vermieter der Wohnung unter mir wohnt nicht hier. Das heißt noch nicht. Er lebt in Düsseldorf und will hierherziehen, wenn er in Rente geht. Jetzt braucht er jemanden, der befristet dort einzieht und die Wohnung in Schuss hält. Aber die meisten Leute suchen ja für länger.«

Florian Huber hakte ein: »Wie alt war er denn, dieser Mieter? Und kennen Sie vielleicht seinen Namen?«

Sie nickte. »Konstantin Bergmüller hieß er. Wie alt er war, weiß ich nicht. Vielleicht Mitte dreißig? Jünger als meine Kinder in jedem Fall. Der wohnt jetzt in München. Da passt er auch besser hin. Dem war es hier draußen viel zu ruhig. Der ist ohnehin immer in die Stadt gependelt. Und oft genug ist er erst mitten in der Nacht heimgekommen. Oder besser: am frühen Morgen.«

»Sie sagten, Sie mögen Herrn Amberger und Frau Mayrhofer. Sie kennen die beiden also gut?« Alexa beobachtete, wie Huber sich eine Notiz machte und vermutlich bereits eine Abfrage zur neuen Adresse des früheren Mieters in die Wege leitete.

»Nicht besonders gut, nein. Die sind ja nur am Wochenende hier. Ich schaue deshalb immer ein wenig darauf, dass der Briefkasten nicht überquillt, und leg ihnen die Sachen auf die Treppe. Natürlich wechselt man ein paar Worte, wenn man sich im Flur begegnet, aber sonst …«

Schade, dachte Alexa, die gehofft hatte, sie würde durch Frau Reusch endlich mehr über das Paar erfahren. Aber vermutlich wollten die beiden hier zur Ruhe kommen und waren der Nachbarin deshalb aus dem Weg gegangen. Doch manchmal brachte eine derartige Distanz dennoch gute Beobachtungen hervor. Und Alexa schätzte Frau Reusch so ein, dass sie genau wissen wollte, mit wem sie unter einem Dach lebte.

»Wann haben Sie die beiden denn zuletzt gesehen?«

»Beide? Oh, das ist einige Wochen her. Ich glaube, über Silvester waren sie für ein paar Tage zusammen hier. Die Frau Mayrhofer kam ja oft alleine am Wochenende zum Wandern. Und bis vor kurzem lag in den Bergen noch Schnee.«

Das deckte sich mit der Aussage von Thomas Amberger. Alexa wartete ab. Sie wollte der Frau nicht vorgreifen, indem sie sie nach dem letzten Wochenende fragte.

»Ich glaube, vor zwei Wochen war sie zuletzt hier.« Sie schaute zur Decke und rieb nachdenklich ihr Kinn. »Ja, das muss vor vierzehn Tagen gewesen sein, da habe ich sie im Waschkeller getroffen.«

Niedergeschlagen ließ Alexa Luft ab. Sie hatte gehofft, dass Frau Reusch irgendetwas von Sonja Mayrhofers letztem Besuch mitbekommen hatte. Wieder eine Enttäuschung.

»Aber sie muss auch vergangenes Wochenende da gewesen sein, fällt mir gerade wieder ein«, ergänzte Evi Reusch. »Die Post war nämlich weg. Anfang des Monats kommen immer die Rechnungen. Die lagen nicht mehr auf der Treppe. Sie ist sehr leise, die Frau Mayrhofer, wissen Sie, und die Wohnungen haben eine gute Trittschalldämmung. Da hört man kaum etwas. Den Tag verbringt sie immer in den Bergen. Wenn sie am Wochenende hier ist, bricht sie gleich in aller Frühe auf, um möglichst lange draußen bleiben zu können. Ich schlafe da noch, aber die Frau Mayrhofer sagte mal, dass sie so mehr vom Tag hat.«

»Und an dem gesamten Wochenende haben Sie nichts gehört? Hatte Frau Mayrhofer vielleicht Besuch?«, hakte Alexa noch einmal nach.

Evi Reusch zuckte die Schultern. »Bedauere. Am Freitagabend habe ich immer Chorprobe. Zu der Zeit kommt sie ja meistens hier an, wenn sie nach der Arbeit von München herfährt. Ob oben Licht war, als ich zurückkam?« Sie runzelte die Stirn, schüttelte anschließend jedoch den Kopf. »Tut mir leid, daran erinnere ich mich wirklich nicht. Ist das denn wichtig? Ist etwas passiert?«

Nun schaltete sich Florian Huber ein. »Wussten Sie denn von der Hochzeit? Im Sommer?«

Frau Reusch verzog kurz den Mund, nickte dann aber rasch. Hubers Ablenkungsmanöver hatte funktioniert, denn sofort begann sie zu erzählen: »Aber ja. Sie war so glücklich. Ganz stolz hat sie mir ihren Ring gezeigt, den sie sich gemeinsam ausgesucht hatten und den sie auch als Ehering tragen wollen. Ich bin da noch von der alten Schule. Ich finde, der Mann sollte der Frau einen Antrag machen. Aber das gibt's ja heute kaum noch.«

Frau Reusch seufzte und schaute mit großen Augen auf Alexas Hand.

»Das kann ich nicht beurteilen. Bei mir war es noch nicht so weit«, sagte Alexa lachend und zwinkerte. »Ich wurde noch nicht gefunden.«

Die Bemerkung entlockte Evi Reusch ein Schmunzeln.

»Das kommt schon noch. Jeder Topf findet einen Deckel. Und so wie Sie aussehen ...« Frau Reusch brach den Satz ab und schlug die Hand vor den Mund. Offenbar hatte sie vergessen, dass es sich nicht um einen gemütlichen Kaffeeplausch, sondern um eine polizeiliche Befragung handelte.

Sie rutschte auf ihrem Sessel nach vorne und fuhr dann fort: »Aber wo Sie mich schon danach fragen: Ich kann das nicht verstehen. Ich meine, ich kenne sie ja eigentlich kaum, aber die beiden passen nicht zusammen. Da ist dieser Altersunterschied. Er ist fünfzehn Jahre älter. Die Frau Mayrhofer war ja blutjung, als die sich kennenlernten. Aber wenn er in Rente geht, dann ist sie gerade mal fünfzig.« Sie rutschte noch ein Stück näher zu ihnen und dämpfte ihre Stimme, so als dürfe niemand hören, was sie zu sagen hatte: »Sie ist immer freundlich, grüßt und ist einer kurzen Plauderei nie abgeneigt. Aber er, er ist sehr reserviert. Wenn ich ihm mal im Flur begegne, hat er kaum ein Lächeln übrig. Und er lässt sie ja auch andauernd alleine. Ob das dann wirklich der Mann fürs Leben ist? Ich weiß ja nicht.«

»Immerhin hat es ein Vierteljahrhundert gehalten«, warf Florian Huber ein.

Sofort rutschte Evi Reusch ein Stück auf ihrem Sitz zurück. Sie hatte sich durch die lockere Plauderei verleiten lassen, mehr zu sagen, als sie eigentlich wollte. Jetzt war sie wieder auf der Hut.

»Gab es denn auch mal Streit bei den beiden?«, versuchte Alexa das Gespräch am Laufen zu halten. »Manchmal hört man ja zufällig, wie sich die Leute im Treppenhaus unterhalten. Eine Diskussion vielleicht oder ein paar lautere Gesprächsfetzen?«

»Nein. Etwas in der Art habe ich nie mitbekommen. Sie waren immer sehr ... kultiviert.«

In dem Moment piepste es laut in der Küche. Der Kuchen.

»Eine letzte Frage noch«, sagte Huber eilig. »Haben Sie in den letzten Tagen hier in der Straße sonst etwas Ungewöhnliches bemerkt? Ein Auto vielleicht oder einen Fremden, der länger als nötig irgendwo stand?«

Wieder schüttelte Evi Reusch den Kopf. »Bedaure. Nicht dass ich wüsste.«

Alexa erhob sich und reichte Frau Reusch ihre Karte. »Wenn Ihnen noch irgendetwas einfallen sollte, was Ihnen wichtig erscheint, melden Sie sich doch einfach bei uns.«

Evi Reusch brachte die beiden zur Tür. »Sie können einem mit Ihren Fragen richtig Angst machen«, sagte sie, als Huber ihr zum Abschied die Hand reichte. »Man könnte ja fast meinen, Sie wären einem Verbrecher auf der Spur.«

Ohne darauf einzugehen, wünschte Alexa der Frau einen schönen Tag. Sie würde noch früh genug von der Geschichte erfahren, aber es war gut, dass sie offenbar nichts von der Suche nach dem Rucksack und der Jacke von Sonja Mayrhofer mitbekommen hatte. Je länger man ihnen hier ohne Vorbehalte entgegentrat, umso besser.

Huber lief bereits die knarzende Treppe nach unten, doch Alexa war neugierig und spähte vorsichtig nach oben zum Eingang der Dachwohnung. Dort war der letzte Aufenthaltsort der Frau gewesen, bevor sie ihren Mörder getroffen hatte. Sie eilte leise die Stufen hinauf. Das Schloss schien auf den ersten Blick intakt, und sie konnte nichts Ungewöhnliches entdecken.

Als sie schließlich Huber folgte, hörte sie noch, wie Frau

Reusch die Tür abschloss. Zweifach. Und gleich danach sprach die Frau am Telefon. Zu gerne hätte Alexa gehört, mit wem. Und vor allem, worüber.

32.

Angespannt verharrte er in einer dunklen Nische vor dem gegenüberliegenden Haus. Er starrte nach oben auf die hell erleuchteten Fenster der Wohnung. Wollte sie denn heute nie ins Bett gehen?

Eine Stunde schon hielt er sich verborgen, und jede weitere Minute zerrte an seinen Nerven. Die Dunkelheit schützte ihn, ließ ihn mit den Schatten der Häuser und Bäume verschmelzen. Aber nicht unendlich lange.

Endlich erlosch das Licht in der Wohnung. Gebannt blickte er auf seine Uhr. Eine Stunde noch. Dann würde sie tief und fest schlafen. Nichts hören, nichts bemerken.

Eine Stunde noch, dann konnte er seinen Plan ausführen.

Eine Stunde nur, und er könnte wieder ruhig atmen.

Er lehnte sich an die Hauswand, bewegte sich nicht, spürte nur, wie die Anspannung von seinem ganzen Körper Besitz ergriff. Sein Herz schlug immer schneller. Er schloss die Augen, ging alles noch ein letztes Mal im Kopf durch.

Dann endlich war die Zeit gekommen, dass er sich aus seinem Versteck lösen konnte und das erste Schloss öffnete. Langsam erklomm er die Stufen, die wenigen knarrenden auslassend. Er kannte sie genau, hatte sie oft genug gezählt, um absolut sicher sein zu können. Niemand würde ihn hören.

Leise öffnete er die Tür zu der Wohnung, schlüpfte durch einen schmalen Spalt. Der vertraute Geruch nach ihr raubte ihm fast den Atem und ließ ihn einen kleinen Moment taumeln.

Er straffte die Schultern und ging weiter.

Ihr Schlafzimmer war sein Ziel.

33.

Wartend standen Alexa und Florian Huber mit einem Team der Kriminaltechnik auf dem Parkplatz unterhalb des Wohnhauses in Bad Tölz, direkt neben einem kleinen Teich.

Der Himmel war grau, und obwohl es nicht geregnet hatte, stieg feuchte Kälte von der Isar herauf und ließ Alexa frösteln. Oder aber es lag an ihrer inneren Anspannung. Sie war voller Erwartung, was die Begehung der Wohnung zutage bringen würde. Ob dort der Mord verübt worden war? Wenn es so war, würden sie möglicherweise Blut finden. Viel Blut. Würde Amberger das verkraften?

Erneut wanderte ihr Blick zu den Fenstern der Dachwohnung hinauf, dann schaute sie ungeduldig auf die Uhr. Immer wieder verlagerte sie ihr Gewicht von einem Fuß auf den anderen, hoffte, es würde ihr dadurch ein wenig wärmer.

Die Psychologin vom KIT hatte sich bereit erklärt, Amberger nach dem Termin in der Gerichtsmedizin gleich hierherzufahren, und auch von ihr erhoffte Alexa sich weitere Informationen. Vielleicht hatte er etwas erzählt, irgendeine Kleinigkeit, die sie weiterbrachte. Leider waren sie jedoch wegen eines Unfalls auf dem mittleren Ring in einen Stau geraten und würden sich verspäten.

Alexa schaute zu dem Straßenzug hinauf, der heute, in dem diffusen Licht, längst nicht mehr so idyllisch wirkte und auch ein wenig schäbiger, als sie es vom Vortag in Erinnerung hatte. Ein großer Mann schlenderte die Gasse entlang und hielt zielstrebig auf das letzte Haus zu. Alexa staunte nicht schlecht, als sie in der Gestalt ihren österreichischen Kollegen Bernhard Krammer erkannte. Was machte der denn hier? Er schien sie entdeckt zu haben, beschleunigte den Schritt und bog in den schmalen Fußweg ein, der den Parkplatz mit der Gasse verband. Obwohl Krammer nicht viel jünger als ihr neuer Chef war, bewegte er sich elastisch und verdammt schnell. Sicher hielt er sich fit.

»Servus«, begrüßte er Alexa. »Ich dachte, ich komme besser vorbei, um dich zu unterstützen, solange dein Chef im Krankenhaus liegt. Und da ohnehin eine Hälfte des Opfers bei uns gefunden wurde...«

»Aha.« Alexa sah Krammer entnervt an. Sie ärgerte sich, dass er einfach unangemeldet bei der Befragung auftauchte. Es war zwar sein gutes Recht, aber er hätte sie wenigstens vorher informieren können.

Krammer lächelte ungerührt und stellte sich zuerst Florian Huber und dann den Mitarbeitern der Spurensicherung vor.

Huber zog die Augenbrauen hoch und musterte Alexa mit einem süffisanten Grinsen, das sie ihm am liebsten aus dem Gesicht gewischt hätte. Er würde ihr später bestimmt vorwerfen, dass sie sich das Heft aus der Hand nehmen ließ.

Doch noch bevor es zu irgendwelchen Diskussionen kommen konnte, näherte sich im Schritttempo ein blauer Kombi, in dem Alexa auf dem Beifahrersitz Thomas Amberger erspähte. Er sah deutlich angeschlagen aus: Dunkle Ringe hatten sich unter seinen Augen eingegraben und verliehen seinem Aussehen etwas Unheimliches. Bestimmt hatte er keinen

Schlaf gefunden. Als er ausstieg, erkannte sie, dass er noch immer die Sachen vom Vortag trug.

»Ist er das?«, raunte Krammer ihr zu.

Sie nickte zustimmend.

»Stellst du mich bitte vor? Damit er einordnen kann, wieso ich dabei bin?«

»Später.« Sie wollte Amberger nicht überrumpeln. Und Krammer sollte ruhig warten, bis sie es für richtig hielt, ihn mit einzubeziehen. »Wir gehen jetzt erst einmal in die Wohnung. Dann sehen wir weiter.«

Sie beeilte sich zu Line Persson zu kommen und hielt ihr eine Visitenkarte hin. »Würden Sie mich später noch anrufen, wenn das alles hier vorbei ist? Ich hätte noch ein paar Fragen.«

»Natürlich. Ich kann aber auch gerne warten.«

Alexa lächelte, nahm das Angebot dankend an und wandte sich dann Amberger zu.

»Ich danke Ihnen, dass Sie sich so schnell bereit erklärt haben, uns die Wohnung zu zeigen.« Sie machte eine kurze Pause, um sicher zu sein, dass er sie verstanden hatte. »Schaffen Sie es, uns nach oben zu begleiten, oder wäre es Ihnen lieber, wenn wir zuerst nachsehen …«

Amberger schüttelte den Kopf, ging statt einer Antwort den Weg hinauf und hielt, ohne seinen Schritt zu verlangsamen, auf das Haus zu. Alexa nickte Huber und Krammer zu. Den Kollegen von der Kriminaltechnik hingegen gab sie ein Zeichen, dass sie erst einmal warten sollten, dann folgte sie Thomas Amberger eilig. Als ihr Blick die Fassade streifte, hätte sie schwören können, an einem Fenster im ersten Stock eine Bewegung bemerkt zu haben, aber als sie Evi Reusch gerade grüßen wollte, war nichts mehr zu sehen. Vermutlich nur eine Lichtspiegelung.

Amberger zögerte, bevor er die Eingangstür aufschloss. Er stützte sich kurz an der Hauswand ab, atmete tief durch, gab sich dann aber einen Ruck, öffnete die Haustür und stieg langsam die Treppe hinauf.

Die Stufen quietschten unter ihren Schritten, und es roch anders als gestern. Frisch. Nach Zitrone. So als wäre das Treppenhaus geputzt worden.

Oben angekommen, sperrte Amberger die Tür auf, die den Blick in eine geschmackvoll eingerichtete Dachgeschosswohnung freigab. Der mit hellen Kacheln versehene Boden war in einem zu den Holzbalken passenden Erdton gehalten, die wiederum genau mit den Rahmen der Fenster harmonierten. Auch hier dominierten weiße Möbel, die der Wohnung eine elegante Note verliehen.

Bevor sie eintraten, verteilte Alexa Handschuhe und Schuhüberzieher, damit die Spurensicherer später einen leichteren Job hatten. Amberger trat in die Küche, die genau gegenüber von dem Eingang lag und aus deren Fenster man eine schöne Sicht auf das Isartal hatte. Er blieb mitten im Raum stehen und starrte ins Leere.

In der Spüle bemerkte Alexa benutztes Geschirr: ein Glas, eine Tasse, zwei Teller und Besteck. Frühstück und Abendessen, tippte sie, wenn die Frau am Freitagabend gekommen und am Samstag zu ihrer Wanderung aufgebrochen war. Sie bedeutete Florian Huber, schon einmal in die anderen Zimmer zu schauen und sie zu überprüfen. Bernhard Krammer ging in die entgegengesetzte Richtung des langen Flurs, der offenbar zum Wohnzimmer führte.

»Fällt Ihnen irgendetwas auf, Herr Amberger? Auch wenn es nur eine Kleinigkeit ist: Bitte sagen Sie uns alles, was Ihnen durch den Kopf geht.«

Amberger stand da und rührte sich immer noch nicht. Erst einen Augenblick später schritt er zu der Anrichte, auf der ein Stapel Post lag.

»Die müssen neu sein.« Er deutete auf die Briefumschläge. »In der Regel handelt es sich dabei aber nur um die Telefon- oder die Stromrechnung. Alles andere geht an unsere Adresse in München.«

Keiner der Umschläge schien von Sonja Mayrhofer geöffnet worden zu sein. Dennoch bat Alexa Amberger sie durchzusehen, ob es einen Absender gab, der ihm ungewöhnlich erschien. Aber er schüttelte den Kopf. Es handelte sich tatsächlich ausschließlich um Rechnungen.

Plötzlich kam Leben in Amberger. »Sie hatten mich doch gestern nach Sonjas Ausweis und ihrem Handy gefragt.« Er hastete in den Flur und deutete auf die Garderobe. »Hier. Ihre Handtasche.«

Als Amberger schon danach greifen wollte, hielt Alexa ihn zurück. »Lassen Sie sie bitte einfach dort hängen. Meine Kollegen von der Kriminaltechnik werden sie nachher untersuchen.«

Er sah sie kurz an und nickte.

Mittlerweile waren auch Krammer und Huber aus den anderen Zimmern zurückgekehrt und signalisierten mit einer Geste, dass dort alles in Ordnung war. Wenigstens auf den ersten Blick schien es so, als hätten sie es hier nicht mit einem Tatort zu tun.

Amberger betrat gerade das Wohnzimmer, das mit seiner

niedrigen, mit hellem Holz verkleideten Decke eine behagliche Atmosphäre hatte. Hellgrüne Vorhänge, die mit springenden Hirschen gemustert waren, flankierten die Fenster. Er hielt direkt auf eine Strickjacke zu, die über der Lehne eines Sessels hing, und nahm sie ganz vorsichtig auf, als könnte sie sich unter seiner Berührung in Luft auflösen.

Sekundenlang blickte er auf das Kleidungsstück in seinen Händen, drückte es dann an sein Gesicht und sog den Geruch auf. Die Jacke war aus dicker Wolle, hatte lederne Flicken auf den Ellenbogen und ein Zickzackmuster auf der Brust. Sie war verfilzt und schien so gar nicht zu der Frau zu passen, die Alexa von den Bildern kannte.

»Das war ihre Lieblingsjacke. Sie hat Sonjas Vater gehört«, murmelte Amberger.

»Wo leben denn die Eltern von Frau Mayrhofer? Hier in der Nähe? Sind Sie schon benachrichtigt worden? Oder sollen wir Ihnen das abnehmen?«, fragte Alexa.

Amberger schüttelte den Kopf. »Sie sind tot. Beide. Wir sind ganz alleine, Sonja und ich.«

Der Satz hallte in der Stille des Raumes nach, und eine große Schwere legte sich Alexa auf die Brust. Sie rang nach Atem. Das Paar hatte sich das Leben perfekt eingerichtet, hatte für die Zukunft vorgesorgt mit einem Haus und einer Ferienwohnung. Doch von einem Moment auf den anderen war das alles wertlos. Und Amberger nun völlig alleine. Jeder Todesfall zog eine Reihe von Menschen mit sich, öffnete für die Betroffenen die Tür zu einer Dunkelheit, die künftig Schatten auf jeden ihrer Tage warf.

»Wollen wir uns einen Moment setzen, bevor Sie nachschauen, ob irgendetwas fehlt?«, schlug Alexa vor. »Ich kann auch gerne noch einmal Frau Persson holen, wenn Ihnen das hilft.«

Sein Blick war hohl und leer, so als verstünde er gar nicht, von wem sie sprach. Vermutlich wusste er den Namen der Psychologin tatsächlich nicht mehr. Oft erinnerten sich die Hinterbliebenen nur vage an die konkreten Geschehnisse oder an Personen, die sie unmittelbar nach der Todesnachricht trafen. So als würde das Gehirn sich weigern, weitere Informationen aufzunehmen.

Amberger setzte sich zögerlich hin, breitete sorgfältig die Jacke über seine Beine und strich behutsam darüber. Wieder schnürte sich Alexas Kehle zu. Gestern hatte er so abgeklärt gewirkt, heute schien er ein ganz anderer Mensch zu sein. Sehr zerbrechlich und voller Liebe, die nun keinen Adressaten mehr fand.

»Ich möchte mich Ihnen kurz vorstellen«, machte sich Krammer bemerkbar und nahm Amberger gegenüber Platz. »Wir kennen uns noch nicht. Ich bin Chefinspektor beim Landeskriminalamt Tirol. Sie wissen, dass wir ebenfalls mit den Ermittlungen betraut sind?«

Amberger nickte, hob dann langsam den Kopf, schloss kurz die Augen und presste die Lippen zusammen. »Ja. Ich weiß, was mit Sonja geschehen ist«, erklärte er mit brüchiger Stimme. »Fangen Sie an. Stellen Sie Ihre Fragen, Herr Kommissar.«

Dankbar stellte Alexa fest, dass Huber sich ohne Kommentar auf einen Sessel seitlich von ihnen gesetzt hatte und wie immer seinen Block bereithielt, um sich Notizen zu machen.

»Wann haben Sie Ihre Verlobte zuletzt gesehen?«, wollte Krammer wissen.

»Das war am letzten Donnerstag. Wir haben den Feierabend zusammen verbracht. Zuerst haben wir gemeinsam gekocht und danach eine Serie auf Netflix geschaut. *The Crown*, vielleicht kennen Sie die. Ich bin ja oft in England ...« Er räusperte sich, die Erinnerung schien ihn zu übermannen, doch er schüttelte den Kopf und fuhr dann fort: »Zuletzt haben wir noch unsere Taschen gepackt.«

»Und am nächsten Morgen?«

»Mein Flieger ging schon ziemlich früh. Ich wollte Sonja nicht wecken. Ich konnte ja nicht ahnen ...« Er brach ab und krallte seine Finger in die Jacke, so als wolle er darin Halt suchen.

Alexa schaute Krammer prüfend ins Gesicht, doch ihm schien die Verzweiflung des Mannes nichts anhaben zu können. Seine Züge waren unbewegt, ohne jede Regung. Bewundernswert. Ihr selbst kroch die Trauer von Thomas Amberger heute ständig unter die Haut und erschwerte es ihr, ihm gegenüber neutral zu bleiben.

»Hat sich in den letzten Tagen vor ihrer Abreise irgendetwas Ungewöhnliches ereignet, an das Sie sich erinnern? Hatte Ihre Verlobte vielleicht Ärger bei der Arbeit?«, fuhr Krammer fort.

»Nein. Warum auch? Sonja war der beste und versöhnlichste Mensch, den ich kenne. Sie ließ sich nicht auf Reibereien ein. Mit niemandem. Ganz im Gegenteil: Sie versuchte eher, jeden Streit zu schlichten.«

Und doch flüchtete Sonja Mayrhofer gerne aus ihrer vertrauten Welt in eine andere, fühlte sie sich in der Einsamkeit der Berge ganz mit sich alleine wohler, ging es Alexa durch den Kopf.

»Gab es vielleicht einen ungewöhnlichen Brief oder Anruf? Hat sich jemand häufiger verwählt?«, bohrte Krammer weiter.

»Ich arbeite oft bis spät am Abend und bin auch beruflich viel unterwegs. Aber in der Zeit, in der ich zu Hause war – nein. Und ich denke, sie hätte mir davon erzählt, wenn sie etwas Beunruhigendes erlebt hätte.« Er schaute auf den Couchtisch vor sich, so als würde er dort die Antwort finden. »Zu Sonjas Post kann ich Ihnen nichts sagen, denn die lese ich nicht. Wir achten unsere Privatsphäre.«

Alexa sah, wie sich Ambergers Unterkiefer hin- und herschob. Die Knöchel seiner Finger waren schon ganz weiß, so fest hielt er den Stoff in seiner Hand. Seine Verfassung machte ihr Sorgen. Hoffentlich musste sie die Befragung nicht abbrechen. Zu dumm, dass Line Persson unten in ihrem Auto geblieben war. Sie hätte einschätzen können, wann es für Amberger zu viel wurde.

»Und Sie haben nicht mehr mit Ihrer Verlobten telefoniert? Nicht ein einziges Mal? In all den Tagen?«

Ambergers Kopf fuhr hoch. »Ich glaube, Sie verstehen nicht, wie mein Job als Finanzberater aussieht. Wenn ich Auslandsreisen mache, ist mein Kalender randvoll mit Terminen. Ohne Pause. Es geht von einem Meeting zum anderen. Die muss ich dann am Abend nachbereiten und mich auf die nächsten Kunden einstellen. Außerdem ist da, wo Sonja unterwegs ist, oft sowieso kein Empfang.«

Krammer zog die Augenbrauen hoch und nickte, sagte aber nichts.

»Hören Sie, das mag vielleicht seltsam für Sie klingen, aber so gehen wir nun mal miteinander um. Vielleicht entspricht das nicht dem, was üblich ist, aber das war eben unsere Art.

Unser Leben. Wir haben es beide gemocht, genau so, wie es war. Ob es Ihnen gefällt oder nicht.«

Die Aggressivität im Raum war aus dem Nichts gekommen. Offenbar hatten Thomas Ambergers feine Sinne gewittert, dass Krammer ihn gerade unter die Lupe nahm.

Krammer ließ sich davon nicht irritieren und wollte mit seiner Vernehmung fortfahren, doch Alexa kam ihm zuvor.

»Und Sie haben von ihr auch keine Mitteilung bekommen? Eine SMS vielleicht? Ein Foto? Ich habe gesehen, dass Ihre Verlobte bei Instagram ziemlich aktiv war«, schaltete sie sich ein, um wieder Ruhe in das Gespräch zu bringen und den Blick zurück auf das Opfer zu lenken.

Krammer schnaufte unwirsch, aber Alexa ignorierte ihn und konzentrierte sich ganz auf Amberger. Dies war ihre Befragung, und sie entschied, wann der Druck erhöht wurde. Und solange Thomas Amberger nicht unter Verdacht stand, verdiente er einen respektvollen Umgang. Zumal er mit den Flügen ein wasserfestes Alibi hatte, das hatten sie bereits überprüft. Und alle Gesprächspartner würden ganz sicher seine Aussagen bestätigen.

»Mit solchen Dingen kenne ich mich nicht aus. Social Media und diese ganzen Sachen«, antwortete er in ruhigem Ton, und schon wich die Anspannung wieder aus seinem Körper. »Sonja machte das gerne, sie suchte stundenlang die schönsten Bilder für ihre Galerie aus. Aber ich kann mit so was nichts anfangen. Tut mir leid.«

Alexa nickte und musste an Evi Reusch denken, die am Vortag betont hatte, wie verschieden das Paar war. Schon wieder war da etwas, das die beiden offenbar nicht teilten. Aber wie hieß es so schön: Gegensätze ziehen sich an.

»Hat Ihre Verlobte sich vielleicht bei irgendeinem Freund gemeldet? Sie erwähnten einen Karlo. Könnte er eine Nachricht bekommen haben? Oder hatte sie eine beste Freundin? Könnte die uns weiterhelfen?«

»Karlo? Woher soll ich das wissen? Ich meine, da müssen Sie ihn schon selbst fragen«, antwortete Amberger sichtlich verwirrt. »Und mit Frauen ... mit denen hatte Sonja es nicht mehr so. Seit wir ...« Er zögerte. »Wir ... konnten keine Kinder bekommen. Ihre Freundinnen von früher haben mittlerweile alle Familie ... Die meisten Kontakte sind mit der Zeit einfach eingeschlafen. Was Sonja wohl ganz recht war. Und mir offen gestanden auch. Zumindest hat sie keine Anstalten gemacht, diese Verbindungen wieder aufleben zu lassen.«

Alexa nickte. Damit hatten sie vermutlich die Erklärung dafür, was Sonja Mayrhofer hier in der Abgeschiedenheit gesucht hatte: einen Ort zum Trauern. Oder zum Vergessen. Wenn niemand in ihrem Umfeld kinderlos geblieben war, flüchtete sie sich vielleicht in die Einsamkeit der Bergwelt, suchte Trost in der Natur. Alexas Blick fiel nach draußen, wo auf der anderen Seite der Isar eine leichte Erhebung zu sehen war. Es musste schwer sein, wenn einer Frau ein solcher Wunsch verwehrt blieb. Die Bedeutung der bevorstehenden Hochzeit für das Paar wurde damit noch stärker: Dennoch wollten sie ein Band für die Ewigkeit knüpfen.

Vielleicht hatte Amberger ihr gerade deshalb nach so vielen Jahren einen Antrag gemacht. Um ihr zu zeigen, dass er zu ihr halten würde. Trotz allem.

»Aber Sie könnten bei ihrer Arbeit fragen. Vielleicht hat ein Kollege noch mit ihr gesprochen, falls irgendein wichtiger Kunde ein Anliegen hatte? Das passiert von Zeit zu Zeit«, schlug Amberger vor.

Sofort schob Huber Thomas Amberger seinen Block hin und bat ihn, die Namen der Mitarbeiter aufzuschreiben, die näheren Kontakt zu seiner Verlobten hatten. Amberger tat sich sichtlich schwer, kannte oft nur die Vornamen der Arbeitskollegen. Immer wieder entschuldigte er sich, dass er keine bessere Unterstützung bieten konnte.

Während Huber geduldig wartete, bis Thomas Amberger die Liste vervollständigt hatte, warf Alexa Krammer, der den Mann weiter aufmerksam beobachtete, einen Seitenblick zu. Er rieb sich die Hände und wirkte unruhig.

Ob er noch immer der Meinung war, sie hätten es mit einem geisteskranken Sadisten zu tun? Dann jedenfalls passte Amberger nicht in sein Schema, denn nach allem, was sie bisher erfahren hatten, wirkte der Mann keinesfalls verrückt. Er war allenfalls ein Sonderling oder litt an einer sozialen Phobie. Allerdings war es sicher auch nicht leicht, Kontakte zu pflegen, wenn man so viel arbeitete, wie er es augenscheinlich tat. Möglicherweise reichte den beiden einfach die Gegenwart des anderen und sie brauchten keine anderen Menschen um sich.

Endlich schien die Liste komplett zu sein. Nur sechs Namen standen darauf. Aber immerhin boten sich damit ein paar neue Ansatzpunkte, um das Profil des Opfers zu schärfen und damit vielleicht doch ein Tatmotiv zu finden.

Alexa gab Krammer zu verstehen, dass er weitermachen sollte, da ihm deutlich anzumerken war, dass ihm weitere Fragen unter den Nägeln brannten.

»Wanderte Ihre Verlobte auch in den österreichischen

Alpen?«, kam jedoch Huber Krammer zuvor. »Oder haben Sie dort vielleicht öfter Zeit verbracht?«

Amberger wirkte verwirrt über den jähen Themenwechsel. Er knetete die Jacke in seiner Hand und leckte sich die Lippen.

»Ich ... weiß es nicht«, brachte er schließlich hervor. Eilig schob er nach: »Das muss sich furchtbar für Sie anhören. Ich merke es ja selbst, wie es auf Sie wirken muss. So, als hätte ich mich nicht interessiert für das, was sie hier unternahm. Natürlich waren wir am Wochenende auch zusammen unterwegs. Wenn ich da war und es zeitlich passte. Allerdings blieb ich meist in irgendeiner Hütte, habe gelesen und auf sie gewartet, und sie lief alleine los. Sie brauchte das. Sonja ist ein sehr freiheitsliebender Mensch. Ich genauso. Und wir haben uns den Raum dafür gelassen.« Er fuhr sich mit den Händen durch das lichte Haar. »Sie können mir glauben: Ich habe sie geliebt. Aufrichtig. Auch wenn das jetzt alles irgendwie falsch klingt.«

»Herr Amberger, ich versichere Ihnen, wir sind nicht hier, um über Ihre Beziehung zu Frau Mayrhofer zu urteilen. Wir wollen lediglich herausfinden, wer ihr das angetan hat. Nur darum geht es uns«, erklärte Alexa und bemerkte, wie die Jacke langsam von Ambergers Beinen zu Boden rutschte.

Er schenkte dem keine Beachtung.

»Hatte Ihre Verlobte Angst vor etwas? Oder litt sie in letzter Zeit unter Schlafstörungen?«, fragte Krammer jetzt.

»Nein.«

»War sie vielleicht nervöser als sonst?«

Amberger schüttelte erneut den Kopf. »Ich will Ihnen ja helfen, das müssen Sie mir glauben. Ich kann ja auch nichts daran ändern, dass ich keine Antworten parat habe, die Sie weiterbringen!«

»Fällt Ihnen denn irgendein Grund ein«, fuhr Krammer unbeeindruckt fort, »warum jemand Ihre Frau auf diese Weise ermordet haben könnte? Das war ja kein Zufall, darin sind wir uns sicher einig, oder?«

Alexa missfiel der scharfe Ton, den Krammer plötzlich anschlug.

»Glauben Sie etwa, ich hätte mir nicht pausenlos den Kopf darüber zerbrochen, seit ich erfahren habe, wie Sie sie gefunden haben, Herr Kommissar?« Amberger hielt abrupt inne, sammelte sich dann aber wieder. »Aber mir fällt nichts ein, was es erklären könnte. Ich verstehe ja selbst nicht einmal, was passiert ist.«

Alexa sah ihm ins Gesicht. Er schlug die Augen nieder, doch sie war davon überzeugt, dass der Mann die Wahrheit sagte.

Schweiß stand auf seiner Stirn, als er leise fortfuhr: »Sonja war kein Mensch, der so was provoziert hätte. Das ist das Einzige, was ich Ihnen sagen kann. Sie trifft keine Schuld. Ganz sicher nicht.«

»Und dennoch ist es passiert«, konterte Krammer, verschränkte die Arme und musterte Amberger mit zusammengekniffenen Augen. »Wenn wir also niemanden im weiteren Umfeld finden, der es getan hat …«

»Ich verstehe nicht. Worauf wollen Sie eigentlich hinaus?«, fragte Amberger.

»Dann will ich mal deutlicher werden.« Krammer erhob sich und platzierte sich direkt vor Amberger. »War Ihre Verlobte vielleicht nicht mehr glücklich mit Ihnen? Hatte sie sich einen Mann in ihrem Alter gesucht? Und Sie waren darüber so wütend, dass Sie die Beherrschung verloren und sie umgebracht haben?«

Sein Gegenüber fuhr blitzartig hoch, stand Auge in Auge mit Krammer, seine Hände waren zu Fäusten geballt, und während Amberger sprach, zitterte er am ganzen Körper. »Sonja hätte mich nie verlassen. Niemals. Sie haben ja keine Ahnung!«

Krammer hob die Hände, trat wieder ein paar Schritte zurück, so als sei nichts geschehen. Doch seine Unterstellung hing wie ein übler Geruch im Raum.

34.

Vom Balkon aus konnte Alexa Thomas Amberger im Wohnzimmer beobachten. Sein hageres Gesicht war noch immer stark gerötet. Aber nichts sonst deutete auf die aggressive Verfassung hin, in der er noch vor wenigen Minuten gewesen war. Dabei hatte Alexa für einen Moment befürchtet, Amberger würde auf Krammer losgehen.

Jetzt stand er mit hängenden Schultern vor dem Sofa und starrte die Fotografie einer Landschaft an, die darüber hing. Das türkisfarbene Wasser des Sees, der darauf abgebildet war, hatte exakt dieselbe Farbe wie die darunterliegenden Kissen. Geschmack hatte das Paar wirklich, und Alexa fragte sich, wessen Handschrift die Einrichtung trug.

Eine Pause war die einzige Möglichkeit gewesen, wieder zu einem normalen Ton zurückzufinden, denn Alexa hatte Angst gehabt, Amberger würde sie jeden Moment auffordern, die Wohnung zu verlassen. Wozu er allen Grund hätte.

Auch sie kochte innerlich, versuchte aber, sich zu beruhigen, bevor sie dem Österreicher in aller Deutlichkeit zu verstehen geben würde, was sie von seinen Methoden hielt. Einen weiteren Quertreiber konnte sie bei ihrer ersten eigenen Ermittlung wirklich nicht gebrauchen. Das Gerangel mit Huber reichte schon. Wenn Krammer also weiter an den Untersuchungen auf dieser Seite der Grenze teilnehmen wollte, musste er sich an die Spielregeln halten. Und zwar an diejenigen, die sie vorgab. All seiner Erfahrung zum Trotz.

Entschlossen wandte sie sich deshalb mit gedämpfter Stimme an Krammer. »Amberger hat ein Alibi für den Zeitraum, in dem Sonja Mayrhofer ermordet wurde. Wir haben die Flüge überprüft. Er war definitiv an Bord und kam erst gestern zurück. Wir haben auch den Taxifahrer ausfindig gemacht, der ihn vom Flughafen nach Hause gefahren hat. Es gibt also keinen Anlass, ihn zum Kreis der Verdächtigen zu zählen. Und genau deshalb sitzen wir nicht in einem Vernehmungsraum, sondern hier in seiner Ferienwohnung. In die er uns übrigens freiwillig begleitet hat, obwohl er noch völlig unter Schock steht. Würdest du mir also mal verraten, warum du ihn so in die Mangel nehmen musst?«

»Wie ich gestern schon gesagt habe: Wir haben es mit einem Irren zu tun. Für solche Typen ist ein Mensch nichts wert. Und eine Frau erst recht nicht. Du hast es doch gesehen, dem hat es nicht gereicht, die Frau zu töten. Nein, er musste sie auch noch verstümmeln und ihre Überreste wie Müll entsorgen. Entgegen der herrschenden Meinung sind es nach meiner Erfahrung keine perversen Serienkiller, die solche Morde begehen. Sondern die hasserfüllten Ehemänner, Väter und Brüder, die auf diese Weise beweisen müssen, dass sie weiter die Macht haben. Dass sie alles mit ihrem Opfer tun können.«

»Diese Statistiken sind auch hierzulande bekannt«, entgegnete Alexa nüchtern. »Aber wenn ein Zeuge zur Tatzeit nicht einmal im Land ist, spricht das definitiv für seine Unschuld. Korrigiere mich, wenn ich damit falschliege.«

Krammer blickte ins Tal hinab, in dem gerade die Sonne

durch die Wolken brach, und folgte dann mit den Augen einem Vogel, der über dem steinigen Flussbett der Isar seine Kreise zog und schließlich ins Wasser hinabstieß.

»Wenn du also weiter in dieser Art mit unserem Zeugen sprichst, heißt das für mich, dass du mir keine gründliche Ermittlung zutraust. Und dann ...«

»Ich zweifle nicht an deiner Arbeit. Natürlich nicht«, fiel ihr Krammer ins Wort. »Amberger ist es, dem ich absolut nicht über den Weg traue. Ich erkenne solche Typen. Nenne es Instinkt, Erfahrung, was weiß ich. Aber er passt in dieses Schema. Vielleicht hatte er jemanden, der ihm geholfen hat, wie auch immer. Aber ich spüre es, dass er etwas damit zu tun hat. Nach außen alles korrekt, aber innen ...«

Alexa wurde noch deutlicher. »Ich möchte diesen Fall zügig klären, und es geht definitiv schneller, wenn Amberger uns unterstützt. Im Moment ist er *nur* ein Zeuge. Und obwohl er um seine Verlobte trauert, hat er sich nicht abgekapselt, sondern will uns helfen. Das rechne ich ihm hoch an, denn er kann uns wertvolle Informationen über die Tote liefern. Das lasse ich mir nicht kaputt machen. Auch von keiner seltsamen *Intuition*. Lieferst du mir konkrete Beweise, die gegen ihn sprechen – fein, dann ändere ich meine Strategie. Aber bisher gibt es für mich keinen Anhaltspunkt, der deine These untermauert, deshalb bleiben wir bis auf weiteres bei meinem Vorgehen. Und vielleicht finden wir dann endlich den Irren, der deiner Meinung nach für diesen Mord verantwortlich ist. Verstehen wir uns?«

Krammer hielt ihrem Blick stand, schwieg aber. Erst jetzt nahm Alexa seine Augenpartie wahr. Dicke Tränensäcke wiesen auf zu wenig Schlaf hin. Die Falten, die sich von der

Nasenwurzel bis zu den Mundwinkeln zogen, hatten sich tief eingegraben. Er wirkte erschöpft, melancholisch und alles andere als glücklich. Aber er protestierte nicht.

»In Ordnung«, sagte er schließlich. »Ich halte mich zurück.«

»Gut«, antwortete Alexa, die jetzt erst bemerkte, dass Huber nirgends zu sehen war. »Dann werde ich Herrn Amberger bitten, im Rest der Wohnung nachzusehen, ob irgendetwas verändert ist.«

»Du hoffst wirklich, hier etwas zu finden?«, hakte Krammer nach, der offenbar doch nicht so überzeugt war, wie sie gehofft hatte.

»Natürlich«, entgegnete Alexa mit Bestimmtheit, hatte aber keine Lust, sich auf eine weitere Diskussion einzulassen. Wenn ihm ihr Vorgehen nicht passte, konnte er gerne wieder nach Innsbruck zurückfahren. Niemand hatte ihn gebeten zu kommen. Je schneller er das verstand, umso besser.

Als sie gerade in die Wohnung zurückkehren wollte, entdeckte sie im Hof ihren Kollegen Huber, der telefonierte und währenddessen heftig gestikulierte. Großartig. Egal, wem er von der Episode mit Krammer erzählte, es verhieß definitiv, dass sich die Lage im Team für sie nicht bessern würde. Im Gegenteil.

Alexa unterdrückte einen Seufzer. Ihre erste eigene Ermittlung hätte kaum schwieriger sein können.

35.

Während Thomas Amberger sich zunächst weiter im Wohnzimmer umschaute, widmete Alexa sich der näheren Begutachtung von Sonja Mayrhofers Handtasche. Sie selbst trug lieber alles, was sie brauchte, in ihren Hosen- oder Jackentaschen bei sich.

Doch eine Handtasche konnte eine Menge über ihre Besitzerin verraten. Diese war aus glattem, dunkelblauem Leder und den Gebrauchsspuren zufolge schon einige Jahre benutzt worden. Genau wie der Rucksack. Verschwenderisch schien die Tote nicht gewesen zu sein.

»Wie ist Ihre Verlobte eigentlich immer hierhergekommen?«, hörte sie Krammer gerade fragen, der wohl auch wieder in die Wohnung zurückgekommen war. Sein Ton war gemäßigt, dennoch blieb sie wachsam.

»Wenn ich das Auto nicht bei mir hatte, dann ist sie meist damit hergefahren. Oder sie nahm den Zug. Das machte sie ganz unterschiedlich.«

»Und dieses Mal?«

»Hat sie den Zug genommen.«

»Aber Ihr Wagen war doch da, richtig?«

»Das stimmt. Aber Sonja fährt …« Amberger räusperte sich. »Sie fuhr nicht gerne Auto. Es strengte sie an. Und wenn es nicht gerade in Strömen regnete … Das Wetter war nicht allzu schlecht gemeldet, denke ich, oder?«

»Nein, so wie heute. Und wie war das Wetter in London?«

»Regnerisch und grau, aber nicht so kalt wie hier. Gibt es überhaupt anderes Wetter in London?«

»Das müssen Sie mir sagen. Ich bin nicht oft im Ausland.«

Krammer schlenderte durch das Wohnzimmer und schien die kurze Konversation beendet zu haben. Auch wenn es ihr lieber gewesen wäre, er ließe Amberger in Ruhe alles durchsehen, war er jetzt wenigstens nicht mehr so impertinent wie zuvor.

Alexa konzentrierte sich wieder auf die Tasche. Enttäuscht stellte sie fest, dass wenig darin war: ein Päckchen Taschentücher, ein Faltplan mit den Zugverbindungen, eine Rolle Traubenzucker, ein paar Kopfhörer, ein Einkaufsbeutel, der zu einer Erdbeere geformt war, eine Lesebrille und ein Schminktäschchen. Letzteres enthielt nur eine Lippenpflege, Sonnenschutz, eine Haarklemme und eine Bürste.

Keine Parkquittung, kein Kassenbon. Nichts. Alles, was Aufschluss auf Sonjas letzte Aufenthaltsorte gegeben hätte, befand sich wohl in ihrem Portemonnaie oder auf dem Handy. Und beides hatte sie vermutlich bei ihrer letzten Wanderung bei sich getragen.

Als Alexa gerade alles einräumte, ging Thomas Amberger an ihr vorbei in Richtung des Schlafzimmers und des kleinen Büros.

Sie hängte die Tasche an die Garderobe zurück und folgte ihm. Amberger verharrte vor dem Schreibtisch und starrte darauf. Wie der gesamte Rest der Wohnung war er penibel aufgeräumt und sauber. Ein aufgeklappter Laptop stand dort, aber nichts lag herum, erneut kein Zettel, keine Notiz. Selbst an der Pinnwand darüber hingen in schönster Ordnung Karten mit Sprüchen oder künstlerischen Drucken. Wieder konnte sie nichts Persönliches entdecken, kein Foto oder Notizen. Jedes Zimmer wirkte wie aus einem Magazin für Inneneinrichtungen. Schön, doch nicht wie aus dem echten Leben. Aber es hieß ja auch immer, dass Sonja lieber in der Natur war.

»Gehörte der Rechner Ihrer Verlobten?«, durchbrach Alexa das Schweigen.

Amberger bewegte einmal den Kopf, blieb aber weiter reglos vor dem Tisch stehen, die Schultern gekrümmt wie von einer zu schweren Last.

»Wäre es in Ordnung, wenn wir den nachher zur Überprüfung mitnehmen? Und haben Sie vielleicht das Passwort für uns?«

Langsam schloss er den Laptop, dann bückte er sich, zog den Stecker aus der Dose und entnahm einem hölzernen Kästchen einen Zettel.

»Das müsste es sein«, sagte er mit rauer Stimme. »Sie können den gerne einpacken. Er gehörte ja Sonja. Ich ... ich glaube, den braucht sie jetzt nicht mehr.«

Ein Geräusch ließ Alexa hochfahren.

Später konnte sie nicht mehr genau sagen, ob viel oder wenig Zeit zwischen den einzelnen Ereignissen gelegen hatte.

Zuerst kam Huber in den Flur gerannt, winkte Alexa hektisch zu sich und verschwand dann in der Küche. Sein ganzes Gehabe ließ schlechte Neuigkeiten erahnen. Während er sie dort gerade darüber in Kenntnis setzte, dass erneut eine Frau vermisst wurde, hörte sie aus verschiedenen Richtungen Handysignale, die den Eingang von Nachrichten anzeigen, und kurz darauf einen dumpfen Knall aus dem Nachbarzimmer.

Alexa stieß im Flur beinahe mit Krammer zusammen, als sie zum Schlafzimmer eilte, aus dem das Geräusch gekommen war.

Thomas Amberger lag auf dem Boden und rieb sich die Schläfe, an der eine ziemliche Schwellung und ein blutiger Kratzer zu sehen waren. Sein Gesicht war bleich, die Lippen vor Schmerz zusammengepresst. Sein Kreislauf hatte wohl versagt, und er war mit dem Kopf gegen die geöffnete Kommodenschublade geprallt.

Sie hatte es befürchtet: Die ganze Situation war zu viel für ihn.

»Sollen wir einen Arzt rufen?«, fragte Alexa besorgt. Huber stand direkt neben ihr und zückte schon sein Handy.

Amberger hob ablehnend die Hand und setzte sich mit einem »geht schon« langsam auf, dennoch raunte Alexa Huber zu, er solle Line Persson nach oben bitten und danach sofort nach Lenggries fahren, um dort die nächste Vermisstensuche zu starten. Sie mochte Thomas Amberger in dieser Verfassung definitiv nicht mit Krammer alleine lassen, deshalb mussten sie sich aufteilen.

Endlich konnte sie der Tatsache, dass Florian Huber sowohl die Leute im Team als auch die Gegend gut kannte, etwas Positives abgewinnen. Er würde die Suche perfekt organisieren und darauf achten, die Presse in Schach zu halten. Dessen war sie sicher.

Während sie Huber nachschaute, fiel Alexas Blick auf Sonja Mayrhofers Handtasche, und sie erinnerte sich an den Traubenzucker. Vielleicht hatte Amberger seit gestern einfach zu wenig gegessen und war unterzuckert.

Als sie ihm die Packung reichte, sah er sie mit großen

Augen an und murmelte: »Da drin lag Sonjas Unterwäsche.« Er deutete zu der geöffneten Schublade. »Ich habe überall sonst geschaut. Es fehlt nichts. Aber diese Schublade ... sie ist völlig leer.«

36.

»Könnte es sein, dass Ihre Verlobte die Sachen weggeben hat?«, wollte Krammer wissen, während Alexa Fotos von der leeren Schublade und dem restlichen Schlafzimmer machte.

Amberger schaute ihn irritiert an. »Ich weiß nicht recht. Aber alles? Die Schublade war randvoll, wenn ich mich richtig erinnere. Sie hätte doch ganz sicher etwas zum Wechseln hiergelassen. Irgendetwas, meinen Sie nicht?«

Der Unterleib der Toten war nackt gewesen. Ein Irrer, schoss es jetzt auch Alexa durch den Kopf. Eine Gänsehaut lief ihr über die Arme.

»Hatte außer Ihnen beiden noch jemand einen Schlüssel zu der Wohnung?«, fragte sie, und wieder fiel ihr ein, wie anders der Hausflur vorhin gerochen hatte. »Vielleicht eine Reinigungskraft?«

»Nein, das machen wir selbst. Meistens jedenfalls. Ab und zu bitten wir die ältere Dame rein, die das Treppenhaus putzt, dass sie auch hier kurz durchwischt. Aber Sie denken doch nicht, dass die ... Welchen Grund hätte sie, Sonjas Unterwäsche zu nehmen?«

Verwirrt schaute Amberger zu ihr hoch.

Nein. Er hatte recht. Eine Frau schied für Alexa tatsächlich als Täterin aus. Der guten Ordnung halber mussten sie dennoch die Putzkraft befragen, aber schon ein Mann musste sehr gut trainiert sein, um den leblosen Oberkörper von Sonja Mayrhofer den Berg hinauf zu tragen.

Alexa hatte jedoch auch gesehen, dass Amberger den Schlüssel zweimal umgedreht hatte, bevor sich die Tür öffnete. Ebenso waren in der Wohnung alle Fenster geschlossen gewesen. Ein Einbruch schied somit aus.

Es blieben nur zwei Möglichkeiten: Entweder hatte Sonja Mayrhofer ihre komplette Unterwäsche selbst entfernt, oder ein Fremder hatte sie an sich genommen, was wahrscheinlicher war. Stellte sich lediglich die Frage, ob sie dem Mörder die Tür eigenhändig geöffnet oder ob er sich später mit ihrem Schlüssel Zutritt verschafft hatte. Alexa war gespannt, ob die Spurensicherung doch etwas in der Wohnung entdecken würde.

»Überlegen Sie bitte noch einmal ganz genau, Herr Amberger. Gibt es vielleicht einen Vormieter, der einen Schlüssel haben könnte? Oder haben Sie den Bund irgendwann einmal verloren? Und sei es nur für ein paar Stunden. Wer es darauf anlegt, könnte sich bei einer solchen Gelegenheit einen Abdruck gemacht haben. Auch schon vor längerer Zeit.«

Amberger schob sich von der Kommode weg und lehnte sich mit dem Rücken an das Bett, schaute immer wieder ungläubig zu der Schublade hoch, die Alexa jetzt behutsam schloss. Sie brauchte seine volle Konzentration. »Wenn Sie so fragen: ja. Es hatte mal jemand einen Schlüssel.«

In dem Moment betrat Line Persson das Zimmer, erfasste mit einem Blick die Situation und verschwand dann sofort wieder. Aus der Küche hörte Alexa Geräusche, als würde sie Wasser in einen Teekocher füllen.

Krammer räusperte sich ungeduldig. Kein Wunder: Die

verschwundene Wäsche deutete auf ein sexuelles Motiv hin, also genau in die Richtung, auf die Krammer von Beginn an getippt hatte.

Dennoch fragte sie sich, ob der Mann mit den Jahren jegliches Einfühlungsvermögen eingebüßt hatte. Natürlich war auch sie bis in die Zehenspitzen gespannt, aber Amberger stand noch immer unter Schock, war soeben gestürzt und könnte eine Gehirnerschütterung haben. Eile war jetzt unangebracht. Es brauchte Fingerspitzengefühl und Sanftmut, um weiterzukommen. Keine Vorschlaghammermethoden.

Nur gut, dass Line Persson da war, die Amberger gerade eine Tasse brachte, in der noch der Teebeutel schwamm. Er roch intensiv nach Kamille. Dankbar nickte sie der Psychologin zu.

»Der Mieter von ganz unten hatte mal unseren Schlüssel«, fuhr Amberger fort, nachdem er einen Schluck von dem Getränk genommen hatte. »Er half uns, weil wir ja nicht immer hier sind. Zum Beispiel, wenn die Zähler abgelesen werden mussten. Oder einfach, um kurz nach dem Rechten zu schauen, wenn wir länger nicht kommen konnten.«

»Hatten sie ein enges Verhältnis zu dem Mieter? Waren Sie befreundet?«

Amberger schüttelte den Kopf, hob jedoch sofort die Hand an die Schläfe. Offenbar hatte ihm diese Bewegung Schmerzen bereitet. Alexa wechselte einen Blick mit Line Persson, die jedoch nicht beunruhigt schien.

»Nein, eigentlich nicht. Wie man sich halt kennt, wenn man unter einem Dach lebt. Man grüßt sich oder tauscht im Flur ein paar Worte aus, aber engeren Kontakt hatten wir eigentlich nicht. Mit niemandem hier.«

»Und nachdem er ausgezogen ist, haben Sie den Schlüssel zurückbekommen?«, fragte Alexa neugierig.

Amberger zuckte mit den Schultern. »Ich denke schon. Aber ich erinnere mich nicht wirklich daran.« Er sah sich mit großen Augen in dem Zimmer um, so als wäre ihm gerade bewusst geworden, was es bedeuten konnte, dass sie einem Wildfremden den Schlüssel überlassen hatten.

Alexa warf Krammer einen verstohlenen Blick zu, der die Arme vor der Brust verschränkt hatte und auf den Zehenspitzen wippte.

»Dieser Mieter, hatte der auch einen Namen?«, fragte er schon nach.

»Konstantin Bergmüller«, kam Alexa Amberger zuvor. Krammer sollte endlich begreifen, dass sie ihr Handwerk verstand. »Er wohnt mittlerweile in München.« Zu Amberger sagte sie: »Stehen Sie noch mit ihm in Kontakt?«

Amberger runzelte die Stirn. »Ich habe gar nicht gewusst, wohin er gezogen ist. Wie ich schon sagte: Wir kannten uns ja kaum.«

»Ist Ihre Verlobte vielleicht noch in Verbindung mit ihm geblieben?«, wollte Line Persson nun wissen.

Alexa hielt die Luft an. Aber Amberger schien die Unterstellung, die hinter ihrer Frage steckte, nicht zu verstehen. Das musste an dem sanften Lächeln der Psychologin liegen, denn Amberger antwortete ganz ruhig: »Ich glaube nicht. Sie hat ihn jedenfalls nie erwähnt.«

»Vielleicht hat sie es nur nicht erzählt«, murmelte Krammer und fügte dann in süffisantem Ton hinzu: »Wie Sie schon sagten: Sie lassen sich doch viel Freiraum.«

Alexas Kopf fuhr zu ihm herum, und sie musste an sich halten, um ihn nicht vor den anderen in die Schranken zu weisen.

Amberger war es scheinbar nicht aufgefallen, denn er redete ungerührt weiter: »Ich denke schon, dass sie mir davon erzählt hätte, wäre sie ihm irgendwo begegnet. Das macht man doch so, wenn man gemeinsame Bekannte trifft, oder nicht?«

Vorausgesetzt, man hatte nichts zu verbergen, ging es Alexa durch den Kopf. Wenn man aber nicht wollte, dass der andere etwas merkte …

Wieder fiel ihr ein, dass sie noch mit Karlo Schmid sprechen mussten. Vielleicht hatte der irgendetwas mitbekommen.

Plötzlich ertönte erneut das Mitteilungssignal, das sie vorhin in der Küche schon gehört hatte. Erst jetzt bemerkte sie Ambergers Handy auf dem Boden, das bei seinem Sturz offenbar unter die Kommode gerutscht war. Das Display war beleuchtet, als sie es aufhob, und so konnte sie die neu eingegangene Nachricht lesen: *Es wird mehr Tote geben.*

Ihre Augen weiteten sich, und sofort dachte sie an die neue Vermisste, von der Huber berichtet hatte. Verdammt! Sie musste umgehend nach Lenggries. Sofort. Aber sie hatte keinen Wagen.

»Würden Sie den Kollegen von der Kriminaltechnik unter diesen Umständen erlauben, dass sie Ihre Wohnung untersuchen?«, sagte Alexa an Amberger gewandt und bemühte sich um einen unbekümmerten Ton. »Und dürften wir auch Ihr Handy für einen kurzen Check mitnehmen?«

Krammer zog die Augenbrauen zusammen und schaute sie irritiert an, doch Amberger stimmte ohne Zögern zu:

»Natürlich. Nehmen Sie es ruhig. Ich habe ohnehin ein paar Tage frei und nicht viel Lust zu reden.« Er notierte ihr den Code zur Entschlüsselung. Dann fügte er an: »Ich müsste nur irgendwie zurück nach München kommen. Denn hier wäre ich ja vermutlich bloß im Weg.«

Ohne ein Wort zu verlieren, hielt sie Krammer das Display hin. Nun war klar, warum sie die persönlichen Gegenstände der Toten nicht in dem Rucksack oder bei der Leiche gefunden hatten: Der Täter hatte sie an sich genommen. Denn als Absender stand *Sonja* über dem Text.

»Kein Problem. Ich wollte sowieso noch nach München zu einem alten Kollegen. Ich fahre Sie«, entgegnete Krammer, bevor Alexa etwas erwidern konnte.

Sie schaute auf das Display, das gerade wieder dunkel wurde. Dann nickte sie ihm zu, auch wenn es ihr widerstrebte, Amberger mit Krammer alleine zu lassen.

Aber sie hatte keine andere Wahl. Sie musste schleunigst zurück, bevor der Täter erneut zuschlagen konnte.

37.

Line Persson hatte sich spontan bereit erklärt, Alexa in Lenggries abzusetzen. Vielleicht hätte sie darauf beharren sollen, dass die Psychologin Thomas Amberger nach München brachte, aber sie hatte keine Lust auf weitere Diskussionen mit Krammer gehabt. Und da durch die Textnachricht Amberger endgültig als Verdächtiger ausschied, hoffte Alexa, dass auch er das jetzt einsehen würde.

Zunächst hatte Alexa Brandl angerufen, um ihn sofort über die neueste Entwicklung zu informieren. Ihr Chef hatte jedoch alles nur schweigsam zur Kenntnis genommen. Vielleicht lag es an seinen Schmerzen, denn er hatte mehrfach leise gestöhnt. Dennoch verstärkte seine Reaktion wieder ihre eigenen Zweifel, ob diese kommissarische Leitung in einer völlig fremden Abteilung nicht eine Nummer zu groß war.

Nachdenklich schaute Alexa aus dem Fenster und betrachtete die Ebene, die ihr schon jetzt weniger fremd erschien.

»Ein ganz schön kniffliger Fall, oder?«, fragte Line Persson.

Alexa lachte kurz auf. »Das kann man wohl sagen. Und auch noch der erste, bei dem ich die Leitung habe.«

»Ernsthaft? Dafür wirkst du aber verdammt souverän. Ähm ... ich darf doch du sagen?«

»Klar darfst du!« Alexa freute sich über Lines Kompliment.

»Für mich fühlt es sich allerdings eher so an, als würde ich das erste Mal auf Schlittschuhen stehen. Ziemlich wackelig.« Sie lachte. »Trotzdem danke. Ich wünschte, meine neuen Kollegen würden das genauso sehen wie du.«

»Ich würde mir über die anderen nicht zu viele Gedanken machen. Wichtig ist doch, dass man selbst das Gefühl hat, das Beste zu geben. Mehr geht ja nicht.«

»Wenn ich nur wüsste, wo ich anfangen soll«, entgegnete sie. »Erst gab es keine einzige Spur, und jetzt scheint jede Minute eine neue hinzuzukommen.«

»Dann teil doch die Kollegen ein, jeder bekommt eine eigene Aufgabe, sie sind beschäftigt, und du behältst den Überblick. Ich glaube, das ist generell das Wichtigste bei solchen Fällen: die Zügel in der Hand zu behalten, damit kein wichtiges Detail übersehen wird.«

»Du möchtest nicht zufällig zur Polizei wechseln? Ich könnte dich als meinen Coach gut gebrauchen.«

Doch den Rat von Line hatte sie im Grunde schon beherzigt, dachte Alexa erfreut. Krammer brachte Amberger nach Hause und würde ihn unterwegs sicher weiter befragen, wodurch sie vielleicht noch mehr über das Opfer erfuhren. Huber organisierte das Team für die Suche nach der neuen Vermissten, was er perfekt konnte, weil er alle gut kannte. Blieb für sie tatsächlich die Klärung der Frage, wie all diese Bruchstücke zu einem Bild verbunden werden konnten.

»Für Thomas Amberger muss das gestern ein ziemlicher Schock gewesen sein. Wie hat er denn reagiert, nachdem wir gegangen sind?«

»Er war recht wortkarg und zog sich eigentlich sofort in sein Schlafzimmer zurück. Er wirkt auf mich sehr introvertiert und macht die Dinge wohl vor allem mit sich selbst aus. Ein Kämpfer.«

»Hat er mit niemandem gesprochen? Wir hatten ihm angeboten, einen Freund zu kontaktieren, aber er hatte das abgelehnt.«

»Nein. Ich habe das auch vorgeschlagen, vor allem damit er in der Rechtsmedizin jemanden an seiner Seite hat, aber er lehnte das grundlegend ab. Jeder Mensch geht mit so einer Situation anders um. Der eine trauert still für sich alleine und zieht sich zurück, während der andere sich unbedingt vergewissern muss, dass er nicht völlig alleine zurückgeblieben ist. Die Welt noch sicher ist.«

Vor ihnen bildete sich ein Stau, deshalb bog Line Persson in die Parallelstraße ab, die über die Dörfer nach Lenggries führte. Auf einem Hügel grasten friedlich ein paar Schafe und Ziegen, die vereinzelt Glocken trugen. Wieder fiel Alexas Blick auf die Bergkette. Sofort schoss ihr Adrenalin ins Blut, als sie sich fragte, ob sie die Frau, die soeben als vermisst gemeldet worden war, wohl lebend finden würden. Oder ob sie wieder in Einzelteilen über die Gegend verstreut lag. Am liebsten hätte sie ein Blaulicht auf das Wagendach gepackt, damit Line Gas geben konnte. Aber das ging nicht, und so musste Alexa sich in Geduld üben. Dennoch ließ sie der Gedanke nicht los.

»Kommissar Krammer hatte von Beginn an das Gefühl, wir hätten es mit einem Fetischisten zu tun. Weil der Fuß der Leiche fehlt.«

»Und was denkst du?«

Das war die Frage, die sie sich in der letzten Stunde immer wieder selbst gestellt hatte. »Mein erster Eindruck war, dass die Art, wie uns die Leiche präsentiert wurde, eine Bedeutung hat. Warum sonst sollte der Kerl sich so viel Mühe geben, die Leiche auf den Berg zu schaffen, wobei er selbst jederzeit hätte abstürzen können?« Sie seufzte. »Aber vielleicht denke ich auch zu komplex. Schon als der nackte Unterleib im Achensee in einem Müllsack aufgetaucht ist, sind mir Zweifel gekommen. Und die verschwundene Wäsche macht natürlich völlig andere Theorien möglich. Vieles deutet nun doch auf ein sexuelles Motiv hin.«

Nur ihr Oberkörper passte absolut nicht in dieses Schema. Den hatte der Mörder fast liebevoll präpariert. Und sie war auch nicht missbraucht oder verletzt worden. Alexa nagte an ihrer Unterlippe und schaute nachdenklich aus dem Fenster.

»Du meinst, es ging um einen Stalker?«, holte Line sie aus den Gedanken.

»Zum Beispiel. Oder einen alten Verehrer. Vielleicht hat sich jemand vor Jahren in sie verliebt, war weiter mit ihr befreundet und sah jetzt durch die Hochzeit seine Felle davonschwimmen.« Sie seufzte. »Auf der anderen Seite ...«

»Was?«, fragte Line Persson nach, als Alexa den Satz abbrach.

»Ich weiß nicht. Wenn das wirklich das Motiv ist: Wo ist die Wut und die Leidenschaft, wenn es um verschmähte Liebe ging? Natürlich will ich die Zerstückelung nicht verharmlosen, aber ... Ach, ich weiß auch nicht. Dieses Mal wollen die einzelnen Teile des Puzzles einfach nicht zusammenpassen.«

»Aber wieso? Es gibt doch viele Möglichkeiten. Nehmen wir die Unterwäsche: Vielleicht hat Sonja Mayrhofer die Sachen bloß in die Reinigung gegeben, und in Kürze taucht irgendwo der Beleg auf. In einer Jacken- oder Hosentasche meinetwegen.«

»Möglich«, stimmte Alexa zu und wandte sich Line zu. »Mach doch mal weiter. Ganz spontan.«

»Okay. Lass mich überlegen. Eine simple andere Erklärung wäre, dass ihr Lebensgefährte ihr mehr Vertrauen schenkte, als sie verdient hat, und sie in Bad Tölz ganz andere Dinge im Sinn hatte, als zu wandern. Ich höre in meiner Praxis so vieles, und oft erwecken die Menschen äußerlich einen völlig anderen Anschein, als ihre Geschichten vermuten lassen. Vielleicht hatte sie hier eine nette Affäre.«

»Hm. Davon hätte dann aber die Nachbarin vermutlich etwas mitbekommen. Glaub mir, die hat Ohren wie ein Luchs, und mich hat sehr gewundert, dass sie heute nicht einmal den Kopf aus der Tür gestreckt hat.«

»Das nicht, aber sie hat am Fenster gestanden. Sie hat gedacht, ich sehe sie nicht, aber sie hat uns die ganze Zeit beobachtet. Und die Tür stand einen winzigen Spalt offen. Es roch nach etwas Gebackenem, sonst wäre mir das nicht aufgefallen.« Line zog vielsagend die Augenbrauen hoch. »Sie könnte diesen ominösen Fremden natürlich auch bei ihren Wanderungen getroffen haben.«

Alexa schürzte die Lippen. Plötzlich kam ihr etwas in den Sinn, was Amberger gesagt hatte: Dass Sonja oft mit der Bahn gefahren war. Sie mussten unbedingt die Videos aus der BOB überprüfen, die stündlich von Bad Tölz nach Lenggries fuhr. Vielleicht konnten sie dort sehen, ob Sonja Mayrhofer alleine war oder einen Begleiter hatte. Und Huber hatte sich darüber gewundert, dass Karlo Schmid Sonjas Wanderausrüstung so gut kannte. War er vielleicht mehr als nur ein Freund? Konstantin Bergmüller hatte sogar den Schlüssel gehabt. Sie musste bald jemanden mit dessen Befragung beauftragen, aber momentan hatte die Suche nach der zweiten Vermissten definitiv Vorrang.

»Oder sie hat die Sachen gepackt, weil sie abhauen wollte. Bekam vielleicht kurz vor der Hochzeit Panik. Sie konnte nicht viel mitnehmen und hat sich für die Dessous entschieden, weil alles andere zu schnell aufgefallen wäre. Unterwäsche ist ja etwas sehr Intimes. Wenn man sich in seiner Haut nicht mehr wohl fühlt, du weißt schon ... Und ihr Verlobter hat es doch bemerkt und sie gestoppt.«

»Du vergisst sein Alibi. Und die Nachricht, die an Ambergers Handy geschickt wurde.«

In dem Moment fiel Alexa siedend heiß ein, dass auch sie etwas versäumt hatte: Sonja Mayerhofers Handy orten zu lassen. Verdammt! Das wäre die erste Maßnahme gewesen, die sie hätte ergreifen müssen. Zum Glück passierten sie gerade das Ortsschild von Lenggries.

»Ist was? Du siehst aus, als hättest du einen Geist gesehen.«

»Ich habe vergessen, die Ortung für das Handy des Opfers zu veranlassen.«

»Könnt ihr den Standort denn so einfach herausfinden?«

»Über GPS. Oder mit einer stillen SMS. Die erscheint nicht als Eingang in den Nachrichten, wir können damit aber herausfinden, in welcher Funkzelle das Handy angemeldet ist. Damit erhalten wir außerdem ein Bewegungsprofil des Täters. Vorausgesetzt, das Handy ist nicht ausgeschaltet.«

Line Persson trat auf das Gaspedal und fuhr viel zu schnell über die Kreuzung in Richtung Bahnhof. Aber das machte es nicht besser. Einen solchen Fehler durfte Alexa sich nicht noch einmal leisten.

38.

Nachdem Krammer Amberger heimgefahren hatte, sah er ihm noch einen Moment nach, wie er zum Haus schlurfte. Ganz der gebrochene Mann. Obwohl Amberger ein Alibi hatte, konnte Krammer nichts gegen sein Bauchgefühl tun: Er traute ihm nicht. Der Kerl war nicht ganz koscher, dafür hätte er seine Hand ins Feuer gelegt.

Während der Fahrt hatten sie beide geschwiegen. Es hatte ihm unter den Nägeln gebrannt, den Kerl richtig in die Mangel zu nehmen, stundenlang zu verhören, bis er einen Fehler machte, sich in Widersprüche verwickelte. Mit Szabo zusammen war ihm das schon oft gelungen. Sie waren zäh, wechselten sich ab und stellten immer neue Variationen derselben Frage, nur auf den Moment lauernd, in dem das Gegenüber unkonzentriert wurde. Aber Krammer musste sich eingestehen, dass Alexa Jahn auf dieser Seite der Grenze das Sagen hatte. Und auch wenn es ihm nicht gefiel, war er gezwungen, sich ihren Regeln zu beugen.

Amberger zog die Schuhe vor der Haustür aus, stellte sie zu den anderen Paaren, verharrte kurz in der Bewegung, sah sich um. Krammer schob sich in seinem Sitz hoch. Was machte er da? Rasch wendete er den Wagen, um ihn in Sicherheit zu wiegen. Aber irgendetwas ging da vor. Das spürte er.

Als Krammer im Schritttempo auf die Hauptstraße zufuhr,

erhaschte er beim Abbiegen noch einen Blick auf die Eingangstür, doch Amberger war bereits im Haus verschwunden. Egal. Er würde um zwei Ecken biegen und warten. Stressfragen durfte er zwar keine stellen. Aber die Deutsche hatte nichts gegen eine Observation vorgebracht. Er würde dem Kerl einfach auf den Fersen bleiben.

Denn eines beschäftigte ihn immer noch. Warum war diese Nachricht, dass es weitere Tote geben würde, ausgerechnet an Amberger gegangen? Irgendetwas musste der Mann mit dem Tod seiner Verlobten zu tun haben. Daran gab es für Krammer keinen Zweifel.

Er vergrößerte den Kartenausschnitt in seinem Navi und fand schnell eine Ecke, an der er warten konnte. Er seufzte und suchte sich eine bequemere Sitzposition. Dann betrachtete er die Einfamilienhäuser ringsum, die wie aus *Schöner Wohnen* wirkten: Alles tadellos aufgeräumt und sauber. Die Vorgärten variierten, auch die Farbe der Dächer und Haustüren, aber im Grunde war eines wie das andere.

Früher hatten Häuser noch Charakter. Waren einzigartig und prächtig. Natürlich hatte es auch viel weniger Menschen gegeben, die eines ihr Eigentum nennen konnten. Dennoch machte ihm der Gedanke Sorge, dass die Bewohner der Häuser genauso uniform und nichtssagend waren wie die Mauern, die sie umgaben. Szabo würde ihn dafür rügen. Als einen ewig Gestrigen würde sie ihn bezeichnen. Und hatte völlig recht damit.

Bei dem Gedanken an seine Kollegin fiel ihm die Nachricht ein, die in Ambergers Wohnung auf seinem Handy eingegangen war. Eilig versuchte er, das Gerät aus der Tasche zu ziehen, spürte dabei aber einen jähen Stich im unteren Rücken.

Er zuckte zurück und stöhnte vor Schmerzen auf. Mit Mühe setzte er sich in seinem Sitz so hin, dass er an das Handschuhfach herankam, und kramte nach der Packung Ibuprofen. Er drückte gleich zwei Tabletten heraus und schluckte sie in Ermangelung von Wasser trocken herunter.

Vorsichtig versuchte er, den Rücken zu entspannen. Das hatte ihm gerade noch gefehlt. Es musste an der Kälte liegen. Oder am Alter. Beides Dinge, die er nicht mochte.

Dann nahm er das Handy zur Hand und wählte die Nummer seiner Kollegin, die um raschen Rückruf gebeten hatte.

»Verdammt, wieso hat das so lange gedauert, Bernhard?«, begann Szabo ohne jede Begrüßung.

»Ich musste diesen Kerl noch nach München bringen. Ich sag dir, mit dem stimmt was nicht. Ich könnte schwören ...«

»Hier herrscht Ausnahmezustand, das Telefon steht nicht mehr still.«

Natürlich war Roza Szabo keine Frau, die man einfach ins Aus stellte. Damit hätte er rechnen müssen. Doch genauso wenig würde er sich von ihr ein schlechtes Gewissen machen lassen.

»Dieser Amberger spielt ein falsches Spiel! Ich bin mir ganz sicher. Aber Alexa Jahn will davon nichts hören, nur weil die beiden heiraten wollten. Aber mal ehrlich: Das Mädchen war wie alt, als sie den kennengelernt hat? Zwanzig. Und er ganze fünfzehn Jahre älter. Wenn man jung ist, ist das vielleicht egal, aber jetzt? Vielleicht wollte sie ihn gar nicht heiraten, hat ihn dann vor vollendete Tatsachen gestellt. So schaut's aus. Und das hat sein Ego nicht ausgehalten. Dann sind ihm die Zündschnüre durchgebrannt. Der ist so ein Typ, glaub mir.«

»Bernhard, das ist alles schön und gut. Aber hast du mir gerade zugehört? Weißt du eigentlich, was hier los ist? Sag mal, hast du heute Morgen keine Zeitung gelesen?«

Erst jetzt nahm Krammer wahr, dass im Hintergrund Stimmen zu hören waren und Telefone klingelten.

»Hab ich nicht. Wieso?«

»Die Schlagzeile heute lautet sehr poetisch: *Der Schlächter vom Achensee.*«

»Scheiße«, entfuhr es Krammer. »Welcher Idiot hat denn da geplaudert?«

»Frag mich nicht. Aber das ist jetzt egal. Wir müssen zusehen, dass die Leute nicht durchdrehen. Nicht nur unsere Vorgesetzten.« Sie schwieg vielsagend. »Und seit dem Morgen ruft ständig irgendwer an, der irgendwelche blauen Säcke im Wald gesehen hat. Oder einen Verdächtigen am Achensee. Ich sag dir, ich weiß nicht mehr, wo mir der Kopf steht. Der Franz und dieser Kleine ... wie heißt der noch gleich ... dieser Mohamed. Du weißt ja, wie die sind. Die nehmen jede Meldung ernst, fragen nie gescheit nach. Aber egal. Wie gesagt, ich schaff das schon. Ich wollte nur, dass du die Deutsche vorwarnst. Wenn die von der Presse herauskriegen, wo der andere Teil ist, kommt da ganz schön was auf sie zu ...« Szabo seufzte laut.

Krammer überlegte einen kurzen Moment. Sein Blick fiel auf das Navi, wo die Zielfahne weiter auf dem Haus von Amberger steckte. Wütend schlug er mit der flachen Hand auf das Lenkrad und startete den Wagen. Unter diesen Umständen konnte er nicht hierbleiben. Die Observation musste erst einmal warten. Dabei war er sich so sicher ...

»Ich bin schon auf dem Weg.«

»Bernhard, das musst du nicht. Wie gesagt, ich halte die Stellung.«

»Nein, nein«, er bog an der nächsten Kreuzung ab und folgte den Schildern in Richtung der Autobahn, »das passt schon. Der Kerl läuft uns nicht weg.«

Zumindest hoffte er das.

39.

Alexa beeilte sich, in die Einsatzzentrale zu kommen. Huber stand mit Gerg und zwei anderen von der Bergwacht vor einer Karte, auf der bereits farbig die Routen der verschiedenen Suchtrupps abgesteckt waren.

»Gibt es schon etwas Neues? Wissen wir schon etwas über die Vermisste?«, fragte Alexa.

Hubers Wangen wiesen rote Flecken auf, wodurch ein seltsamer Kontrast zu seinen blonden Haaren entstand. Er blickte über ihre Schulter und wirkte zufrieden, dass Krammer nicht dabei war.

»Die Frau hat sich hier in einer Pension für eine Woche eingemietet, ist wohl aber gestern Nacht nicht aufgetaucht. Da wir vor zwei Tagen auf der Suche nach einer Wanderin waren, meldete sich die Inhaberin. Ein Foto haben wir nicht, aber eine sehr genaue Beschreibung: Sie ist circa vierzig Jahre alt, stammt aus Stuttgart, mittelgroß, blond. Cornelia Kastell heißt sie und ist gestern zu einer Bergtour aufgebrochen.«

»Alleine?«

Huber nickte. »Ja. Sie kommt wohl jedes Jahr um diese Zeit her. Deshalb war es für die Wirtin auch so ungewöhnlich, als die Frau heute nicht zum Frühstück erschien.«

»Vielleicht hat sie sich nur verlaufen«, entgegnete Gerg.

Alexa zog Ambergers Handy aus der Tasche. »Das wäre die beste Alternative.«

Sie hielt das Display so, dass alle die Nachricht gut lesen konnten.

Huber fuhr sich mit der Hand über das Gesicht. Die Flecken dort vergrößerten sich. »Scheiße.«

»Hat eigentlich schon jemand versucht, das Handy von Sonja Mayrhofer zu orten?«, fragte Alexa so ruhig wie möglich.

»Der Reissner wollte das machen. Der ist aber schon mit dem ersten Trupp los. Keine Ahnung, ob er sich darum gekümmert hat. Wir sind einfach zu wenig Leute, verdammt!« Er schnaubte unwirsch und wollte gerade zum Schreibtisch des Beamten, doch Alexa hielt ihn zurück.

»Wir dürfen jetzt nicht die Nerven verlieren. Diese Nachricht kann nur von unserem Täter kommen. Wenn es gelingt, das Handy zu orten, haben wir vielleicht eine Chance, die andere Frau zu finden, bevor ...« Sie brach ab. Jeder wusste ohnehin, was sie sagen wollte.

Huber atmete heftig und rieb sich den Nacken.

»Wir hätten das schon gestern überprüfen müssen, das stimmt. Aber keiner von uns konnte zu dem Zeitpunkt ahnen, dass wir es mit einem Serientäter zu tun haben. Ist hier denn jetzt jemand technisch in der Lage, eine stille SMS an diese Nummer zu schicken?«

Huber sah sich um und zuckte die Schultern. »Nein. Ich rufe in Weilheim an.«

»Einverstanden. Und könntest du schon mit den restlichen Leuten losgehen?«, wandte Alexa sich an Gerg. »Ihr wart doch gerade im Aufbruch, oder?«

Während Huber zu seinem Schreibtisch eilte, schulterte Gerg den Notfallrucksack.

»Ich fordere gleich noch einen Hubschrauber an. Der kann dann mit der Wärmebildkamera noch einige Zeit weitersuchen, wenn wir längst aufhören müssen.«

»Mach das«, sagte Alexa und nickte. »Wissen wir dieses Mal eigentlich, wohin sie aufgebrochen ist?«

»Das Auto steht noch vor der Pension. Sie ist früh los, wollte wohl zur Benediktenwand, hat sie der Wirtin gesagt. Auf der Stie-Alm hat man sie noch gesehen, danach verliert sich ihre Spur«, antwortete Gerg und wandte sich dann zur Tür.

Seine Leute folgten ihm schweigend, der Ernst der Lage hatte sich bereits auf alle übertragen.

Die Zeit war ihr stärkster Verbündeter, aber auch ihr größter Feind. Es blieben ihnen nur noch wenige Stunden, um gefahrlos in der Helligkeit nach der Vermissten zu suchen. Denn eine weitere Nacht bei diesen eisigen Temperaturen in den Bergen zu überstehen, hielt selbst Alexa mit ihrem laienhaften Wissen für unmöglich. Sofern das überhaupt eine Option für die Vermisste war und sie nicht längst ein Spielzeug in den Händen des Mannes war, der schon Sonja Mayrhofer aufgelauert hatte.

Alexa ging zum Fenster hinüber. Wieder musterte sie den Berg, der über dem Ort aufragte und der ihr auch heute wie ein böses Omen erschien.

»Okay. Der Kollege meldet sich, sobald er was hat«, teilte Huber ihr mit und schaute sie erwartungsvoll an. »Was jetzt?«

Alexa drehte sich um und stellte fest, dass sie als Einzige zurückgeblieben waren. Hubers Gesicht war immer noch voller roter Flecken.

»Ist alles in Ordnung mit dir?«, fragte sie vorsichtig.

Irritiert schüttelte er den Kopf und fuhr sich mit einer Hand durch die Haare. »Klar. Was soll sein?« Das Rot in seinem Gesicht wurde noch intensiver.

Instinktiv streckte Alexa ihre Hand aus und berührte ihn kurz am Arm. »Wir packen das schon«, sagte sie und wusste nicht, ob das eine Beruhigung für ihn oder ein Mantra für sie selbst sein sollte.

Huber schaute sie mit finsterer Miene an, öffnete kurz den Mund, überlegte es sich jedoch wieder anders. Dann drehte er sich weg, ging ohne ein Wort zu seinem Schreibtisch und machte sich an der Basisstation zu schaffen, vermutlich in der Hoffnung, es würde sich jemand über Funk melden.

Alexa zuckte die Schultern. Wenn er weiter auf Distanz bleiben wollte, auch gut.

Sie sah auf die Uhr. Es war schon halb zwölf, aber ihr schien es viel später zu sein. Das musste an den dichten grauen Wolken liegen, die kaum Licht durchließen. Dann ging sie zu ihrem Schreibtisch, setzte sich und blickte aus den Augenwinkeln zu Huber hinüber, der nun geräuschvoll in einer Akte blätterte. Es machte keinen Sinn, ihn noch einmal anzusprechen, deshalb zog sie Ambergers Handy und den Zettel mit dem Code hervor.

Sie tippte auf die Nachrichtenapp, öffnete ein paar Mails, die aber ausschließlich beruflicher Natur zu sein schienen. Außerdem fand sie einen Ordner, in dem seine Flugtickets abgelegt waren, die er offenbar online bestellte. Die Daten passten. Er war in den letzten Monaten mehrfach in London gewesen, zumeist einige Tage. Das deckte sich mit den Aussagen, dass seine Verlobte oft alleine unterwegs war.

Alexa ließ das Handy sinken und dachte darüber nach, wie

sich eine Beziehung anfühlen mochte, in der der Partner nie während der Zeiten da war, in denen andere Pärchen gemeinsam ihre Stunden verbrachten. Und mit ihren Kindern ... Ob Sonja Mayrhofer sich einsam gefühlt hatte und deshalb in die Berge verschwand? Weil sie dort nur wenige Menschen traf und dem Gedanken entfliehen konnte, dass etwas vielleicht in ihrem Leben nicht stimmte?

Nachdem sie den Gedanken für einen Moment hatte wirken lassen, öffnete sie die Fotoapp, die aber fast leer war. Nur ein paar Schnappschüsse von Sonja Mayrhofer befanden sich darin, die älteren Datums waren. Einer zeigte sie lesend mit einem großformatigen Bildband auf dem Sofa im Wohnzimmer im Haus in München. Ein anderes fing ihre Silhouette von hinten auf dem Balkon in Bad Tölz ein. Es waren sehr gelungene Aufnahmen mit einer ganz besonderen Intimität.

Mit einem Mal war Alexa unwohl bei dem, was sie gerade tat. Beinahe fühlte es sich an, als wäre sie ein Stalker, der im Leben eines Fremden herumschnüffelte. Abrupt legte sie das Handy weg. Amberger war kein Verdächtiger, insofern ging es sie nichts an, wie das Leben des Paares vor dieser Tragödie aussah.

Sie würde die Prüfung des Gerätes denjenigen überlassen, die professionell die Verbindungsdaten und alles Weitere auswerten konnten, um es Amberger zügig zurückgeben zu können.

Rasch stand sie wieder auf und trat an die Karte, die sie an ihrer Pinnwand befestigt hatte. Mit bunten Stecknadeln waren von Huber die Routen der einzelnen Teams für die Suche nach der vermissten Frau markiert worden. Alexa ergänzte sie mit Kreuzen an den Stellen, an denen sie die Leichenteile von Sonja Mayrhofer und den Rucksack gefunden hatten. Dann druckte sie die entsprechenden Fotos aus, die sie jeweils seitlich daneben pinnte.

In dem Moment klingelte Hubers Telefon. Sie fuhr herum und verschränkte die Arme vor der Brust.

»Huber«, meldete er sich. »Was habt ihr für mich?«

Ihre Blicke trafen sich. Doch er schüttelte den Kopf.

»Danke. Probiert es weiter, ja?« Er legte auf. »Das Handy von Sonja Mayrhofer ist wieder ausgeschaltet. Und das von Cornelia Kastell können sie auch nicht orten.«

»Verdammt!«, entfuhr es ihr. Mit geballten Fäusten stand sie da und wusste nicht, wohin mit ihrer Wut, die vor allem ihr selbst galt. Rasch drehte Alexa sich herum und starrte erneut die Karte an – Huber sollte ihr nicht ansehen, wie sehr sie sich über ihr Versäumnis ärgerte. Hoffentlich fanden sie die Frau da draußen trotzdem.

Denn die beste Chance, das Leben der Vermissten zu retten, hatte sie mit ihrer Nachlässigkeit verpatzt.

40.

Krammer saß in seinem Sessel direkt gegenüber dem großen Wohnzimmerfenster, durch das er über die Dächer von Innsbruck bis hin zu den weißen Gipfeln der Nordkette schauen konnte, die hoch über der Stadt aufragte. Doch heute hielt er die Augen geschlossen.

Die Blechbläser und Pauken setzten ein, dröhnten durch den Raum und ließen das Mobiliar vibrieren. Tschaikowskys sechste Sinfonie, die *Pathétique*, nahm ihn mit ihrer Kraft immer wieder gefangen. Krammer wartete schon auf den Moment, in dem sein Nachbar an die Decke klopfen würde. Ein schrecklicher Mensch, dickbäuchig und mit geröteten Wangen, der früher ein dubioses Wettbüro geleitet hatte. Seit es eines Tages geschlossen werden musste, verbrachte der Kerl seine Zeit damit, sich Sportsendungen und stumpfsinnige Talkshows im Fernsehen anzuschauen, mit miesen Parolen die Regierung zu beschimpfen oder anderen Menschen nachzustellen und sie zu denunzieren.

Normalerweise versuchte er, sich den Kerl vom Leib zu halten. Doch heute war es ihm egal. Sollte er doch toben und die Polizei rufen, wie er es schon häufiger angedroht hatte. Schlimmer konnte der Tag kaum werden. Er hätte sogar nichts dagegen gehabt, wenn ein junger, unerfahrener Kollege vor seiner Tür gestanden hätte, an dem er seinen Frust hätte abreagieren können. Wenn er überhaupt aus dem Sessel hochgekommen wäre, denn in seinem Rücken pulsierte ein höllischer Schmerz, und er vermied es, auch nur die allerkleinste Bewegung zu machen.

Nicht nur, dass das Telefon im Büro den ganzen Nachmittag nicht mehr stillgestanden hatte, ständig ängstliche Bürger oder Wichtigtuer angerufen hatten.

Sein Dienststellenleiter war förmlich implodiert, als Krammer zu erklären versuchte, wie es sein konnte, dass er – ohne seinen Chef zu informieren – in eine grenzüberschreitende Ermittlung eingebunden war. Und vor allem, wieso er Szabo völlig alleine gelassen hatte, die ja offenbar auch mit Unterstützung kaum in der Lage gewesen sei, dem Ansturm von Presse und Öffentlichkeit standzuhalten.

Szabo hatte danach kein Wort mehr gesagt, hatte wütend ihre Tasche gepackt und war nach Hause gegangen.

Krammer hatte überlegt, sie anzurufen, ihr gut zuzusprechen, dass dieser Vorwurf sicher nur ihm gegolten hatte. Aber im Grunde wusste er selber, wie hohl jedes seiner Worte klingen würde – und dass weit mehr hinter diesem Satz steckte. Szabo hatte so sehr gehofft, dieses Mal groß rauszukommen. Dass man ihre Fähigkeiten endlich wahrnehmen würde. So lange hatte sie auf einen spektakulären Fall gewartet und immer weiter an sich gearbeitet. Niemand ging so hart und unerbittlich mit sich selbst ins Gericht wie Roza Szabo. Doch nach der heutigen Standpauke war ihr klar geworden, dass sie sich noch so sehr anstrengen konnte – solange sich die Strukturen in der Behörde nicht änderten oder ihr Chef von seinem Amt zurücktrat, bestand für sie niemals die Chance auf eine höhere Position. Sie würde immer nur Krammers Mitarbeiterin bleiben. Nicht mehr.

Krammer ließ den Blick über die Silhouette der Stadt wandern, deren Lichter die Dunkelheit erhellten, betrachtete die Türme des Doms. Dort würde seine Kollegin jetzt vermutlich sitzen, falls er noch offen war. Szabo ging oft zum Gebet in die Kirche, tankte damit Kraft und Zuversicht. Er hoffte, dass sie dort heute auch Trost finden würde.

Ihm ging das ab. Er glaubte schon lange an nichts mehr. An keinen Gott und an die Menschen ohnehin nicht. Er wischte sich über das Gesicht, stöhnte einmal laut auf, weil schon diese kleine Bewegung heiße Stiche in seinem Rücken ausgelöst hatte.

Vielleicht sollte er einfach aufhören und seinen Job an den Nagel hängen. Innerlich hatte er sowieso schon längst gekündigt. Das wäre wenigstens konsequent, und Szabo könnte dann seine Stelle übernehmen.

Aber was würde er ohne Job tun? Tag für Tag die Wände anstarren? Er hatte heute nicht einmal den Elan gehabt, sich etwas zu essen zu machen. Wann dieser Zustand begonnen hatte, in dem er seine Sinne nicht mehr wahrnam, konnte er schon gar nicht mehr sagen. Doch er fühlte sich ausgebrannt. Leer. Kraftlos. Sobald er nicht bei der Arbeit war, erfüllte ihn nur noch eines: Lethargie. Müsste er nicht jeden Morgen ins Büro, würde er vermutlich verwahrlosen und mit der Zeit so sehr mit seinem Mobiliar verschmelzen, dass man ihn gar nicht mehr wahrnahm.

Krammer fuhr sich über die Augen. Er brauchte Luft. Mühsam schob er sich ein Stück in seinem Sessel hoch, hangelte mit den Fingern nach dem Riegel, den er gerade eben erreichen konnte, und stieß das Fenster auf. Die Musik baute sich zu ihrem Finale auf, die Bläser dröhnten in seinen Ohren.

Er durfte nicht weiter nachdenken, sonst würde er völlig in Selbstmitleid versinken. Was die Situation weder besser machte, noch änderte es sie. Nur den letzten Rest von Respekt vor sich selbst, den konnte er einbüßen, wenn er sich wie eine Memme selbst beweinte.

Wenn er es ganz nüchtern betrachtete, hatte er längst den notwendigen Abstand zu seiner Arbeit verloren, ließ sich in die Fälle viel zu tief einsaugen – und gleichzeitig ödete es ihn an, dass er nichts in der Welt zum Besseren ändern konnte. Im Gegenteil. Alles schien nur immer verrückter zu werden, und er erkannte mehr und mehr, dass er nicht in der Lage war, dem etwas entgegenzusetzen.

Zu Beginn seiner Laufbahn, da hatte er noch geglaubt, das alles hätte einen Sinn. Doch das war, bevor sich die vielen Bilder der brutal Getöteten in sein Gehirn gefressen hatten, wo sie nun fest verankert waren. Wie in einem abstrusen Fotoalbum des Bösen, von dem er nicht wusste, wie er es jemals wieder loswerden sollte.

Schon hatte er den Anblick des nackten Unterleibs vor Augen, die bleichen Beine in dem Müllsack, entsorgt wie lästiger Unrat. Nicht einmal die Mühe, sie irgendwo zu vergraben, hatte sich ihr Mörder gemacht. Sein Herz raste. Tief sog Krammer die Luft in seine Lungen. Sie war eiskalt und brachte ihn zum Husten, was den Schmerz in seinem Rücken erneut entfachte.

Die letzten Takte ertönten in einem schnellen Stakkato, dann war es schlagartig ruhig. Nur das Blut dröhnte laut in seinen Ohren.

In dem Moment fiel ihm die Deutsche wieder ein. Er hatte völlig vergessen, sie über die Pressesache zu informieren.

Er schob sich langsam in seinem Sessel nach vorne, versuchte sich aus den Knien heraus nach oben zu drücken, stützte sich dabei mit einer Hand an der Lehne ab. Ganz langsam machte er ein paar Schritte auf seinen Esstisch zu, froh, dort wieder Halt zu finden, und keuchte.

Na toll. Sein Chef hatte recht: Er war ein Idiot.

Zähneknirschend nahm er noch zwei Ibuprofen, die er nach kurzem Zögern mit einem Glas Rotwein herunterspülte. Heute war eh schon alles egal. Er würde der Deutschen am nächsten Morgen schreiben, dann hätte sie noch eine ruhige Nacht. Denn sie wäre sicher nicht erbaut, wenn die österreichische Presse ihr das Leben schwer machte. Zumal sie es auf ihrer Seite irgendwie geschafft hatte, das brisante Thema völlig aus den Medien herauszuhalten. Was ihm trotz aller Erfahrung nicht gelungen war. Verdammt clever, das musste er ihr lassen, denn die Zeitungen lechzten nach solchen Schlagzeilen.

Vorsichtig wandte er sich um und beschloss, ins Bett zu gehen. Und hoffte, dass morgen ein besserer Tag sein würde.

41.

Die Nacht war wolkenlos und sternenklar. Alexa stand auf dem Parkplatz am Fuße des Braunecks. Sie hatte spät zu Abend gegessen, erst nachdem alle anderen längst vom Berg zurückgekehrt waren. Danach hatte sie das Gefühl gehabt, sich unbedingt die Füße vertreten zu müssen. Das würde Klarheit in ihren Kopf bringen, und sie hatte sich ohnehin den Tag über viel zu wenig bewegt. Außerdem war es auch keine besonders verlockende Perspektive, alleine in dem kleinen Zimmer in der Pension zu sitzen und die Wände anzustarren, während ihre Gedanken Amok liefen.

Also hatte sie ihre Schritte quer durch den Ort gelenkt, dann die Brücke über die Isar überquert und war immer weiter geradeaus der Straße gefolgt, die sie noch vor kurzem mit Gerg genommen hatte, um die geparkten Autos zu überprüfen. Die Nacht war kalt und dunkel, und kein einziger Stern war am Himmel zu sehen.

Als sie schließlich den Parkplatz bei der Talstation der Brauneck-Bergbahn erreicht hatte, war sie außer Atem, und bei jedem Luftzug entstand vor ihrem Mund ein Nebelschleier.

Hoch über ihrem Kopf kam der Hubschrauber in Sicht, der noch immer seine Kreise über den Wäldern zog, den grellen Scheinwerfer auf die Wipfel unter sich gerichtet. Aber auch der würde in kurzer Zeit seine Suche abbrechen.

Alexa beugte sich vor, stützte die Arme auf die Knie und versuchte, sich wieder zu beruhigen, den Puls auf ein normales Tempo zu drosseln. Tief sog sie die kalte Luft durch die Nase in die Lungen, hauchte sie dann aus dem Mund aus. Sie schloss die Augen, zählte bis zehn, wiederholte die Atemübung. Aber ihre innere Anspannung wollte einfach nicht weichen.

Abrupt stellte sie sich wieder aufrecht hin und starrte in die Höhe. Sie kniff die Augen zusammen, suchte die Umgebung ab. Was hoffte sie eigentlich zu sehen? Dachte sie ernsthaft, der Täter würde so mir nichts, dir nichts aus dem Schatten auf sie zutreten?

Sie ballte die Hände zu Fäusten, und bevor sie recht wusste, was sie tat, löste sich ein Schrei aus ihrem Inneren. Es lag alles darin: der Ärger über ihr heutiges Unvermögen, den verbohrten Kommissar aus Österreich, der Frust über die ungewohnt eisige Situation im Team und über die eine Sache, die sie nie hatte vorhersehen können. Sie fühlte sich wahnsinnig verloren. Und verletzlich. Ihre Mutter fehlte ihr schrecklich, die Kollegen, die gleichzeitig Freunde geworden waren. Und Jan. Er vor allem. Auch wenn sie in seiner Gegenwart immer gelitten hatte. Die Entfernung machte es jedoch nicht besser.

Sie hatte nie viele intensive Kontakte gepflegt, war immer davon überzeugt gewesen, sie sei sich selbst genug. Aber in dieser Situation, völlig auf sich gestellt, merkte sie, wie sehr sie sich getäuscht hatte. Wie aufgehoben sie immer gewesen war. Klar, sie lebte alleine, aber alle, die sie mochte, waren in der Nähe gewesen. Dort hatte sie sich nie einsam oder ausgegrenzt gefühlt. Hier war jedoch alles anders. Und dieser Umstand ließ ihr ansonsten unerschütterliches Selbstbewusstsein wanken. Als wäre sie aus dem sicheren Kokon gekrochen. Hatte sie sich etwa so in sich selbst getäuscht?

Als sie den Mund schloss, hörte sie den Hall ihrer eigenen Stimme, die von den Wänden des Berges zurückgeworfen wurde. Erneut kroch ein Gefühl in ihr hoch. Doch dieses Mal war es Wut. Oder lag es an den Menschen hier unten, die so wortkarg waren und sie täglich spüren ließen, dass sie eine Fremde war? Wieder schrie sie, doch dieses Mal waren es Worte, die aus ihrem Mund schossen.

»Was willst du verdammt nochmal von mir? Glaubst du, du kannst mich fertigmachen?« Mit den Fäusten schlug sie Haken in die Luft und starrte den Berg vor sich an. Denn er war es, den sie gemeint hatte. »Du kriegst mich nicht klein, hörst du? Ich bleibe hier. Und ich kriege das hin!«

Sie zitterte am ganzen Körper und bemerkte zu spät, dass sich ihr von hinten langsam ein Wagen näherte.

»Scheiße«, entfuhr es ihr. Sie wischte sich den Schweiß von der Stirn, drehte sich in Richtung des Fahrzeugs um und schirmte ihre Augen gegen die Helligkeit der Scheinwerfer ab.

»Alles in Ordnung? Brauchen Sie Hilfe?«, fragte der Fahrer, den sie in dem grellen Gegenlicht kaum erkennen konnte.

Sie fingerte ihren Ausweis heraus, setzte ein ernstes Gesicht auf und hielt ihn dem Mann entgegen. Wie auf Kommando kreiste der Hubschrauber jetzt direkt über ihren Köpfen, ließ seinen Lichtkegel über den Berg gleiten.

Sie trat dichter an den Wagen heran und sagte: »Keine Sorge. Ich bin Polizistin. Es geht um eine Personensuche.« Kurz stutzte sie, denn sein Gesicht kam ihr irgendwie bekannt vor, doch sie konnte es nicht einordnen.

Der Mann richtete seinen Blick nun ebenfalls in Richtung des Gipfels. Alexa konnte sehen, dass seine Augen von einem intensiven Blau waren.

»Dann lasse ich Sie mal weiterarbeiten«, sagte er. »Ich wusste nicht, dass Sie zu dem Team gehören. Für einen Moment hatte ich den Eindruck, sie wären in Schwierigkeiten.«

Er startete den Wagen wieder und fügte noch hinzu: »Ich hoffe, dass Sie den Gesuchten bald finden. Es ist verdammt kalt heute Abend.«

Dann hob er die Hand zum Gruß, schloss die Scheibe und fuhr davon.

Alexa schlug ihren Kragen hoch und zog ihn eng um ihren Hals. Besser, sie beeilte sich, zurück zur Pension zu kommen, bevor sie noch einmal Gefahr lief, sich lächerlich zu machen.

Während sie den Bremslichtern des Wagens nachsah, die wie zwei rote Augen in der Nacht glühten, fiel ihr wieder ein, woher sie den Mann kannte. Sie hatte ihn an ihrem ersten Tag im Zug von München nach Weilheim getroffen. Was für ein Zufall, ihn ausgerechnet hier erneut zu sehen, mitten in der Nacht.

Ein Lächeln huschte über ihr Gesicht, und sie beschleunigte ihren Schritt. Offenbar hatte er ein Talent dafür, ihr zu Hilfe zu kommen – auch wenn sie keine brauchte.

42.

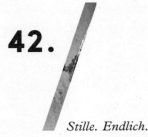

Stille. Endlich.

Aber es war keine friedliche Stille. Sie machte nicht faul oder schläfrig. Nein. Vielmehr schien die Luft zu flirren, und ihm war heiß. Immer wieder musste er seine feuchten Hände abwischen.

Es war ein energetischer Zustand. Unruhig, verheißungsvoll.

Wie im Theater, bevor der letzte Akt beginnt.

Erwartung lag darin.

Die Ahnung von etwas Besonderem. Etwas, das unvergesslich sein würde.

Der absolute Höhepunkt.

Zu lange hatte er sich danach gesehnt. Ihn herbeigewünscht, sich ausgemalt, wie es sich anfühlen würde.

Nun war es fast so weit. Er strich den Tag auf dem Kalender durch. Nur noch wenige Stunden.

Die Vorfreude – sie erregte ihn und erfüllte ihn gleichzeitig mit einer vollkommenen Ruhe.

Es war seine Bestimmung. Sein Sinn. Sein ganzes Streben.

»Hau endlich ab«, hatte es geheißen. »Scher dich bloß weg!«

Aber er hatte ihre Häme ausgehalten, war geblieben.

Und hatte gewartet.

Bis jetzt.

43.

Huber hatte sie von seinem Handy aus angerufen und gebeten, vor die Tür zu kommen. Als Alexa keine fünfzehn Minuten später ihr noch feuchtes Haar unter eine Mütze stopfte, sah sie seinen Audi schon unter ihrem Fenster stehen. Er hatte nicht gesagt, worum es ging, sie nur um Eile gebeten.

Alexa nahm zwei Stufen auf einmal, warf einen sehnsüchtigen Blick in den Frühstücksraum, aus dem es nach frischem Brot und Kaffee duftete, schnappte sich einen Apfel aus der großen Schale im Flur und eilte nach draußen.

»Was gibt es?«, fragte sie statt einer Begrüßung und ärgerte sich, dass sie sich sein unpersönliches Verhalten ebenfalls angewöhnt hatte.

»Wir sollen in die Pension Bergblick kommen, die Wirtin hat uns angerufen.«

»Und wieso? Hat sie einen Grund genannt?«

»Es geht um die Vermisste, mehr hat sie nicht gesagt.«

Und er hatte offenbar auch nicht gefragt. Alexa atmete tief durch und ärgerte sich wieder, dass hier nur das Allernötigste gesprochen wurde. Doch da sie inzwischen wusste, wie ihr Kollege auf einen entsprechenden Kommentar reagieren würde, biss sie stattdessen in den Apfel. Er schmeckte sauer und saftig.

Nach wenigen Minuten kamen sie vor der Pension an. Es stand nur ein Auto davor, das ein Stuttgarter Kennzeichen hatte und vermutlich der Vermissten gehörte. Beim Aussteigen lugte Alexa durch die Scheibe in den Innenraum. Auf den ersten Blick lag nichts herum. Aber Huber steuerte schon auf die Eingangstür zu, deshalb musste sie zusehen, dass sie ihn einholte.

Drei Stufen führten in einen Vorraum, in dem sie auf der linken Seite den Empfangstresen ausmachte, hinter dem die Wirtin bereits auf sie wartete. Die Frau hatte ihre Haare zu einem Pferdeschwanz gebunden und trug ein einfaches Dirndl, wie es hier in den Gastbetrieben üblich zu sein schien.

Sie grüßte kurz, trat hervor und winkte sie in einen Raum direkt gegenüber, in dem ein breites rotes Samtsofa und mehrere gleichfarbige Sessel standen. In einem davon saß ein Mann mit sorgfältig gescheiteltem Haar, der nach einem Rasierwasser mit Moschusnote roch. Ihm gegenüber kauerte eine blonde Frau in einem Oversized-Sweater, die fatale Ähnlichkeit mit der Beschreibung der Vermissten hatte.

»Ich konnte das nicht wissen, ehrlich«, presste die Wirtin heraus. »Ich hätte Sie doch sonst nie gerufen. Aber nachdem Ihre Kollegen vor ein paar Tagen hier waren … Ich mein … da macht man sich doch Gedanken.« Sie verschränkte die Arme vor der Brust.

Cornelia Kastell erhob sich von dem Sofa, ging dann zu dem Mann hinüber und legte ihm eine Hand auf die Schulter.

»Wir … wir haben uns schon im letzten Jahr kennengelernt. Und vor zwei Tagen, da haben wir uns zufällig wiedergetroffen. Hier im Ort, vor dem Supermarkt. Und da hat er mich zu sich zum Abendessen eingeladen. Ganz spontan.«

Unsicher suchte die Frau den Blick des Mannes. Ein inniges Lächeln huschte über ihr Gesicht, als ihre Augen sich fanden, verschwand aber sofort wieder, als sie wieder die Wirtin ansah. »Wir haben das gar nicht mitbekommen, dass ... dass nach mir gesucht wurde. Sonst hätte ich mich ja sofort gemeldet. Doch so ohne Zeitung und Radio ... Wir haben einfach nicht ahnen können, dass dieser Hubschrauber auf der Suche nach mir war.«

Ihre Vermisste war also gar nicht verschollen, sondern hatte bloß eine heiße Nacht mit ihrer Urlaubsbekanntschaft verlebt und gleich noch den Folgetag bei ihm zugebracht.

Als niemand reagierte, stand der Mann auf und legte den Arm schützend um die Schultern der Frau, deren Blick immer wieder zu Boden ging. Das Ganze war ihr mehr als peinlich, was Alexa ihr nicht verdenken konnte.

»Nun, dann sind wir erst einmal froh, dass Sie wohlbehalten wieder da sind«, sagte Alexa, um die seltsame Situation zu entkrampfen. »Wären Sie nur bitte so freundlich, uns noch ein paar Angaben zu machen? Keine Sorge, es dauert nicht lange, aber es ist nötig, um den Fall ordentlich abzulegen.« Und an Huber gewandt fügte sie hinzu: »Nimmst du das auf, bitte? Ich sage inzwischen in der Zentrale Bescheid, dass wir die Suche abblasen können.«

Huber hob eine Augenbraue, nickte dann aber.

»Ihnen noch einen angenehmen Aufenthalt. Mein Kollege kümmert sich um alles.«

Alexa war schon wieder im Flur, als die Wirtin neben sie trat und ihr zuraunte: »Und was wird mit mir?«

Alexa sah sie erstaunt an. Sie verstand nicht recht, worauf die Frau hinauswollte.

»Muss ich mich jetzt verantworten? Mein Mann meinte so was. Er hat mich geschimpft und gesagt, das hätte ich jetzt davon, dass ich überall meine Nase reinstecken muss. Wegen der Kosten für den Hubschrauber und das Rettungsteam ...«

Alexa berührte die Frau leicht am Arm.

»Keine Sorge. Wir sind ja froh, wenn eine vermisste Person unversehrt wieder auftaucht. Und wäre ihr da draußen doch etwas zugestoßen, dann hätte sie Ihnen vielleicht ihr Überleben zu verdanken. Machen Sie sich also bitte keine Gedanken und behalten Sie Ihre Gäste weiter gut im Auge.«

Die Schultern der Frau sackten herunter, so angespannt war sie gewesen. »Da fällt mir ein Stein vom Herzen. Wissen Sie, wir hatten ein paar schwierige Jahre. Bis Januar hatten wir heuer wieder keinen Schnee. Der Winter ist bei uns hier einfach zu kurz, und wenn dann die Gäste etwas Schlechtes über die Pension hören ...«

Alexa schüttelte den Kopf. Eine Katze kam zur Tür herein und strich der Wirtin schnurrend um die Beine.

»Auch da kann ich Sie beruhigen. Von uns wird niemand etwas Schlechtes über Ihr Haus sagen. Ganz im Gegenteil.« Dann fiel Alexa noch etwas anderes ein: »Wurde hier in der Gegend in den letzten Monaten vielleicht eine Katze vermisst? Kann auch schon ein halbes Jahr her sein.«

»Nicht nur eine. Gleich zwei waren weg. Von der Greitnerin. Ich meine, von der Fanny Greitner. Die wohnt etwas außerhalb vom Ort – das letzte Haus hier in der Straße.« Sie beugte sich vertraulich zu Alexa. »Die ist ein wenig seltsam, das sollten Sie vielleicht wissen ...«

In dem Moment begann Alexas Handy in ihrer Hosentasche zu vibrieren. Eilig zog sie es hervor und erkannte die Vorwahl von Österreich. Krammer.

»Ich muss da ran. Ein anderer Fall, Sie verstehen?«

Die Wirtin strich sich über die Schürze und nickte rasch. »Natürlich, ich will Sie nicht länger aufhalten. Sie können ruhig hier telefonieren.«

Mit ein paar kurzen Schritten war sie wieder hinter den Tresen getreten, blieb aber dort stehen und machte keine Anstalten, sie ungestört sprechen zu lassen. Während Alexa Krammers Anruf entgegennahm und ihn um einen Moment Geduld bat, erfasste sie mit einem Blick, dass nur zwei Schlüssel an dem Schlüsselbrett fehlten. Vielleicht hatte der Mann der Wirtin doch recht mit seinem Urteil, dass sie zu neugierig war. Deshalb hob Alexa nur kurz die Hand zum Abschied und trat auf die Straße.

»Nun kann ich sprechen. Was gibt es Neues?«

Krammer berichtete ihr kurz und knapp von den Reaktionen in der Presse, wollte ihr auch die Artikel zusammenstellen und per Mail schicken. Er war ausgesprochen kleinlaut und schien nicht mehr so von sich überzeugt wie bei den letzten Treffen.

Das war immerhin ein Fortschritt. Auch wenn sie lieber etwas anderes von ihm gehört hätte, als dass sie auf der anderen Seite der Grenze die neue Schlagzeile waren. Aber wenigstens hatte er sie dieses Mal informiert.

Krammer wollte an diesem Tag erst einmal in Innsbruck bleiben, und Alexa versprach, ihm am Nachmittag Bescheid zu sagen, was die Spurensicherung in Ambergers Ferienwohnung ergeben hatte.

Dann beeilte sie sich, an ihren Schreibtisch zu kommen. Sie spürte eine riesige Erleichterung, denn da nun offenbar kein Menschenleben unmittelbar auf dem Spiel stand, wog ihr Fehler vom Vortag nicht ganz so schwer.

Huber sollte als Nächstes unbedingt Karlo Schmid aufsuchen, der ihnen vielleicht mehr über das Leben der Toten berichten konnte. Außerdem interessierte es sie brennend, ob das Handy von Sonja Mayrhofer inzwischen wieder eingeschaltet war.

44.

Als Alexa die Einsatzzentrale mit einer Trage voller Kaffeebecher und einer großen Tüte Butterbrezen erreichte, kam ihr bereits ein Kollege entgegen. Frank Stein hieß er. Sein Name hatte sich ihr sofort eingeprägt, denn er passte zu dem riesigen Dunkelhaarigen mit der tiefen Stimme.

»Gute Neuigkeiten: Wir können die Suche nach der Vermissten einstellen«, rief sie den Kollegen zu, die sich wohl in zwei Gruppen eingeteilt hatten und offenbar gerade die neue Route absprechen wollten. »Cornelia Kastell ist heute wieder in der Pension aufgetaucht. Das Ganze handelte sich um eine Fehleinschätzung durch die Wirtin. Ich habe uns trotzdem zur Belohnung etwas zu essen mitgebracht. Und bedanke mich damit für euren tollen Einsatz!«

Sie stellte die Sachen auf einen Tisch in der Mitte des Raumes, doch niemand rührte sich. Außer Stein, der einen Zettel in der Hand hielt.

»Wir haben auch zwei Dinge: Der Fuß der Leiche – ich glaube, wir wissen jetzt, wo der steckt.«

Er übergab ihr den Zettel, auf dem eine Adresse notiert war. Rottach-Egern. Der Ort sagte ihr ausnahmsweise etwas.

»Das liegt am Tegernsee, oder?«

Stein nickte. »Der Anruf ist bei den Kollegen in Bad Wiessee bereits vor zwei Tagen eingegangen. Aber er war anonym, und die Stimme klang verstellt. Deshalb haben sie es zunächst als einen Scherz abgetan. Aber nachdem sie von der Leiche erfahren haben …«

Alexa runzelte die Stirn.

»Wurde das denn nicht sofort überprüft?«

»Bisher nicht. Der Anrufer hatte wohl gemeint, der Fuß wäre in einem Kühlschrank. Die Kollegen sind zu der Adresse gefahren, aber da nichts auf einen Einbruch hindeutet, wollten sie wissen, was sie nun tun sollen.«

»Und was ist die zweite Sache?«

»Die Kollegen, die gerade das Handy von Amberger prüfen, haben mitgeteilt, dass ein Karlo Schmid mehrfach unter der Nummer angerufen hat. Die Nummer habe ich hier.«

Alexa nahm sich einen der Kaffeebecher und holte dann noch eine Butterbreze aus der Tüte. »Das passt gut. Such mir bitte die Adresse des Mannes heraus und richte Florian Huber aus, er möge diesem Karlo mal auf den Zahn fühlen, sobald er aus der Pension zurück ist. Die anderen sollen noch einmal alle Restaurants und Hütten abklappern, ob sich doch irgendjemand vom Personal an Sonja Mayrhofer erinnert. Vielleicht hat sie sich auch irgendwo in einem Gipfelbuch eingetragen. Und ruf dann noch in Bad Wiessee an und sag Bescheid, dass ich schon unterwegs bin. Wer kann mir einen Wagen leihen?«

Stein zog gleich seinen Schlüssel aus der Tasche.

»Du kannst meinen nehmen. Der weiße Einser-BMW. Steht gleich um die Ecke.«

Sie bedankte sich und eilte wieder nach draußen, erfreut darüber, wieder einmal ohne einen männlichen Kollegen in dem Fall weiter recherchieren zu können und ein schnelles

Auto zur Verfügung zu haben. Jan hatte sie immer ermahnt, nicht ständig so zu rasen. Aber warum sonst hatte man PS unter der Haube?

Eine knappe halbe Stunde später bog sie in eine Straße ein, die parallel zur Weißach verlief. Ihr türkisfarbenes Wasser glitzerte im Sonnenlicht, das gerade durch die Wolken brach. Obwohl Alexa kein Fan der Alpen war, konnte sie doch verstehen, warum sich viele Menschen mit Geld hier niederließen. Der Tegernsee lag idyllisch eingebettet inmitten hoher Berge, die riesigen Villen im bäuerlichen Stil waren in perfektem Zustand.

Sie bog in die Einfahrt ein, die auf beiden Seiten von hohen Hecken flankiert war. Ein Streifenwagen stand schon dort, die Kollegen hatten sich aber in den Wagen zurückgezogen und stiegen nun aus, als Alexa neben ihnen zum Stehen kam.

»Alexa Jahn, Kripo Weilheim. Sie hatten angerufen, richtig?«

Die Männer stellten sich ihrerseits vor.

»Wir haben versucht, den Besitzer zu kontaktieren. Aber das Ehepaar, dem die Villa gehört, lebt in Oberhausen und ist wohl gerade auf einer Kreuzfahrt im Jemen. Die Dame, die dort das Haus hütet, sagt, sie sind erst in einer Woche wieder zurück.«

Damit war klar, warum sich die Kollegen schwertaten. Es war keine Gefahr im Verzug, und falls es sich bei dem Anruf doch nur um einen Scherz gehandelt hatte, wäre schwer zu erklären, warum sie die Tür aufgebrochen hatten.

»Wir sind einmal um das Haus herum, aber es deutet nichts

auf einen Einbruch hin. Und soweit wir sehen konnten, ist im Inneren auch nichts in Unordnung.«

Alexa nickte und betrachtete die großzügige Einfahrt des Landhauses genauer. Zwischen der Eingangstür und dem breiten hölzernen Garagentor stand eine Bank, daneben eine geschnitzte Figur: ein kleines Männchen, das auf einem Pilz saß. An der Tür selbst hing ein Kranz, daneben war eine geschmiedete Außenlaterne aus gelbem Glas. Eine Kamera war nicht zu sehen, auch eine Alarmanlage schien es nicht zu geben.

Sie tippte darauf, dass das Haus aus den Achtzigern stammte. Die Besitzer waren dann vermutlich nicht mehr ganz jung. Die Topfblume, die mittig auf der Fensterbank stand, war in einem guten Zustand und wurde sicher regelmäßig gegossen, wenn niemand hier war. Wenn sie Glück hatte, gab es dennoch irgendwo ein Versteck für einen Ersatzschlüssel.

»Die Garage haben wir schon überprüft, die ist fest verschlossen«, meldete sich einer der Kollegen.

Alexa nickte ihm zu, stellte sich auf die Zehenspitzen und lugte unter einen grauen Stein neben der Topfblume. Nichts. Doch dann sah sie, dass der Blumentopf auf einem kleinen Tellerchen stand. Und tatsächlich wurde sie fündig: Ein Schlüssel lag darunter.

Sie ging zur Haustür und versuchte sie zu öffnen, aber das alte Ding schien nicht zu passen. Die Kollegen waren zu ihr getreten.

»Vielleicht ist das Schloss irgendwann ausgetauscht worden. Der liegt ja wohl schon länger hier, so wie der ausschaut…«

Doch Alexa ließ sich nicht beirren, wischte den Rost an

ihrer Hose ab, damit das Metall leichter ins Schloss gleiten konnte, und probierte es erneut. Tatsächlich gelang es ihr dieses Mal ohne Probleme, die Türe zu öffnen. Sie war nicht abgeschlossen, sondern nur zugezogen worden.

Beherzt schob sie die Tür auf. Kühle Luft drang aus dem Inneren.

»Hallo?«, rief sie, obwohl sie sicher war, dass niemand dort war. »Jemand zu Hause?«

Gemeinsam mit den Kollegen trat sie in die Eingangshalle. Anders konnte man es nicht nennen, denn der Bereich war wahrhaft riesig. Ein breiter bäuerlicher Garderobenschrank mit bunten Verzierungen, der sicher ein Vermögen gekostet hatte, stand an der Wand gegenüber, daneben eine Truhe im selben Dekor, und eine Holztreppe führte zu einer Art Galerie nach oben.

Sie konnte auch in den Wohnraum blicken, der mit flauschigen beigen Teppichen ausgelegt war. Über dem glänzenden Lack des Flügels, der im Zentrum des Raumes stand, flirrten Staubpartikel in der Luft.

»Wissen Sie, was der Mann beruflich gemacht hat?«, fragte Alexa.

»Der war mal eine ganz dicke Nummer hier. Hat Großprojekte finanziert. Offenbar erfolgreich, wie man ja sieht, wenn er das Haus hier einfach leer stehen lassen kann.«

Wie sie es gewohnt war, zog sie Handschuhe an.

»Hier war definitiv schon lange keiner mehr«, stellte sie fest, als sie dichter an das Instrument herantrat und beim Verschieben eines der Bilder eine dünne Staubschicht zum Vorschein kam.

»Wo sagten Sie, soll der Fuß sein?«, fragte Alexa und bemerkte erst jetzt, dass einer der Polizisten seine Waffe wegsteckte. Beide Beamte blieben unschlüssig stehen und machten keine Anstalten, sich weiter in dem Gebäude umzusehen. Vermutlich waren sie zum ersten Mal in einen solchen Fall verwickelt, klärten sonst vor allem Eigentums- oder Verkehrsdelikte.

»Im Kühlschrank, hat der Anrufer gesagt.«

Die Küche lag zu ihrer Linken. Auch hier dominierte der gehobene Landhausstil. Sie hielt direkt auf den Kühlschrank zu und zog ihn, ohne zu zögern, auf.

»Heiliger Vater«, sagte einer der Männer hinter ihr, und sie hörte ihn stoßweise atmen.

Alexa trat näher an den Fund heran und betrachtete ihn eingehend. Der Fuß gehörte eindeutig einer Frau. Er war schmal, die Nägel rot lackiert. Rasch schoss sie ein paar Fotos, damit die Kollegen vom Team später genau nachempfinden konnten, wie sie ihn vorgefunden hatte.

Dann hob Alexa vorsichtig den Teller heraus, auf dem der Fuß stand, und hoffte, dass er nicht umfallen würde.

»Sollen wir das nicht besser stehen lassen?«, fragte einer der Männer.

»Keine Sorge«, beruhigte Alexa ihn. »Ich weiß, was ich tue.«

Behutsam drehte und wendete sie den Teller, musterte die Haut an der oberen Schnittkante. Zwar war sie keine Expertin, aber sie war sich sicher, dass es sich tatsächlich um den fehlenden Fuß aus ihrem Mordfall handelte. Denn wieder sahen die Abtrennflächen sauber aus. Wie schon bei den anderen beiden Teilen. Auch auf dem Porzellan war kein Tropfen Blut.

Sie waren davon ausgegangen, dass er eine Auffälligkeit

haben musste. Aber nichts daran fiel ihr ins Auge. Kein Schmuckstück, keine Narbe, kein Tattoo. Nur der Lack, der an Sonjas anderem Fuß gefehlt hatte. Und der Ort, an dem er sich befand. Seltsam. Vorsichtig stellte Alexa ihn zurück in den Kühlschrank.

»Wir brauchen einen Durchsuchungsbeschluss für das Haus. Ach, und natürlich sollte auch die Rechtsmedizin in München Bescheid wissen«, sagte sie zu dem einen Beamten, bevor sie sich an seinen Kollegen wandte: »Und Sie versuchen bitte, die Besitzer zu erreichen. Ich muss wissen, ob jemand während ihrer Abwesenheit regelmäßig Zugang zum Haus hatte. Jemand, der nach dem Rechten schaut, eine Reinigungskraft oder vielleicht ein Familienmitglied. Und wann diese Person zuletzt hier war.« Sie hielt einen Moment inne. »Und dann müssen die Nachbarn befragt werden, ob jemand etwas Ungewöhnliches bemerkt hat: ein fremdes Auto, das häufiger hier parkte, oder eine Person, die neuerdings öfter in der näheren Umgebung auftauchte.«

Nachdem Alexa sich das ganze Haus genau angesehen hatte, blieb sie eine Weile in dem riesigen Wohnzimmer stehen. Doch bevor sie Krammer und Huber über den neuen Fund informierte, wollte sie noch einmal im Kopf durchgehen, was sie bisher wusste. Die Bad Wiesseer Polizei hatte bereits in Erfahrung gebracht, dass es niemanden gab, der einen Schlüssel für das Haus hatte. Der Sohn der Familie kam normalerweise alle paar Wochen in das Ferienhaus, war aber vor einem knappen Jahr aus beruflichen Gründen mit seiner Familie in die USA ausgewandert und deshalb seit Monaten nicht mehr hier gewesen. Die Besitzer des Hauses waren fast neunzig Jahre alt und lebten bereits seit der Pensionierung in Nordrhein-Westfalen. Ein Nachbar kümmerte sich um den Garten, mähte den Rasen und räumte bei Schnee die Einfahrt. Er bestätigte, dass das Haus seit Weihnachten verlassen war. Dabei schimpfte er ein wenig, weil er kaum jünger war und ihm die Arbeit zunehmend schwerfiel. Er wie auch der Besitzer selbst schieden schon vom Alter her als Täter aus. Denn dass ein Greis die Kraft hatte, eine Körperhälfte bis auf die Demmelspitze zu tragen, konnte sie sich beim besten Willen nicht vorstellen.

Hatte es sich bei dem anonymen Anrufer um den Täter selbst gehandelt? Auszuschließen war es nicht – immerhin hatte er schon mit dem Rucksack einen deutlichen Hinweis hinterlassen. Der Müllsack am Achensee war auch nicht sonderlich gut versteckt gewesen. Und er hatte weitere Opfer angekündigt. Nur: Wieso war es ihm so wichtig, dass man die Leichenteile entdeckte? Sie verstand nicht, warum er sie quasi mit der Nase darauf stieß. Denn je mehr Zeit bis zur Entdeckung verging, desto größer wäre normalerweise sein Vorsprung.

Noch einmal öffnete sie die Kühlschranktür. Darin standen nur wenige Dinge, die ordentlich in die obersten Fächer geräumt waren. Vermutlich, um den Blick direkt auf den Fuß zu lenken. Es war nichts Auffälliges darunter, nur ein paar Marmeladen, eine Packung haltbare Sahne, ein Glas mit einer Fertigsuppe und eines mit Tomatensauce. Alle Etiketten waren säuberlich nach vorne gedreht. Im Getränkefach stand eine Flasche Wasser. Das Übliche.

Der Fuß selbst war definitiv gewaschen worden, bevor man ihn dort deponiert hatte. Der Teller darunter war ebenfalls reinweiß. Sie trat einen Schritt näher und betrachtete die Nägel. Leuchtete noch einmal mit der Taschenlampe ihres Smartphones darauf. Sie erkannte feine Linien, die sich durch die Lackschicht zogen. Einem Impuls folgend, fächelte sie sich Luft zu. Sie kannte den Geruch. Beim ersten Mal war er ihr nicht aufgefallen, aber jetzt erinnerte sie sich: Ihr alter Fiat 500 war einmal nach einem Unfall komplett neu lackiert worden. Alexa hätte schwören können, dass das Auto damals über Wochen denselben Geruch gehabt hatte.

Eilig machte sie sich eine Notiz.

Bislang hatte sie nicht wirklich an ein sexuelles Motiv geglaubt, nach dem neuen Fund schien ihr ein solches aber doch wieder wahrscheinlicher. Der nackte Unterleib, die verschwundene Unterwäsche – sie konnte das nicht länger ignorieren. Dennoch: Nach dem wenigen, was sie über Sonja Mayrhofer erfahren hatte, konnte sie sich nicht vorstellen, dass sie sich die Fußnägel lackiert hätte.

Schon gar nicht in Knallrot. Außer, sie wollte jemanden treffen und sich besonders hübsch machen. Für Karlo vielleicht? Für Konstantin? Für einen noch völlig Unbekannten?

Oder der Mörder selbst hatte das aus irgendeinem kranken Impuls heraus getan.

Nach ihrem Tod.

45.

Wie aus einem anderen Leben drang ein schrilles Geräusch an sein Gehör. Ohne lange darüber nachzudenken, zog er das Kissen über seinen Kopf und versuchte, in seinen Traum zurückzufinden. Er hatte an einem Klavier gesessen, hatte eine Melodie gespielt, die er nie zuvor gehört hatte.

Doch wer auch immer ihn anzurufen versuchte, war hartnäckig. Offenbar wollte die Person ihn partout persönlich sprechen und war nicht bereit, eine Nachricht auf der Mailbox zu hinterlassen. Wieder und wieder hörte er den Klingelton, aber seine einzige Reaktion war, das Kissen noch fester auf die Ohren zu pressen.

»Jessas, geht's noch!«, schimpfte er, als das Handy wohl zum fünften Mal zu klingeln begann, und schob sich mühselig aus dem Bett.

»Was denn? Ich werd schon ins Büro kommen, sobald es mir möglich ist!«, herrschte Krammer ins Mikrophon, sicher, dass nur Szabo die Dreistigkeit besitzen konnte, immer aufs Neue seine Nummer zu wählen.

»Du bist noch zu Hause? Bist du etwa krank?«, fragte eine helle Stimme, die definitiv nicht zu seiner Kollegin gehörte.

Verwirrt kniff er die Augen zusammen und hielt das Display so weit von sich, dass er lesen konnte, um welche Nummer es sich handelte. Scheiße, dachte er, als er die Vorwahl erkannte.

»Entschuldigung«, entgegnete er, setzte sich auf und griff nach seiner Lesebrille. Es war schon später Vormittag. Und mit einem Blick auf sich selbst stellte er fest, dass er noch die Kleidung vom Vorabend trug. Nach dem morgendlichen Telefonat mit Alexa Jahn hatte er sich nur ein Viertelstündchen hinlegen wollen, war aber offenbar wieder fest eingeschlafen. Die verdammten Schmerzmittel hatten ihn völlig ausgeknockt.

»Das war unhöflich. Ich hatte mit jemand anderem gerechnet. Mir geht es gut, keine Sorge.«

»Alles klar«, sagte die Deutsche und fuhr ohne Unterbrechung fort: »Ich wollte auch informieren, dass wir den Fuß haben. Der Rechtsmediziner ist noch nicht hier, aber ich bin mir sicher, dass er zu unserer Toten gehört.«

Alexa Jahn schilderte ihm knapp, wie sie den letzten Leichenteil gefunden hatten. Als sie zum Ende ihres Berichtes kam, räusperte sie sich und fügte hinzu: »Und ich muss wohl doch einräumen, dass ich mich möglicherweise beim Motiv des Mörders getäuscht habe.«

»Du denkst jetzt auch, dass Amberger dahintersteckt?«

»Das nicht, nein. Aber ich kann nicht mehr ausschließen, dass es sich um ein sexuelles Motiv handelt. Denn an diesem Fuß war etwas auffällig: Die Nägel waren rot lackiert. Erst die fehlende Unterwäsche, jetzt das. Ich muss es jedenfalls als Motiv in Betracht ziehen. Wenn auch nicht als mein favorisiertes.«

Krammer nickte und musste lächeln. Nicht weil er Recht bekommen hatte. Vielmehr mochte er Menschen, die bereit waren, Fehler einzugestehen.

»Es könnte aber auch bedeuten, dass Sonja Mayrhofer ein

Doppelleben führte«, entgegnete er. »Vielleicht will uns jemand mit diesem Detail darauf hinweisen, dass sie nach außen anders wirkte, als sie tatsächlich ist. Dass der erste Eindruck trügerisch sein kann. Der Gegensatz zwischen dem ordentlich bekleideten Oberkörper und dem nackten Unterleib würde im Grunde auch zu dieser Theorie passen.« Und genau dieses geheime Doppelleben könnte Thomas Amberger so sehr in Rage gebracht haben, dass er seine Verlobte förmlich in Stücke gerissen hatte, als er dahinterkam. Aber diesen Kommentar behielt er für sich.

In der Leitung blieb es still, und die Deutsche schien über seine Worte nachzudenken. Krammer begann damit, seine alten Socken abzustreifen. Es fiel ihm erstaunlich leicht, sich zu bücken, und er gab acht, sich nicht gleich wieder zu verrenken. Denn er wollte sich so schnell wie möglich auf den Weg nach Deutschland machen.

Er verspürte ohnehin keinen großen Drang, ins Büro zu fahren. Sein Chef würde sicher auf höchster Ebene klären, wie in diesem grenzübergreifenden Fall weiter zu verfahren sei, welche Befugnisse jeder Einheit zustanden – und Krammer selbst würde vor vollendete Tatsachen gestellt.

Zwar rechnete er nicht damit, dass man ihm den Fall entzog, aber er hatte weder Lust auf weitere Standpauken oder sich seine Arbeitsweise vorschreiben zu lassen noch auf das beleidigte Gesicht von Roza Szabo. Lieber wollte er alles daransetzen, den Täter gemeinsam mit Alexa Jahn zu finden.

»Ich kann mir einfach nicht vorstellen, dass das auf das Konto eines Wildfremden geht«, sagte sie nun. »Dafür ist das alles viel zu aufwendig inszeniert. Das kann nicht ohne Plan abgelaufen sein. Mir kommt da wieder dieser Karlo Schmid in den Sinn, der mit dem Opfer eng befreundet war. Huber wird ihn heute noch befragen. Vielleicht wissen wir danach mehr.«

»Und was hast du als Nächstes vor?« Er knöpfte sein Hemd auf und schälte sich aus dem verschwitzten Stoff, der förmlich an seiner Haut klebte. Eine Dusche hätte ihm gutgetan, aber dafür blieb jetzt keine Zeit mehr. Waschen und Deo mussten genügen.

»Ich warte erst einmal hier ab, bis die Spurensicherung kommt. Es gibt ein Detail an dem Fuß, das mich irritiert, und ich wüsste gerne, ob ich damit richtigliege.« Sie hielt kurz inne. »Außerdem haben wir jetzt an drei Orten Leichenteile gefunden, aber noch immer keine Ahnung, wo der eigentliche Tatort ist. Wenn wir den finden, kommen wir sowohl dem Motiv als auch dem Täter am ehesten auf die Spur, davon bin ich überzeugt.«

Krammer hielt in der Bewegung inne. Tatsächlich führte der Täter sie mit den Spuren ständig in neue Richtungen, aber auf diese Taktik würde er nicht hereinfallen.

Plötzlich war ihm völlig klar, wo der Tatort liegen musste: Da, wo der schwerste Teil der Leiche aufgetaucht war: am Brauneck in Lenggries. Darauf würde er seinen Hintern verwetten.

Und genau dorthin würde er nun fahren.

46.

Florian Huber drückte die Klingel des Schildes, auf dem der Name *K. Schmid* stand. Nachdem er sich als Kriminalkommissar vorgestellt hatte, summte der Türöffner. Schmid wohnte im zweiten Stock. Ein dunkelhaariger Mann erwartete ihn, dessen Haare mit Gel modisch aufgestellt waren. Er hatte ein weißes Shirt und eine Jogginghose an, und obwohl er so lässig gekleidet war, wirkte sein Look kostspielig. Seine Uhr war von einem namhaften Hersteller, und er trug außerdem einen Siegelring. Karlo Schmid war deutlich jünger als Amberger und eher im Alter von Sonja Mayrhofer. Und sicher war er ein Frauentyp.

»Bitte«, sagte der Mann. »Das Wohnzimmer ist gleich die zweite Tür links.«

Huber folgte der Aufforderung und durchquerte den schmalen Flur. Die Holzdielen waren glänzend geölt. An der Garderobe hingen ein Sakko, zwei Mäntel und eine Daunenjacke. Der Mann hatte definitiv Geschmack. Und Geld.

Karlo Schmid folgte ihm, bot Huber einen Platz auf dem schwarzen Ledersofa an, blieb aber selbst stehen. Das Wohnzimmer war modern in Chrom und dunklem Holz eingerichtet, großflächige bunte Bilder, bei denen es sich nach Hubers laienhafter Einschätzung um Originale handelte, schmückten die Wände. Sie zeigten Waldszenen, waren aber in poppigen Farben gehalten.

»Sie sind Kunstsammler?«, fragte Huber prompt mit einer Geste zu den Gemälden.

Schmid nickte, trat zu dem Bild und verschränkte die Arme. Huber nahm ihm gegenüber Platz und gab dem Mann Zeit, um zu antworten.

»Eine gute Investition. Eine Freundin besitzt eine Galerie und ist überzeugt, dass der Künstlerin eine große Zukunft bevorsteht. Sie ist hier aus der Gegend und hatte schon eine Reihe von Ausstellungen. Sie interessieren sich für Malerei?«

Huber schüttelte den Kopf. »Das nicht gerade. Aber die Bilder gefallen mir.« Dann zog er einen Block aus der Tasche, um sich Notizen zu machen. »Ich würde Ihnen gerne ein paar Fragen zu Sonja Mayrhofer stellen.«

»Das dachte ich mir. Ich wusste, dass etwas passiert sein musste, als ich die Abbildung in der Zeitung gesehen habe.« Schmid leckte sich die Lippen, ging ein paar Schritte und blieb im Gegenlicht des Fensters stehen. »Können Sie mir sagen, was eigentlich los ist? Ich habe Thomas versucht zu erreichen, aber er geht nicht ran und hat sich bis heute nicht zurückgemeldet. Sonja genausowenig.«

»Frau Mayrhofer ist nicht mehr am Leben. Und wir versuchen herauszufinden, wie es dazu kam«, antwortete Huber ohne Umschweife.

Schmid trat zu dem Sofa und ließ sich kraftlos auf die Lehne sinken. Er sah aus, als hätte er einen Tiefschlag in den Magen erhalten. Seine Unterlippe zitterte.

»Wann haben Sie die Verstorbene zuletzt gesehen?«, fragte Huber.

Mit zusammengekniffenen Augen blickte Schmid ihn an. Er musste sich erst räuspern, bevor er antworten konnte.

»Das ... ich weiß es nicht genau. Entschuldigung, aber diese Nachricht haut mich gerade um. Ich hatte ja schon damit gerechnet, dass etwas passiert ist, aber ... sie nie mehr wiederzusehen ...«

»Frau Mayrhofer hat Ihnen viel bedeutet?«

»Natürlich!«, bestätigte Schmid. »Ich meine ... Sonja und ich kannten uns seit unserer Ausbildung. Das ist fast mein halbes Leben.«

»Verstehe ich es richtig, dass Sie sie schon kannten, bevor sie mit Thomas Amberger liiert war?«, hakte Huber nach.

Karlo Schmid legte den Kopf schief. »Das ist richtig. Aber die beiden sind schon seit einer Ewigkeit ein Paar.«

»Trotzdem könnte man sagen, dass Ihnen Sonja Mayrhofer nähergestanden hat als ihr Lebensgefährte?«

Ein Nicken folgte, und Huber konnte deutlich sehen, dass Karlo Schmid um Fassung rang. Seine Hände blieben ständig in seinem Schoß in Bewegung, und sein Blick war rastlos. Er überlegte einen Moment, sich zu erkundigen, wie nahe sie sich denn genau standen, aber das erschien ihm doch zu plump.

»Wie war sie so?«, fragte er stattdessen.

»Sonja war ein toller Mensch. Das wird Ihnen jeder bestätigen. Empathisch, mit sich und der Welt im Reinen, zugewandt. Sie konnte zupacken, war überaus klug und dennoch sehr weiblich.«

Huber zog bei der letzten Bemerkung eine Augenbraue hoch und platzierte die nächste Frage: »Was haben Sie am vergangenen Wochenende gemacht, Herr Schmid?«

»Vergangenes Wochenende? Nichts Besonderes. Ich war die meiste Zeit hier. Ich arbeite unter der Woche lange und mache dann Erledigungen: Wäsche, einkaufen, was halt so anfällt.«

»Könnte das jemand bezeugen?«, setzte Huber sofort nach. »Ihre Freundin vielleicht?«

»Nein. Ich lebe alleine. Die Kassiererin im Supermarkt möglicherweise ... Der ist hier gleich ein paar Straßen weiter.« Schmid strich sich über die Oberschenkel. Plötzlich fuhr sein Kopf hoch, ihm schien die Tragweite von Hubers Fragen bewusst zu werden. »Warum wollen Sie das alles überhaupt wissen? Ich meine ... was habe ich denn mit Sonjas Unfall zu tun?«

Huber hielt dem Blick von Schmid stand, beantwortete aber keine der Fragen, sondern machte sich Notizen.

»Was schreiben Sie da?«, fragte Karlo Schmid und rutschte auf die äußerste Kante der Lehne.

Wieder schwieg Huber bewusst und schrieb unbeirrt weiter.

»Hören Sie, ich habe keine Ahnung, was hier gerade läuft, aber das alles gefällt mir nicht.« Schmids Atem ging schnell, und mit einem Mal sprang er auf.

Neugierig beobachtete Huber, wie er zu seinem Schreibtisch schritt, der unter einem Fenster am anderen Ende des Raumes stand. Er blätterte hektisch in seinem Kalender.

»Sie wollten wissen, wann ich sie zuletzt gesehen habe? Hier steht es«, sagte Schmid hastig, deutete mit dem Finger auf einen Eintrag und setzte sich wieder auf das Sofa. »Ich habe mich vor zehn Tagen mit Sonja getroffen. Zum Abendessen. Sie können gerne bei dem Restaurant nachfragen, ich habe damals den Tisch telefonisch reserviert. Das war das letzte Mal, dass ich sie gesehen habe.«

»Ist Ihnen an dem Abend etwas an ihr aufgefallen? War Frau Mayrhofer anders als sonst?«

»Ich weiß nicht, was Sie hören wollen.«

»Ich möchte mir einfach nur ein Bild über den Abend machen«, erklärte Huber gelassen und klemmte den Stift an seinen Block.

»Mir ist jedenfalls nichts besonders aufgefallen. Wir haben uns unterhalten. Über den Job, was so passiert ist. Es war alles wie immer.« Er strich sich über die Beine, beobachtete Huber genau.

»Hat sie etwas von Ihrem Verlobten erzählt? Gab es vielleicht Unstimmigkeiten oder einen Streit?«

Schmid schüttelte den Kopf. »Die beiden wollten heiraten.«

Das war keine Antwort auf seine Frage, aber Huber ließ es dabei bewenden. Vielmehr richtete er seine Aufmerksamkeit in eine andere Richtung: »Haben Sie sich hier in München getroffen oder in Bad Tölz?«

Schmid zog die Augenbrauen zusammen. »Hier«, antwortete er knapp. »Wieso ...«

Huber unterbrach ihn barsch: »Waren Sie meist alleine mit Sonja Mayrhofer verabredet oder war auch ihr Verlobter dabei?«

»Wir haben uns immer nur zu zweit getroffen.«

»Und danach? Was haben Sie im Anschluss an das Essen gemacht?«

Schmid war zusehends irritiert. »Bin ich nach Hause gegangen. Was auch sonst«, antwortete er knapp und runzelte die Stirn.

»Haben Sie sie mal auf ihren Wanderungen begleitet?«

Huber sah Schmid direkt in die Augen. Der Kalender, den Schmid noch immer in der Hand hielt, zitterte.

»Vor Jahren. Aber in letzter Zeit nicht ...«, sagte er leise.

»Das wäre alles für heute«, schloss Huber abrupt seine Befragung ab, sicher, dass er noch einmal wiederkommen würde. Beim nächsten Mal zusammen mit Alexa Jahn. »Wir werden Sie kontaktieren, falls wir weitere Fragen haben.«

»Natürlich«, antwortete Schmid mit heiserer Stimme.

Huber gab Karlo Schmid seine Karte. Als er sie nahm, konnte Huber feuchte Abdrücke auf der Oberfläche des Kalenders sehen. Das reichte ihm. Jedenfalls beinahe.

Er ging durch den Flur, drehte sich aber im Türrahmen noch einmal um. »Nur eins noch«, sagte er. »Wie kam es, dass Sie den Rucksack wiedererkannt haben? Thomas Amberger sagte, dass Sie ihn auf Sonja Mayrhofers Verschwinden aufmerksam gemacht haben.«

Schmid leckte sich die Lippen, dann antwortete er: »Weil er ein Geschenk von mir war. Zu ihrem dreißigsten Geburtstag.«

47.

Er richtete den Kragen seines Mantels und wandte sich zur Tür. Endlich konnte er sich auf den Weg machen. Zum letzten Mal.

Sein Blick fiel in den Spiegel über der Kommode.

Tadellos.

Wie jemand von Bedeutung, würde man sagen.

Er trat aus der Tür, sog die frische Morgenluft in seine Lungen, vergewisserte sich, dass er alleine auf der Straße war, schloss die Tür hinter sich ab und hob mit einem gekonnten Griff den Koffer hoch, um ihn zu seinem Auto zu tragen.

Seine Knöchel waren weiß, aber sonst merkte man ihm die Anstrengung nicht an. Niemand würde auf den Inhalt kommen. Seine Weste war blütenrein. Und sie ließen sich davon blenden, während sein Verlangen, sich zu rächen, stetig wuchs.

Und sie hatten ja recht: Er hatte Bedeutung. Mehr als ihnen lieb sein würde.

Denn er hielt sich nicht bloß mit hohlen Phrasen und schnödem Blabla auf, wie so viele andere. Die nur mit Worten verletzten.

Er schuf Fakten. Blutig. Gewaltig.

Und würde damit alles verändern.

Alles.

48.

Gerade als Alexa wieder bei der Einsatzzentrale eintraf, öffnete Krammer die Autotür und stieg aus seinem Wagen. Seine Gesichtsfarbe war fahl, und er hatte dunkle Ringe unter den Augen. Anders als bei den bisherigen Treffen war er unrasiert. Er hatte die Haare mit Gel zurückgekämmt, was ihn älter machte. Anscheinend hatte der Kommissar keine gute Nacht gehabt. Außerdem fragte sie sich, ob er nicht doch krank war, denn sie meinte, einen gepeinigten Zug um seinen Mund zu erkennen. Er sah sich um und suchte offenbar den Eingang zur Einsatzzentrale.

Rasch stellte sie Steins BMW ab, rief seinen Namen und eilte zu ihm. Aber bevor sie ihm zur Begrüßung die Hand geben konnte, hielt er ihr eine Zeitung entgegen.

»Morgen. Ich hatte dir ja eine Ausgabe versprochen. Außerdem wollte ich dich vorwarnen. Es wird bald eine klare Order von oben geben, wie unsere Einheiten künftig miteinander arbeiten sollen.«

Alexa überflog die reißerische Schlagzeile sowie den kurzen Text und faltete dann die Zeitung zusammen.

»Und wie ist deine Meinung dazu? Denkst du, wir sollten etwas ändern?« Sie sah ihm forschend in die Augen.

Krammer zuckte die Schultern und wich ihrem Blick aus. »Das wird wohl kaum zur Debatte stehen. Mein Chef war nicht glücklich über meinen Alleingang.«

»Und warum bist du dann heute trotzdem hergekommen?«

»Damit du nicht denkst, ich hätte mich über dich beschwert. Unser kurzer Zusammenstoß gestern, du weißt schon.« Er scharrte mit dem Fuß im Kies und hielt den Blick weiter gesenkt. »Und weil ich lieber weiter an dem Fall arbeiten möchte, als auf irgendwelche depperten Entscheidungen zu warten.«

Sie lächelte. Zum ersten Mal hatte sie das Gefühl, dass sie und Krammer doch noch ein gutes Team werden könnten. »Geht mir genauso. Und bis wir etwas Gegenteiliges hören, sollten wir einfach weitermachen.«

»Du bist nicht sauer wegen der Pressesache?«

Sie winkte ab und schüttelte den Kopf. Doch Krammers Blick blieb weiter misstrauisch.

»Es war doch nur eine Frage der Zeit, bis die Medien von der Sache Wind bekommen, oder?«, sagte sie. »Deshalb sollten wir uns beeilen, solange hier bei uns nichts in dieser Art veröffentlicht wurde. Und sehen wir es mal positiv: Vielleicht bekommen wir darüber ja noch Hinweise, die uns weiterhelfen.« Dann schob sie ihn am Arm in Richtung Eingang. »Ich stell dich jetzt dem Team vor. Und dann überlegen wir, wie wir weitermachen.«

Kurze Zeit später standen sie gemeinsam vor Alexas Karte. Sie zog mit einem Lineal rote Linien zwischen den drei Fundorten. Dann trat sie zurück und schüttelte frustriert den Kopf.

»Das schaffen wir niemals. Das Gebiet ist viel zu groß, um es mit unseren wenigen Leuten flächendeckend zu durchsuchen. Selbst wenn die Bergwacht wieder hilft, bräuchten wir dafür Wochen.«

»Und wenn wir freiwillige Helfer hinzuziehen?«

»Ich weiß ja nicht einmal, wonach ich sie suchen lassen soll«, sagte Alexa. »*Es wird mehr Tote geben* ist ja nicht gerade eine konkrete Ansage. Vielleicht ist unser Mann längst ganz woanders. Es ist klar, dass er ein Fahrzeug benutzt. Ich vermute sogar, dass es ein geländegängiges ist, denn ich war gestern noch einmal unten am Berghang und kann mir beim besten Willen nicht vorstellen, dass er den Oberkörper die gesamte Strecke getragen hat. Zumal er ja in derselben Nacht auch noch die Grenze überquert hat, um den Müllsack am Achensee zu deponieren. Und den Fuß in Rottach.«

»Aber er könnte hier angefangen haben«, merkte Krammer an. »Immerhin wurde die Leiche da oben am Berg am aufwendigsten zur Schau gestellt. Ergo hat er hier die meiste Zeit verbracht.«

Nachdenklich sah Alexa ihren österreichischen Kollegen an. »Dann glaubst du also auch, dass die Fundorte eine Bedeutung haben?«

Bevor Krammer ihr darauf eine Antwort geben konnte, eilte Biberger zu ihnen. Alexa suchte nach Huber, der aber nirgends zu sehen war. Seltsam. Er hätte eigentlich längst von der Befragung von Karlo Schmid zurück sein müssen. Sie schaute kurz auf ihr Handy, doch da war keine Nachricht von ihm.

Der Kollege hielt einen Zettel in der Hand.

»Das Handy unseres Opfers war kurz wieder angeschaltet. Die Kollegen konnten es orten. Nicht weit von hier, mitten im offenen Gelände. Ich habe die Koordinaten notiert. Soll ich jemanden hinschicken?«

Alexa wechselte einen Blick mit Krammer und schüttelte dann den Kopf. »Danke, aber darum kümmern wir uns selbst. Bitte check währenddessen mit den anderen, ob jemand in den letzten zehn Tagen hier oder in der näheren Umgebung einen Geländewagen gemietet hat. Der Rest des Teams soll bitte überprüfen, ob uns eine weitere Vermisstenmeldung vorliegt, die vom Profil her zu Sonja Mayrhofer passen könnte. Vielleicht ist noch eine andere Person ähnlichen Typs verschwunden. Und zuletzt frag auch bitte noch einmal bei der Forensik nach, ob es irgendwelche Auffälligkeiten an der Kleidung der Toten oder an dem Rucksack gab. Blätter, die für die Gegend untypisch sind, Bodenspuren oder irgendwas in der Art.«

Der Mann zögerte kurz, nickte dann aber und kehrte an seinen Schreibtisch zurück.

An Krammer gewandt fuhr sie fort: »Können wir deinen Wagen nehmen? Dann sehen wir nach harmlosen Touristen aus, und keiner kommt darauf, wonach wir wirklich suchen.«

Er blickte an sich herab, und sofort musste auch Alexa lächeln. Mit Hemd, Blazer und seinem halblangen Mantel ging Krammer ganz sicher nicht als Ausflügler durch.

49.

Sie folgten den Angaben, die auf dem Zettel standen, und fuhren aus dem Ort heraus, hielten sich zunächst auf der Bundesstraße 13 in Richtung Sylvensteinspeicher / Achensee.

Die Koordinaten leiteten sie offenbar direkt zur Grenze, also weg vom Brauneck, genau auf die andere Seite der Isar. Nach der nächsten Ortschaft bog Krammer links ab, und der Weg führte sie den Berg hinauf. Es war weit und breit keine Siedlung mehr in Sicht. Sie fuhren in ein dichtes Waldgebiet, und schon bald wich die asphaltierte Straße einem Schotterweg, der schmal und unwegsam war. Das Gelände passte. Von Anfang an war sie überzeugt gewesen, dass der Täter sich irgendwo verschanzt hatte, wo ihn niemand stören würde.

Alexa fragte sich, wie lange sie mit Krammers Wagen noch weiterkommen würden, doch er kannte sich offenbar mit solchen Strecken aus, blieb konzentriert und schien nicht eine Sekunde darüber nachzudenken, die Fahrt zu beenden. Das Navi zeigte an, dass sie erst in einer knappen Viertelstunde am Ziel wären.

Der Wagen holperte durch ein Schlagloch. Krammer sog die Luft ein und verzog das Gesicht. Der Schlag war ihm vermutlich direkt in den Rücken gefahren. Doch er ließ sich nichts anmerken, und so zog Alexa es vor, sich einen Kommentar zu verkneifen.

Unwillkürlich musste sie an Brandl denken und daran, was ihm bei der letzten Suchaktion passiert war. Krammer war allerdings weitaus schlanker und trainierter. Instinktiv griff sie dennoch nach ihrem Handy und war froh, dass sie einen vollen Akku und Empfang hatte. Man konnte nie wissen.

»Eine Nachricht? Pfeifen uns die Chefs schon zurück?«, wollte Krammer wissen.

»Was? Nein, nichts dergleichen. Ich wollte nur wissen, wie spät es ist.«

Alexa sah aus dem Fenster, aber man konnte nur ein paar Meter weit schauen, so dicht war der Wald hier. An einzelnen Stellen entdeckte sie letzte Reste Schnee. Die Sonne hatte auf dieser Seite des Berges nicht genug Kraft gehabt, um ihn zu schmelzen.

Plötzlich öffnete sich der Wald, und sie ruckelten quer über eine Bergwiese, an deren schattigen Rändern ebenfalls noch einige Schneeflecken lagen. Vor Erleichterung atmete sie auf, schalt sich aber gleichzeitig, weil sie die Beklemmung, die sie jedes Mal in den Wäldern empfand, einfach nicht in den Griff bekam. Doch an diese Umgebung musste sie sich wohl oder übel gewöhnen. Je schneller, desto besser.

Schon nach wenigen Metern stoppte der Wagen. Der Weg endete abrupt direkt an einem Waldsaum.

Krammer deutete auf das Navi.

»Von hier aus müssen wir zu Fuß weiter. Aber es kann nicht mehr weit sein. Ich gebe die Koordinaten noch in mein Handy ein. Warte.«

Er tippte. 47° 37`52.2« Nord und 11° 38`19.2« Ost.

»Wir müssen uns einfach geradeaus halten«, sagte er und machte den Eindruck, als hätte er eine solche Suche schon häufiger unternommen. Was gut war, denn sie selbst verlor in freiem Gelände leicht die Orientierung.

Als sie in den Wald hineinliefen, kam Wind auf. Die Fichten über ihnen wankten, und ein Rauschen setzte ein. Alexa wischte sich eine feuchte Spinnwebe aus dem Gesicht. Irgendwo rieben zwei Baumstämme aneinander und ließen dabei ein morsches Knirschen vernehmen.

»Wanderst du öfter?«, beeilte sie sich zu fragen, um sich von ihrer aufsteigenden Unruhe abzulenken. In der Stadt hatte sie nie solche Ängste verspürt. Selbst mutterseelenalleine mitten in der Nacht nicht.

Obwohl Krammer bei ihr war, fühlte sie sich hier in der Natur völlig ungeschützt. Was, wenn der Mörder von Sonja Mayrhofer sie bewusst in diese Einöde gelockt hatte? Wenn er sich hier in der Gegend auskannte, wäre er ihnen haushoch überlegen.

Äste knackten unter ihren Schritten. Sie leckte ihre trockenen Lippen und versuchte auf Krammer aufzuschließen, doch das dichte Geäst und der unebene Boden hielten sie weiter hinter ihm.

»Nicht mehr oft. Aber zu Anfang, als ich mich nach Innsbruck habe versetzen lassen, bin ich in jeder freien Minute in die Berge. Es gibt tolle Routen dort. Musst du mal ausprobieren, ich kann dir Tipps geben, wenn du willst.«

Alexa zog es vor, nicht weiter darauf einzugehen, denn sie befürchtete, dass er ihre Abneigung gegen die Berge bemerken und vielleicht persönlich nehmen würde. Immerhin war es sein Zuhause.

Wenigstens war dieser Teil des Waldes nicht so steil wie bei der Suche am Brauneck. Unwillkürlich fragte sie sich, ob die Tote hier ihre letzten Schritte gemacht hatte. Ob dies der letzte Anblick für sie war. Gerade tröstlich empfand sie die Gegend nicht. Eher düster und furchteinflößend.

Ein morscher Baumstamm lag ihr im Weg, und die Luft roch nach faulem, moderigem Laub. Sie konnte nur einige Meter weit sehen, so dicht standen die Tannen hier. In der Dämmerung würde man erst sehr spät bemerken, wenn sich jemand näherte. Viel zu spät.

Sie schüttelte die Gedanken ab, umrundete das Hindernis.

Doch da war noch etwas. Ein unbehagliches Gefühl kroch ihr den Rücken hinauf.

Abrupt blieb sie stehen. Ihr kam es vor, als würde jemand sie beobachten. Sie lauschte. Hatte da nicht etwas geraschelt? Alexa strengte die Augen an, versuchte in dem dichten Unterholz etwas zu erkennen. Hinter einem riesigen Strauch nahm sie eine Bewegung wahr. Sie duckte sich, um bessere Sicht zu haben. Aber da war nur Gestrüpp und sein Schattenspiel im Wind. Mehr nicht. Vermutlich hatte sie sich durch das diffuse Licht täuschen lassen.

Als sie weiterlief, peitschte plötzlich ein Schuss durch das Tal, ein paar Vögel stoben auf, und ein heftiger Windstoß ließ die riesigen Bäume ächzen.

Danach war alles wieder still. Totenstill.

Sie suchte Krammers Blick, der kurz stehen geblieben war, dann aber abwinkte. »Sicher ein Jäger«, meinte er und lief weiter.

Doch ihre Unruhe ließ sich einfach nicht abschütteln. Reiß dich zusammen, ermahnte sie sich. Hier ist niemand. Sie straffte die Schultern und hielt den Blick stur geradeaus.

Krammer beschleunigte seinen Schritt, achtete jedoch darauf, nicht über Äste oder kleine Erhebungen zu stolpern. Alexa tat es ihm gleich. Das Wurzelwerk, das sich über den Boden zog, erinnerte sie an das Geflecht von Adern.

»Hier im Umkreis muss es sein«, sagte er, drehte sich einmal um die eigene Achse und ging dann ein paar Schritte weiter, die Augen suchend auf den Waldboden gerichtet.

Während sie sich in die andere Richtung wandte, versuchte sie, sich ganz auf den Ort zu konzentrieren. Sie atmete tief ein, sog die kalte Luft in die Lungen. Dann betrachtete sie die Umgebung so genau wie möglich, suchte nach abgebrochenen Ästen, einem plattgedrückten Busch oder irgendetwas, das auf die Anwesenheit eines Menschen hingedeutet hätte. Ohne Erfolg. Nichts schien anders zu sein als an jedem anderen Ort, den sie zuvor passiert hatten. Aber was hatte sie auch erwartet? Blutspuren? Sonja Mayrhofers Unterwäsche?

Als sie schon aufgeben wollte, bewegte sich etwas zwischen den Bäumen, und sie konnte deutlich Schritte hören. Dieses Mal war sie sicher – sie hatte sich nicht getäuscht!

»Da hinten«, rief sie Krammer zu und rannte los.

Immer wieder schlugen ihr Äste ins Gesicht, raubten ihr die Sicht auf die flüchtende Gestalt, die nicht mehr als ein dunkler Schatten war.

»Polizei! Bleiben Sie stehen!«, schrie sie.

Der Wald wurde dichter, und sie konnte die Gestalt kaum noch ausmachen, folgte nur den Geräuschen und ließ sich von ihren Instinkten leiten. Sie keuchte, kam auf dem feuchten Untergrund ins Straucheln, musste Tempo herausnehmen. Doch sie würde sich nicht abschütteln lassen. Sie musste den Kerl kriegen!

Sie schlug einen Haken, beschleunigte und versuchte, die Wegstrecke abzukürzen. Als sie endlich das Gefühl hatte, etwas aufzuholen, tat sich ein tiefer Graben vor ihr auf. Gerade noch rechtzeitig krallte sie sich an einen Baumstamm, um nicht dort hineinzurutschen, verletzte sich dabei aber an der Innenfläche der Hand. Zischend unterdrückte sie einen Schmerzenslaut, bemüht, schnell wieder festen Stand zu finden.

Ihr Atem ging stoßweise, hastig schaute sie nach allen Seiten. Doch die Geräusche des Flüchtenden waren verstummt, und sie konnte auch keine Bewegung mehr ausmachen. Sie hielt die Luft an. Lauschte. Aber da war nichts zu hören, außer dem Wind in den Wipfeln.

Verdammt! Irgendwo musste der Kerl sein. Wo hatte er sich bloß versteckt? Sie sah sich nach Krammer um, doch der war in weiter Ferne zurückgeblieben.

Sie spähte in das Dunkel, hoffte, der Täter würde sich irgendwie verraten. Minutenlang. Nichts passierte. Im Grunde konnte er überall sein. Womöglich hielt er sich ganz in der Nähe hinter einem Gebüsch verborgen und harrte dort einfach aus. Wütend ballte sie die Faust. Aber es hatte keinen Sinn, noch tiefer in den Wald zu laufen. Alleine würde sie ihn nie finden.

Es blieb nur eine letzte Möglichkeit: Sie zog ihre Waffe und schoss in die Luft. Vielleicht konnte sie ihn damit aufscheuchen. Sie konzentrierte sich ganz auf ihr Gehör. Doch alles blieb ruhig. Nur das Echo des Schusses hallte im Tal wieder. Der Flüchtige jedoch war wie vom Erdboden verschluckt.

Resigniert steckte sie ihre Waffe wieder in das Holster, sog das Blut aus ihrer Wunde und kehrte dann zu Krammer zurück, der ihr ein Stück entgegenkam. Der Schnitt brannte wie Feuer, und sie ärgerte sich, dass sie nicht wie Krammer Lederhandschuhe anhatte.

»Hast du erkennen können, wer das war?«, fragte er.

Sie schüttelte den Kopf. »Ein dunkler Schatten, mehr war nicht zu sehen. Ich könnte nicht einmal mit Bestimmtheit sagen, ob es ein Mann oder eine Frau war. Er war einfach zu weit weg.«

»Sollen wir die Bergwacht rufen?«

»Bis die hier sind, ist der Kerl über alle Berge. Der kennt sich aus, da bin ich sicher.«

Krammer nickte und beeilte sich, wieder zurück zu der Stelle zu kommen, an der sie zuletzt gesucht hatten.

Doch die Idee, das Handy in dieser Gegend zu finden, erschien Alexa mit einem Mal irrsinnig. Der Wald war dicht und unwegsam, und das Areal, in dem es sich in die Funkzelle eingewählt haben konnte, war relativ groß. Außerdem würde sie wetten, dass die Person vor wenigen Minuten damit direkt vor ihren Augen abgehauen war.

Weil sie keine Lust hatte, ihre Zeit weiter zu vertun, wählte sie die Nummer, die sie mittlerweile auswendig konnte … und zuckte zusammen, als ganz in der Nähe ein Klingelton zu hören war.

»Das kommt von dort«, brachte Krammer atemlos hervor. »Lass es weiterklingeln, dann kann ich mich besser orientieren.«

Er hastete ein paar Schritte nach rechts, umrundete die fast mannshohe Wurzel eines umgestürzten Baumes und verschwand für einen Moment dahinter. Kurz darauf hörte sie ihn laut fluchen. Noch eine Tote!, schoss es ihr durch den

Kopf. Doch schon tauchte er wieder auf, ging ein Stück zurück, hob die Schultern.

Als das Geräusch verstummte, wählte Alexa erneut.

Sie sah, dass Krammer vorwärts hastete, stolperte, sich aber gerade noch an einem Baum abstützen konnte. Dann stieg er über einen Stein, bückte sich, schob etwas beiseite und hielt triumphierend ein Smartphone hoch.

50.

Eine knappe Stunde später hatte Klaus Ott, der IT-Spezialist der Soko, bereits das Passwort geknackt und konnte auf alle Daten von Sonja Mayrhofers Handy zugreifen.

»Das wird euch beide interessieren«, sagte Ott und hielt Alexa das Gerät entgegen, das zum Schutz in einer Plastiktüte steckte.

»Sakra«, entfuhr es Krammer.

Alexa konnte es ihm nicht verübeln. Die Liste zeigte für die Nacht ihres Verschwindens eine ganze Reihe von Anrufen, die offenbar nicht rausgegangen waren. Mehrmals hatte sie die Nummer von Thomas Amberger gewählt. Im Minutentakt. Vermutlich hatte sie keinen Empfang gehabt. Auch die 110 hatte sie gewählt. Vergebens.

Sie ließ das Gerät sinken. Diese Liste war wie ein Spot, der auf die letzten Minuten im Leben von Sonja Mayrhofer gerichtet war. Damit war eines völlig klar: Sie war nicht überrascht worden. Sie hatte gewusst, dass ihr jemand auf den Fersen war. Und hatte verzweifelt versucht, Hilfe zu holen.

Aber offenbar war ihr nicht klar, dass ohne Empfang nur mit dem internationalen Notruf 112 eine Weiterleitung in das nächstgelegene Netz – und damit zu einem Rettungsdienst – möglich war. Mit der Nummer der Polizei lief der Notruf ins Leere.

»Ich habe das Handy von Amberger gleich gecheckt«, sagte Ott. »Bei ihm ist keiner der Anrufe eingegangen. Jetzt wissen wir mit Sicherheit, dass sie sich zuletzt in einem Funkloch aufgehalten hat.«

Alexa wischte sich über die Stirn und brachte nur ein knappes »Danke« hervor.

»Du solltest dir auch unbedingt noch die Foto-App ansehen. Da ist noch mehr.«

Eilig öffnete Alexa die App und wusste gleich, was Ott meinte: Sonja Mayrhofer hatte ein Foto gemacht – aber es war sehr dunkel und schien verwackelt, und sie konnte beim besten Willen nichts darauf erkennen.

»Du musst es vergrößern«, sagte Ott und deutete in die untere Ecke des Bildes.

Alexa zoomte den Ausschnitt mit den Fingern heran und strich das Plastik glatt. Jetzt erkannte auch sie mehr: Da war Waldboden zu sehen. Im Hintergrund Baumstämme, die sich schwarz gegen den dunklen Nachthimmel abhoben. Und ganz unten in der Ecke war noch etwas.

»Das könnte ein Bein sein. Eine Jeans«, murmelte sie.

Ott nickte.

Krammer zog seine Lesebrille aus dem Sakko und bat sie, ihr das Gerät zu reichen.

»Stimmt. Das ist definitiv die Wade von jemandem«, murmelte er, verkleinerte das Bild wieder. Mit gerunzelter Stirn drehte und wendete er das Handy.

»Was gibt es?«

»Ich frage mich, aus welcher Position sie das gemacht hat.«

Alexa verstand, was er meinte. Es sah aus, als sei das Foto von schräg oben aufgenommen worden.

»Vielleicht war sie auf der Flucht und hat gar nicht gemerkt, dass sie die Kamera ausgelöst hat«, versuchte sich Alexa an einer Erklärung. »Schließlich deutet alles darauf hin, dass sie in Panik war.«

Krammer gab ihr das Gerät zurück, schien aber immer noch in Gedanken zu sein. Alexa reichte es an Ott weiter und bat ihn, das Foto an alle zu senden. Und sich auch die anderen Dateien und Apps genau anzusehen. Vielleicht hatte er bei seinem ersten Check noch irgendetwas übersehen. Und danach sollte das Handy unbedingt in die KTU, um es auf Fingerabdrücke prüfen zu lassen. Auch wenn Alexa recht sicher war, dass sie sich das eigentlich sparen konnte. Denn es hatte an keinem der Fundstücke je einen Fingerabdruck gegeben.

»Worüber denkst du nach?«

Krammer schüttelte erst den Kopf, doch nach einer Weile machte er seinen Gedanken Luft: »Erinnerst du dich noch, wo wir das Handy gefunden haben?«

»Natürlich. Wieso fragst du?«

»Wir konnten das Handy orten, hätten den Kerl auch noch fast erwischt. An dem Ort, an dem Sonja Mayrhofer auf ihn traf, gab es allerdings definitiv kein Netz.«

Jetzt endlich verstand Alexa. »Vielleicht hat er sie absichtlich in eine Einöde gelockt, damit sie niemanden zu Hilfe rufen konnte. Der Kerl kennt sich hier aus, dessen sind wir uns ja schon lange sicher.«

»Möglich.« Krammer schürzte die Lippen. »Ich glaube aber eher, jemand will uns absichtlich auf eine falsche Fährte setzen.«

»Du meinst, der Täter macht sich einen Spaß und schmeißt ihr Handy einfach irgendwo in den Wald?«

»Zum Beispiel. Die Leichenteile hat unser Mann ja auch verstreut. Sogar in zwei Ländern. Dabei haben wir bis auf ihre Beine im Achensee keine Verbindung zu Österreich feststellen können.«

Damit hatte Krammer recht. Es war durchaus möglich, dass der Täter sie von etwas wegführen wollte. Auch der Rucksack hatte mitten auf einem Waldweg gestanden, weit entfernt von der Leiche. Andererseits hatte sie den schon damals als ein Zeichen gesehen. Denkbar wäre aber auch, dass der Täter ihnen eine Falle stellen wollte, er jedoch nicht damit gerechnet hatte, dass sie das Ding so schnell finden würden.

Bevor sie den Gedanken weiterverfolgen konnte, fuhr Krammer mit seinen Überlegungen fort.

»Und noch etwas: Der Mann kannte das Opfer. Euer Ott hat zwar den Zugang entsperren können, aber wie hätte ein Wildfremder das tun sollen? Ohne Hilfsmittel, mitten im Wald?«

»Du spielst wieder auf Amberger an, oder? Wird das nicht langsam zu einer fixen Idee? Immerhin waren wir bei ihm, als die SMS des Täters auf seinem Handy eintraf. Außerdem ist er kein Kletterer. Ich weiß nicht, ob er die Leiche auf die Demmelspitze bekommen hätte.«

Krammer zuckte die Schultern. Ihr Argument schien ihn nicht zu überzeugen. Noch einmal dachte sie über die Liste der Anrufe nach, die sie gesehen hatten. Wie verzweifelt Sonja Mayrhofer versucht hatte, ihren Verlobten zu erreichen. Vielleicht wusste sie, dass sie nicht mehr lange zu leben hatte. Und wollte ihm eine letzte Nachricht zukommen lassen.

»Warte!« Alexa eilte zu Otts Schreibtisch hinüber und bat

ihn, die Liste der Textnachrichten an Amberger aufzurufen. Vielleicht hatte Sonja Mayrhofer versucht, ihm zum Abschied zu schreiben. Wenn die SMS nicht rausgegangen war, müsste sie noch auf dem Handy gespeichert sein.

»Es gibt keine. Die habe ich gleich als Allererstes gecheckt«, antwortete er.

»Wie meinst du das?«

»Entweder haben sie nie Textnachrichten miteinander ausgetauscht, was ungewöhnlich wäre, aber nicht unmöglich. Oder der Kommunikationsverlauf wurde komplett gelöscht. In der Anrufliste taucht Ambergers Nummer auf. Regelmäßig. Immer zur gleichen Uhrzeit. Aber bei der schriftlichen Kommunikation ist absolute Fehlanzeige.«

Und doch war eine Nachricht mit ihrem Absender bei Amberger angekommen. Eine hatte es also mindestens gegeben. »Kannst du uns die Liste irgendwie wiederherstellen? Meist sind die Daten ja noch irgendwo greifbar, oder?«

»Das hängt vom Speicherort ab. Ich kann es mit einem Datenwiederherstellungsprogramm versuchen. Aber wenn die Nachrichten ausschließlich auf der SIM-Karte gespeichert wurden, habe ich keine Chance.«

Das hatte Alexa fast befürchtet. »Versuche es trotzdem bitte, ja?!«

Andererseits konnten sie auf Ambergers Handy alles nachlesen. Stünde etwas Wichtiges darin, wäre dieses Manöver völlig unnütz. Es sei denn, jemand wollte den Verdacht auf Amberger lenken ... Ganz bewusst.

51.

Alexa hatte ein Meeting anberaumt, um die nächsten Schritte des Teams zu koordinieren. Endlich war auch Florian Huber wieder aufgetaucht. Ohne sie eines Blickes zu würdigen, ging er direkt zu seinem Tisch, zog die untere Aktenschublade auf und stopfte etwas hinein. Er sah abgekämpft aus, aber sie wollte ihn nicht vor allen anderen auf sein merkwürdiges Verhalten ansprechen. Es reichte, dass sie sich einmal vor dem Team gestritten hatten.

Dann sah sie zu Krammer hinüber, dem sie aus einem Lagerraum einen kleinen Tisch sowie einen Stuhl organisiert hatte, der direkt an ihren Platz angrenzte. Es war mehr als provisorisch, aber ihm Brandls Schreibtisch zu geben, schien ihr nicht angemessen. Doch falls ihr oberster Boss hier aufkreuzen sollte, was laut Krammer zu befürchten war, wollte Alexa auf keinen Fall den Eindruck erwecken, sie habe den österreichischen Kollegen nicht mit offenen Armen empfangen. Sie kannte ihn noch nicht, aber Reisinger war jung und als harter Knochen bekannt, ein ganz anderes Kaliber als Brandl. Wenigstens war ihr das so zugetragen worden.

Sie musterte Stein, Ott, Biberger und die anderen Kollegen, die telefonierten, tippten oder in ihre Rechner schauten. Sie fragte sich, was sie jetzt wieder über sie reden würden, nachdem sie den Täter hatte entwischen lassen. Sicher nichts Gutes.

Mit einem wütenden Schnaufen konzentrierte sie sich auf das Blatt, das vor ihr lag und auf dem sie sich Stichpunkte gemacht hatte. Gegen Unsicherheit half nur eines: sich so intensiv wie möglich vorzubereiten. Sie hatte noch gute zehn Minuten, um sich genau zu überlegen, wie sie das Team einteilen wollte. Bei der gestrigen Vermisstensuche hatte Huber das übernommen, aber dieses Mal durfte sie das Heft nicht aus der Hand geben.

Sie grübelte weiter. Dass die Vermisste wieder aufgetaucht war, hatten alle längst mitbekommen. Also würde sie mit dem Tegernsee starten. Die Kollegen aus Bad Wiessee hatten bereits einen ihrer Leute in die Soko entsandt. Ein junger Kerl mit Seitenscheitel und gepflegtem Kinnbart, der wirkte, als würde er jeden Abend eine Falte in seine Hose bügeln. Alexa schaute an sich herunter und bemerkte die Knitterfalten in ihrem Shirt. Sie zog es runter, schloss kurzerhand einen Knopf ihrer Jacke und stellte sich vor ihren Schreibtisch.

»Kommt doch mal bitte kurz zusammen«, sagte sie mit fester Stimme, und sofort lag die Aufmerksamkeit bei ihr. »Zunächst möchte ich euch den Kollegen Max Kneifl von der PI Bad Wiessee vorstellen, der uns neu zugeteilt wurde, um alles mit der dortigen Dienststelle zu koordinieren. Möchtest du gleich beginnen? Was gibt es denn über unseren neuesten Fund zu berichten?«

Aus dem Augenwinkel beobachtete sie, dass Huber sich einen Stuhl herangezogen hatte und sich direkt neben sie setzte.

»Die Nägel der Toten sind nicht mit Nagellack, sondern mit einem Lackstift angemalt worden. Der Hersteller steht noch nicht fest, aber das Labor arbeitet daran.«

Alexa sah auf. Damit hatte sie also recht gehabt.

»Außerdem sind uns einige Fahrzeuge gemeldet worden, die in den letzten Tagen in der Nähe der Villa geparkt waren. Aber die Beschreibungen sind vage, und natürlich hat sich niemand die Kennzeichen gemerkt. Eine der Nachbarinnen glaubt sich an einen spitzen Schrei zu erinnern, den sie am frühen Abend gehört haben will. Aber der kann wohl kaum von der Toten gekommen sein. Wir haben auch eine Menge Fingerabdrücke gesichert, aber bisher keine Übereinstimmung ausmachen können.«

Er hielt einen Moment inne.

»Es scheinen wohl ein paar Jugendliche in der Gegend herumgelungert zu haben. Die Kamera einer anderen Villa ist zur Straße hin ausgerichtet. Auf den Aufzeichnungen konnte man sie davonlaufen sehen. Aber wer weiß, warum sie es so eilig hatten.«

»Kann man die beiden anhand der Bilder identifizieren?«

Er schüttelte den Kopf. »Wenn du mich so direkt fragst: nein. Die Qualität ist wegen der Dunkelheit sehr schlecht. Gesichter kann man definitiv nicht erkennen. Vom Körperbau her könnten es ein Junge und ein Mädchen sein. Aber wir werden die Bilder in der Nachbarschaft herumzeigen. Vielleicht weiß trotzdem jemand, um wen es sich handelt.«

»Gut. Mach das. Wir haben mittlerweile auch die Befragung der Arbeitskollegen unserer Toten abgeschlossen. Alle zeichnen dasselbe Bild: Sonja Mayrhofer war unkompliziert, höflich, fleißig, freundlich, aber relativ verschlossen und nicht der gesellige Typ. Hier scheint sich bisher also auch keine Spur aufzutun.« Dann wandte sie sich an Krammer. »Und was gibt es Neues vom Achensee?«

»Durch das Medienspektakel haben wir Hunderte von Meldungen. Leider geht es uns ähnlich wie dem Kollegen aus Miesbach. Meine Kollegin Roza Szabo kümmert sich intensiv um die Auswertung. Sie sagt, es sind viele Wichtigtuer dabei. Aber sie bleibt dran. Außerdem haben die Kriminaltechniker die Untersuchung abgeschlossen. Es handelt sich um einen handelsüblichen Müllsack, der Täter hat keine weiteren Spuren hinterlassen.« Er räusperte sich. »Außer einer winzigen Tannennadel, die wohl unter dem Klebeband haftete. Aber da wir davon ausgehen, dass die Frau während einer Wanderung überfallen und ermordet wurde, verwundert das sicher niemanden.«

»Ist die Nadel denn aus dem Gebiet hier?«

Die plötzliche Stille im Raum war erdrückend. Obwohl kein Anwesender das Gesicht verzog, konnte Alexa aus den Blicken lesen, wie ihre Frage von den Kollegen aufgenommen wurde. Doch sie ließ sich nicht aus dem Konzept bringen, sondern konzentrierte sich bloß auf Krammer und wartete seine Antwort ab.

»Natürlich wird die Herkunft überprüft«, sagte Krammer völlig neutral. »Bisher habe ich dazu noch keine Angaben.«

»Wir sollten nichts aus dem Blick verlieren. Immerhin wissen wir nur, wo Sonja Mayrhofer *nicht* umgebracht wurde: weder in ihrem Haus in München noch in der Wohnung in Bad Tölz. Solange wir den Tatort nicht kennen, erscheint mir deshalb keine Spur zu dumm, dass wir es uns leisten könnten, sie vorschnell abzutun.«

Sie wandte den Kopf und suchte den Blick jedes einzelnen Kollegen. Interessanterweise nickte ihr nur die weibliche Beamtin zu, die Marie Strasser hieß. Immerhin.

»Ich habe die Kameraaufzeichnungen der BOB geprüft«, meldete diese sich daraufhin zu Wort. »Sonja Mayrhofer hat definitiv am Samstagmorgen die Bahn von Tölz nach Lenggries genommen. Sie hatte den Rucksack dabei, den wir am Brauneck gefunden haben. Wir haben an dem Tag auch jeden Zug gecheckt, der nach Bad Tölz zurückfuhr, aber sie war definitiv nicht darin.«

»Gut zu wissen. Danke dir. Und Florian, was hat eigentlich die Befragung von Karlo Schmid ergeben?«

Er fasste kurz zusammen und berichtete, dass Schmid seinen Fragen teils ausgewichen war und auch für den Tag, an dem Sonja Mayrhofer verschwunden war, kein Alibi besaß. Er hielt es durchaus für möglich, dass er weit mehr für Sonja Mayrhofer empfand, als er zugeben wollte.

Endlich. Ein erster Anhaltspunkt.

»Gut, dann haben wir jetzt Folgendes zu tun: Wir brauchen einen Durchsuchungsbeschluss für die Wohnung von Karlo Schmid. Inklusive des Kellers. Vielleicht finden wir dort den Lackstift. Und wir sollten Evi Reusch ein Foto von ihm zeigen. Vielleicht erinnert sie sich daran, ob er Sonja Mayrhofer mal begleitet hat. Dann muss jemand Konstantin Bergmüller befragen, den früheren Mieter der Bad Tölzer Wohnung. Immerhin hatte der den Schlüssel. Und da Lenggries der letzte bekannte Aufenthaltsort von Sonja Mayrhofer ist, habe ich mich entschlossen, noch einmal eine Suche am Brauneck zu starten. Natürlich gibt es auch die Möglichkeit, dass sie mit dem Auto ganz woanders hingebracht und dort getötet wurde, aber ich bleibe dabei, dass dieser Ort von zentraler Bedeutung sein könnte. Schließlich hat hier alles seinen Anfang genommen, und wie wir gehört haben, ist sie definitiv mit der Bahn hergekommen. Ganz konkret suchen wir nach einem Unterschlupf, den der Täter genutzt haben könnte, um ihre Leiche zu zerteilen. Da die Tote auch gewaschen wurde, muss er Wasser zur Hand gehabt haben. Er wird das kaum mitten im Wald getan haben, denn sonst hätten wir sicher Spuren von Blättern oder Nadeln an ihrem Körper gefunden. Außerdem brauchte er Handschuhe, Stroh, einen Tacker, Seife oder andere Reinigungsmittel, Handtücher oder Lappen, um die Tote abzutrocknen. Insofern kommen auch Höfe oder Ähnliches in Frage. Vielleicht fällt jemandem ein Ort ein, an dem der Täter das alles zur Verfügung hatte. Könntest du dich derweil um die Befragung von Bergmüller und um Schmid kümmern, Florian?«

Huber zuckte zusammen, als wäre er mit den Gedanken ganz woanders gewesen. »Moment. Hast du nicht selbst gesagt, dass der Täter mit dem Auto überall gewesen sein kann? Warum sollen dann alle erneut hier suchen?«

»Stimmt. Aber er hat den Rucksack und nun auch das Handy in der direkten Umgebung platziert. Insofern wäre es durchaus möglich, dass er sich in seinem Versteck so sicher fühlt, dass er das Wagnis eingeht, diesen Radius nicht zu verlassen. Und wenn wir annehmen, dass sie am Samstag ermordet wurde...«

»Und wie willst du das Gebiet absuchen?«, fiel Huber ihr ins Wort. »Wir haben viel zu wenig Leute. Und zu wenig Zeit, um das riesige Areal zu durchforsten, das du in diesem Dreieck auf deiner Karte eingezeichnet hast.«

Wie auf Kommando murmelten die Kollegen, schienen Hubers Meinung zu teilen.

Doch mit dem Einwand hatte Alexa gerechnet. »Wir bekommen Verstärkung von der Bergwacht. Tobi Gerg hat mir zugesagt, dass er uns mit seiner Mannschaft unterstützt. Aber ich will das Gebiet natürlich nicht ziellos durchkämen. Es geht mir darum, bestimmte Häuser zu überprüfen. Ich denke da an Berghütten, die zur Miete stehen, stillgelegte Almen, Schutzhütten, verlassene Höfe. Jeder kann sich heute noch Gedanken dazu machen und mir die Orte zurufen, dann bilden wir morgen kleinere Teams, die zu den Gebäuden gehen und die dortige Umgebung noch einmal gründlich untersuchen. Wenn er Sonja Mayrhofer durch den Wald geschleppt hat – und davon ist nach dem Foto, das wir auf ihrem Handy gefunden haben, mit hoher Wahrscheinlichkeit auszugehen –, dann müssten wir etwas finden. Reifen- oder Schleifspuren, vielleicht ist im Unterholz etwas von ihrer Kleidung hängen geblieben oder aus ihrer Tasche gefallen, zum Beispiel der Hausschlüssel oder ihre Brieftasche, denn ihre restlichen persönlichen Gegenstände fehlen ja immer noch.«

»Ich bin dabei«, ließ Krammer vernehmen.

Ein dankbares Lächeln huschte kurz über Alexas Lippen, aber um die anderen nicht zu provozieren, setzte sie sofort wieder eine neutrale Miene auf.

Doch das hätte sie sich sparen können, denn das Team schenkte ihr keine Beachtung mehr. Geschäftiges Gemurmel erfüllte den Raum. Max Kneifl stand mit zwei Kollegen vor der großen Tafel und deutete auf einen Ort auf der riesigen Karte.

Huber wackelte nervös mit dem Bein und sprang dann unvermittelt in die Höhe, wobei er sie leicht touchierte.

»Tja, ich mache mich wohl am besten auf den Weg«, knurrte

er. Doch entgegen seiner Äußerung hielt er gleich wieder in der Bewegung inne und fügte in leiserem Ton an. »Übrigens soll ich dich vom Chef grüßen. Er hat sich ein wenig gewundert, dass du dich nicht gemeldet hast, um ihm zu sagen, dass die Vermisste wieder aufgetaucht ist.«

Alexas Augen verengten sich. Gerade als sie zu ihrer Verteidigung vorbringen wollte, wie schlecht es ihm bei ihrem letzten Anruf gegangen war, setzte er seine Rede fort: »Aber es ist wohl kein Wunder, dass du ihm keine Rechenschaft mehr ablegen willst. Du hast hier ja alles voll im Griff, wie ich sehe. Vergiss dabei aber nicht: Irgendwann kommt er wieder.«

»Wie bitte?«, brachte sie bloß hervor.

Doch Huber musterte sie nur von oben bis unten, stieß heftig die Luft aus, schnappte sich Jacke und Autoschlüssel und marschierte ohne ein weiteres Wort in Richtung Ausgang.

Hubers Unterstellung hatte sie so überrascht, dass sie bloß regungslos dastand. Seine Worte waren wie eine kalte Dusche gewesen.

Zwei der Kollegen, die sich ganz in ihrer Nähe aufhielten, sahen ihm ebenfalls nach und steckten die Köpfe zusammen. Sie hatten alles mitangehört, und an ihren Mienen konnte Alexa ablesen, dass sie es sicher nicht für sich behalten würden. Im Gegenteil. Für Gesprächsstoff war nun definitiv gesorgt.

Und wieder einmal war bewiesen, dass sie noch einen weiten Weg vor sich hatte, bis sie in dieser Inspektion akzeptiert werden würde. Vor allem, solange Huber alles dafür tat, es ihr möglichst schwer zu machen.

52.

Als Alexa sich am Abend auf den Weg zu ihrer Pension machte, war es bereits dunkel. Krammer hatte sie mitnehmen wollen, aber sie hatte abgelehnt. Bewegung würde ihr guttun und Klarheit in ihre Gedanken bringen. Zumindest hoffte sie das.

Sie war noch immer sauer auf Huber, der sich bis zu ihrem Feierabend nicht mehr gemeldet hatte. Aber schlimmer wog, dass sie an diesem Tag erneut keine wesentlichen Fortschritte verzeichnen konnte. Nichts, aber auch gar nichts fügte sich in diesem Fall ineinander. Das Handy war mittlerweile auf Fingerabdrücke untersucht worden, aber wie nicht anders zu erwarten, war der Täter gründlich gewesen und hatte keine verwertbaren Spuren darauf hinterlassen. Die Überprüfung von Sonja Mayrhofers Bankkonto hatte ebenfalls keine ungewöhnlichen Bewegungen erkennen lassen.

Immerhin hatten sie herausgefunden, dass die Nachricht an Amberger nicht von Sonja Mayrhofers Handy gesendet worden war. Es handelte sich um eine Fake-SMS, die man mittels einer Website mit einem gefälschten Absender an jeden beliebigen Adressaten schicken konnte. Sogar die Uhrzeit und das Datum konnte man angeben.

Krammer hatte recht behalten: Der Mörder wollte sie in die Irre leiten. Er hatte das Handy wahrscheinlich absichtlich mitten im Wald versteckt. Irgendwo, nur möglichst weit weg vom echten Tatort. Damit hielt er sie auf Trab, ließ sie an immer neuen Stellen suchen. Er spielte mit ihnen. Aber um ein Haar hätte sie ihn dort geschnappt. Es gab also eine Möglichkeit, ihn zu kriegen, denn er war noch nicht über alle Berge, sondern hier. Ganz in der Nähe.

Blieb die Frage, ob die Ankündigung von weiteren Toten ebenfalls nur Schwindel war. Und warum jemand Amberger mit dieser Drohung konfrontierte. Hatte er Feinde? Ging es bei all dem gar nicht um Sonja, sondern um ihn?

Zu dieser Theorie würde passen, dass jeder Befragte Sonja Mayrhofer als eine nette und unkomplizierte Person beschrieben hatte. Amberger hingegen polarisierte mit seiner Art, schien nicht ganz so beliebt und hatte aufgrund seiner Beschäftigung im Finanzbereich möglicherweise keine ganz reine Weste.

Aber wie passte dann die verschwundene Unterwäsche dazu? Die lackierten Zehennägel? Nein. Es musste etwas anderes dahinterstecken.

Alexa hatte sich noch Hubers Protokoll des Gesprächs mit Karlo Schmid ansehen wollen, doch das ließ auf sich warten. Allerdings war sie selbst es gewesen, die ihn mit einer weiteren Befragung beauftragt hatte. Es war zum Verrücktwerden, es gab zu viele Fragen und keine einzige befriedigende Antwort! Sie betete, dass sie bei der morgigen Suche fündig wurden.

Sie wog ihr Handy in der Hand und überlegte, sich bei Brandl zu melden, um ihm ihre Probleme ganz offen darzulegen. Ehrlich währt am längsten, war immer ihr Motto gewesen. Es war früher Abend und noch nicht zu spät, um in der Klinik anzurufen. Aber nicht hier draußen.

Entschlossen beschleunigte sie ihren Schritt.

Plötzlich lenkte etwas ihre Aufmerksamkeit ab: Ein feuchter Fleck glitzerte auf dem Asphalt. Mitten auf der Straße. Zunächst dachte sie, ein Auto hätte dort Motoröl verloren. Doch als sie näher kam, sah sie im Schein der Straßenlaterne, dass das, was da glänzte, wie Blut aussah.

Der Fleck war ungefähr so groß wie ihr Handteller. Sie bückte sich, steckte den Finger in die Lache und roch daran. Es war Blut. Kein Zweifel. Bei näherem Hinsehen erkannte sie nun, dass sich noch eine schmale Spur zum Seitenstreifen hin erstreckte. Eine Gänsehaut lief ihr über den Rücken.

Sie spähte über die Wiese, konnte aber in der Dämmerung nichts erkennen. Mit der Taschenlampe ihres Handys folgte sie dem Rinnsal. Da entdeckte sie noch etwas: das Profil eines Schuhs. Jemand war in die Lache getreten. Sie sah sich um, war jedoch ganz alleine auf der Straße.

Obwohl sie sich schon fast paranoid vorkam, bückte sie sich, legte ihren Dienstausweis neben den Abdruck, damit sie einen Größenvergleich hatte, und schoss ein Foto. Dann noch von der Straße und der Blutlache.

Sie ging vorsichtig weiter, doch mit einem Mal riss die Spur ab. Auch in der Wiese, die zu ihrer Linken lag, konnte sie nichts entdecken. Sie ging bis zu dem Zaun, der sie umspannte. Aber bis auf eine Ziege, deren Glockengeläut ihr Kommen ankündigte, war nichts zu sehen.

»Ich sehe schon Gespenster!«, schalt sie sich und machte das Licht mit einem Seufzer aus. Vermutlich hatte jemand ein Tier angefahren. So was passierte.

Sie steckte das Handy wieder in die Tasche und folgte der Straße, die unterhalb eines Hügels verlief, auf deren Kuppe einige Häuser standen. Die Besitzer hatten direkten Blick auf das Brauneck.

Der Anblick eines gemütlich erleuchteten Wohnzimmers dort oben beruhigte sie wieder. Ihre Nerven waren einfach überspannt. Am besten wäre es, das Gespräch mit ihrem Chef gleich hinter sich zu bringen und danach in aller Ruhe mit ihrer Mutter zu telefonieren. Auch das hatte sie viel zu lange aufgeschoben. Es wäre schön, eine vertraute Stimme zu hören, und sie konnte etwas Rückhalt gerade gut gebrauchen.

Sie zwang sich zu einem Lächeln. Sie musste optimistisch bleiben, durfte sich nicht von dem Gegenwind entmutigen lassen. Nur wenn sie selbst überzeugt von sich blieb, konnte sie auch ihr Bestes geben.

Immerhin war sie auf diese Aufgabe vorbereitet. Die ganzen letzten Jahre hatte sie darauf hingearbeitet, da würde sie jetzt nicht unter der Verantwortung zusammenbrechen, nur weil alles nicht so reibungslos verlief, wie sie es sich vorgestellt hatte. Sie entschied, noch rasch den Supermarkt zu stürmen, der um die Ecke lag, und sich eine Familienpackung Schokoeis zu kaufen. Wenn sie sich schon Brandls Kritik aussetzen musste, dann wenigstens mit einem dicken Fell. Im wahrsten Sinne des Wortes.

Von ihren eigenen Gedanken abgelenkt, wäre sie fast über einen großen Knüppel mitten auf der Straße gestolpert. Er lag direkt hinter einer steilen Kurve. Ein Autofahrer hätte den sicher nicht rechtzeitig gesehen, um bremsen oder ausweichen zu können, ging es ihr durch den Kopf. Sie beeilte sich, das Holz mit dem Fuß ins Gras zu bugsieren.

Da erst sah sie es: Am Ende des Knüppels glitzerte es

feucht. Sie kniete sich hin und spürte, wie ihr kalt wurde. Es handelte sich wieder um Blut.

Ruckartig fuhr sie hoch, spähte angestrengt in die Dunkelheit. Aber niemand war zu sehen.

Angespannt ging sie weiter. Einen knappen Meter entfernt lag etwas am Straßenrand. Schon bald erkannte sie, worum es sich handelte: ein kleines Tier. Der Kopf war nur noch ein Gemisch aus Blut, Fell und Knochen. Der Hinterleib war beinahe unversehrt, und so war sie sicher, dass es sich um einen Marder handelte.

Aber das hier war kein Unfall. Das Tier war brutal zu Brei geschlagen worden. Vielleicht war es krank oder verletzt gewesen und konnte seinen Peinigern deshalb nicht schnell genug entfliehen.

Doch wer tat so etwas? Mitten im Ort. Auf der Straße. Nicht im Schutz der Nacht, sondern zu einer Uhrzeit, zu der Menschen von der Arbeit zurückkehrten. Ein unbehagliches Gefühl stieg in ihr hoch. Erneut schaute sie zu den Häusern hoch, die ihr mit einem Mal wieder fremd erschienen. Fröstelnd zog sie den Kragen ihrer Jacke enger, bildete einen schützenden Kokon um sich.

Der Hunger auf Eis war ihr erst einmal gründlich vergangen. Plötzlich erinnerte sie sich wieder an etwas, das sie beinahe aus den Augen verloren hatte.

Resolut wischte sie sich die Tränen aus ihrem Gesicht und rief Gerg an. Er kannte bestimmt denjenigen, der hier im Ort für die Beseitigung des Kadavers verantwortlich war. Anschließend würde sie ihn bitten, sie bei der Frau mit den Katzen abzusetzen, von der ihr die Pensionswirtin am Morgen erzählt hatte.

53.

Das Haus lag ganz am Ende der Gasse. Es handelte sich um ein ehemaliges Gesindehaus, das früher zu einer Mühle gehört hatte, erklärte ihr Gerg auf der Fahrt. Diese stand schon lange nicht mehr. Das Haus selbst, das ungefähr aus dem Jahr 1900 stammte, war ein Baudenkmal. Immer wieder kam es zu Diskussionen, da die Greitnerin, wie sie alle hier nannten, nicht die Mittel hatte, es wiederherzurichten. Im jetzigen Zustand war es jedoch ein echter Schandfleck für den Ort.

Gerg hatte angeboten, sie zu begleiten, aber Alexa wollte ihm nicht noch mehr Zeit stehlen. Nachdem sie ihm zum Abschied zugewinkt hatte, näherte sie sich langsam dem ockergelben Haus, das tatsächlich schon bessere Tage gesehen hatte. Einer der weinroten Fensterläden fehlte völlig, und an verschiedenen Stellen kam das rötliche Mauerwerk unter dem Putz zum Vorschein. Mit handwerklichem Geschick und einem Batzen Geld wäre daraus ein Schmuckstück geworden. Ein Haus in Alleinlage, mit Blick auf die Felder und einer Reihe von hohen alten Bäumen. Manch einer hätte für so was sicher ein Vermögen bezahlt.

Alexas Schritte knirschten auf dem Kiesweg. Auf der obersten der drei Stufen, die unter ein Vordach direkt zur Haustür führten, sah sie ein paar Teller und Schüsseln stehen, auf denen Essensreste lagen. Es roch nach altem Fleisch. Im

Dämmerlicht suchte sie nach einer Klingel, doch als sie diese nicht finden konnte, klopfte sie an die Holztür.

Gespannt lauschte sie. Nichts war zu hören. Sie klopfte erneut, dieses Mal weniger zaghaft. Vielleicht hörte Fanny Greitner nicht mehr so gut oder hatte den Fernseher laufen.

Als die Tür sich schließlich öffnete, stand Alexa einer kleinen Frau in einer blauen Kittelschürze gegenüber, die ihr graues Haar zu einer Flechtfrisur hochgesteckt hatte und deren Rücken gebeugt war. Aus schmalen Augenschlitzen beäugte sie ihr Gegenüber.

»Guten Abend, Frau Greitner, bitte entschuldigen Sie die späte Störung. Mein Name ist Alexa Jahn von der Kripo Weilheim. Ich untersuche gerade einen Fall hier in der Gegend und hätte ein paar Fragen an sie. Dürfte ich kurz hereinkommen?«

»Wieso?«, fragte die Frau mit finsterem Blick.

»Vielleicht können wir uns kurz setzen, es dauert auch nur ein paar Minuten«, antwortete Alexa ausweichend, lächelte aber, um ihr zu zeigen, dass sie nichts im Schilde führte.

Die Frau zögerte, schaute an Alexa vorbei. »Sagen Sie einfach, worum es geht.«

Natürlich, schoss es ihr durch den Kopf: Ich bin ohne ein Auto da. Sie war zu Recht misstrauisch. Schnell zog sie ihren Dienstausweis heraus und hielt ihn der Frau hin.

Endlich trat die Greitnerin zur Seite und nickte kurz.

Alexa stand direkt in der Wohnküche des Hauses. Zu ihrer Linken gab es eine Eckbank mit einem großen Esstisch davor. Vor dem seitlichen Fenster befand sich ein weiterer schmaler Tisch, auf dem ein alter Nähkasten, diverse Socken und andere Stoffsachen lagen. Auf dem Kachelofen stand ein dampfender Topf.

Nicht die altbackenen Möbel waren es, die Alexa erstaunten, sondern die Tatsache, dass sie überall Katzen sah. Mindestens sechs konnte sie auf Anhieb zählen. Selbst aus dem Inneren der großen Anrichte auf der rechten Seite des Raumes sah sie die blitzenden Augen einer weiteren Katze leuchten. Es roch nach einem Gemisch aus abgestandener Luft, Schweiß, Katzenstreu und Kohl.

Die Frau rührte in dem riesigen Suppentopf, murmelte etwas Unverständliches, verschloss ihn mit einem Deckel und zog ihn mit gehäkelten Handschuhen ein Stück zur Seite, während zwei der Katzen mit erwartungsvollem Blick neben ihr herliefen, so als hofften sie auf Futter.

Dann kam die Greitnerin wieder zu Alexa zurück, räumte einen Stapel Tageszeitungen von einem der Stühle auf die Eckbank und wies darauf. Sie selbst setzte sich ebenfalls.

»Geht es um die Tote an der Demmelspitze?«, fragte Fanny Greitner sie unumwunden.

Verdutzt sah Alexa sie an. »Sie wissen davon?«

»Wer weiß denn nicht davon? Kommt ja nicht jeden Tag vor, dass eine Tote bei uns in den Bergen hängt.«

Eine weiße Katze mit roten Flecken sprang auf ihren Schoß, drehte sich einmal um die eigene Achse und rollte sich dann schnurrend zusammen. Der harte Blick der Frau veränderte sich, und mit einem kurzen »Na« begann sie das Tier zu kraulen.

»Während unserer Suche am Brauneck sind wir noch auf etwas anderes gestoßen. Eine Frau aus dem Ort hat mir gesagt, dass Sie im letzten Herbst eine Katze vermisst haben.«

»Welche Frau? Was wird über mich geredet?« Wieder hatte

Fanny Greitner einen feindseligen Gesichtsausdruck, und ihre Hand verharrte kurz auf dem Tierrücken.

Da der Name der Pensionswirtin nichts zur Sache tat und sie kein böses Blut schaffen wollte, fuhr Alexa fort: »Hatte die Katze grau getigertes Fell?«

Die Augen der Frau, die ein trübes Grün hatten, waren gespannt auf Alexa gerichtet. Sie nickte. »Der Peterle.«

»Es tut mir leid, Ihnen das sagen zu müssen, aber ich fürchte, wir haben Ihr Tier gefunden. Jemand hat es zu Tode gequält.«

Die Frau seufzte einmal tief, und schon kamen zwei weitere Katzen angelaufen und strichen maunzend um ihre Beine, so als wollten sie ihr Trost spenden. Sie schaute zu ihnen herab, lächelte kurz, blieb aber stumm. Dabei fuhr sie sanft über das Fell der anderen Katze.

Ihre Hände waren recht klein, hatten braune Altersflecken, und die Haut wirkte spröde. Ihre Fingernägel waren sorgfältig gekürzt. Sie war offenbar eine Frau, die viel anpacken musste. Vermutlich machte sie das Holz selbst, das rings um das Haus gestapelt war. Wie auch alles sonst hier, dachte Alexa und musste unwillkürlich an ihre eigene Mutter denken, die genauso autark war, aber sonst grundlegend anders. Gutmütig. Positiv.

»Ist so etwas schon häufiger vorgekommen?«, fragte Alexa sanft, war sich aber nicht sicher, ob die Frau sie gehört hatte. »Dass eines Ihrer Tiere verschwunden ist?«

Fanny Greitner zog hörbar die Nase hoch, dann hob sie die Katze auf ihrem Schoß kurz an, schlug die Beine übereinander und setzte das Tier sanft wieder ab.

Eine andere Katze auf der Eckbank war erwacht, machte

sich lang, streckte die Glieder durch und kam auf Alexa zu. Sie hatte nur einen kurzen Stummelschwanz, dessen Bewegungen seltsam ungelenk wirkten. Als sie den Kopf hob, schaute Alexa in ein blindes Auge. Fast schien es, als würden die Tiere selbst eine Antwort geben.

»Wissen Sie, ich habe schon lange abgeschlossen mit den Menschen. Die meisten taugen nichts. Als die Arbeit noch so hart war, dass die Kerle abends müde ins Bett fielen, da war noch alles in Ordnung. Aber heutzutage … Die rasen mit ihren Autos, trinken zu viel und fühlen sich dann stark. Wissen nicht mehr, wohin mit ihrer Kraft. Beweisen ihre Männlichkeit, indem sie sich an Schwächeren vergreifen, an Kreaturen, die ihnen von Natur aus unterlegen sind, die …« Sie hielt mitten im Satz inne, aber Alexa wusste genau, worauf die Alte hinauswollte. »Die Irre mit ihren Katzen nennen sie mich im Dorf. Die denken, ich wäre verrückt geworden, nachdem mein Mann weg ist. Abgehauen, einfach so. Ohne mir was zu lassen. Aber das stört mich nicht. Ich habe nicht viel, das stimmt.« Sie zuckte die Schultern. »Und eine Schande für den Ort bin ich. Aber ich will Ihnen eines sagen: Ich bin viel besser dran, seit ich alleine bin. Tiere kennen keine Falschheit, solange sie genug zu Fressen haben und man sie gut behandelt.«

Ihre kleinen Augen ruhten wieder auf der Katze auf ihrem Schoß. Ein sanftes Lächeln umspielte ihre Mundwinkel, während sie ihre Hand im Fell vergrub.

Die Worte der Frau waren bitter, jedoch machte sie nicht den Eindruck, als würde sie Groll gegen jemanden hegen. Im Gegenteil. Obwohl alles in ihrer Wohnung alt und abgenutzt war, schien sie eins mit sich und ihrer Umgebung, strahlte die

Gewissheit aus, am richtigen Ort zu sein. Völlig gelassen, die schmalen Füße in ausgetretenen, etwas zu großen braunen Pantoffeln aus Cordstoff. Sie besaß nichts – und hatte doch im Grunde alles. Und auch wenn sie Menschen nicht zu mögen schien, den Tieren gegenüber hatte sie ein weiches Herz, das konnte man sehen.

Die Schranktür öffnete sich, und die Katze, die Alexa schon bemerkt hatte, kam daraus hervor, machte erst einen Buckel und streckte sich dann. Im Hintergrund wurde das hohe Maunzen von mehreren Kitten hörbar, die so winzig waren, dass ihre Augen noch geschlossen und ihre Bewegungen zittrig waren. Das Bauchfell der Mutter hing schlaff herunter, so als hätte sie schon Dutzende solcher Würfe hinter sich. Mit hoch erhobenem Schwanz eilte sie zu einer der Schüsseln, die Alexa erst jetzt neben dem Nähtisch wahrnahm, und begann zu fressen.

»Wenn Sie wissen wollen, ob ich es jemandem aus dem Ort zutraue, dass er meinen Peterle gequält hat, dann kann ich nur sagen: ja. Aber einen Namen, den kann ich Ihnen nicht nennen. Ich bin nicht von hier, müssen Sie wissen. Aufgewachsen bin ich in Fall. Ein paar Kilometer in Richtung Grenze. Aber nicht in dem Ort, den Sie jetzt unter dem Namen finden. Mein Heimatdorf liegt auf dem Grund des Stausees am Sylvenstein.« Sie seufzte. »Obwohl ich nun schon viel länger hier lebe als dort, bin ich immer noch die Zugezogene. Eine Fremde. Die Leute hier vergessen das nicht und lassen es mich spüren. Dass ich nicht dazugehöre. Deshalb könnte es jeder gewesen sein, Frau Kommissarin.« Sie sah zu ihr auf und fügte mit bitterer Stimme an: »Hier hassen mich alle.«

54.

Drei Teams hatten sich gleich nach Sonnenaufgang für die Suche nach dem Tatort gebildet: Krammer hatte sich der Gruppe angeschlossen, die zur Jaudenalm aufbrach. Das Haus konnte ganzjährig gemietet werden, hatte in diesem Frühjahr laut Belegungsplan aber einige Wochen komplett leer gestanden. Das zweite Team war zu einer Schutzhütte am Geierstein aufgebrochen. Der Berg lag genau auf der anderen Seite von Lenggries und galt als Geheimtipp, weshalb dort die Chance auf Entdeckung für den Täter eher gering war. Außerdem hatten sie das Handy ebenfalls auf der dortigen Seite der Isar gefunden, und auch der Flüchtige im Wald hatte zunächst diese Richtung eingeschlagen. Das letzte Team sollte mit Gerg über verwitterte Wirtschaftswege ein paar verlassene Hütten im Isarwinkel abklappern. Ein Verwandter von ihm, der diese Wege wie seine Westentasche kannte, sollte die Gruppe treffen und über ungekennzeichnete Saum- und Reitsteige führen.

Alexa selbst wollte in der Einsatzzentrale bleiben, um die Teams zu koordinieren – und gegebenenfalls mit den letzten zwei Leuten im Alpenfestsaal Verstärkung anfordern oder selbst hinzustoßen. Stein überwachte den Funkverkehr der Teams, außerdem war ein junger Mann bei ihr, der Benedikt Born hieß und das Telefon hüten sollte.

»Weiß jemand, wo sich der Huber gerade aufhält?«, fragte

sie in möglichst neutralem Ton, doch beide schüttelten den Kopf. Schon den gesamten Vormittag war ihr Kollege nicht aufgetaucht. Sie hatte mehrmals versucht, ihn auf dem Handy zu erreichen – vergebens.

Auch wenn er gestern extrem sauer auf sie reagiert hatte, konnte sie sich dennoch nicht vorstellen, dass er unentschuldigt vom Dienst wegblieb. Sie checkte ihre Mails, hoffte, er hätte vielleicht ein Protokoll seiner Vernehmungen geschickt. Was nicht der Fall war.

Beunruhigt versuchte sie es erneut telefonisch, hinterließ eine Nachricht auf der Mailbox und bat ihn um Rückruf. Dann legte sie das Handy weg und pochte unruhig mit dem Zeigefinger auf die Schreibtischplatte. Andererseits hatte Brandl ihm im Krankenhaus aufgetragen, sich um seine Frau zu kümmern. Vielleicht erledigte Huber gerade die Wochenendeinkäufe für sie –, obwohl auch das keine Entschuldigung für den fehlenden Bericht war.

Es gab nur eine Person, die ihr vielleicht sagen konnte, was los war: ihr gemeinsamer Chef. Gestern war es nach dem Besuch bei der Greitnerin zu spät gewesen, um Brandl noch anzurufen. Aber welchen Eindruck würde es nun auf ihn machen, wenn sie nicht einmal wusste, was ihr Kollege tat? Damit würde sie sich als Teamleiterin selbst disqualifizieren. Ihn zu fragen schied somit aus – obwohl sie ein schlechtes Gewissen hatte, dass sie sich immer noch nicht bei ihm gemeldet hatte.

Nachdenklich nahm sie einen großen Schluck Tee aus ihrer Thermosflasche, sah erneut auf ihr Handy, legte es resigniert wieder vor sich auf den Tisch. Sie lugte zu Stein und Born hinüber, die beide konzentriert am PC arbeiteten. Sie hatte sie gebeten, alle Fälle von Tierquälerei der letzten paar Jahre zu überprüfen. Vielleicht hatten sie es ja doch mit einem Täter zu tun, der aus der Gegend stammte und dem Sonja Mayrhofer zufällig bei einer Wanderung begegnet war. Es war bekannt, dass Soziopathie oft mit dem Quälen von Tieren begann. Der Ansatz überzeugte sie zwar nicht, aber mangels Alternativen war es besser, als nichts zu tun.

Da sie momentan sowieso nur auf die Rückmeldung der Teams warten konnte, googelte sie die beiden Männer, auf die sie Huber angesetzt hatte und die derzeit ihre einzigen Verdächtigen waren. Die Suche nach Karlo Schmid blieb ohne Ergebnis. Sie fand einen Telefonbucheintrag, sonst jedoch nichts: kein Foto, kein Account in den sozialen Medien, bei Xing oder LinkedIn. Als sie jedoch Konstantin Bergmüller eingab, erhielt sie sofort mehrere Treffer. Allerdings von jemandem gleichen Namens, der Lehrer an einer Schule in Weilheim war, nicht in München. Frustriert klickte sie auf das Bild der Schulklasse, das von einer Klassenfahrt stammte, und staunte nicht schlecht: Sie kannte den Mann.

Es war derselbe, dem sie an ihrem ersten Tag am Münchner Bahnhof vor sechs Tagen die Türe aufgehalten hatte. Und der ihren peinlichen Auftritt auf dem Parkplatz bei der Talstation miterlebt und Hilfe angeboten hatte.

Verblüfft ließ sie sich gegen die Lehne ihres Schreibtischstuhls fallen und kaute an ihrem Stift. Sollte das etwa der Mann sein, der in Bad Tölz gewohnt hatte? Sein Name war nicht exotisch, aber allzu oft gab es ihn sicher nicht. Sie rief sich in Erinnerung, was Evi Reusch über ihn gesagt hatte: dass er laut Musik gehört hatte. Sie klickte das Foto an, überflog den zugehörigen Text. Er war mit seiner Schulklasse zum Wandern gefahren. Also war er vielleicht der Klassenleiter oder der Sportlehrer.

Sie fixierte mit ihrem Blick das Telefon. Sollte sie ihn anrufen? Besser, sie machte sich vor einem Zeugen lächerlich, den sie nie wiedersehen musste, als vor dem Team.

Schnell hatte sie das Protokoll der Befragung von Evi Reusch in der Fallakte gefunden, genau wie die Adresse in München, die Huber bereits recherchiert hatte.

Ohne länger zu überlegen, wählte sie die Nummer. Sie schaute auf die Uhr, fragte sich gerade, ob er am Samstag um diese Zeit überhaupt schon wach war, als sie eine tiefe Stimme hörte.

»Hallo?«

»Spreche ich mit Konstantin Bergmüller?«

»Ja.«

»Alexa Jahn, Kripo Weilheim. Wir ermitteln im Fall ...« Sie zögerte einen Moment, entschloss sich dann aber doch zu einer unpräzisen Formulierung. »Im Fall einer vermissten Person. Bei unseren Recherchen sind wir auf Ihren Namen gestoßen. Darf ich Ihnen ein paar Fragen stellen?«

»Natürlich«, antwortete er.

Im Hintergrund hörte sie Wasser rauschen, und es klapperte etwas Metallisches.

»Haben Sie früher in Bad Tölz gewohnt? In der Fröhlichgasse?«

»Bis vor zwei Monaten, richtig.«

Im Hintergrund gluckerte es jetzt. Er kochte sich einen Kaffee. Besonders beunruhigt schien er von ihrem Anruf also nicht zu sein.

»Kennen Sie das Ehepaar, das im Dachgeschoss wohnt?«

»Natürlich. Die beiden und die Frau Reusch waren ja meine Nachbarn. Aber worum geht es denn? Ich war schon ewig nicht mehr dort und weiß nicht einmal, wer nach mir da eingezogen ist. Wer wird denn überhaupt vermisst?«

Alexa zoomte das Klassenfoto größer und betrachtete sein Profil. Er hatte ein verschmitztes Lächeln, so als hätte er selbst mehr Streiche im Kopf als die Schüler, die neben ihm standen. Er trug auf dem Foto längere Bartstoppeln, die ihm zusätzlich einen verwegenen Ausdruck gaben. Lässig, aber nicht ungepflegt.

Sie entschied sich, noch keinen Namen preiszugeben. Doch das kurze Telefonat hatte schon mehr als deutlich gemacht, dass ihr Kollege gestern definitiv nicht mehr in München gewesen war. Vielleicht war die Untersuchung von Karlo Schmids Wohnung so ergiebig gewesen, dass Huber es nicht für nötig befunden hatte, Bergmüller einen Besuch abzustatten. Aber auch darüber hätte er sie informieren müssen.

»Dazu kann ich Ihnen im Moment aus ermittlungstechnischen Gründen nichts sagen. Aber wären Sie einverstanden, wenn wir uns heute Abend noch einmal kurz unterhalten? Sagen wir um 18.30 Uhr? Es dauert auch nicht lange.«

»Klar, das ist kein Problem. Soll ich aufs Revier kommen? Dann brauche ich bloß …«

»Sie müssen sich keine Umstände machen«, unterbrach sie ihn. »Ich schaue gerne heute Abend noch bei Ihnen vorbei.«

Lächelnd beendete sie das Gespräch. Die Aussicht darauf, nach München zu fahren, heiterte sie auf. Vielleicht konnte sie sich anschließend in der Innenstadt noch etwas Asiatisches besorgen. Sie liebte Sushi und fand sicher unterwegs einen Laden, in dem sie Lachs-Maki bekam. Wenn es nicht zu lange dauerte, könnte sie auch noch ins Kino gehen. Außerdem freute sie sich auf eine Spritztour mit dem Flitzer von Stein, den er ihr hoffentlich erneut leihen würde.

Sie schaute zu den Kollegen, aber es war immer noch ruhig, und keines der Teams hatte sich gemeldet.

Wieder betrachtete sie das Bild von Konstantin Bergmüller. Sein Lächeln hatte etwas Hintergründiges, das sie nicht recht deuten konnte. Und er war ein durchaus attraktiver Mann.

Könnten er und Sonja Mayrhofer eine Affäre begonnen haben? Er war zwar schätzungsweise zehn Jahre jünger als sie, aber was hieß das schon bei einem Seitensprung, einem Flirt? Vielleicht war es auch gerade sein Alter, das sie angezogen hatte. Er war definitiv ein völlig anderer Typ als der ernste Amberger.

Das Klassenfoto belegte, dass er Wanderungen nicht abgeneigt war. Und anders als Sonjas Verlobter hatte Bergmüller als Lehrer definitiv ab Freitagnachmittag Freizeit. Vielleicht war sie ja auf der völlig falschen Spur, dennoch druckte sie kurzentschlossen das Bild aus.

Sie dachte an den nackten Unterleib im Achensee. Man hatte Sonja Mayrhofer entblößt und zur Schau gestellt. Setzte sie die ganze Zeit auf das falsche Motiv? Ging es doch bloß um Sex? Wollte sie vielleicht wegen der bevorstehenden Hochzeit eine Affäre beenden – und ihr Geliebter war damit nicht einverstanden?

Alexa rutschte auf die äußerste Kante ihres Stuhls und merkte, dass ihr Bein nervös zitterte. Er lebte in München. In der Nähe des Paares. Er kannte ihre Gewohnheiten, war ihr Nachbar gewesen. Sie dachte an Line Perssons Vermutung, dass ein Stalker hinter dem Mord stecken könnte.

Ihre Gedanken setzten sich wie Puzzlesteine zusammen, fügten sich zu einem Bild, das zwar noch lückenhaft war, aber in sich stimmig.

Sie nahm das Foto, das Sonja Mayrhofer auf der Flucht gemacht hatte, von der Pinnwand und legte es neben den Ausdruck. Oder hatte sie seine Avancen zurückgewiesen? Was, wenn sie ein paar Wanderungen unternommen hatten und er mehr darin gesehen hatte? War er so verletzt gewesen, dass er ihr eines Nachts nachstellte? Ihr Blick fiel auf das Jeansbein unten in der Ecke.

Tief sog sie die Luft ein, hielt sie für einen Moment an, atmete dann ganz langsam aus, um sich wieder zu beruhigen. Viele der Täter kamen zum Ort des Verbrechens zurück. Immerhin hatte Alexa ihn am Brauneck getroffen. Ganz zufällig. Und er war ganz alleine dort gewesen.

Mitten in der Nacht…

55.

Er öffnete die Tür zu seiner Hütte. Ein Arbeitskollege war der Pächter, dem nach seiner Scheidung die Lust auf Einsamkeit vergangen war. Wegen seiner Kinder wollte er die Hütte jedoch nicht ganz aufgeben und hatte sie ihm untervermietet. Und während des Rosenkriegs, den das Paar führte, vermutlich vergessen. Es war die perfekte Gelegenheit. Halbjährlich gab er ihm die Miete in bar. Nirgends tauchte sein Name auf. Und sie war ganz in der Nähe von allen Orten, die er besuchen musste. Niemand hatte je Verdacht geschöpft, wenn er ihn sah – ein Wanderer, mehr war er nicht. Auf einer Tour mit großem Gepäck. Oder ein Biker, der unter dem verdreckten Helm unerkannt blieb.

Bis sie kam. Völlig unverhofft. Auf einmal stand sie im Türrahmen. Schaute genauso verblüfft wie er selbst. Und begriff sofort, was er vorhatte.

»Nein«, hatte sie nur gesagt. »Tu das nicht, bitte.«

Ihr Tod war nicht geplant. Aber aufzugeben kam nicht in Frage. Sie hatte seine Wut nie verstanden. Für sie hatte alles im Leben einen höheren Sinn. Wie eine besondere Art von Prüfung, die man bestehen musste, um zu reifen.

Aber das war Blödsinn. Es gab keinen Sinn. Es gab bloß die, die auf der sonnigen Seite standen, und die, die im Schatten des Lebens blieben. Egal, was er getan hatte, wie sehr er sich angestrengt hatte, die Dunkelheit war nie gewichen.

Sie konnte das nicht wissen. Sie kannte diese Gefühle nicht. Weder die Scham noch die Wut.

Sie hatte ihn immer angenommen, wie er war. Als Einzige. Aber sie kannte auch nur den Teil, den er ihr zeigen wollte. Die böse Seite hatte er stets vor ihr geheim gehalten. Bis zu diesem Tag.

Und so war in ihm nur eines gereift, immer weiter: sein Hass. Auf alles und jeden anderen.

Mittlerweile sogar auf sich selbst.

56.

Am frühen Nachmittag kamen die ersten beiden Teams kurz nacheinander von ihrer Suche zurück. Verschwitzt, durstig und wortkarg ließ sich einer nach dem anderen auf seinem Platz nieder. Die freiwilligen Helfer der Bergwacht waren bereits zu ihren Familien heimgekehrt. Bloß Gerg war noch dabei und machte durch ein kurzes Kopfschütteln deutlich, was Alexa schon beim Öffnen der Tür geahnt hatte: wieder nichts.

Sie hatten nicht nur die Hütten genau untersucht, sondern waren auch die Seitenbereiche neben den Wegen abgelaufen. Aber sie hatten nichts gefunden, was ihnen hätte weiterhelfen können. Gerg stand an der Pinnwand und markierte die Strecke, die sie abgesucht hatten.

»Nicht einmal eine tote Katze«, rief einer der Kollegen in den Raum, woraufhin einige verhalten schmunzelten. Der Kommentar war vermutlich auf den Auftritt der Greitnerin bezogen, die am Morgen, kurz bevor die Teams aufbrechen wollten, plötzlich in der Tür gestanden hatte. Ihr war im Nachgang zu dem Gespräch etwas eingefallen. In heller Aufregung erzählte sie von einem Mann, den sie in den letzten Monaten häufiger in der Gegend gesehen hatte. Beschreiben konnte sie ihn kaum, und den Namen wusste sie auch nicht. Aber sie kannte ihn von früher und beteuerte, dass er nie etwas Gutes im Schilde geführt hätte. Alexa solle diesem Bastard mal auf die Finger klopfen, denn sie war plötzlich absolut sicher, dass er ihre Katzen auf dem Gewissen hatte. Doch der Katzenmörder musste warten. So leid ihr die Frau tat, ein Menschenleben war immer noch wichtiger. Die Art, wie die Greitnerin sich am Morgen aufgeführt hatte, ließ allerdings erahnen, warum sie in Lenggries nicht allzu viele Freunde hatte.

Frustriert starrte Alexa an die Decke, dann checkte sie erneut ihre Nachrichten. Das Team von Krammer war noch unterwegs, aber da sie von ihm bisher rein gar nichts gehört hatte, ging sie davon aus, dass auch er mit leeren Händen zurückkam. Wenigstens würde er eine Liste der Mieter mitbringen, die die Alm in den letzten Monaten bewohnt hatten. Doch auch das hob ihre Laune nicht wesentlich.

Sie sah auf die Uhr. Huber hatte sich immer noch nicht gemeldet. Mittlerweile fand sie es nicht nur seltsam, sondern begann sich Sorgen zu machen. Ob ihm etwas zugestoßen war?

»Hat jemand von euch was von Florian gehört?«, fragte sie deshalb, ohne lange zu überlegen.

Allgemeines Kopfschütteln war die Reaktion.

»Steht morgen eigentlich wieder eine nutzlose Suche an oder können wir den Sonntag pausieren?«, rief Biberger ihr zu.

Die anderen nickten. Sie sahen wirklich erschöpft aus.

»Checkt doch bitte noch einmal die aktuelle Liste der Vermissten«, bat Alexa. »Wenn dort keine neue Personensuche aufgeführt ist, könnt ihr gehen. Ich halte hier die Stellung. Aber bleibt in Bereitschaft, falls es neue Hinweise gibt. Wir sehen uns dann am Montag.«

Dann wandte sie sich wieder ihrem Computer zu.

»Und Montag?«, fragte er weiter. »Ich meine, wir sitzen doch hier nur rum, wenn es nichts Neues gibt.«

Alexa schluckte ihren Frust herunter. Sie hatte ja selbst keine Ahnung, wie es weitergehen sollte.

»Das besprechen wir nächste Woche, wenn wir wissen, was die letzte Gruppe herausgefunden hat und was die Untersuchungen in Österreich ergeben haben.«

Aber er ließ nicht locker und fügte leise hinzu: »Oder sollen wir jetzt alles bis zur österreichischen Grenze absuchen und jeden Tag weiter durch die Wälder irren?«

Alexa hielt einen Moment inne und atmete tief durch. Doch es gelang ihr nicht mehr, sich zu beherrschen: »Wenn es dir nicht passt, wie ich die Ermittlungen führe – nur zu, du weißt, bei wem du dich beschweren kannst. Das gilt auch für alle anderen hier, die derselben Meinung sind. Solange ich es aber für richtig halte, das Gebiet abzusuchen, werden wir das weiter tun. Tobi Gerg hat mir von einem alten Fall berichtet, bei dem eine Vermisste erst nach Wochen tot aufgefunden wurde. Von den Verwandten, die nicht aufgegeben haben. Das Gebiet, in dem man diese Leiche fand, war auch zuvor schon durchsucht worden. Die Wälder hier sind unwegsam und dicht bewachsen, es gibt unzählige Felsen und Spalten, das wisst ihr besser als ich. Vielleicht haben wir also einfach nicht gründlich genug nach Hinweisen gesucht.«

Sie hielt Bibergers Blick stand, der nun längst nicht mehr so selbstbewusst dreinblickte.

In diesem Augenblick öffnete sich die Tür, und das letzte Team kam herein. Mittlerweile kannte sie Krammers Gesichtsausdruck, den er aufsetzte, wenn er unzufrieden war. Also wieder kein Fortschritt.

Entschlossen erhob sie sich, lehnte sich an die Tischplatte und fuhr mit fester Stimme fort. »Ich bin vielleicht mit der Gegend hier noch nicht so vertraut. Ich weiß nicht, wer mit wem wie lange in die Schule oder in den Kindergarten gegangen ist. Welche Orte miteinander im Clinch liegen. Aber ich weiß, wie Ermittlungen laufen. Und das nicht erst seit gestern. In unserem Fall haben wir es mit einem verdammt schlauen Täter zu tun. Alles, was er getan hat, folgte einem Plan. Zudem hat er eine Menge Selbstbewusstsein, dass er mit Leichenteilen durch die Gegend fährt, sie über Berge trägt, sogar über eine Grenze bringt. Er dringt in Villen und Wohnungen ein, ohne irgendeine Spur zu hinterlassen, hat die Häuser vermutlich schon länger beobachtet. Er ist uns also einige Schritte voraus. Aber wir können ihn einholen.«

Sie musterte die Gesichter. Niemand machte einen Mucks, und es war so still, dass man eine Stecknadel hätte fallen hören können.

»Irgendetwas übersehen wir. Wer den Sonntag zu Hause bleiben will – fein. Ich für meinen Teil werde noch einmal alle Hinweise durchgehen, die wir nach dem Presseaufruf bekommen haben. Und auch sämtliche Protokolle der Zeugenbefragungen, denn ich will wissen, wer Sonja Mayrhofer das angetan hat. Vorher gebe ich mich nicht geschlagen. Wer mich dabei unterstützen will, ist herzlich willkommen. Ansonsten sehen wir uns Montag um acht Uhr. Vielen Dank und einen schönen Feierabend.«

Erst als sie sich von der Tischkante wegschob, merkte sie, dass ihre Beine zitterten. Im Raum blieb es weiterhin erstaunlich ruhig, und niemand machte Anstalten zu gehen. Rasch nahm sie wieder Platz, um ihre Nervosität zu verbergen.

Krammer hielt als Einziger auf sie zu, bog dann aber zu seinem Schreibtisch ab, ohne ein Wort zu sagen.

Sie öffnete eine der Akten, obwohl sie keinen Blick hatte für die Dinge, die dort standen. Aber sie wollte sich nicht anmerken lassen, wie sehr sie die Situation gefordert hatte. Jetzt hätte sie eine Menge für einen kräftigen Schnaps gegeben. Oder auch zwei. Und einen Zigarillo. Sie trank und rauchte nicht oft, aber in Stressmomenten wie diesen griff sie manchmal zu beidem. Anschließend war ihr jedes Mal schlecht. Doch dann wüsste sie wenigstens, wieso sie sich mies fühlte.

Eine Handynachricht lenkte sie endlich ab. *Gut gebrüllt, Löwin*, stand da. Sie musste lächeln. Krammer. Er war ein echter Fuchs und hatte sein Lob vor den anderen verborgen. Vermutlich, weil auch er ein Außenseiter war und jedes anerkennende Wort seinerseits den Unmut im Team noch verschlimmert hätte.

Danke, schrieb sie deshalb zurück und verkniff es sich, ihn anzusehen.

Biberger, der zuvor gemeutert hatte, erhob sich und lief durch den Raum.

»Bis Montag dann«, sagte er und nickte Alexa zu.

Ein kleiner Punktsieg. Immerhin. Sie bedeutete ihm mit einer Geste, dass sie verstanden hatte. Es blieb abzuwarten, wie die Stimmung in den nächsten Tagen sein würde. Aber zumindest protestierte keiner mehr. Und es schloss sich ihm auch niemand an.

Nachdem sie erneut eine SMS an Huber geschickt hatte, sich umgehend im Alpenfestsaal zu melden, ging sie auf Stein zu und bat ihn, sich eine Mitfahrgelegenheit zu suchen, damit sie übers Wochenende ein Fahrzeug zur Verfügung hatte.

Sie würde in jedem Fall heute Abend noch mit Konstantin Bergmüller reden.

Und wenn es nur dazu diente, für ein paar Stunden von hier zu verschwinden.

57.

Alexa und Krammer gingen gerade die Liste mit den Mietern der Jaudenalm der letzten zwölf Monate durch, als Huber atemlos im Alpensaal auftauchte. Seine Haare standen struppig zu Berge, und Bartstoppeln überzogen seine sonst glatt rasierte Haut. Er sah ramponiert aus, und das hellblaue Hemd, das er trug, war definitiv mit keinem Bügeleisen in Berührung gekommen.

Ohne jedes Wort einer Erklärung setzte er sich an seinen Schreibtisch, startete den Rechner und durchwühlte die Papiere, die vor ihm lagen. Er machte den Eindruck, als würde er etwas suchen, wüsste aber selbst nicht genau, wonach.

Da Alexa nicht einordnen konnte, was mit ihrem Kollegen los war, bemühte sie sich, die Namensüberprüfung rasch zu einem Ende zu bringen. Alle Mieter waren aus anderen Bundesländern und aus großer Entfernung angereist. Nur die letzte Gruppe aus München, die die Hütte über Fasching gemietet hatte, könnte vielleicht interessant sein. Gerne überließ sie Krammer die weitere Überprüfung und ging zu Huber an den Schreibtisch.

»Können wir uns kurz unterhalten? Draußen?«

Er wischte sich mit dem Ärmel übers Gesicht, so als müsste er sich erst in die Realität zurückkämpfen, stand dann aber auf und ging voraus.

Es begann bereits zu dämmern, und die Kirchturmuhr

schlug fünf Uhr. Sie hatte also noch genug Zeit, bevor sie sich auf den Weg nach München machen musste.

»Kannst du mir bitte mal verraten, was eigentlich los ist? Es ist eine Sache, dass du nicht einverstanden bist, wie ich die Soko führe. Das kann ich akzeptieren. Es geht aber nicht, dass du Aufträge, die ich anordne, nicht zeitnah durchführst, meine Nachrichten ignorierst und hier den ganzen Tag lang nicht erscheinst.« Sie wartete auf eine Reaktion, aber er stand nur mit in die Taschen geschobenen Händen reglos vor ihr und starrte zu Boden. »Ich habe das Brandl noch nicht gemeldet. Und auch nicht dem obersten Boss. Bisher. Aber wenn das noch einmal vorkommt, sehe ich mich gezwungen…«

»Ich konnte nicht anders. Wirklich. Aber ich hole das nach. Heute Abend noch, versprochen. Das hat alles nichts mit dem Fall zu tun oder mit dir«, unterbrach er sie. Sein Gesicht war gerötet, und auch jetzt noch wich er ihrem Blick aus.

»Womit dann?«, fragte sie irritiert. Sie war gespannt auf seine Erklärung.

Bevor er etwas sagte, zog er die Schultern hoch und ballte die Hände in seinen Taschen zu Fäusten. Im Bruchteil von Sekunden veränderte sich seine Ausstrahlung komplett, und sie spürte, dass er sich nur noch mit Mühe beherrschen konnte. Instinktiv ging sie einen Schritt zur Seite.

Doch er schüttelte nur den Kopf, wandte den Blick zum Himmel und schwieg hartnäckig weiter.

Da ihr die Situation langsam merkwürdig vorkam, lenkte Alexa ein. »Jedenfalls weißt du jetzt Bescheid. Die Befragung von Bergmüller übernehme ich übrigens selbst, den Termin habe ich schon gemacht, als ich ewig nichts von dir gehört habe. Aber ich brauche den Bericht über dein Gespräch mit Karlo Schmid. Falls es dir heute nicht gut geht, kannst du Feierabend machen.« Und eine Dusche nehmen, dachte sie, verkniff sich jedoch den Kommentar. »Aber spätestens morgen Mittag brauche ich deinen Bericht und eine Genehmigung für die Hausdurchsuchung. Du kennst ja hier alle und kannst das sicher auch am Wochenende deichseln. Ich verlasse mich darauf.« Dann machte sie auf dem Absatz kehrt.

Als sie schon fast wieder an der Tür zum Alpenfestsaal war, hörte sie ihn zögernd reden. »Meine Frau ...«

Sie hielt inne, drehte sich jedoch nicht herum, sondern wartete gespannt, was er zu sagen hatte.

»Wir haben Streit. Schon länger. Diese Woche ist es völlig eskaliert und gestern ... Sie ist abgehauen. Ohne ein Wort zu sagen. Hat die Kinder einfach alleine zu Hause gelassen. Die haben mich irgendwann angerufen, weil sie seit dem Frühstück ... Sie waren völlig durch den Wind.«

Alexa drehte sich herum und blickte Huber prüfend an. Er stand weiter da, ließ die Schultern hängen und sah in die Ferne. Dann nahm er die Hände aus den Taschen und wischte sich mit dem Ärmel energisch über die Augen. Seine Lippen waren zu einem schmalen Strich zusammengepresst.

»Wie alt sind deine Kinder?«

»Was?« Er brauchte einen Moment, um sich wieder zu sammeln. »Milena ist fünf, fast sechs, und ihr Bruder Jan ist drei Jahre alt.«

Verdammt, dachte Alexa. Was für einen Grund mochte es geben, dass jemand so kleine Kinder allein zu Hause zurückließ? Aber sie wollte nicht vorschnell urteilen, sie kannte die Frau ja nicht einmal.

»Ich habe einfach Zeit gebraucht, alles zu organisieren«, fügte Huber jetzt an. »Die Kinder waren verängstigt und wollten mich nicht mehr gehen lassen. Lisa war schon Stunden weg, als sie mich angerufen haben. Gestern konnte ich dann nicht ... Ich ...«

Sie schüttelte den Kopf. »Das ist ja wohl selbstverständlich. Aber warum hast du nicht einfach Bescheid gesagt? Vielleicht könnte einer der Kollegen ...«

Sein Kopf fuhr jäh hoch, und mit entsetztem Blick starrte er sie an. »Das darf keiner erfahren. Bitte.« Er schloss kurz die Augen, dann hatte er sich wieder im Griff. »Sie beruhigt sich schon wieder, wenn sie eine Auszeit genommen hat. Manchmal wird ihr daheim einfach alles zu viel. Das Haus, die Kinder. Und ich bin dauernd weg, die vielen Überstunden ... Und dann ist das Geld ständig knapp. Wir haben letztes Jahr gebaut und ... Sie wäre bei allen im Ort unten durch, wenn jemand das mitbekommt.«

»Schon gut. Wenn du das möchtest, bleibt die Sache natürlich unter uns.«

Er seufzte tief und nickte.

Alexa betrachtete Huber, der ihr bisher eher wie ein Macho vorgekommen war. Doch die Art, wie er sich jetzt schützend vor seine Frau stellte, zeigte, dass er auch eine ganz andere Seite hatte. Und dass er sie offenbar sehr liebte. Das wenige, was sie bis jetzt von Hubers Frau wusste, machte sie Alexa jedoch nicht gerade sympathisch. Kinder als Druckmittel einzusetzen war einfach nicht fair. Und dennoch stand Huber hier und war vor allem um den Ruf seiner Frau bedacht, schien das gar nicht zu bemerken. So oft hatte Alexa dieses Phänomen beobachtet: dass in einer Beziehung einer mehr liebte als der andere. Und bereit war, alles zu verzeihen. Manchmal zu vieles.

Gleichzeitig verfluchte sie Brandl, der Huber auch noch die Verantwortung für seine eigene Frau übertragen hatte. Vielleicht hatte gerade das die Situation daheim verschärft und das Fass zum Überlaufen gebracht. Schlagartig wurde ihr auch klar, warum Huber sie so oft angegriffen hatte. Eine Beförderung hätte ihm zumindest finanziell Erleichterung verschafft. Und die war durch ihr Auftauchen erst einmal in weite Ferne gerückt. Sie hatte seine Anfeindungen immer persönlich genommen, dabei steckte möglicherweise dieses Motiv dahinter.

»Fahr wieder nach Hause, Florian. Ich schaffe das hier schon. Ruhe dich heute Abend richtig aus und bleib bei deinen Kindern. Du kannst ja erst mal von zu Hause aus arbeiten, bis du alles organisiert hast. Montag sehen wir dann weiter.«

Er schüttelte den Kopf. »Aber die Suche. Was haben die Teams denn herausgefunden?«

»Das würde mich auch interessieren«, sagte eine fremde Stimme.

Sie waren beide so vertieft in das Gespräch gewesen, dass sie den Ankömmling gar nicht bemerkt hatten. Jetzt trat Amberger etwas linkisch mit zögernden Schritten auf sie zu. Es wirkte, als habe er Angst vor dem, was er gleich von ihnen erfahren würde. So, als könnte ihn die allerletzte Information endgültig aus der Bahn werfen.

»Tut mir leid, Herr Amberger. Ich darf Ihnen aus den laufenden Ermittlungen keine Informationen geben. Aber ich versichere Ihnen, wir tun alles dafür, den Mörder Ihrer Verlobten zu finden.«

Es war nicht nur verwunderlich, dass Amberger überhaupt hier vor ihnen stand, Alexa fragte sich vielmehr, woher er eigentlich wusste, wo er sie finden konnte. Er war nie in der Einsatzzentrale gewesen, und sie konnte sich auch nicht daran erinnern, ihm davon erzählt zu haben.

»Was können wir denn für Sie tun, Herr Amberger?« Und mit einem Blick auf Huber fügte sie hinzu: »Leider lässt unsere Arbeit uns nicht viel Zeit.«

»Das hier ist heute mit der Post gekommen. Ich weiß, ich hätte das eigentlich nicht anfassen dürfen, aber ich konnte ja nicht wissen, was darin ist. Ich hatte bei Kommissar Krammer diese Adresse im Navi gesehen und habe mich gleich ins Auto gesetzt, um es Ihnen vorbeizubringen. Damit es auf Spuren untersucht werden kann. Und ich wollte ...«

Er brach mitten im Satz ab, schüttelte den Kopf und hielt ihr eine große Versandtasche entgegen.

Alexa nahm sie. Die Münchner Adresse des Paares stand darauf, aber einen Absender konnte sie nicht erkennen. Doch es gab einen Poststempel. Und mit etwas Glück erinnerte sich der Postangestellte vielleicht an den Absender. Die Chance war gering, aber besser als nichts.

Dann lugte sie neugierig hinein. Auf einen Blick erkannte sie, dass es sich um die gesuchte Unterwäsche handelte. Zumindest einen Teil davon. Sie ließ auch Huber kurz hineinsehen, der seine Fassung schon wiedergefunden hatte.

Mit dem Kinn deutete er auf Amberger, der ein paar Schritte weiter gegangen war und über die Bahngleise hinweg auf den Berg starrte. Er hatte die Arme um den Leib geschlungen und schien zu zittern.

»Können wir noch etwas für Sie tun? Wollen Sie kurz mit

reinkommen, Herr Amberger?« Er schien Alexa nicht in der Verfassung zu sein, jetzt alleine nach Hause zu fahren. Sie überlegte fieberhaft, wie sie ihn am besten an den großen Pinnwänden vorbeilotsen konnte, an denen die Fotos der Leichenteile hingen. Vielleicht konnte sie ihn irgendwie hinten herum in den Nebenraum führen, den sie bisher nie benutzt hatten. Dort waren Stühle gelagert, und es sah ziemlich chaotisch aus, aber sie konnte ihm dann wenigstens einen Kaffee anbieten, bis er sich wieder gefangen hatte.

»Danke, ich will Sie gar nicht länger aufhalten«, fügte Thomas Amberger mit belegter Stimme hinzu. »Sie sagten ja schon, dass Sie beschäftigt sind. Ich wollte bloß mit eigenen Augen den Ort sehen, wo sie Sonja gefunden haben.«

Alexa blickte auf die Uhr. Doch bevor sie etwas erwidern konnte, schob Huber sie in Richtung Tür.

»Ich kümmere mich darum«, raunte er ihr zu. Dann wandte er sich an Amberger: »Soll ich Sie auf die andere Seite fahren? Hoch können wir jetzt nicht mehr, dafür ist es zu spät. Aber ich kann Ihnen zeigen, wo es ungefähr war.«

Amberger nickte und folgte Huber wortlos zu dessen Auto. Beide Männer hatten vor kurzem einen Verlust erlitten, wenn auch auf völlig unterschiedliche Weise. Alexa seufzte. Vielleicht taten sie einander gut und konnten sich etwas Trost spenden.

Als sie dem abfahrenden Auto nachsah, fragte sie sich, wer Amberger die Unterwäsche geschickt haben könnte. War es dieser Karlo? Ein sexuelles Motiv wurde immer wahrscheinlicher –, und er hatte kein Alibi für die Tatzeit.

Alexa hoffte, dass Huber sich morgen trotz seiner Probleme an den Bericht setzte und zügig die Erlaubnis für die

Durchsuchung von Schmids Wohnung erwirken konnte. Aber wenn nicht ...

Sie sah auf die Uhr und entschied sich spontan, Karlo Schmid noch einen Besuch abzustatten, bevor sie zu Bergmüller fuhr. Sie musste sich ein eigenes Bild von dem Kerl machen. Je schneller, desto besser.

58.

Die Wohnung von Konstantin Bergmüller lag in einer ruhigen Seitenstraße im Hackenviertel, mitten in der Innenstadt von München, unweit des Marienplatzes. Zuvor war sie bereits bei Karlo Schmid gewesen, doch niemand hatte ihr geöffnet. Kein Wunder an einem Samstagabend. Doch hier hatte sie mehr Glück: Auf ihr Klingeln ertönte ein Summer, und durch das große Tor des sanierten Altbaus betrat Alexa einen kühlen, weitläufigen Flur.

Bergmüller hatte sie in den vierten Stock gebeten. Alexa folgte der breiten Holztreppe, vorbei an Arztpraxen, einer Anwaltskanzlei und einer weiteren Büroetage. Gar nicht schlecht, so zu wohnen, dachte sie. Sicher hatte er am Wochenende und am Abend hier völlige Ruhe, und niemand würde sich über seine laute Musik beschweren, so wie es ihm in Bad Tölz ergangen war.

Etwas außer Atem bog sie um die letzte Ecke und konnte Bergmüller schon oben auf dem Treppenabsatz sehen. Er trug einen grauen Strickpullover mit Reißverschluss, Jeans und dicke graue Socken, die wie handgestrickt aussahen. Als er sie erkannte, rieb er sich verlegen den Nacken.

»Wow. Sie sind Alexa Jahn? Damit habe ich jetzt nicht gerechnet«, sagte er. »Wir sind uns schon einmal begegnet, oder?«

Alexa nickte, doch auch ihr war die Situation plötzlich

peinlich. Vor allem, weil sie nicht wusste, was er von ihrer Aktion auf dem Parkplatz mitbekommen hatte.

Als sie schließlich oben angelangt war, bedeutete er ihr einzutreten. Sie zögerte kurz.

»Meinen Ausweis muss ich dann vermutlich nicht mehr zeigen, den kennen Sie ja schon«, sagte sie munter, um die eigenartige Stimmung zu überspielen. Dann ging sie neugierig hinein.

Seine Wohnung war ganz anders, als sie es aufgrund der alten Fassade erwartet hätte. Offenbar war das Haus grundsaniert worden, denn sie war topmodern ausgestattet. Der Flur führte nach rechts in ein großes Wohnzimmer und nach links vermutlich zu einem oder mehreren weiteren Zimmern. Alles war weiß gestrichen und mit dunklem Holzparkett ausgelegt.

»Darf ich?«, fragte er und hielt einen Kleiderbügel für ihre Jacke in der Hand.

Sie bedankte sich und übergab sie ihm. Würden sie sich privat kennen, würde sie ihn fragen, ob sie die Schuhe ausziehen sollte, aber da sie dienstlich hier war, erschien ihr das nicht passend.

»Kann ich Ihnen etwas anbieten? Wasser, Tee?«, fragte er und führte sie in das Wohnzimmer, wo er hinter einer weißen, voll ausgestatteten Küchenzeile verschwand.

»Ein Glas Wasser. Gerne«, antwortete sie und betrachtete die Räumlichkeiten. In dem Kaminofen, der eindeutig älter war, brannte ein gemütliches Feuer, der riesige derbe Esstisch lag voller Bücher, daneben ein Laptop.

Auf der anderen Seite des Raumes stand eine Sitzgruppe mit grauen Möbeln. Ein gerahmtes Konzertposter von Coldplay aus dem Jahr 2017 hing an der Wand, darunter beherbergte ein großes Regal Vinylplatten und einen Plattenspieler, neben dem riesige Boxen aufragten. Ein Gitarrenständer mit verschiedenen elektrischen und akustischen Modellen fiel ihr sofort ins Auge, eine weitere Gitarre lag auf der Couch. Unweigerlich musste sie an Evi Reuschs Kommentar denken, dass Bergmüller meist erst sehr spät aus München zurückgekehrt war. Sicher ging er gerne zu Live-Konzerten. Musik schien eine wichtige Rolle in seinem Leben zu spielen, und ganz sicher gab es in der Gegend von Bad Tölz weniger derartige Events als in der Landeshauptstadt.

Über die gesamte Wand verlief ein breites Fenster, dahinter öffnete sich der Blick auf die Hinterhöfe des Viertels. Verdammt nobel für einen Lehrer, dachte sie.

Er trat wieder zu ihr, schob mit dem Ellenbogen die Bücher beiseite und stellte zwei Gläser und eine Karaffe auf den Tisch.

»Aus der Leitung – ich hoffe, das stört Sie nicht?«, fragte er, ging zu dem Ofen und legte ein Scheit Holz nach.

Sie verneinte, blieb aber immer noch unschlüssig stehen. Sie wusste nicht, was sie eigentlich erwartet hatte, aber das in jedem Fall nicht. Mit einem raschen Blick musterte sie die Buchdeckel. Lehrbücher für Englisch.

»Bitte«, sagte er und wies auf einen Platz über Eck. »Ich hatte großes Glück mit der Wohnung. Der Besitzer ist für ein paar Jahre auf einem Selbstfindungstrip und bereist die Welt. Ein Börsentyp. Aber für fünf Jahre gehört sie mir. Inklusive der Möbel.«

Es wirkte, als könne er ihre Gedanken lesen.

»Und die Gitarren?«, fragte sie neugierig.

Er lachte, setzte sich auf einen der Stühle und schlug ein Bein unter. »Nein, die gehören alle mir. Deshalb werde ich wohl auch nie so tolle Möbel besitzen.«

Sie nahm ihm gegenüber Platz. Seine Verlegenheit vom Anfang ihrer Begegnung schien er verloren zu haben und wirkte jetzt völlig entspannt, so als wären sie flüchtige Bekannte und sie zum ersten Mal zu Besuch.

»Was wollen Sie denn über Thomas und Sonja wissen?«, kam er auch gleich von sich aus zum Thema.

»Wie gut kannten Sie das Paar denn?«

»Sie hatten mich mal zum Essen eingeladen, als ich ganz neu dort eingezogen bin. Das war ein total netter Abend, wirklich. Sonja ist eine tolle Köchin. Aber ich hatte das Gefühl, die sind ganz gerne für sich, deshalb blieb es bei dem einen Mal. Unter der Woche waren sie ja sowieso nie da.«

Alexa war die Zeitform nicht entgangen. Er redete im Präsens von ihr. Also hatte er offenbar keine Ahnung, was passiert war. Oder er war ein guter Schauspieler. Außerdem war der Schlüssel, den Sonja und Thomas ihm anvertraut hatten, unerwähnt geblieben.

»Sie hatten am Telefon zwar gesagt, sie dürften mir nichts verraten, aber ich bin neugierig: Was ist denn mit den beiden?«

Für einen Moment zögerte sie und war unentschlossen, wie viel sie ihm sagen sollte. Früher oder später würde die Leiche freigegeben und dann vermutlich eine Todesanzeige in der Zeitung stehen. Außerdem war sie neugierig auf seine Reaktion. Aber noch hielt sie sich zurück.

»Später. Erzählen Sie mir von dem Abend.«

»Oje. Das ist so lange her. Wir haben gegessen. Es gab eine

Vorspeise mit Feldsalat und filetierten Orangenstücken. Sehr lecker. Und danach eine Pasta mit selbstgemachtem Pesto. Das weiß ich noch. Aber sonst... Wir haben über Bergrouten geredet. Das war der Grund, dass sie die Wohnung gekauft haben. Und darüber, wo man in der Gegend gut essen gehen kann. Ganz normaler Smalltalk.«

»Wie würden Sie das Verhältnis der beiden beschreiben?«, fragte Alexa weiter.

Er lachte und hob die Hände. »Dazu kann ich nicht viel sagen. Gut, würde ich meinen. Sie waren schon ewig zusammen, haben sie gesagt.« Er hielt die rechte Hand hoch, die sehr gepflegt aussah. »Aber ich kannte sie kaum, und ich selbst bin Single. Da möchte ich mir nicht anmaßen, über andere zu urteilen.«

Bergmüller saß ihr lässig gegenüber und lächelte sie an. Seine blauen Augen wichen nicht einmal aus. Dennoch fand sie seine Antwort interessant.

»Obwohl Sie nicht urteilen wollen, ist Ihnen aber etwas aufgefallen, oder?«

Er zog eine Augenbraue hoch.

»Sie sind gut. Das muss ich sagen«, entgegnete er. »Es ist vielleicht nicht wichtig, aber Sonja schien oft alleine zu sein, Thomas ist ja immer viel unterwegs. Beruflich. Und dabei hängt sie sehr an ihm. Das konnte man an ihren Blicken sehen.«

»Wie meinen Sie das?«

»Sie schaute ihn immer noch total verliebt an. Aber da war auch so eine Traurigkeit in ihrem Blick. Sie strahlt ja dauernd und hat so eine positive und lebendige Art. Das stand irgendwie in krassem Gegensatz zueinander.« Bergmüller zögerte. »Vielleicht habe ich mir das aber auch nur eingebildet.«

Interessant, dachte Alexa. Bisher hatte sie nur etwas von dem großen Altersunterschied gehört. Der schien Bergmüller gar nicht aufgefallen zu sein.

»Sagt Ihnen der Name Karlo Schmid etwas?«

Er zuckte die Achseln. »Bedaure. Ist das der Nachmieter von meiner Wohnung? Den habe ich nämlich nie kennengelernt.«

Alexa überging die Frage. »Sind Sie mal mit Sonja Mayrhofer gewandert?«

»Ich? Nein. Ich bin Sportlehrer, da bewege ich mich genug. Und am Wochenende, wenn die Sonja immer losgeht, ist mir grundsätzlich zu viel los in den Bergen. Da bleibe ich erst recht lieber daheim.«

Plötzlich runzelte er die Stirn.

»Moment. Ist ihr etwas passiert? Waren Sie deshalb neulich am Brauneck auf der Suche? Ging es dabei um Sonja?«

Seine ganze Haltung und seine zugewandte Art weckte in Alexa nichts anderes als Vertrauen. Dennoch zögerte sie noch, ihm die Wahrheit zu sagen.

»Darf ich Sie erst noch etwas anderes fragen? Wo waren Sie am vergangenen Wochenende?«

»Bei meinen Eltern«, antwortete er wie aus der Pistole geschossen. »Mein Vater hat seinen Geburtstag gefeiert.«

Sein Gesicht wurde ernst, als Alexa nachfragte, wo seine Eltern wohnten.

»In Frankfurt. Aber was hat das mit Thomas und Sonja zu tun?«

Sie zuckte die Schultern. »Eine allerletzte Frage: Sie hatten doch den Wohnungsschlüssel des Paares? Haben Sie den immer noch?«

Er schüttelte den Kopf. »Nein. Natürlich nicht. Den habe ich Sonja zurückgegeben, als ich ausgezogen bin.«

»Wissen Sie noch, wann das war?«

»Klar. An meinem letzten Tag dort.« Er nannte das Datum und wischte sich dann mit den Händen über die Oberschenkel. Mit seiner lockeren Art war es dahin. »Hören Sie, ich weiß nicht, was los ist, aber das Ganze fühlt sich gerade an wie im Fernsehen. Als wäre ich ein Verdächtiger.«

Alexa sah ihm seine Sorge an. »Wären Sie verdächtig, dann hätten wir Sie ins Präsidium gebeten«, versuchte sie ihn zu beruhigen.

»Aber ...«

»Sonja Mayrhofer ist tot. Sie ist ermordet worden. Am letzten Wochenende.«

»Scheiße«, entfuhr es ihm, und er ließ sich gegen die Sitzlehne fallen.

Sie nickte. Deutlicher konnte man es nicht sagen.

»Das ist jetzt sicher ein Schock. Aber bitte behalten Sie es für sich. Wir suchen noch nach demjenigen, der das getan hat. Falls Ihnen noch irgendetwas einfällt über das Paar oder jemanden, der mal zu Besuch war, dann geben Sie mir bitte Bescheid.«

Sie reichte ihm ihre Karte, trank ihr Glas leer und stand auf.

Er erhob sich ebenfalls. Sein Gesicht war gerötet, und er war sichtlich durcheinander.

»Kommissarin. Das hätte ich bei unserem ersten Treffen auch nicht gedacht. Hoffentlich finden Sie den Kerl, der das getan hat. Ich fasse es immer noch nicht.«

Das hoffte sie auch. »Spielen Sie eigentlich in einer Band?«, fragte Alexa, als sie zur Tür gingen.

Er nickte. »In einer Coverband: Teachers Rock. Wir haben ab und zu am Wochenende einen Auftritt.« Er deutete auf das Plakat. »Coldplay, Kings of Leon, so was. Wir sind nicht besonders gut, aber es macht Spaß.«

»Vielleicht komme ich mal vorbei«, rutschte es ihr heraus.

»Ehrlich? Was halten Sie von nächstem Freitag? Da sind wir im Backstage als Vorgruppe«, sagte er mit einem gewissen Stolz. »Ich lasse Sie auf die Gästeliste setzen.«

Ohne darauf zu antworten, hob sie die Hand zum Gruß. Aber sie konnte nicht anders, als sich zu freuen. Zu einem Konzert zu gehen stand zwar derzeit nicht zur Debatte. Erst musste sie den Fall kären. Aber zum ersten Mal hatte sie das Gefühl, in dieser Gegend nicht völlig fehl am Platz zu sein. Und vielleicht gelang es ihr doch endlich, einen Schlussstrich unter die Sache mit Jan zu ziehen.

Hämmernde Bässe ließen das Auto vibrieren, und Alexa sang lauthals mit. Wenn sie Musik hörte, dann mit voller Lautstärke. Sie hatte in München noch am Marienplatz eine japanische Suppe gegessen und war beschwingt wieder in Richtung der Berge gefahren.

In Bad Tölz setzte sie den Blinker, um vollzutanken und die Scheiben zu reinigen, bevor sie Stein morgen den Wagen wiedergab. Sie musste sich endlich darum kümmern, ein eigenes Auto aus dem Fuhrpark der PI zu bekommen. Solche Touren wie heute würden ihr guttun, und vielleicht konnte sie sich auch irgendwann mal mit Line Persson treffen.

Sie pfiff die Melodie des Songs, den sie zuvor gehört hatte, als sie im Kassenhäuschen zahlte. Während der ältere Mann ihre Karte einlas und ihr eine Quittung herausließ, musterte sie die Auslage der Zeitungen. Ungläubig starrte sie auf das Titelbild der Abendzeitung. *Unfähige Beamtin*, titelte das Blatt, auf dem nicht nur ein Bild von Amberger und seiner Verlobten prangte, sondern auch eines von ihr selbst. Verdammt! Krammer hatte sie schon vorgewarnt, und es war im Grunde nur eine Frage der Zeit gewesen. Doch die Überschrift zielte mit ihrer Kritik direkt auf sie als Person ab. Sie faltete die Zeitung und schob sie dem Mann hin.

Wer hatte mit der Presse geredet und ihr den Schwarzen Peter zugeschoben?

59.

Krammer lehnte sich in seinem Sitz zurück und biss herzhaft in eine Kaminwurzen hinein, die er zuvor in Senf getaucht hatte. Wann immer Szabo in seinem Wagen mitfuhr, machte sie sich darüber lustig, dass er im Getränkehalter stets ein Glas vom Mittelscharfen für die Jause bereithielt. Aber auf die Art hatte er schon manche lange Schicht überstanden: Ein Schüttelbrot und Hartwurst machten satt, und wenn er darauf herumkaute, schlief er auch nicht ein.

Er war nach München gefahren, um die Gruppe zu überprüfen, die die Jaudenalm vor ein paar Wochen gemietet hatte. Was schnell erledigt war. Es handelte sich um ein paar Philosophiestudenten, die ihm zwar sehr ernsthaft alle Fragen beantwortet hatten, die er aber vom ersten Moment an nicht für fähig hielt, einen derartigen Mord zu begehen. Voller Begeisterung hatten sie ihm von ihrer Hochschule in München erzählt, die von einem Jesuitenorden getragen wurde. Die fünf jungen Männer hatten sich über Fasching für ein Seminarprojekt in die Berge zurückgezogen, das sie für ihren Schwerpunkt in *Geist und Natur* anfertigen mussten. Als sie immer tiefer ins Fachliche abrutschten und miteinander zu diskutieren begannen, hatte Krammer zwar zunächst interessiert zugehört, sich dann aber doch ausgeklinkt, denn er war fest davon überzeugt, dass er mit dieser Gruppe bloß seine Zeit vertat. Es war nur ein Gefühl, aber er traute seinen Instinkten.

Genau deshalb hatte er sich auch gleich wieder auf den Weg gemacht, dahin, wo er am ehesten hoffte, in dem Fall endlich einen Durchbruch zu erzielen: in eine Seitenstraße ganz in der Nähe von Ambergers Haus. Ein wenig spechteln schadet nie, sagte Szabo immer. Und das sah er genauso.

Als Amberger am frühen Abend im Alpensaal aufgetaucht war und noch dazu behauptet hatte, er habe die Adresse aus Krammers Navi, war sein Verdacht von Neuem befeuert worden. Alles an dem Mann ließ seine Alarmlampen aufleuchten. Natürlich stimmte Ambergers Aussage: Er *hatte* die Adresse kurz zuvor eingegeben, und sie stand in der Liste seiner Ziele. Als er zum ersten Mal in Deutschland auftauchte, hatte er tatsächlich zuerst den Alpensaal in Lenggries aufgesucht, von dem ihm Alexa Jahn erzählt hatte. Erst danach war er weiter nach Bad Tölz gefahren. Dennoch machte ihn ein so gutes Gedächtnis stutzig. Zumal Amberger damals angeblich unter Schock gestanden hatte.

Doch Krammer wusste auch, dass das kein Beweis war. Den musste er suchen. Aber wenn ihn etwas auszeichnete, dann waren es Hartnäckigkeit und Geduld. Dieser Kerl konnte ihm mit seinem traurigen Gehabe nichts vormachen. Er verbarg etwas. Ob es mit dem Fall zu tun hatte, wusste Krammer noch nicht. Doch früher oder später würde er das schon herausfinden.

Das Erdgeschoss des Reihenhauses war erleuchtet, an einem Fenster flimmerte das Licht. Amberger saß vor dem Fernseher, ließ sich berieseln, wie es so viele ständig taten. Krammer hatte das letzte TV-Gerät vor Jahren bei seiner Frau gelassen. Wie so manches andere, was sein Leben damals ausgemacht hatte. Heute zog er ein Buch, eine gepflegte

Unterhaltung, ein gutes Essen, aber vor allem Musik als Beschäftigung vor.

Als er gerade die restliche Wurst in eine Tupperdose packte, ließ der Bewegungsmelder die Lampe an der Haustür aufleuchten. Amberger trat aus dem Haus, sah sich nach beiden Seiten um. Er war ganz in dunkle Kleidung gehüllt. Ohne das Licht hätte Krammer ihn vielleicht gar nicht bemerkt. Dann ging der Mann durch die Hintertür in die Garage, und kurz darauf bog sein Auto aus der Straße – ohne Licht.

»Na warte«, brummte Krammer und rollte ebenfalls mit ausgeschalteten Scheinwerfern los. Er wollte nicht von Amberger bemerkt werden, der seinen Wagen bestimmt erkannt hätte. Doch schon als er vor ihm auf die Hauptstraße einbog, schaltete Amberger das Licht ein. Hatte er es einfach nur vergessen?

In einigem Abstand folgte Krammer ihm. Amberger fuhr ans Ende des Ortsteils, bog dann in eine Straße ein, in der gewerbliche Betriebe angesiedelt waren. Es gab dort kaum andere Fahrzeuge, deshalb versuchte Krammer die Distanz zu dem Wagen weiter zu vergrößern.

Um diese Zeit war hier längst kein Mensch mehr zu sehen, die Firmengebäude waren stockdunkel, einige Hinterhöfe mit großen Toren verriegelt.

Wohin wollte er? Führte Amberger ihn jetzt tatsächlich zu einem Versteck? Krammer machte vorsorglich sein Licht wieder aus und fuhr noch langsamer, als er sah, dass Amberger den Blinker setzte und in eine Einfahrt abbog. Im selben Moment überholte ihn jemand, hupte und bedeutete ihm gestikulierend, dass er die Scheinwerfer anschalten solle.

Rasch hob Krammer die Hand, lächelte und bedankte sich.

Verdammt! Er hatte nur einen Moment nicht in den Rückspiegel geschaut.

Um nicht noch einmal aufzufallen, fuhr er zügig an der Einfahrt vorbei, in die auch das nachfolgende Fahrzeug eingebogen war. Ein Stück entfernt parkte er an einem Feld und lief geduckt im Schutz der Dunkelheit wieder zurück.

Da es sich um das letzte Haus in dem Gewerbegebiet handelte, konnte Krammer seitlich in den hell erleuchteten Hof schauen, wo sich einige Männer versammelt hatten.

»Geh scheißen«, entfuhr es ihm, als er begriff, wo Amberger sich befand.

Es war der Hof des Ortsverbandes des Technischen Hilfswerks. Offenbar erzählte Amberger gerade, was seiner Lebensgefährtin passiert war, denn die Männer standen mit betroffenen Mienen um ihn herum, einer klopfte ihm auf die Schulter, die anderen schüttelten die Köpfe. Amberger wischte sich kurz über das Gesicht.

Die großen Tore der Garagen waren offen, und auch die anderen Männer trugen die blaue Uniform, die Krammer zuvor an Amberger nicht erkannt hatte. Vermutlich trafen sie sich dort zu einer wöchentlichen Übung. Kein Versteck also. Verärgert stieß Krammer Luft durch die Zähne.

Eine Weile beobachtete er die Versammlung noch, doch als die Gruppe in Richtung der Fahrzeughallen ging, machte er sich auf die Heimfahrt. Er würde sowieso erst gegen zehn in seiner Wohnung sein.

Gott sei Dank hatte er zuvor niemandem von seinem Verdacht erzählt. Auch wenn er es ungern zugeben wollte: Womöglich hatte Alexa Jahn recht. Vielleicht ließ er sich doch von seinen Gefühlen täuschen.

Er seufzte. Wenn das allerdings der Fall wäre, würde er sofort seinen Hut nehmen und sich wirklich zur Ruhe setzen. Wenn ihm das nicht am Montag seine Oberen ohnehin nahelegen würden. Aber sollte er seinen Instinkten nicht länger vertrauen können, war seine Arbeit eh keinen Schilling mehr wert.

60.

Alexa hatte sich gleich nach Sonnenaufgang auf den Weg zum Brauneck gemacht. Obwohl es eigentlich ein paar Grad zu warm dafür war, roch die Luft nach Schnee. Vielleicht war es nicht die beste Entscheidung, bei derart schlechten Wetterbedingungen an ihrem Vorhaben festzuhalten, dennoch fuhr sie schnurstracks zum Parkplatz am Draxlhang. Von dort aus war gestern keines der Teams gestartet, und es sollte ihr letzter Versuch sein, doch noch auf etwas zu stoßen.

Die Lust darauf, in der Einsatzzentrale herumzusitzen und auf eine Standpauke der Oberen zu warten, war ihr gründlich vergangen. Außerdem würden die Kollegen ihren Plan nach den gestrigen Schlagzeilen erst recht nicht objektiv betrachten – wenn sie überhaupt an diesem Sonntag erscheinen würden.

Natürlich war diese Wanderung eine Art von Flucht, aber sie brauchte noch ein paar Stunden Aufschub, bevor sie in der Lage war, sich der Pressemeute zu stellen. Es stand außer Frage, dass die ihr von nun an sowieso auf den Fersen bleiben würde, und sie wollte zum letzten Mal etwas tun, ohne beäugt und bewertet zu werden.

Am gestrigen Abend, als sie spät in ihr Zimmer in der Pension zurückgekehrt war, hatte sie sich den nackten Tatsachen gestellt. Die Überschrift stimmte. Sie hatte bei den Ermittlungen keinen einzigen echten Fortschritt erzielt. Aber nicht nur das: In ihrer neuen Inspektion war bis heute alles ein Provisorium geblieben. Sie kannte ihr Büro nicht, saß immer noch an einem wackeligen Tisch in einem riesigen Saal. Kein Gespräch war ohne Zuhörer möglich, es gab keinen Rückzugsort zum Nachdenken. Sie hatte weder ein ziviles Einsatzfahrzeug zur Verfügung, noch konnte sie eine Wohnung mit ein paar persönlichen Dingen ihr eigen nennen.

Natürlich war es ihr Wille gewesen, vom ersten Tag an in Lenggries zu bleiben. Aber womöglich gab es noch einen Grund dafür, dass sie nichts unternommen hatte, diesen Zustand zu ändern: Auf diese Weise konnte sie sich jederzeit wieder aus dem Staub machen und um eine erneute Versetzung bitten.

Wo sie nun namentlich in der Zeitung genannt worden war und damit die Inspektion in ein schlechtes Licht gerückt hatte, wäre ihren Vorgesetzten das vielleicht sogar recht. Dem Team und Huber aus verschiedensten Gründen sicher auch. Dann müsste sie nur noch lernen, mit ihrer eigenen Enttäuschung umzugehen. Darüber, dass sie sich selbst und ihre Fähigkeiten so völlig falsch eingeschätzt hatte.

Doch jetzt musste sie sich konzentrieren und alles, was gestern war, aus ihren Gedanken verbannen. Ihr Kopf drohte sonst zu platzen. Wenn sie keinen Schritt vorwärtskam, musste sie eben einen zurück machen. Diesen allerletzten Versuch war sie sich selbst schuldig. Sie wollte noch einmal bei null anfangen: bei dem Rucksack. Kriminalistik war vor allem ein Handwerk. Es ging darum, Beweise zu finden, um daraus den Ablauf der Ereignisse nachzustellen.

Sie nahm die Karte zur Hand, die sie sich am gestrigen

Abend noch aus der Einsatzzentrale geholt hatte und die so gefaltet war, dass sie exakt denselben Ausschnitt zeigte, den Sonja Mayrhofer auf ihrer Wanderkarte bei sich trug. Den größten Teil des Gebietes kannten sie schon, aber diesen Abschnitt hier hatten sie nie durchsucht.

Es war ein Fakt, dass die Tote ihr letzter Weg mit der BOB von Bad Tölz nach Lenggries geführt hatte. Also war Sonja ihrem Mörder mutmaßlich im hiesigen Wald begegnet. Das belegte auch das Foto aus der Tatnacht.

Mittlerweile vermutete Alexa, dass der Täter erst nach dem Mord in der Bad Tölzer Wohnung gewesen war: mit dem Schlüssel des Opfers, der immer noch nicht aufgetaucht war. Dieses Vorgehen würde auch die verschlossene Wohnungstür erklären. Vielleicht war er nach dem Mord durch die Räume gestreift, ohne etwas zu berühren, und hatte sich zuletzt Sonjas Unterwäsche als Trophäe geholt. Entweder um seine Macht zu demonstrieren – oder um Amberger zu quälen. So, wie er es auch mit der SMS getan hatte: Er hatte ihm die Frau genommen, war in seine Wohnung spaziert – und drohte ihm nun, auch ihn zu ermorden. Damit inszenierte sich der Täter gleich doppelt als Herr über Leben und Tod.

Zuletzt holte Alexa ihren Rucksack aus dem Kofferraum und prüfte, ob ihr Handy aufgeladen war. Dann steckte sie noch eine Thermoskanne mit Tee ein, schloss den Wagen ab und machte sich auf den Weg. Es standen zwei weitere Fahrzeuge auf dem Parkplatz, aber so verstreut, dass sie sicher schon seit längerem geparkt waren. Dennoch machte sie ein Foto der Kennzeichen. Man konnte nie wissen.

Alexas Ziel war eine private Hütte, die laut der Erzählung ihrer Vermieterin früher Waldarbeitern als Unterschlupf gedient hatte. Sie war etwas abseits der Wege gelegen und wohl schon vor einigen Jahren verkauft worden. Mehr hatte Alexa darüber nicht herausfinden können.

Vielleicht setzte sie aufs völlig falsche Pferd, aber sie hatten schon so viele Rückschläge erlitten, da kam es auf einen mehr auch nicht an.

Schon nach den ersten Metern merkte sie, dass ihr das Laufen und die frische Luft guttaten. Ihr ganzer Körper hatte seit Tagen unter Spannung gestanden, die sich nun mit jedem Schritt löste. Sie erhöhte das Tempo, hielt den Blick auf den nassen Weg unter ihren Füßen gerichtet und versuchte, sich anhand der Karte zu orientieren. Sie durfte die Abzweigung nicht verpassen, denn nur ein kleiner Pfad führte zu der Lichtung, auf der diese Hütte stehen sollte.

Der Wanderweg zog sich erst an einigen Wiesen entlang. Er war nicht allzu steil, doch schon bald lief sie wieder inmitten von riesigen Bäumen, die ihr einmal mehr das Gefühl gaben, im Vergleich zur Natur rings um sie herum klein und unbedeutend zu sein. Dichte graue Wolken ließen den Wald noch dunkler wirken. Unheilvoll. Unruhig schaute sie sich um, damit sie nicht falsch lief. In einem Gebüsch lag ein altes Motorrad, das den idyllischen Eindruck störte. Es war völlig verdreckt, offenbar war es dort entsorgt worden. Sie musste daran denken, Gerg später davon zu erzählen. Sicher kümmerte sich die Forstverwaltung um solchen Müll.

Der Weg wurde steiler, und nachdem sie schon eine gute halbe Stunde unterwegs war, stand eine dichte Nebelwand direkt vor ihr. Die trübe Luft nahm ihr die Sicht – sie konnte höchstens noch fünf Meter weit sehen. Wenn sie sich umdrehte genauso. Als würde der Dunst sie verschlucken.

Wie war eigentlich das Wetter gewesen, als Sonja Mayrhofer zuletzt unterwegs war? Sie musste sich unbedingt nachher noch einmal die Wetterdaten ansehen. Bei dieser nebligen Suppe war es leicht, sich zu verlaufen. Außerdem hätte sie viel zu spät bemerkt, wenn sich ihr jemand näherte.

Unruhig hastete Alexa weiter. Nur mit Mühe erkannte sie die Abzweigung, an der sie den Wanderweg verlassen musste, um zu der Hütte zu gelangen. Dieser Pfad war sogar noch schmaler, als sie erwartet hatte. Zu beiden Seiten wucherte das Strauchwerk ihn zu, nur eine enge Schneise blieb frei. Sie vergewisserte sich mit einem Blick auf die Karte, dass sie an der richtigen Stelle war, und bog ab.

Sie lief weiter, bekam aber bereits Zweifel an ihrer Eingebung. Sie musste sich unter schweren, nassen Ästen wegducken. Hier war sicher seit Ewigkeiten niemand mehr langgekommen. Doch weit konnte es nicht mehr sein, deshalb wollte sie noch bis zu der Hütte durchhalten. Ein dorniger Ast verhakte sich im Stoff ihrer Hose. Genervt löste sie ihn und ärgerte sich über das kleine Loch, das er gerissen hatte.

Es war aber auch wie verhext. Sie wollte immer eine von den Mutigen sein. Verantwortung übernehmen. Vorausschreiten. Doch seit sie hier war, hatte sie Angst gehabt, zu versagen. Immer wieder. Hubers Kritik und die gestrige Zeitungsmeldung gingen ihr verdammt unter die Haut. Und sie ahnte auch, warum. Wenn sie wirklich weiterkommen wollte, musste sie ihren Wunsch nach Harmonie, danach, von allen geliebt und anerkannt zu werden, abschütteln.

Erst wenn ihr das gelang, könnte sich nichts und niemand mehr in ihren Weg stellen. Doch daran musste sie noch eine ganze Weile arbeiten, das wurde ihr immer klarer.

Alexa rieb sich die müden Augen, blinzelte kurz, dann schlang sie die Arme um den Körper. Es wurde immer kälter. Ihre Hände waren schon total durchgefroren.

Zu allem Überfluss begann es auch noch zu regnen. Nicht zögernd und langsam, nein. Dicke Tropfen prasselten vom Himmel, wurden immer dichter. Ein Aprilschauer. Rasch lief sie weiter in den Wald hinein, suchte unter dem dichteren Geäst Schutz.

Ihre Haare und ihre Hose waren bereits pitschnass, und sie fragte sich, wie lange ihre Jacke diesen Starkregen noch abhalten konnte. Es war sicher besser, hier auszuharren.

Mit einem Mal musste sie lauthals lachen. Diese Dusche war wie ein Sinnbild ihrer Situation. Aber schlimmer als jetzt konnte es im Grunde nicht mehr kommen. Also entschied sie sich, einfach weiterzumachen. Denn würde sie jetzt aufgeben, dann drohte sie auch noch das Wichtigste zu verlieren: die Achtung vor sich selbst. Und das wäre schlimmer als jeder Misserfolg.

Sie würde die Anfeindungen und Kritik an sich abprallen lassen. So wie Krammer es ihr vorgelebt hatte, der sich trotz der Standpauke seiner Vorgesetzten nicht beirren ließ. Sie musste sich ein viel dickeres Fell zulegen. Dringend. Gleich heute würde sie damit anfangen und nur noch eines tun: sich darauf konzentrieren, den Täter zu finden.

Als sie schon glaubte, das Schlimmste überstanden zu haben, wurde es rings um sie herum stockdunkel. Ein tiefer Donner rollte durch das Tal, echote hundertfach von den Bergwänden zurück, und der Regen verwandelte sich in Hagel.

Mit Schrecken fiel ihr ein, dass sie niemanden informiert hatte, wo sie sich befand.

61.

Zitternd schob Alexa sich eng an den Baumstamm. Mittlerweile war sie völlig durchgefroren. Immer dickere Hagelkörner schossen zwischen den Ästen durch, der Boden war schon über und über mit ihnen bedeckt. Heftige Windböen stießen die Baumkronen wie Spielzeuge hin und her. Ein Blitz erhellte die Szenerie, nur eine Sekunde später rollte dumpf der Donner los. Das Gewitter war direkt über ihr.

Der Baum begann bedrohlich zu knarzen. Sie zitterte, wollte nur noch weg, doch es war so duster, dass sie kaum die Hand vor Augen sah. Sie musste zu dieser verdammten Hütte kommen, dort Schutz suchen. Sie konnte doch nicht mehr weit weg sein!

Entschlossen zog Alexa die Kapuze tiefer ins Gesicht, als der Hagel in Regen überging, trat zurück dahin, wo sie den Pfad vermutete, und eilte weiter über den schlammigen Boden, stets darauf bedacht, nicht auszurutschen. Sich hier zu verletzen würde ihr gerade noch fehlen.

Immer wieder musste sie nasse Zweige aus dem Weg drücken. Das Prasseln auf dem Blätterdach über ihr war zwar etwas leiser geworden, doch der Wind nahm an Stärke zu, und sie bekam es wirklich mit der Angst zu tun. So ungeschützt war sie noch nie in einem Unwetter unterwegs gewesen. Sie hastete weiter, so schnell sie konnte.

Mittlerweile liefen Bäche zu ihren Füßen den Berg hinab, so sehr schüttete es. Der Boden konnte die Wassermassen nicht mehr aufnehmen. Es roch nach fauligem Moos.

Der nächste Blitz zuckte durch die grauen Wolken, und ein Windstoß wehte ihr die Kapuze vom Kopf. Es war ihr egal, sie war eh schon klatschnass, wollte nur noch weg, eilte blind immer weiter.

Wieder hörte sie ein lautes Krachen und nahm eine Bewegung wahr. Mit einem spitzen Schrei sprang sie zur Seite und entging nur knapp einer riesigen Fichte, die mit einem dröhnenden Ächzen direkt vor ihr umstürzte. Alexa fiel auf die Knie, hob die Arme über ihren Kopf, um sich zu schützen. Erst kam ein Luftzug, dann peitschten die Nadeln der äußersten Zweige ihre Wange – dann war es vorbei. Ihr Atem ging stoßweise, ihr Herz raste. Nur ein Meter weiter, und sie hätte das nicht überlebt.

Doch es war zu früh, um aufzuatmen. Das Gewitter war nicht vorbei, und schon hörte sie wieder das dunkle Geräusch des Donners. Als sie sich umblickte, erschrak sie. Den Weg, dem sie zu folgen glaubte, konnte sie nirgends mehr ausmachen. Sie blieb stehen, sah sich um. Eindeutig: Da war nichts. Keine Spur, kein Pfad. Sie hatte sich verlaufen! Verzweifelt suchte sie die Stämme ringsherum nach Markierungen ab, aber auch da war nichts. Die Karte war mittlerweile schon völlig durchweicht, außerdem hatte sie keine Ahnung, wo sie sich überhaupt befand. Wütend stopfte sie sie in den Rucksack.

Dann kramte sie nach ihrem Handy, doch wie nicht anders zu erwarten, hatte sie keinen Empfang. Und das Funkgerät lag in der Einsatzzentrale. Na toll. Das fehlte ihr gerade noch.

Alexa versuchte die Panik, die ihre Brust eng werden ließ, niederzukämpfen, aber schon liefen ihr Tränen über die Wangen. Entschlossen wischte sie sie weg und überlegte, was sie jetzt am besten tun sollte.

Plötzlich raschelte etwas neben ihr im Laub. Sie wirbelte herum, geriet aus dem Gleichgewicht, rutschte mit dem Fuß weg und prallte mit dem Knöchel gegen einen Felsen. Eine Amsel erhob sich schimpfend in die Lüfte.

Erleichtert atmete Alexa auf, doch im selben Moment spürte sie einen unangenehmen Schmerz. Als sie das Hosenbein hochzog, sah sie einen dicken, blutigen Kratzer. Sie setzte sich auf einen Baumstumpf und betastete ihren Knöchel. Die Wunde schien nur oberflächlich zu sein. Dann belastete sie ganz leicht den Fuß und atmete auf, weil nichts Schlimmeres passiert war. Sie musste das säubern. Erst entfernte sie etwas Rinde und Tannennadeln aus der Wunde, dann spuckte sie auf ihre Finger, rieb vorsichtig Speichel über die verletzte Stelle und zog zuletzt ihre nasse Socke zum Schutz darüber.

Erneut versuchte sie sich zu orientieren, doch wieder sah alles gleich aus. Sie fluchte. Mit dem Knöchel konnte sie den Berg nicht steil hinuntergehen, sie musste versuchen, im Zickzack ins Tal zu gelangen. Der Regen hatte gottlob aufgehört, aber der Wind heulte noch immer, und der moosige Untergrund war rutschig. Sie konzentrierte sich darauf, nicht erneut auszugleiten, und humpelte vorsichtig weiter.

Da fiel etwas in ihren Blick – direkt vor ihr: eine Reifenspur. Wenn sie der folgte, würde sie entweder zu einer Hütte oder zum Parkplatz kommen.

Sie stieß erleichtert Luft aus. Dieses Mal würde sie sich

durch nichts und niemanden ablenken lassen. Sie sah zu beiden Seiten. Ihr Knöchel pochte. Er war sicher geprellt. Doch sie entschied sich, die leichte Steigung zu nehmen, wo der Wald lichter wurde. Die Spur schien frisch zu sein.

Tatsächlich führte sie sie schon bald auf eine Lichtung. Und an eben dieser Wiese war in den Hang hinein eine Hütte gebaut. Sie war aus Stein gemauert, schien uralt. Ein großer Holzstapel lag ein paar Meter davor. Aber es waren keine gehackten Scheite, wie sie es aus dem Ort kannte. Es sah eher so aus, als hätte jemand Zweige im Wald gesammelt.

Dicht neben dem Haus, von einem Strauch fast völlig verborgen, stand ein Holzklotz, aus dem der Schaft einer Axt herausragte. Vielleicht war sie sogar bewohnt. Ein Fahrzeug sah sie zu ihrer Enttäuschung jedoch nicht.

Von der grünen Haustür, zu der ein Trampelpfad führte, blätterte die Farbe ab. Alexa lugte um das Haus herum: Hoch über ihr sah sie zwei winzige Fenster, doch sie war zu klein, um hineinzuschauen. Außerdem fürchtete sie, mit dem verletzten Knöchel an dem steilen Hang keinen Halt zu finden. Die Wolkendecke riss kurz auf, und sie musste feststellen, dass sie sich viel weiter oben befand, als sie es gedacht hatte. Im Tal und auf dem gegenüberliegenden Bergkamm war nichts zu sehen: kein Haus, kein Auto. Außer dem Wind herrschte völlige Ruhe. Als wäre sie alleine auf der Welt.

So schnell ihr Fuß es zuließ, hinkte sie zu der Tür. Mit hoher Geschwindigkeit jagten erneut dicke Wolken über den Himmel. Sie wollte nur noch dort hinein, ein Dach über dem Kopf, sich aus den nassen Sachen schälen und kurz ausruhen.

Das Schloss war im Gegensatz zu allem anderen nagelneu. Auch der Riegel war nicht verrostet. Ihn mit einem Hebel zu lösen würde ihr nicht gelingen. Sie konnte auch schlecht die Axt nehmen.

Blieb das Bügelschloss. Sie wühlte in ihrem Rucksack. Für alle Fälle führte sie immer ein kleines Mäppchen mit Nähzeug und einer Sicherheitsnadel in ihrem Portemonnaie bei sich. Eine Marotte ihrer Mutter, die ihr nun vielleicht helfen konnte.

Sie hatte einmal in einem Film gesehen, wie mit einer Nadel und einem Schraubenzieher ein Schloss geknackt wurde. Mit der Klammer eines Kugelschreibers müsste das im Grunde auch funktionieren. Sie bog das Metall, bis es brach. Dann schob sie die Nadel an dem schmalen Ende in den Schacht und drehte dann vorsichtig die Klammer. Doch nichts passierte. Klar, es sah immer so einfach aus, wenn andere das machten, aber sie konnte mit diesem Provisorium kaum Druck ausüben. Ungeduldig rüttelte sie an beiden Teilen, als sich plötzlich mit einem kurzen Klicken doch der Bügel hob.

Vorsichtig schob sie die Tür auf. Es drang fast kein Licht hinein, denn die Scheiben waren stark verdreckt, aber die Luft war nicht so abgestanden, wie sie erwartet hatte. Sie zog ihr Handy heraus und leuchtete in den Raum.

»Heilige Scheiße«, entfuhr es ihr.

Sie brauchte nur eine Sekunde, um zu verstehen, was sie sah: Auf einem Tisch lagen Drähte, Werkzeug, Brandbeschleuniger, Baupläne und der Rest eines Aufklebers für Explosivstoffe. Sie erschauderte. Eine Bombe. Jemand plante einen Anschlag. Mit zitternden Knien ging sie weiter zu dem hinteren Zimmer und stieß die Tür auf. Sie hätte nicht hineinleuchten brauchen – der Geruch war unverkennbar: Blut.

Viel Blut. Die blitzblanke Badewanne stand in krassem Gegensatz zu den Wänden und dem Boden. Doch sie sah noch mehr: einen Fußabdruck. Eine Fliege kroch gerade darüber. Schon erinnerte sie sich wieder an den Schaft der Axt, draußen, direkt neben dem Eingang, und merkte, wie ihr Mund plötzlich staubtrocken wurde.

So schnell sie konnte, rannte Alexa zurück auf den Weg, hielt das Handy in jede Richtung, suchte nach einem Funknetz. Nichts. Eilig lief sie weiter den Hügel hinauf. Endlich erschien der ersehnte Balken in der Anzeige.

»Stein? Gut, dass ich Sie erreiche. Ich habe den Tatort gefunden!« Sie holte kurz Luft, war vor Aufregung völlig außer Atem. »Ihr müsst mich orten. Ich habe keine Ahnung, wo ich genau bin.«

Stein reagierte nicht so, wie sie es erhofft hatte, wollte bloß wissen, wieso um Himmels willen sie bei diesem Wetter alleine in die Berge gegangen war.

»Das ist doch jetzt vollkommen egal. Ich bin bei einer Hütte am Berg. Ihr müsst vom Draxlhang aus starten. Wir brauchen die ganze Mannschaft, auch die Spurensicherung. Ich bin mir ganz sicher. Hier ist alles voller Blut.«

Endlich hatte er es begriffen. Nachdem sie das Gespräch beendet hatte, blieb sie genau an dieser Stelle stehen. Sie wagte es nicht, sich auch nur einen Zentimeter zu bewegen, bis die anderen sie gefunden hatten.

Hatte Sonja Mayerhofer also deshalb sterben müssen? Hatte auch sie diese Hütte entdeckt?

Es wird mehr Tote geben, schoss es Alexa unwillkürlich wieder durch den Kopf. Viele Tote …

Plötzlich war ihr der Sinn der Nachricht vollkommen klar.

62.

Der Alpensaal war hell erleuchtet und voller Menschen. Bis zum Einsetzen der Dunkelheit war Alexa bei der ehemaligen Schutzhütte geblieben. Die Bezeichnung jagte ihr einen Schauer über den Rücken: Dort, wo früher Menschen vor Unwetter Schutz gesucht hatten, war der Rückzugsort für einen Täter gewesen, der völlig unbemerkt in der Einsamkeit eine perfide Bombe gebaut hatte.

Bis Sonja Mayrhofer ihn entdeckte, die wohl durch Zufall dem alten Jagdsteig gefolgt sein musste, der auf den meisten Karten nicht einmal eingezeichnet war. Nur Gerg hatte davon gehört, alle anderen waren nie dort gewesen.

Die Analyse hatte schnell ergeben, dass es sich um das Blut der Toten handelte, das sie in dem angrenzenden Badezimmer gefunden hatten. Auch Reste ihres Portemonnaies lagen verkohlt im Kachelofen. Der Brandbeschleuniger, der in einem Kanister unter dem Tisch stand, war sicher dazu gedacht, die Hütte abzufackeln, wenn alles vorbei war – um auch die letzte Spur zu verwischen.

»Nur sind Sie ihm zuvorgekommen«, hatte ein Kollege des BLKA zu ihr gesagt, das seit dem Fund die Sonderkommission zusätzlich verstärkte. Gestern noch war sie vom eigenen Team und der Presse zerrissen worden – jetzt war sie plötzlich die Heldin.

Für ihren Geschmack einen Moment zu früh, denn auch

wenn sie die Ermittlungen in dem Mordfall mit ihrer vagen Vermutung einen großen Schritt vorwärtsgebracht hatte, so standen sie doch vor einem neuen, viel gravierenderen Rätsel: einem Bombenanschlag mit unbekanntem Ziel.

Die Recherchen liefen auf Hochtouren: Untersuchung der Fingerabdrücke und Fasern, Sichtung der Baupläne und -skizzen, Ermittlung des Besitzers der Hütte. Aber vor allem suchten sie nach Augenzeugen, die mitbekommen haben könnten, wer sich in den letzten Wochen dort aufgehalten hatte. Förster, Bergretter, alle, die häufig in den Wäldern unterwegs waren, mussten befragt werden. Denn was sie nicht gefunden hatten, war ein Hinweis auf den Täter. Nur eines wussten sie genau: Die Detonation wäre nach Schätzung der Experten eindeutig heftig, denn die Menge an Sprengstoff, die die Bombe laut der Baupläne enthielt, war ungewöhnlich hoch. Doch auf eine Karte oder Ortsangabe waren sie nirgends gestoßen. Ebenso wenig hatten sie eine Ahnung, wann das Ganze passieren sollte.

Sie hatten lange debattiert, aber schließlich entschieden, nun doch eine Pressemeldung herauszugeben: über den Mord an Sonja Mayrhofer. Thomas Amberger hatte eingewilligt, ein Foto von Sonja freizugeben. Er hatte ihnen sogar ein brandneues Bild zur Verfügung gestellt, auf dem sie zusammen zu sehen waren und das eigentlich für die Hochzeitseinladungen vorgesehen war.

Sie hofften, mit diesem Manöver doch noch Hinweise aus der Öffentlichkeit zu bekommen, denn sie wussten nicht, in welchem Verhältnis die Tote zu dem Bombenbauer stand. Es konnte ein zufälliges Treffen gewesen sein, genauso gut konnte sie jedoch auch seine Komplizin gewesen sein. Oder in einer anderen Verbindung zu dem Mann gestanden haben. Doch ihr nächtlicher Notruf sprach eher für einen Zufall.

Auf diese Weise konnten sie dem viel dringenderen Verdacht weiter nachgehen, ohne den Täter aufzuscheuchen. Was sie sonst in der Hütte gefunden hatten, unterlag bis auf weiteres der strikten Geheimhaltung.

Nur Krammer wurde von Alexa ebenfalls informiert. Er wollte allerdings nicht vor Montag nach Deutschland kommen, und nicht ohne die ausdrückliche Genehmigung seines Chefs, denn die Kompetenzen waren nun eindeutig klar. Der Achensee schien im neuen Licht bloß ein Ablenkungsmanöver gewesen zu sein. Alles deutete darauf hin, dass der Fokus des Täters auf der deutschen Seite lag. Vielleicht hatte er gehofft, dass die Behörden beider Länder im Gerangel um die Zuständigkeiten eine Weile abgelenkt waren und er so Zeit gewinnen konnte.

Während die Kollegen des BLKA um Alexa herumstanden, spürte sie Hubers Blicke auf sich ruhen. Er sah zum Glück wieder fitter aus als am Vortag und koordinierte die Aufgaben des Teams. Was gut war, denn die neu hinzugekommenen Kollegen mussten mit allen bisherigen Rechercheerkenntnissen vertraut gemacht werden und hatten unendlich viele Fragen. Zeitgleich liefen immer neue Ergebnisse der Kriminaltechniker ein, die unter Hochdruck alle Funde aus der Schutzhütte untersuchten. Wenn es sein müsste, würde sie eben die ganze Nacht durcharbeiten, um alles zu checken.

Immer wieder ertappte Alexa sich bei einem Blick auf die Uhr, denn so wenig sie auch bisher wussten, war eines doch klar: Sie hatten den Täter vielleicht davon abgehalten, alle Beweise zu vernichten.

Aber die Bombe hatte er bei sich. Und es war nur eine Frage der Zeit, bis er sie zünden würde.

63.

Es war Montagmorgen. Unruhig trommelte Krammer auf seinem Schreibtisch herum und las die lange Nachricht von Alexa Jahn. Sie hatte ihm noch in der Nacht sämtliche Fotos der Schutzhütte geschickt und über jedes Detail berichtet, das sie dort gefunden hatten. Ihr Berichtsstil war äußerst knapp und präzise, so wie er es von ihr kannte.

Er hörte Elly Schmiedinger nebenan telefonieren. Untätig in seinem Büro herumzusitzen und nicht dabei zu sein, wenn sie den Kerl endlich schnappten, raubte ihm gerade den letzten Nerv. Aber es war nicht seine Ermittlung.

Und wie er weiterhin feststellen musste, kam die junge Kriminalbeamtin auch hervorragend ohne ihn aus. Zumal sie mit ihren Vermutungen Recht behalten hatte. Und er musste sich nun eingestehen, dass er wirklich den falschen Mann im Visier gehabt hatte. Denn derjenige, der die Hütte gepachtet hatte, war nicht Thomas Amberger. Es war ein Münchener, dessen Aufenthaltsort sie noch nicht ausfindig gemacht hatten. Er war gerade umgezogen und hatte seine Spuren offenbar gut verwischt.

Krammer nahm einen Schluck heißen Kaffee aus seiner Tasse und schüttelte angewidert den Kopf. Dieses Zeug, das die Damen im Büro kochten, war wirklich ungenießbar. Er schaute auf den Flur hinaus und war froh, dass sich niemand dort aufhielt.

Kurzerhand kippte er die braune Brühe in die Hydrokultur. Der Gummibaum darin war mindestens so alt wie er selbst – und auch an ihm war längst alle Schönheit vergangen.

Er betrachtete wieder das Bild der Schutzhütte, das Alexa Jahn geschickt hatte. Dann die Baupläne. Er wurde nicht schlau aus dem, was er sah. Wie passte der Mord an Sonja Mayrhofer da hinein? Wieso hatte der Täter die Leiche nicht einfach in der Hütte liegen lassen? Er hätte alles anzünden können. Oder hätte sie gleich im Wald verscharren können. Es wären Wochen vergangen, bis jemand die Leiche gefunden hätte. Wenn sie überhaupt je darauf gestoßen wären.

Vielleicht wenn er vor Ort wäre. Vielleicht würde ihm dort noch etwas auffallen. Er sah auf die Uhr. Szabo musste jeden Moment um die Ecke biegen. Sie würde ihm raten, sich nicht dauernd einzumischen.

Sein Blick folgte den Zeigern auf der Uhr.

Aber solange sie nicht da war … Wenn sie nichts davon wusste, dass er sich auf den Weg nach Lenggries gemacht hatte, konnte sie dadurch auch keinen Ärger bekommen.

Entschlossen sprang er auf und griff nach seinem Mantel –, aber es war zu spät. Das Läuten des Telefons zerriss die Stille.

Für einen Moment überlegte er, es zu ignorieren. Einfach zu gehen. Doch dann siegte sein Pflichtbewusstsein.

»Ja«, meldete er sich knapp.

»Ein Kollege. Ich verbinde«, sagte Elly und stellte den Anruf durch.

»Es hat einen schweren Unfall gegeben. Im Seehoftunnel«, informierte ihn der Mann von der Bezirksleitstelle in Schwaz.

»Und warum rufst du dann hier an? Was interessiert das mich? Das ist ein Fall für die Verkehrspolizei!«

»Die sind schon vor Ort. Aber das war kein normaler Unfall«, sagte der Mann. »Jemand hat Krähenfüße auf der Fahrbahn ausgelegt. Ein Anschlag. Mehrere Autos sind ineinander gerast. Es gab viele Verletzte. Die Sanitäter sind auch schon dort.«

Krammer hörte schweigend zu.

»Und da ist noch etwas: Auf dem Seitenstreifen steht laut den Unfallbeteiligten eine Kiste – mit Gefahrenaufdruck. Wir hatten wirklich Glück, dass keines der Fahrzeuge da reingerast ist.«

»Jessas, warum sagst du das nicht gleich?«, sagte er und schlüpfte schon in seinen Mantel. »Räumt schleunigst den Tunnel und ruf sofort den Entschärfungsdienst an, wenn das nicht schon passiert ist. Es gibt einen Hinweis auf einen Bombenanschlag im Grenzgebiet. Ich bin schon unterwegs!«

Dann rannte er den Gang entlang und stieß in der Tür fast mit Szabo zusammen.

»Komm, komm, komm. Gleich wieder retour. Wir müssen zum Achensee. Unser Mann hat da eine Bombe platziert«, rief er ihr entgegen.

Sie nickte nur, und schon eilten sie gemeinsam die Treppen hinunter. Krammer hoffte bloß, dass sie noch rechtzeitig kamen und dass kein depperter Kieberer den Deckel der Kiste lupfte, um hineinzusehen.

Sie passierten eine Straßensperre und sahen dunklen Rauch aus dem Tunnel aufsteigen. Einsatzkräfte der örtlichen Polizei und der Feuerwehr aus Achenkirch waren bereits an der

Arbeit, auch zwei Rettungswagen standen auf einem Seitenstreifen nahe am Ufer und versorgten die verletzten Unfallbeteiligten.

»Bitte seid vorsichtig. Einer der Wagen hat vorhin Feuer gefangen«, berichtete einer der Männer.

»Die Kiste?«, fragte Krammer besorgt.

»Steht ein gutes Stück entfernt«, versicherte ihm der Mann.

»Was ist mit den Fahrern?«, erkundigte sich Szabo.

»Zum Glück sind alle nur leicht verletzt. Eine Beifahrerin wurde ins Spital gebracht. Die anderen sind noch hier.«

Krammer hielt sich ein Taschentuch vor den Mund, als sie den Tunnel betraten. In einiger Entfernung sahen sie schon die Pkws, die ineinandergekracht waren. Die Airbags hingen schlaff aus dem Inneren, ein Wagen badete im Löschschaum. Langsam zog der Rauch ab, der durch das Blaulicht eines querstehenden Polizeiwagens, der hinter der Unfallstelle den Verkehr abriegelte, immer wieder in eine surreale Farbe getaucht wurde. Die Szenerie in der engen Röhre war beklemmend. Es war entsetzlich heiß und stank nach Chemie, Öl, Feuer und Metall.

»Das hätte verdammt schiefgehen können«, meinte Szabo, die dicht neben ihm stand.

Krammer nickte. Aber der Unfall war es nicht, der seinen Blick anzog. Er kniff die Augen zusammen und suchte nach der ominösen Kiste, von der der Mann aus der Leitstelle berichtet hatte.

Ein Beamter eilte ihnen mit ausgebreiteten Armen entgegen, um den Tunnel zu räumen.

»Wir wissen nicht, ob noch ein anderes Fahrzeug Feuer

fängt. Deshalb sollten bittschön alle Kollegen, die nicht direkt mit der Spurensicherung befasst sind, hinter die Absperrung zurücktreten«, sagte der Polizist resolut.

»Krammer, Chefinspektor der Kripo Innsbruck, Abteilung Leib und Leben.« Er hielt ihm seinen Ausweis entgegen. »Meine Kollegin Roza Szabo.«

Der andere nickte, schien aber mit dieser Art von Erklärung nicht zufrieden. Sein Blick blieb finster.

»Wir haben gerade Hinweise erhalten, dass im Grenzgebiet ein Bombenattentat geplant ist«, setzte er den Mann in Kenntnis.

Sofort trat er zur Seite und ließ sie durch.

Krammer bahnte sich einen Weg durch die Öllachen, Scherben und Blechfetzen, die auf der Fahrbahn lagen. Nun sah er auch die Krallen, von denen der Mann in der Leitstelle gesprochen hatte. Es waren bestimmt zwei Dutzend, die quer über die Fahrbahn in einem Meter Breite ausgelegt worden waren. Bei dem schlechten Licht im Tunnel waren die bei normaler Geschwindigkeit sicher nicht rechtzeitig auszumachen.

Etwas hinter den Autos gelegen, entdeckte er die ominöse Kiste. Sie war aus Metall und trug jede Menge Gefahrenaufkleber und die Aufschrift *Dangerous*. Seine Sorge, jemand könne sich daran zu schaffen machen, war somit unbegründet. Sie gefahrlos zu öffnen, um seinen Verdacht zu überprüfen, war aber noch einmal schwieriger.

Er stand mitten in der Röhre, dann drehte er sich um und wurde von dem grellen Blitzlicht des Polizeifotografen geblendet.

»Kruzitürken!«, entfuhr es ihm. Doch noch ein anderer

Gedanke brach sich Bahn, als er blinzelnd versuchte, wieder etwas zu sehen. Kameras. Der ganze Tunnel war voll davon.

Sofort kehrte er um und hielt auf Szabo zu, die noch neben dem Beamten stand und sich schildern ließ, wie der Unfall abgelaufen war. Er wartete, bis der Kollege zum Ende kam und Szabo sich alles notiert hatte.

»Zwei Dinge: Wir müssen die Zeugen befragen. Vielleicht war der Mann noch hier, als die Unfälle passiert sind«, begann er. »Und dann müssen wir unbedingt so schnell wie möglich die Aufnahmen der Überwachungskameras anfordern. Sieh selbst: Da, wo die Kiste steht, muss der Kerl im Bild zu sehen sein. Und wenn wir ihn auch vielleicht nicht erkennen können, dann finden wir ihn dennoch über das Kennzeichen oder die Fahrzeugdaten. Denn er kann die Bombe nicht mit dem Fahrrad hergebracht haben. Dieses Mal hat das Schwein einen Fehler gemacht.«

Szabo presste die Lippen zusammen und nickte.

»Ich hoffe, du hast recht«, sagte sie. »Ich kümmere mich darum und befrage die Zeugen draußen. Willst du der Deutschen Bescheid geben?«

Krammer strich sich über seine Haare, die sich von dem Dunst feucht anfühlten. Das hätte er beinahe vergessen. Er musste sich beeilen, denn sicher würden dieser Unfall und die daraus erfolgte Sperrung schon bald durch die Nachrichten gehen. Dem sollte er zuvorkommen.

Sie traten nach draußen, und sein Blick fiel auf den See, dessen Oberfläche heute völlig glatt und dessen Farbe tiefblau war. Das Grün der Bergkette spiegelte sich darin wider. Was für ein Kontrast zu den Bildern im Tunnel. Sie konnten froh sein, dass niemand schwer verletzt war.

Während sein Blick über die Wälder strich, er die frische Luft in seine Lunge sog, kam ihm plötzlich noch eine andere Frage in den Sinn: Wieso war die Kiste so deutlich gekennzeichnet? Warum war sie nicht explodiert? Hatte der Zünder nicht funktioniert? Und warum ausgerechnet wieder in Österreich?

Szabo, die sein Zögern bemerkt hatte, legte den Kopf schief.

»Was ist?«, fragte sie.

Er schilderte ihr, was ihn stutzig werden ließ. Aber ihr gegenüber fügte er noch den einen Satz an, der das Ganze für ihn so quälend machte. Denn schon einmal war er es gewesen, der einen Mörder zu einer Tat animiert hatte. Damals in Wien …

»Könnte der Täter eine alte Rechnung mit mir offen haben?«

Szabos Augen weiteten sich. »Schmarrn. Wie kommst du denn darauf?«

Nervös rieb er sich das Kinn. Die Erinnerung an diesen alten Fall machte ihn noch immer ruhelos.

»Bernhard, hör auf. Dann hätte der Kerl wohl kaum die Leiche in die deutschen Berge gehängt, wo dir noch ein weiteres Team zu Hilfe kommen kann. Wenn er dich hätte treffen wollen, wäre die SMS auch nicht an Amberger, sondern an dich gegangen.«

Sie sah ihn prüfend an. Dann fügte sie noch hinzu: »Du alter Depp nimmst dich eindeutig zu wichtig. Also los jetzt, lass uns anfangen. Du wolltest das Schwein doch kriegen!«

Sie mussten zur Seite treten, als mehrere Abschleppwagen und der Trupp ankam, der die Bombe entschärfen sollte.

Szabo hatte recht. Er sollte sich weniger Gedanken machen und lieber Tempo zulegen, um den Kerl zu fassen, bevor er über alle Berge war. Egal, ob in Österreich oder Deutschland. Denn in sein Versteck konnte er nicht mehr zurück. Schließlich wartete dort Alexa Jahn schon auf ihn.

64.

Nachdem Krammer angerufen und über den Unfall und die Bombe berichtet hatte, waren die Kollegen vom BLKA sofort mit einigen Leuten zum Achensee aufgebrochen. Jemand musste vor Ort bleiben, um die Presse abzufangen. Alexa passte das gut in den Kram, denn zum einen war sie hundemüde, zum anderen freute sie sich auf eine Revanche nach den miesen Schlagzeilen des letzten Berichtes.

Die plötzliche Ruhe im Raum hatte etwas Unheimliches. Alexa ließ noch einmal Revue passieren, was Krammer berichtet hatte. Grübelnd stand sie vor der großen Pinnwand und setzte eine neue Markierung an die Stelle des Seehoftunnels. Ein Autounfall. Und eine Bombe.

Unwirsch schüttelte sie den Kopf. Etwas irritierte sie. Es ergab keinen Sinn, zuerst einen Unfall zu verursachen und erst danach die Explosion folgen zu lassen. Die Menschen liefen doch wegen der Brandgefahr von ihren Autos weg, wenn sie nur einen Funken Verstand im Kopf hatten. Und dann würde was passieren? Ein paar Autos würden in die Luft gehen. Ja. Chaos würde angerichtet. Das auch. Aber Tote? Krammer hatte selbst gesagt, dass es nur Verletzte gegeben hatte.

Warum dann dieser zweite Akt? Sie konnte sich keinen Reim darauf machen. Es passte nicht zu diesem Täter, der zuvor alles so akribisch durchgeführt hatte.

Noch einmal schaute sie die Fotos aus der Hütte durch.

Eines nach dem anderen. Aber all die Pläne und Berechnungen konnte sie nicht nachvollziehen. Was war es dann? Sie hatte absolut keinen Schimmer, wonach sie eigentlich suchte. Doch der leise Misston blieb, machte sie unruhig.

Noch einmal. Sie nahm die Fotos ab und ging damit zu ihrem Schreibtisch. Betrachtete sie mit der Lupe. Ganz langsam, eins nach dem anderen. Vielleicht entdeckte sie etwas. Irgendein winziges Detail, das ihr Unwohlsein erklärte, das sie überdeutlich spürte.

Sie rief dem letzten Kollegen im Raum zu, der gebannt auf den Bildschirm starrte: »Irgendwas aus Österreich?«

Stein schüttelte den Kopf. »Nein. Ich checke gerade die aktuellen Nachrichten und auch den Hashtag #*Achensee*. Aber bisher nichts, was auf den Tunnel hindeutet.«

Es war ein guter Gedanke, die Hashtags zu überprüfen. Der Kollege hatte recht: Auf die Zivilbevölkerung konnte man sich mittlerweile verlassen. Jede Katastrophe hielt blitzschnell Einzug ins Netz. Mit Filmen und Fotos. »Klasse Idee, Stein. Ich sichte inzwischen alle unsere Unterlagen.«

Sie fing noch einmal ganz von vorne an. Mit der Akte über den ersten Fund an der Demmelspitze. Sie überflog die Hinweise des Rechtsmediziners, die sie mittlerweile schon fast auswendig konnte. Dann ging sie die Unterlagen der Kriminaltechniker durch. Alles hatten sie genauestens untersucht: den Rucksack und seinen Inhalt, die gesamte Kleidung und das Klettergeschirr, in dem Sonja Mayrhofer am Berg hing. Sie hatten auf einen Hinweis gehofft, eine Faser, irgendetwas, das ihnen verraten hätte, wo die Frau ums Leben gekommen war. Damals hatten sie absolut nichts finden können. Weil alles sauber war.

Immerhin kannten sie mittlerweile den Ort, an dem die Leiche zerteilt wurde. Aber sie konnten immer noch nicht sagen, wann und wie Täter und Opfer sich begegnet waren.

Die Hütte war schon seit ewigen Zeiten in Familienbesitz, aber seit ein paar Jahren ganzjährig verpachtet. Leider war der Mann wohl gerade innerhalb von München umgezogen, hatten ihnen die Nachmieter erklärt. Seine Adresse kannten sie allerdings nicht, nur eine Handynummer. Bisher hatte er sich auch noch nicht offiziell umgemeldet, was sicher kein Zufall war. Vielleicht war er ganz abgetaucht und sie würden ihn nie finden.

»Gibt es schon Neuigkeiten von dem Pächter der Hütte?«, rief sie Stein zu.

»Nichts, nein. Ich lande immer nur auf der Mailbox, versuche es aber weiter.«

Sie blätterte weiter und stieß auf eine Notiz, die erst ein paar Tage alt war, aber sie konnte sich nicht erinnern, sie gelesen zu haben. Sie schaute auf das Datum. Es war der Tag, an dem sie den Fuß am Tegernsee gefunden hatten.

Ungläubig schaute Alexa darauf. Es ging um die Steine aus den Schuhen, mit der die Leiche beschwert worden war. Aus den Gesteinsschichten und der Zusammensetzung der daran haftenden Schlammreste schloss das Labor, dass sie aus einem stehenden Gewässer stammten. Wegen der Nähe zum Brauneck war als Herkunftsort der Sylvensteinspeicher angenommen worden. Vergleichsproben sollten noch analysiert werden. Alexa blätterte bis zum Ende der Akte, checkte ihre Mails, aber dazu war nichts Neues eingegangen. Klar, es lag das Wochenende dazwischen. Sie machte sich eine Markierung an das Blatt, dort nachzufassen.

Der Name sagte ihr zwar etwas, aber geographisch konnte sie den See nicht einordnen. Deshalb trat Alexa erneut vor die Karte und schaute auf das Dreieck, das sie eingezeichnet hatte. Jetzt wusste sie wieder, woher sie den Namen kannte: Sie war auf dem Rückweg von Innsbruck daran vorbeigefahren. Der Stausee lag auf halber Strecke zwischen Lenggries und dem Achensee.

Konnten die Steine nicht auch von dort kommen? Oder aus dem Tegernsee? Auch das waren stehende Gewässer. War das vielleicht die Verbindung, die sie suchten? Nachdenklich klopfte sie mit dem Bleistift auf die Akte.

Dann googelte sie den Sylvensteinspeicher. Er war erst Ende der fünfziger Jahre angelegt worden. Ein Ort lag auf dem Grund des Sees begraben. Jetzt erinnerte sie sich: Fanny Greitner hatte davon erzählt. Sie war dort geboren worden.

Rasch klickte sie die Bilder an. Es gab Luftaufnahmen von dem türkisblauen See inmitten der Berge. Ungläubig starrte sie darauf und bekam schlagartig eine Gänsehaut. Sie kannte die Aufnahme. Sie hing in Ambergers Wohnung in Bad Tölz. Im Wohnzimmer. Farblich passende türkisfarbene Kissen hatten darunter gelegen. Sie war sich absolut sicher.

Schnell klickte sie die anderen Bilder zu dem Schlagwort an. Eines zeigte eine Gedenktafel. Alexa vergrößerte das Bild, das so gar nicht zu den restlichen Aufnahmen passte. Sofort stach ihr ein Name ins Auge: *Beim Bau gestorben sind ... Jakob Amberger, 1959.*

Ihre Hand krallte sich um die Maus. Das konnte kein Zufall sein! Amberger hatte erwähnt, dass seine Eltern tot waren. Sie blätterte in der Akte, suchte nach seinem Geburtsdatum, das aber ein Jahr später war. Das würde bedeuten, dass sein

Vater schon vor seiner Geburt gestorben war. Mist. Sie verrannte sich gerade in etwas. Außerdem hatte Amberger ein Alibi. Das hatte sie selbst Krammer immer wieder vorgebetet.

Dennoch blieb dieses seltsame Gefühl in ihrem Bauch. Unruhig stand sie auf. Aber jeder konnte ein Landschaftsbild von einem See in seiner Wohnung aufhängen. Das war kein Beweis. Und Amberger war sicher kein seltener Name in der Gegend.

Sie zwang sich, ruhig zu bleiben, und setzte sich wieder an den Schreibtisch, schaute die restlichen Fotos durch. Zuletzt hielt sie das Bild vom Inneren des Kühlschranks aus der Villa in der Hand. Plötzlich fiel ihr ein winziges Detail auf. Wieso hatte sie das nicht schon früher überprüft?

Ohne zu zögern, wählte sie die Nummer von Line Persson. Die Psychologin ging sofort ran.

»Alexa, schön, dass du dich meldest. Wie kommt ihr voran? Habt ihr euren Täter endlich gefunden?«

»Noch nicht. Aber ich spüre, dass wir ganz nahe dran sind. Deshalb wollte ich dich noch etwas fragen: Hast du bei Amberger mal in den Kühlschrank gesehen?«

»Ja, ich habe ihm ein paar Brote zum Frühstück gemacht. Aber er hat nichts angerührt. Wieso fragst du?«

»Erinnerst du dich, wie es darin aussah?«

»Klar. Total voll war er. Es gab viel Auswahl. Das hatte mich gewundert, da ja beide am Wochenende verreist waren.«

»Waren die Etiketten alle nach vorne gedreht?«

»Ja. Überhaupt war alles ganz penibel sortiert. Oben Marmeladen und sonstige Gläser, darunter die Milchprodukte.

Und Wurst und Käse in farblich unterschiedlichen Plastikdosen, gelb und rot. Das hat mir den Überblick sehr erleichtert.«

Alexa bedankte sich bei Line Persson. Aufgeregt legte sie noch einmal die Bilder vor sich aus, die sie in der Wohnung in Bad Tölz gemacht hatte. Diese penible Ordnung war ihr auch dort aufgefallen. Es konnte eine Marotte sein, bloßer Zufall. Oder es war das entscheidende Detail, das Bindeglied. Ihr Bein zitterte vor Aufregung. Hatte Krammer die ganze Zeit recht gehabt?

Dennoch zögerte sie einen kurzen Moment. Starrte erneut zu der Karte hinüber. An so ziemlich jedem anderen See in der Nähe hatten sie etwas gefunden. Nur nicht am Sylvensteinspeicher.

Zog sie gerade die falschen Schlüsse und konstruierte sich eine Lösung, die nichts mit der Realität zu tun hatte? Der Pächter der Hütte hieß definitiv nicht Amberger. Andererseits war das Schloss ganz neu gewesen. Vielleicht hatte er sich unerlaubt Zutritt verschafft.

Oder er hatte einen Komplizen. Oft genug hatten sie sich gefragt, wie der Täter eine Leiche auf die Demmelspitze tragen konnte. Zu zweit wäre es sicher einfacher. Eilig suchte sie die Nummer des Pächters heraus, versuchte es erneut. Wieder nur die Mailbox. Frustriert warf sie das Handy auf den Tisch.

Dann stand sie auf und ging rastlos durch den Raum.

»Weißt du etwas über den Bau des Staudammes oben am Sylvenstein?«, fragte sie schließlich Stein.

»Nicht viel. Die Alten hier reden immer mal wieder darüber. Sie behaupten, dass man den Kirchturm noch sehen könnte. Manche hören sogar die Glocken. Das ist natürlich Quatsch.«

Sie setzte sich wieder hin, doch die Unruhe blieb.

»Der Ort Fall liegt auf dem Grund des Sees«, fuhr Stein fort. »Aber als vor ein paar Jahren bei Reparaturen am Staudamm das Wasser abgelassen wurde, konnte man sehen, dass nur noch die Fundamente stehen.«

Das hatte sie bereits herausgefunden. Dennoch googelte Alexa weiter und fand nun auch alte Schwarz-Weiß-Fotos von dem Ort. Ein winziges Dorf, nicht besonders einladend.

»Sind bei dem Bau der Staumauer damals Menschen umgekommen?«

»Ja freilich. Es hat wohl eine Sprengung gegeben, bei der irgendwas schiefgelaufen war, wenn ich mich richtig erinnere.«

Eine Sprengung, hallte es in ihren Ohren wieder. Und ihr Täter baute eine Bombe. Amberger ... Das musste der Schlüssel sein. Sie spürte, dass sie auf der richtigen Fährte war.

Deshalb war vergleichsweise wenig in dem Tunnel passiert: Er wollte die Soko nach Österreich locken, damit er ungestört an einem anderen Ort seine Vorbereitungen treffen konnte. Er wusste, dass es Stunden dauern würde, bis die Unfallstelle geräumt, die Straße gesperrt und die Bombenentschärfer angerückt waren. Ganz sicher handelte es sich bei der Kiste bloß um eine Attrappe.

Sie musste an den Sylvenstein. So schnell wie möglich. Doch alle verbliebenen Einsatzkräfte waren bei Krammer.

Rasch rief sie ihn an, hoffte, er würde überhaupt ans Telefon gehen. Schon nach dem zweiten Rufton nahm er das Gespräch an.

»Alexa hier«, sagte sie hastig. »Du hattest völlig recht: Es ist Amberger. Aber die Bombe ist nicht am Achensee.«

»Wie kommst du darauf?«

»Sein Vater. Ich glaube, er ist beim Bau des Sylvensteindamms ums Leben gekommen. Ich weiß, es klingt merkwürdig. Aber ...«

Während sie auf seine Reaktion wartete, schnappte sie sich den Autoschlüssel und holte ihren Mantel vom Haken. Wenn sie mit ihrer Vermutung recht hatte, blieb ihr nicht viel Zeit. Die Massenkarambolage war schon mehr als zwei Stunden her.

»Jetzt auf einmal stimmst du mir zu?«, fragte Krammer.

Sie wusste, wie dünn das Eis war, auf dem ihre Argumentation fußte. Aber sie hatte immer geahnt, dass die Fundorte etwas zu sagen hatten, es Verbindungen gab, die sie jedoch nicht greifen konnte. In diesem Fall hätte der Ort definitiv etwas mit Amberger zu tun. Und die Nachricht auch: *Es wird mehr Tote geben.*

»Ja«, antwortete sie deshalb knapp.

»Fahr du zu dem See und melde dich dann wieder. Ich schicke dir ein paar deiner Leute rüber. Aber sei vorsichtig und warte, bis sie da sind. Wenn das wirklich stimmt ... Du weißt, der Kerl schreckt vor nichts zurück! Ich mache derweil hier weiter. Wir wissen noch immer nicht, was in der Kiste ist. Erst mussten wir den Tunnel komplett räumen.«

Alexa verabschiedete sich und beendete das Gespräch. Dann öffnete sie ihren Schreibtisch, holte ihre Dienstwaffe heraus und legte das Schulterholster an.

Sie wusste, von welchem Kaliber der Täter war. Deshalb durfte sie keine Zeit verlieren.

65.

Zum letzten Mal checkte er das Timing. Jahre und Monate hatte er ungestört Karten angelegt, Berechnungen angestellt, Sprengstoff deponiert. Kleine Mengen hatte er sich besorgt, immer wieder abgezweigt. Es gab Wege, an das Zeug zu kommen, wenn man nur schlau genug war. Über Jahre hatte er sich vorbereitet. Sich im Technischen Hilfswerk engagiert, sich zum Sprengmeister ausbilden lassen.

Alles hatte nur ein Ziel gehabt. Jetzt war es endlich so weit. Aber er durfte nichts falsch machen, denn er hatte nur einen Versuch. Einen einzigen. Sicher würde jemand reagieren, wenn er ihn bemerken würde.

Sein Bild war mittlerweile in der Zeitung gewesen. Der Mann der zerstückelten Frau. Jemand könnte ihn erkennen und vielleicht doch den Schluss ziehen, wie alles zusammenhing.

Wie sehr ihm der Mord helfen würde, die Polizei auf eine völlig falsche Fährte zu locken, hatte er nicht ahnen können. Im Grunde hatte ihm das genau die Ruhe verschafft, um im Schatten der Ereignisse seine letzten Vorkehrungen zu treffen.

Er nahm den Draht. Den er vor einigen Tagen um ihre Kehle gelegt hatte. Jetzt verband er ihn mit dem Zünder.

Er seufzte.

Es würde schnell gehen. Nur ein dumpfes Grollen wäre zu hören. Aber dann würde alles zerbersten, eine Kakophonie von

Lauten: Metall, Stein, Wasser. Ein Donnern, danach käme die Flut, ein reißender Sturm, der alles mit sich nimmt.
  Er selbst würde es nicht überleben.
  Aber das war ihm seine Rache wert.

66.

Mit Erleichterung bemerkte Alexa einen Wagen des Technischen Hilfswerks auf der Brücke, als sie wenige Minuten später den Sylvensteinspeicher erreichte. Bestimmt hatte ein aufmerksamer Passant etwas beobachtet und die Katastrophenschützer gerufen, um die Mauer überprüfen zu lassen. Sie parkte den BMW direkt hinter dem Lastwagen und sah, dass sich ein Mann gerade an einem Seil hochgezogen hatte und sich nun rücklings auf die Brüstung setzte.

»Entschuldigung«, rief Alexa. »Haben Sie zufällig jemanden gesehen, der...« Mitten im Satz hielt sie inne. Was durfte sie verraten? Sie konnte ja schlecht nach einem Kerl fragen, der hier eine Bombe versteckte. Das wäre lächerlich.

Sie setzte erneut an, war jetzt nur noch wenige Schritte von dem Fremden entfernt und senkte die Stimme, verfiel fast schon in eine Art Flüsterton, so unglaublich erschien Alexa ihre eigene Frage.

»Ist Ihnen heute irgendjemand aufgefallen, der sich hier länger aufgehalten hat? Ein Mann, circa 1,85 groß, sehr schlank...«

Der Uniformierte, der gerade das Seil einholte, hob den Kopf und drehte ihr ganz langsam sein Gesicht zu. Für einen Moment verstand sie nicht, wen sie vor sich hatte. Dann rastete in Alexas Kopf das letzte Puzzlestück ein: Niemand anderer als Amberger saß vor ihr! So hatte er es also geschafft, nie Aufmerksamkeit zu erzeugen. Er hatte die perfekte Tarnung gefunden. Und auch alle Geräte und Fahrzeuge, die er für seine Touren brauchte.

Bevor sie reagieren konnte, schwang er seine Beine über das Geländer und koppelte sich blitzschnell von dem Seil ab, das ihn zuvor gehalten hatte. Ein Lächeln huschte kurz über sein Gesicht, bevor seine Miene zu einer entschlossenen Maske gefror.

Während Alexa im Kopf jede Option durchging, was sie jetzt tun sollte, griff Amberger in seine Jacke und zog einen schwarzen Kasten mit Knöpfen heraus, den sie unschwer als einen Fernzünder erkannte. Der allerletzte Zweifel war nun ausgeräumt.

Sie hob die Hände, damit er sah, dass sie keine Waffe gegen ihn führte, und um ihn zu beruhigen. »Lassen Sie uns reden, Herr Amberger. Ich weiß, was passiert ist«, sagte sie laut und deutlich, achtete auf die Tonlage ihrer Stimme. Sie musste sein Vertrauen erlangen. Wenn er in Panik verfiel, könnte das für sie beide tödlich enden.

Rasch beugte Alexa sich über die Brüstung, um zu schauen, ob er dort die Sprengladung deponiert hatte, aber sie konnte nichts Derartiges erkennen. Auch keine Bohrung. Ein Auto fuhr an ihnen vorbei, doch da sie nicht wusste, ob der blaue Lkw nicht voller Sprengstoff geladen war, senkte sie rasch die Arme und hoffte inständig, der Fahrer hätte nichts bemerkt und würde einfach weiterfahren. Schon näherte sich aus der anderen Richtung ein Wagen. Sie behielt auch diesen im Auge.

»Sie wissen gar nichts«, stieß Amberger verächtlich aus.

Ihre kurze Unaufmerksamkeit hatte ihm schon gereicht.

Blitzschnell war er hinter dem Lastwagen verschwunden und außerhalb ihrer Sicht.

Verdammt. Es blieb keine Zeit für einen Notruf. Sie musste hinter dem Kerl her, bevor er die Staumauer sprengen konnte. Zwar hatte sie keine Ahnung, wie weit der nächste Ort entfernt war oder wie stark eine Flutwelle aus dem Speicher sein mochte, aber sie fürchtete das Schlimmste.

Amberger hatte die Lücke im Verkehr abgewartet und schwang sich bereits über die Brüstung auf der anderen Seite. Alexa rannte ihm nach und sah gerade noch, wie er sich in die Auen unterhalb der Dammanlage flüchtete.

Sie sprang seitlich über das Geländer, strauchelte leicht und knickte um. Der Schmerz jagte durch ihren Knöchel. Verdammt. Sie hatte es knacken hören, hoffte aber, dass es nur eine Prellung war, und biss fest die Zähne zusammen. Sie durfte jetzt keine Zeit verlieren. Humpelnd rannte sie weiter, suchte den Abhang nach Amberger ab. Endlich entdeckte sie sein dunkelblaues Hemd. Er hatte schon einen deutlichen Vorsprung und war verdammt schnell.

Wo wollte er nur hin?

Vermutlich so weit weg von der Bombe wie möglich. Um sich selbst in Sicherheit zu bringen und dann den Zünder auszulösen. Sie musste ihn stoppen. Und zwar schnell.

Sie blieb stehen, suchte festen Stand, zog ihre Waffe und entsicherte sie. Konzentriert hielt sie sie mit beiden Händen und folgte mit dem Blick dem davoneilenden Mann. Dem Mörder von Sonja Mayrhofer. Dem Bombenbauer. Dem es gelungen war, sie so zu täuschen.

Sie musste verhindern, dass noch mehr Menschen getötet wurden.

»Bleiben Sie stehen oder ich schieße!«, schrie sie.

Als er nicht reagierte, traf sie ihre Entscheidung. Sie begann innerlich zu zählen, den Lauf ihrer Pistole bereits auf seinen Körper gerichtet.

Eins.

Wenn sie auf den Kopf oder seine Hand zielte, war die Trefferfläche gering. Schlug er einen Haken, ginge der erste Schuss daneben. Und danach wäre er vielleicht schon zu weit entfernt oder hätte Deckung gefunden.

Zwei.

Mehr Chancen hätte sie, wenn sie auf den Oberkörper zielte. Sie konnte nur beten, dass Amberger keinen Totmannzünder in der Hand hatte, der auslöste, sobald er den Druck vom Auslöser nahm. Sie musste es riskieren.

Drei.

Alexa richtete den Lauf auf seine rechte Schulter. Der Schuss krachte laut durch das Tal, ihre Arme wurden von dem Rückstoß hochgerissen. Amberger ging sofort zu Boden, verschwand aber hinter einem Gebüsch.

Hatte sie getroffen?

Die Waffe weiter auf die Stelle gerichtet, wartete sie ab, ob er sich noch rührte.

Ihre Beine zitterten vor Anstrengung. Schweiß rann ihr über die Stirn. Alexa reckte den Kopf, doch nichts geschah. Es war keine Bewegung auszumachen. Sie musste näher ran.

»Da! Die Frau! Sie hat eine Pistole«, hörte sie eine Frau von der Staumauer aus hysterisch schreien.

»Rufen Sie die Polizei«, brüllte Alexa ihr zu, ohne den Blick von dem Gebüsch zu wenden. »Und einen Rettungswagen.

Sie sollen so schnell wie möglich kommen. Mein Name ist Alexa Jahn von der Kripo Weilheim, richten Sie das aus.«

Sie wusste nicht, ob die Passantin ihrer Bitte Folge leistete oder stattdessen die Ereignisse lieber per Video festhielt. Aber darum konnte Alexa sich jetzt nicht kümmern. Nichts durfte sie ablenken.

Langsam ging sie ein Stück seitlich, immer noch die Waffe auf das Gebüsch gerichtet. Sie musste sich vergewissern, dass Amberger nicht mehr an den Zünder herankam.

Endlich konnte sie den Bereich hinter dem Gebüsch sehen – doch der war leer.

Jetzt wagte sie es, kurz zur Brüstung hinaufzuschauen. Es war ein Paar, das dort stand. Der Mann telefonierte, die Frau filmte.

»Machen Sie, dass sie wegkommen!«, schrie sie den Leuten zu. »Der Mann ist gefährlich!«

Alexa hoffte, dass sie ihrer Anweisung Folge leisteten, und stolperte weiter den Hang hinunter. Adrenalin jagte durch ihren Körper, ihr Herz schlug wie ein Presslufthammer. Ihren Fuß spürte sie schon nicht mehr. Jedes Geräusch erschien ihr doppelt so laut wie normal.

Da endlich sah sie Amberger. Er hielt sich mit der Linken die Schulter, humpelte leicht, bewegte sich aber immer weiter zur Isar hin. Sie versuchte auszumachen, ob er den Zünder noch bei sich hatte, aber sein rechter Arm war vor dem Körper, so dass sie es nicht mit Bestimmtheit erkennen konnte.

»Verdammte Scheiße«, entfuhr es ihr. Dann schrie sie: »Geben Sie auf, Amberger! In ein paar Minuten sind meine Kollegen hier. Sie haben doch keine Chance!«

Aber er hastete weiter, bog nun zur Seite ab. Endlich erkannte sie, wohin er wollte: Da war ein halbrundes Loch. Das musste der Auslauf sein.

Wenn er da drin wäre, hätte er Deckung, dachte sie nur. Und sie wäre im Nachteil. Noch schlimmer: Vielleicht war dort die Bombe platziert und er konnte sie auch ohne den Zünder zur Explosion bringen.

Kurzentschlossen stoppte sie, hob die Arme und zielte erneut. Dieses Mal visierte sie die Beine an. Aus der Ferne hörte sie schon das Martinshorn, als sie den zweiten Schuss abfeuerte.

Amberger fiel. Wie in Zeitlupe stürzte er kopfüber in die Isar. Ohne lange zu überlegen, steckte sie die Waffe zurück ins Holster, rannte den Hang hinunter und sprang hinter ihm her in das eiskalte Wasser. Amberger durfte nicht ertrinken.

Die Kälte raubte ihr für einen Moment den Atem. Japsend hastete sie durch das Wasser, hielt auf ihn zu und schaffte es, seinen Kragen am Genick zu fassen. Er war nicht bei Bewusstsein. Seine Kleidung, die sich schon vollgesogen hatte, machte es ihr schwer, ihn aus dem Fluss zu ziehen. Doch sie durfte ihn nicht der Strömung überlassen, die ihn wegzuziehen drohte.

Sie stemmte ihre Beine in das Geröll. Mit einem lauten Schrei mobilisierte sie all ihre Kraft und schaffte es, ihn weiter Richtung Ufer zu bugsieren, wo ihr gerade rechtzeitig ein Mann zu Hilfe kam.

»Sie sind verhaftet«, murmelte sie noch, als sie sah, dass Amberger sich wieder zu regen begann. Dann ließ sie sich auf die Steine am Isarufer sinken, jedoch ohne den dunklen Stoff von Ambergers Jacke loszulassen.

Später würde sie berichten, dass sich die Erde unter ihr mit einem Mal zu bewegen schien. Sie hatte die Druckwelle schon gespürt, bevor die Explosion aus dem Ablass dröhnte. Amberger hatte mit letzter Kraft den Zünder gedrückt!

Der Knall war ohrenbetäubend, und ein lautes Piepsen wollte nicht mehr aus ihrem Gehör weichen. Alles bebte. Die Luft war braun von Staub. Jemand schrie.

Einige Meter weit wurden Schlamm, Erdklumpen und Betonstücke aus der Öffnung geschleudert. Alexa riss die Arme hoch, um ihren Kopf zu schützen. Der Mann, der bei ihnen war, fiel und stürzte neben ihr ins Wasser, das plötzlich anstieg.

Die eisige Kälte war es, die sie aus ihrer Erstarrung löste. Sie mussten hier weg! Sie blinzelte, konnte aber nicht richtig sehen. Der Rauch brannte in ihren Augen.

»Scheiße«, raunte der Mann neben ihr, der aus dem Wasser gekrochen war und sich nun aufrappelte.

Wieder donnerte es laut im Inneren des Dammes. Es war noch nicht vorbei. Ein dicker Betonbrocken löste sich und schlug einen Meter entfernt neben ihnen auf, das Wasser spritzte hoch. Alles über ihnen schien wegzubrechen.

»Helfen Sie mir!«, brüllte Alexa und zog an Amberger, der nun wieder völlig leblos dalag.

Sie zerrten beide mit aller Kraft, Alexa mobilisierte ihre letzten Reserven. Erst als weitere Rettungskräfte zu ihnen gelangten und mithalfen, traute sie sich, Amberger loszulassen. Jemand schlang ihr ein Rettungstuch um die Schultern.

»Verdammt, Alexa, ist alles in Ordnung mit dir?«

Sie wischte sich den Staub aus der Augenpartie und schaute in Hubers besorgtes Gesicht.

»Ich bin soweit okay, aber die Bombe ... Ist jemand verletzt?«

Huber schüttelte den Kopf und legte ihr die Hand auf die Schulter.

Erst jetzt konnte Alexa sehen, was Amberger mit der Sprengung angerichtet hatte: Noch immer stieg dichter Qualm aus dem Loch auf, das ungefähr doppelt so groß war wie zuvor, und ein unaufhörlicher Strom Wasser lief in die Isar. Ein breiter Riss zog sich weit nach oben, immer wieder lösten sich Beton- und Gesteinsbrocken und krachten in die Tiefe.

Aber die Staumauer hatte standgehalten.

67.

Stundenlang hatten sie Amberger zu dritt vernommen, nachdem er im Krankenhaus operiert und verarztet worden war. Alexas Schüsse hatten tatsächlich beide Male getroffen, aber mit den glatten Durchschüssen waren keine lebenswichtigen Organe verletzt worden.

Anders als erwartet, hatte Amberger keinerlei Ausflüchte gesucht. Er verhehlte nicht, was er getan hatte, sondern gestand alles, ohne etwas zu beschönigen.

Alexa hatte es sich nicht nehmen lassen, das Ganze sofort zusammenzufassen. Es half ihr, die Geschehnisse noch einmal durchzugehen, um später ihren Vorgesetzten Bericht zu erstatten. Bei Schusswaffengebrauch musste genau dargelegt werden, was passiert war.

Außerdem oblag ihr immer noch die Leitung der Soko – auch wenn zu ihrer Freude bekannt geworden war, dass Brandl im Laufe der Woche entlassen werden würde. Allerdings standen ihm danach einige Wochen Reha bevor, weshalb er vorerst nicht ins Büro zurückkehren würde. Alexa hoffte sehr, dass er ihr den Alleingang bei ihrer ersten Ermittlung nicht übelnahm.

Sie hatte Huber nach der Vernehmung gebeten, erst einmal seine häuslichen Probleme in den Griff zu bekommen, bevor er wieder zum Dienst erschien – oder er sollte sich beurlauben lassen. Außer ihr war nur Stein im Saal, der bereits die

Laptops und Telefone in der provisorischen Einsatzzentrale abbaute, sowie Krammer, der an seinem Tisch saß und gerade seine Kollegin Roza Szabo auf den neuesten Stand brachte.

Sorgfältig las sie den Bericht Korrektur. Die Geschichte, die zu all dem geführt hatte, begann tatsächlich schon vor Ambergers Geburt.

Der Beschuldigte, Thomas Amberger, wurde aufgefordert, in eigenen Worten die Vorgänge im Mordfall Sonja Mayrhofer und im versuchten Attentat auf die Staumauer am Sylvensteinspeichersee zu schildern. Er erklärte daraufhin, dass alles seinen Ursprung im Jahre 1959 nahm, als der Bau des Dammes begann.

Der Ort Fall, der später in dem künstlichen Stausee versenkt wurde, war sehr einfach strukturiert: Es gab vornehmlich Holzhäuser und Hütten, nur das Forstamt, die Kapelle, das Zollamt, die Schule und das Gasthaus waren aus Stein gebaut. Ein Teil der Bewohner, die umgesiedelt werden sollten, hatte deshalb Angst vor hohen Mieten, andere hofften gleichzeitig auf einen Neuanfang – so auch Ambergers Eltern, die damals frisch verliebt waren und kurz vor ihrer Heirat standen.

Als sein Vater bei dem Bau am Damm tödlich verunglückte, verlor seine Mutter nicht nur ihre große Liebe, sondern gleichzeitig jede Hoffnung auf eine bessere Zukunft. Ihre streng katholische Familie wollte die Schande eines »Bastards« nicht dulden und warf sie auf der Stelle hinaus. Mit gerade einmal zwanzig Jahren stand sie völlig alleine da – unverheiratet und schwanger. Sie zog in ein anderes Dorf, wurde aber auch dort schikaniert – genau wie Thomas, den sie ohne Hilfe großziehen musste. Das Geld war ständig knapp, Mutter und Sohn mussten beide hart arbeiten. Obwohl sie ihr einziges Kind sehr liebte, hatte sie kaum Zeit und auch oft keine Nerven, sich mit ihm zu beschäftigen. Für Amberger waren seine Kindheit und Jugend vor allem von Strenge und Entbehrungen geprägt – und von der Boshaftigkeit der Dorfbewohner und seiner Mitschüler, für die er als uneheliches Kind minderwertig war. Schuld daran war für ihn der Staudamm, der ihm seinen Vater geraubt hatte – das hörte er immer wieder von der Mutter. Sie blieb bis zu ihrem Tod alleine, denn sie hatte ihren Verlust nie verwunden und hatte ihren Jakob über alles geliebt. So sehr, dass sie ihrem Sohn sogar noch nachträglich den Nachnamen seines Vaters erteilen ließ.

In seiner ursprünglichen Planung hatte Thomas Amberger nur das falsche Manöver im Seehoftunnel geplant (die vermeintliche Bombe, die sich jedoch als Attrappe herausstellte), um die Rettungskräfte an eine andere Stelle zu locken, während er am Sylvensteindamm die wahre Sprengung verüben wollte. Der Verdacht sollte mit Bekennerschreiben später in Richtung einer politisch motivierten Anschlagsserie gelenkt werden – nach dem Vorbild der Bahnattentate 2019 auf der ICE-Strecke nahe Nürnberg und Berlin, wo der Täter später in Österreich ausfindig gemacht wurde.

Jahrelang hatte er sich akribisch auf seinen Racheplan vorbereitet. Er trat in das THW ein, absolvierte Kurse zum Sprengmeister, zweigte immer wieder Sprengstoff ab. Auch über das Internet hatte er Kanäle aufgetan, über die er weitere kleinere Mengen bestellte.

Am Freitag vor dem Mord an seiner Verlobten war er

tatsächlich in aller Frühe nach London geflogen, hatte sein Zimmer bezogen, dann aber gleich die nächste Maschine zurück genommen. Wie schon einige Male vorher. Aus seiner Firma hatte niemand Verdacht geschöpft, denn seine Termine am Wochenende waren immer fingiert – und so war er gleich am Montagmorgen erneut geflogen, hatte seine echten Termine bei den Kunden absolviert, um am Mittwoch wieder in München zu landen.

Den Tod seiner Lebensgefährtin hatte Amberger nicht geplant. Sie war ihm aus Neugier eines Tages gefolgt, weil sie sein Auto mehrfach auf einem Parkplatz in Lenggries entdeckt hatte. Sie war der festen Überzeugung, er sei ihr untreu, und wollte ihn auf frischer Tat ertappen. Als sie in der Tür der Hütte stand, tötete er sie im Affekt, da er sicher war, dass sie seinen Plan vereiteln würde.

Nach der Tat kam ihm eine andere Idee, die seine Rache perfekt machte: Er setzte einige Anrufe mit dem Handy seiner Freundin ab, schoss ein Foto und deponierte zuletzt ihren Fuß im Kühlschrank des Ferienhauses des Unternehmers in Rottach-Egern, der damals den Bau des Staudammes finanziert hatte. Er wollte dem Unternehmer damit größtmögliche Schwierigkeiten bereiten und ihm die Freude an seiner Nobelvilla endgültig verderben. Die Lebenswege aller Planer und an dem Großprojekt Beteiligten hatte er über Jahre verfolgt, deshalb wusste er genau, dass das Haus schon länger leer stand. Auch der Erfolg und die Sorglosigkeit dieser Männer hatten seinen Hass weiter geschürt. Dass niemand den betagten Unternehmer für schuldig halten würde, war ihm klar. Doch so konnte er das sexuelle Motiv für den Mord an Sonja perfekt inszenieren, um Karlo in Verdacht zu bringen, der schon lange in Sonja verliebt war. Deshalb der nackte

Unterleib, die entwendeten Dessous und die lackierten Nägel der Leiche – im Farbton von Karlos Porsche. Er hatte außerdem gewusst, dass Karlo Sonjas Rucksack sofort wiedererkennen würde. Nur aus diesem Grund hatte er ihn am Fuß des Berges abgestellt.

Die restlichen Fundorte inszenierte er nach dem Vorbild des Unfalls seines Vaters. Ein Bein war bei der Sprengung abgetrennt worden, und er war so unglücklich abgestürzt, dass er in seinem Geschirr kopfüber in der Isar hing. Daher der Berg und der See. Ob sein Vater damals verblutet oder ertrunken war, wie lange er noch bei Bewusstsein war, hatte Amberger nie erfahren. Aber da ein Deutscher als Finanzier und ein Österreicher als Bauleiter beteiligt waren, hatte er die Leichenteile von Sonja Mayrhofer auf beide Länder verteilt.

Alexa legte die Seiten vor sich hin und ließ ihre Hände darauf ruhen. Es war nicht ungewöhnlich, dass ein Erlebnis aus der Kindheit ein ganzes Leben überschattete, es nicht gelang, die Vergangenheit zu bewältigen. Missbrauch, körperliche und seelische Gewalt, Unterdrückung, Vernachlässigung, Mobbing – so viele Traumata prägen die Opfer für immer. Doch eines hatte sie an dem Geständnis am meisten schockiert. Denn mit ein wenig Glück hätte alles ganz anders enden können. Wäre da nicht diese eine Begegnung gewesen, die sie nicht im Protokoll erwähnt hatte.

»Das Problem war mein Hass«, hatte Amberger resümiert. »Er war einfach größer als meine Liebe. Er hatte mich längst innerlich ausgehöhlt, alles in mir abgetötet. Nur Sonja ... Sie war immer an meiner Seite, hielt es trotzdem mit mir aus. Seit Jahren schon. Es kümmerte sie nicht, dass ich sie so oft allein ließ. Warum musste sie sich ausgerechnet in diese Gegend verlieben? Wenn sie mich nicht zum Kauf dieser Wohnung gedrängt hätte ... vielleicht wäre dann nie etwas passiert. Aber ich konnte ihr das damals nicht abschlagen, nachdem sie unser Kind verloren hatte ... Und dann kamen wir zufällig vorbei, als die Infoveranstaltung im Gemeindesaal stattfand. Die Staumauer am Sylvenstein sollte erneuert werden, es ging um den Verkehr, die Umgehungsrouten. Da traf ich die Alte, die immer die Schlimmste von allen gewesen war. Sie lebte immer noch, die Greitnerin, und erkannte mich als Einzige.«

»Die mit den Katzen?«, hatte Alexa erstaunt gefragt. Und verstand nun endlich, wen die Frau mit dem *Bastard* gemeint hatte.

Er nickte bloß und fuhr dann fort: »Als wir den Saal verließen, hielt sie auf mich zu und spuckte vor mir aus. Direkt vor meine Füße. Ich konnte den Blick nicht abwenden von diesem feuchten, gelben Schleimhaufen. Sonja schimpfte empört, was ihr einfiele. Ich konnte nichts sagen. War wieder wie erstarrt. So wie damals als Kind. In dem Moment habe ich mich entschieden. Verzeihen kam für mich nicht in Frage.«

68.

Zur Feier ihres Ermittlungserfolges hatte Krammer angeregt, gemeinsam in einem italienischen Restaurant zu Abend zu essen. Alexa starb vor Hunger, deshalb hatte sie mit Freuden zugesagt. Und es tat ihr gut, noch einmal über alles zu sprechen. Alleine in ihrem Zimmer hätte sie es ohnehin nicht ausgehalten. In ihrem Kopf drehte sich alles, und sie kam nur langsam zur Ruhe.

»Ich verstehe noch immer nicht, wieso er das tun wollte. Es wären doch nur Menschen ums Leben gekommen, die mit der damaligen Sache gar nichts zu tun hatten. Und dann noch der Mord an seiner Freundin ... Wie konnte er sie kaltblütig umbringen und dann so barbarisch zurichten? Um sie danach für seine Zwecke zu missbrauchen! Ganz ehrlich: Es widert mich an. Und die ganze Zeit gaukelt er uns den trauernden Witwer vor. So gut, dass ich ihm das abgekauft habe. Im Gegensatz zu dir. Du hattest eindeutig den besseren Riecher.«

Sie tippte an ihre Nase und schob nachdenklich ein Salatblatt über ihren Teller.

Krammer verkniff sich ein Schmunzeln und antwortete, ohne darauf einzugehen: »Geliebt hat er sie schon. Das war sicher nicht gespielt. Deshalb hast du ihn nicht durchschaut. Seine Wut stand auf einem anderen Blatt. Die hat sich über so lange Zeit in ihm angestaut und ist Jahr für Jahr gewachsen, hat sein ganzes Leben vergiftet. Alles hatte für ihn diesen bitteren Beigeschmack, und es gelang ihm nicht, etwas zu genießen. Du darfst nicht vergessen: Er war noch ein kleiner Junge und wurde von seiner gesamten Umgebung abgestempelt, ohne dass er je etwas Falsches getan hatte. Vermutlich versuchte er immer zu gefallen, es den anderen recht zu machen. Als das jedoch weder Erfolg noch Linderung brachte, ist er unsichtbar geworden – um nicht noch mehr Ärger auf sich zu ziehen. Ich glaube, das ist auch der Grund, warum du ihn nicht auf dem Radar hattest: Er war einfach zu unauffällig. Auch das hatte er trainiert, denk nur an die Männer vom THW, die alle ihre Hand für ihn ins Feuer gelegt hätten. Niemand hat je etwas gemerkt. Und das gab ihm Sicherheit. Dann, vor ein paar Jahren, nach dem Tod seiner Mutter, musste er endlich auf nichts mehr Rücksicht nehmen.«

»Aber das meine ich ja gerade. Seine Mutter hat ihn doch geliebt. Das hat er immer wieder betont. Da hatte er ja Rückhalt. Sogar doppelten, denn dasselbe galt für Sonja.«

Nachdenklich strich Alexa ihre Haare zur Seite und klemmte sie hinter ihr Ohr.

»Mit einem Vater neben sich, der von seiner Mutter nach dem Tod auf einen Thron gehoben wurde«, hielt Krammer dagegen. »Wie er sagte: Sie hat sich nie wieder an jemanden gebunden. Sogar den Nachnamen seines Vaters hat sie ihm gegeben, obwohl er bei der Geburt schon tot war. Ich könnte mir durchaus vorstellen, dass sein Vater so präsent war, dass er ganz massiv Raum in dieser Familie einnahm, auch wenn Amberger ihn nie kennengelernt hat. Das Fatale daran ist: Tote haben keinen Makel. Damit war er perfekt. Wie klein muss dieser Junge sich neben diesem imaginären Familienoberhaupt gefühlt haben?«

Alexa nickte und fuhr mit dem Finger über den Fuß des Weinglases. Vielleicht machte sie wirklich einen Fehler, ihr eigenes Erleben mit dem von Amberger gleichzusetzen. Es war ja auch eine völlig andere Zeit, in der sie aufgewachsen war. Und bei ihr war es komplett anders gelaufen. Ihr Vater war bloß ein Unbekannter, der nicht einmal einen Namen hatte. Sie seufzte. Aber Susanna hatte sich bemüht, ihr alles zu sein: Vater, Mutter und vor allem ihre beste Freundin und verlässliche Vertraute. Ihr Fels in der Brandung. Mit einem Mal hatte sie das große Bedürfnis, mit ihr zu sprechen. Ihr dafür zu danken.

Krammers ernster Blick ruhte auf ihrem Gesicht, als sie nach einer Weile wieder aufsah. Sofort musste sie an ihre allererste Begegnung in der Rechtsmedizin denken. Dass sie einmal so einvernehmlich beieinandersitzen würden, hätte sie damals nicht geglaubt. Sie konnten sogar miteinander schweigen, wie sie gerade bemerkte.

»Darf ich dich etwas fragen?« Krammers Stimme klang belegt.

»Nur zu!«, antwortete sie neugierig und bemerkte, dass er an seinem Ohrläppchen zupfte. So nervös kannte sie ihn gar nicht.

»Vielleicht ... ich hoffe, ich bin nicht zu neugierig ... aber wie ist das bei dir?«, fuhr er fort.

Alexa verstand nicht, worauf er hinauswollte, und runzelte fragend die Stirn.

»Deine Familie, du weißt schon. Wie bist du aufgewachsen?« Er senkte den Blick zu seinem Glas, wollte es nehmen, doch seine Hand zitterte stark. Unmittelbar zog er sie wieder zurück, strich sich die Haare nach hinten und schaute kurz zu Alexa hoch. Es wirkte, als wolle er diese kleine Schwäche mit großer Lässigkeit überspielen. Dabei zitterten vielen in seinem Alter die Hände. Ein Tremor war völlig harmlos und kein Grund, sich zu schämen.

Deshalb tat sie so, als habe sie nichts bemerkt, und antwortete betont fröhlich: »Bei mir war es fast so wie bei Amberger. Meine Mutter hat mich ebenfalls alleine großgezogen. Was für mich aber nie schlimm war. Sie ist einfach phantastisch, und du musst dir keine Sorgen machen: Ich habe nicht vor, irgendetwas in die Luft zu sprengen. Wir waren ein tolles Team, sie hat mir unendlich viel Zeit geschenkt, und ich bin ihr zutiefst dankbar, weil sie mich zu dem Menschen gemacht hat, der ich heute bin. Und auch, weil sie mir Raum gegeben hat, so zu werden, wie ich sein wollte.« Ein warmes Gefühl durchflutete sie, wie immer bei dem Gedanken an ihre Mutter.

»Geschwister?«, murmelte Krammer.

Alexa winkte ab.

»Und dein Vater?«, fragte er und nahm hastig einen Schluck aus seinem Glas.

Alexa schaute Krammer irritiert an. So direkt hatte sie noch nie jemand darauf angesprochen. Normalerweise setzten die Leute ganz automatisch voraus, dass es in ihrer Jugend eine Trennung gegeben hatte und sie bei ihrer Mutter geblieben war. So wie in den meisten Scheidungsfällen. Doch so war es bei ihr nicht gewesen.

Es war weniger die Frage an sich, die die Stimmung verändert hatte. Eher die Tatsache, dass Krammers Haltung deutlich zeigte, dass jede Faser seines Körpers angespannt war, während er auf ihre Antwort wartete. Genauso, wie er in Ambergers Wohnung reagiert hatte. Alexa kam es plötzlich vor, als stünde sie selbst im Kreuzverhör.

Aber ihr Privatleben ging den Chefinspektor absolut nichts an. Nachdem der Fall gelöst war, würden sich ihre Wege ab heute ohnehin trennen. Und der Erfolg der Ermittlungen machte sie noch lange nicht zu Freunden.

»Hör mal, ich weiß nicht …«, begann sie, doch Krammer ließ sie nicht ausreden.

»Entschuldige, Alexa, die Frage ging zu weit. Ich weiß nicht, was in mich gefahren ist. Bitte sei nicht sauer, aber manchmal, da …«

Er brach ab, lachte nervös, sah sie flüchtig an und rieb sich dann mit der Hand über den Nacken. »Manchmal übernimmt mein Beruf einfach die Schaltkreise in meinem Gehirn, und ich vergesse völlig, wo ich bin und wem ich gegenübersitze. Szabo sagt immer, ich würde den Job schon viel zu lange machen. Vermutlich hat sie recht.«

Alexa nickte kurz, um Krammer zu zeigen, dass sie seine Entschuldigung annahm. Dennoch war ihr die Lust vergangen, noch länger mit ihm an einem Tisch zu sitzen. Außerdem spürte sie plötzlich, wie müde sie war, jetzt, wo sich der Adrenalinpegel langsam senkte.

Demonstrativ sah sie auf die Uhr, um Krammer höflich, aber unmissverständlich zu zeigen, dass sie aufbrechen wollte, und holte gleich ihr Portemonnaie aus der Tasche. »Schon in Ordnung. Wirklich«, beteuerte sie. »Aber es ist doch später geworden, als ich dachte, und ich muss leider langsam los. Es war ein verdammt langer Tag.«

»Lass mich die Rechnung übernehmen, das ist das Mindeste. Ich bestelle mir vor der Rückfahrt noch einen Espresso, aber du kannst dann gleich los. Einverstanden?«

Sie schüttelte den Kopf. »Halbe-halbe. Alles andere kommt nicht in Frage.« Sie überschlug im Kopf, wie hoch die Rechnung ausfallen müsste, und legte ein paar Scheine auf den Tisch.

Krammer öffnete kurz den Mund, wollte protestieren, besann sich dann aber eines Besseren und sagte nur: »Auch in Ordnung. Ganz wie du willst.«

Dennoch war ihm seine Enttäuschung deutlich anzusehen. Aber sie war nicht verantwortlich dafür, dass es in Krammers Leben niemanden zu geben schien, wegen dem er nach Hause wollte.

69.

Mit Schwung ließ Alexa sich auf ihr Bett fallen. Mittlerweile hatte sie das Zimmer beinahe lieb gewonnen, in dem sie so sehr mit sich und der Welt gehadert, aber auch ihren ersten großen Fall gelöst hatte. Sie hoffte, dass sie sich in der Pension in Weilheim ebenso wohl fühlen würde. Sie drehte sich auf die Seite, stützte die Ellenbogen auf und betrachtete die Unordnung im Raum. Überall lagen benutzte Kleidungsstücke herum, die sie abends bloß eilig ausgezogen hatte, und ihre Schuhe bildeten ein beinahe kunstvolles Durcheinander. Kreatives Chaos hatte sie immer schon gerne verbreitet – nur nicht an ihrem Schreibtisch.

Eigentlich müsste sie noch packen, aber im Grunde hatte sie dazu heute keine Lust. Lieber würde sie morgen ein wenig früher aufstehen.

Die frische Luft auf dem Heimweg hatte ihre Sinne wieder belebt und die bleierne Müdigkeit von vorhin verjagt. Vielleicht hatte es aber auch an Krammer gelegen, der immer ein wenig behäbig wirkte und nicht gerade vor Lebendigkeit sprühte.

Sie griff nach ihrem Smartphone und schrieb eine Nachricht an Line, dass der Fall gelöst war und ob sie Lust hätte, kommenden Freitag mit ihr auszugehen. Denn jetzt gab es keinen Grund mehr, sich das Konzert von Konstantin Bergmüllers Band entgehen zu lassen. Sie hatte noch nie auf einer Gästeliste gestanden, und Tanzen war genau das Richtige, um die Anstrengung der vergangenen Tage wettzumachen.

Aber jetzt wollte sie erst einmal ihre Mutter anrufen und berichten, dass es ihr gelungen war, den Fall zu lösen. Und ihr sagen, wie unglaublich dankbar sie war, sie an ihrer Seite zu haben.

»Hi, ich bin es. Du willst mir doch bestimmt zu meinem ersten Ermittlungserfolg gratulieren, oder?«

Lebhaft beschrieb Alexa ihrer Mutter, wie sie den entscheidenden Hinweis gefunden und den Täter schließlich nach einer Verfolgungsjagd quer durch die Auen gestellt hatte. Aber auch, dass sie dafür zwei Mal hatte schießen müssen und dass ihr das noch immer nachging.

»Das verstehe ich gut. Wird es ein Ermittlungsverfahren gegen dich geben? Weil du auf den Mann geschossen hast?«

»Das wird es, natürlich. Das ist Vorschrift, wenn die Schusswaffe eingesetzt wurde. Aber du musst dir keine Sorgen machen, ich habe nichts getan, was unangemessen gewesen wäre, und der Mann ist wohlauf. Er hat auch, ohne zu zögern, alles gestanden. Aber natürlich wäre es mir lieber gewesen, er hätte sich direkt ergeben ... Stell dir vor, er wollte Rache nehmen wegen seiner verkorksten Kindheit!«

»Solche Traumata sind sicher nicht zu unterschätzen, Alexa.«

Susanna klang gerade fast wie Krammer. Vielleicht lag das am Alter. »Du hörst dich genau wie mein österreichischer Kollege vorhin beim Abendessen an«, sagte Alexa lachend.

»Ihr wart zum Essen aus?«, fragte ihre Mutter erstaunt.

»Ja, Krammer hatte die Idee, gemeinsam den Abschluss des Falles zu feiern.«

»Ganz alleine?«, hakte Susanna nach.

Alexa kannte ihre Mutter in- und auswendig und bemerkte den seltsamen Unterton bei ihrer Frage.

»Ja. Alleine. Wieso fragst du? Immerhin sind wir Kollegen.«

»Nichts. Ich ... Es ist nur, weil du mal erwähnt hast, dass du ihn nicht magst.«

Alexa setzte sich auf. Etwas an der Unterhaltung war seltsam. Natürlich: Sie hatte wieder nur an sich gedacht. War so mit dem Fall beschäftigt, dass sie nicht einmal gefragt hatte, wie es ihrer Mutter ging, jetzt, wo sie nicht mehr um die Ecke wohnte. Sie war eine absolute Idiotin!

»Sorry, ich erzähle die ganze Zeit nur von mir«, räumte sie deshalb rasch ein. »Nun mal zu dir: Wie geht es dir? Alles okay?«

Die Leitung blieb still, und für einen Moment dachte Alexa schon, das Gespräch sei unterbrochen worden. Doch dann hörte sie ihre Mutter am anderen Ende tief seufzen.

»Mama? Alles in Ordnung?«, fragte Alexa, die plötzlich Sorge hatte, dass mit ihrer Mutter etwas nicht stimmte. Dass sie nicht nur wegen der Kilometer, die zwischen ihnen lagen, so anders war.

»Ich hatte mir dieses Gespräch nicht so vorgestellt, mein Schatz, wirklich«, begann Susanna zögerlich. Wieder hielt sie inne, und es hörte sich für Alexa beinahe an, als würde ihre Mutter weinen. Das wäre das erste Mal seit sehr langer Zeit und beunruhigte sie noch mehr.

»Jetzt machst du mir Angst, Mama. Ist etwas mit dir?«
»Um Himmels willen, nein, mit mir ist alles in Ordnung.«

Erst nach einer Weile und mit langer Vorrede rückte sie

mit einer Geschichte heraus, die Alexa nicht kannte: Sie begann vor vielen Jahren bei einer Seminarreise nach Österreich. Alexa befürchtete schon, dass ihre Mutter irgendetwas ausgefressen hatte, dort polizeilich gesucht wurde und jetzt Sorge hatte, es könne ihrer Tochter schaden.

Umso weniger hatte sie damit gerechnet, was dann kam: Sie hatte damals jemanden kennengelernt. Es gab eine kurze Affäre. Das wusste sie bereits. Aber nicht den Namen des Mannes: Er hieß Bernhard.

Als ihre Mutter es aussprach, dachte Alexa, es handele sich um eine Verwechslung. Krammer lebte alleine, das wusste sie. Er war geschieden. Etwas in ihr weigerte sich vehement, die Konsequenz anzunehmen, die sich unweigerlich aus dieser Geschichte ergab. Es musste sich einfach um einen Irrtum handeln.

Aber dann sagte ihre Mutter diesen einen Satz, der Alexa keine Möglichkeit ließ, ihn zu missdeuten: »Danach war ich schwanger, und es gibt keinen Zweifel, wer dein Vater ist.«

Und plötzlich ergab alles einen Sinn: Krammers seltsame Atempause, nachdem sie ihm bei ihrem ersten Telefonat ihren Namen genannt hatte. Wie er sie bei ihrer Begegnung in der Gerichtsmedizin prüfend angesehen hatte.

Ständig hatte er sie beobachtet. Und dann all seine Fragen. Vor allem die an diesem Abend, vor etwas mehr als einer Stunde. Wie er sie verhört hatte, die Fragen nach ihrem Vater. Er ahnte es.

»Ich habe ihm nie verraten, dass ich ein Kind erwartete. Wir kannten einander kaum, hatten nicht einmal unsere Adressen ausgetauscht und nie wieder Kontakt aufgenommen. Ich hätte auch gar nicht gewusst, wie ich ihm das beibringen soll. Außerdem wusste ich, dass ich es alleine schaffen konnte. Aber du bist Bernhard Krammers Tochter. Als du zur Polizei wolltest, dachte ich schon, dass du wohl viel von ihm in dir trägst. Aber ich bin immer davon ausgegangen, dass ihr euch niemals begegnen würdet. Selbst jetzt … Ich dachte, er würde nie aus Wien wegziehen. Er liebte die Stadt so sehr … Also, wenn du auf jemanden sauer sein willst, dann auf mich. Ihn trifft keine Schuld. Und ich überlasse es dir, ob du es ihm sagen willst.«

Alexa schloss für einen Moment die Augen, hörte auf das Echo in ihren Ohren, wo das Gesagte widerhallte. Und sie fühlte, wie in diesem Moment etwas in ihr zerbrach.

»Ich weiß, ich hätte dir das früher sagen müssen, aber ich dachte … und ich wusste nicht wie … Alexa, sag doch was!«

Aber das konnte sie nicht. Nicht heute. Ohne ein weiteres Wort legte Alexa auf.

70.

Nach einer unruhigen Nacht hatte Alexa am Morgen ihre Sachen in der Pension zusammengepackt und war endlich nach Weilheim gefahren. Für einen Moment verharrte sie auf dem schmalen Weg, der zum Eingang der Polizeiinspektion führte. Erst vor etwas mehr als einer Woche war sie hier Brandl und Huber begegnet. Unfassbar, was in dieser kurzen Zeit alles passiert war. Sie blickte zu dem Gebäude auf, zog den Kragen ihrer Jacke enger. Dann zwang sie sich, ihre Niedergeschlagenheit zur Seite zu schieben, schulterte energisch ihre Tasche und humpelte zum Eingang.

Sie schob die Türe auf, betrat den menschenleeren Flur und folgte den Hinweisschildern. Die Treppe führte sie in den ersten Stock hinauf, in dem ihr Büro sein sollte. Es roch frisch nach einem Putzmittel mit Zitrone, und ein Fenster stand offen und ließ kalte Morgenluft hinein.

Sie nahm die letzten Stufen und stutzte für einen Moment, als sie an der Glastür ein großes Pappschild entdeckte: *Herzlich willkommen, Alexa Jahn!*

Sie wusste nicht, ob es an dieser unerwarteten Begrüßung, an der Anstrengung ihres ersten Falls unter eigener Leitung oder an der gestrigen Eröffnung ihrer Mutter lag, doch es gelang ihr nur mit Mühe, die Tränen zurückhalten. Als sie unten das Geräusch einer Tür hörte, blinzelte sie kurz, wischte sich über die Augen und beeilte sich, in ihre neue Abteilung zu kommen.

Kaum hatte sie die Tür zur ersten Etage aufgeschoben, drangen schon die geschäftigen Geräusche ihrer Kollegen an ihr Ohr, die sie wieder ein wenig beruhigten. Ein Kopf lugte aus einem der Büros, und kurz darauf kam ihr Stein entgegen.

»Servus«, begrüßte er sie. »Dein Büro ist hier hinten. Komm, ich führe dich herum.«

Er zeigte ihr den großen Besprechungsraum am Ende des Flurs, die Küche, in der eine Kaffeemaschine, ein Kühlschrank und ein kleiner Tisch mit Stühlen stand, den Kopierraum, in dem sie auch alle Büroartikel finden würde, die sie brauchte. Dann stellte er ihr Lotti Baier, die Sekretärin, vor, die mit ihrem blonden Lockenkopf einen quirligen Eindruck machte.

Zuletzt brachte er sie in ihr Büro, das sie sich offenbar mit Florian Huber teilte, der aber seinen Dienst noch nicht begonnen hatte. Der Raum war hell, die beiden Wände hinter den Schreibtischen waren mit Schränken und Regalen gesäumt, und der Blick aus dem Fenster fiel auf ein paar Bäume. Sie fühlte sich auf Anhieb wohl in Zimmer 23.

Als sie ihre Tasche abstellte, bemerkte sie den hübschen Blumenstrauß, den ihr vermutlich die Sekretärin zur Begrüßung auf den Tisch gestellt hatte. Das Ganze machte sie verlegen, weil sie den längst fälligen Einstand völlig vergessen hatte. Doch bevor sie sich damit näher beschäftigen konnte, hörte sie hinter sich freudige Stimmen.

»Das gibt's ja gar nicht!«, meinte Stein, der über das ganze Gesicht strahlte. »Wen haben wir denn da?!«

Neugierig trat sie auf den Gang und traute ihren Augen nicht, als Florian Huber Brandl in einem Rollstuhl in ihre Richtung schob. Auch alle anderen waren aus ihren Büros gekommen und standen Spalier.

»Ich wollte es mir nicht nehmen lassen, dich heute hier mit dem ganzen Team endlich offiziell zu begrüßen«, brachte Brandl hervor, der schmaler geworden war, seit sie ihn zuletzt gesehen hatte. »Und vor allem wollte ich dir zu deinem Ermittlungserfolg gratulieren. Der Florian hat mir schon alles genau berichtet. Einen besseren Start bei uns hätte ich mir kaum vorstellen können.«

Gerührt blickte Alexa zu Boden. Schnell fing sie sich, stemmte ihre Arme in die Seiten und fragte: »Wo kann ich denn jetzt am besten was zu essen herbekommen? Ich finde, das schreit nach einem schönen Frühstück zum Einstand.« Dann wandte sie sich an Stein. »Leider müsste ich mir dafür wieder ein Auto leihen …«

»Ach was, ich fahr schnell mit dir«, sagte er. »Ich weiß, wo es die besten belegten Semmeln gibt. Vor allem, wenn du bezahlst!« Er lachte und klopfte ihr auf die Schulter.

»Und ich setze derweil den Kaffee auf und richte im Besprechungsraum alles her«, schlug Lotti Baier vor.

Als Alexa kurz darauf hinter ihrem Kollegen die Treppe hinablief, dachte sie erleichtert, dass Oberbayern vielleicht doch gar nicht so schlecht war, wie sie zu Anfang geglaubt hatte. Sie würde hier schon zurechtkommen, da war sie sich sicher.

NACHWORT

Meine neue Serie spielt in einer wunderschönen Grenzgegend, dem Isarwinkel und dem Karwendelgebirge. Manche der Orte, die ich in diesem Roman beschrieben habe, gibt es tatsächlich. Auch einige Lokationen wie den Bunker in Lenggries – in dem wirklich der allerbeste Kaiserschmarrn serviert wird –, die Fröhlichgasse in Bad Tölz oder das Café Central in Innsbruck existieren. Die Polizeiinspektionen und die Rechtsmedizinischen Institute, die Seen und Berge gibt es ebenfalls. Sogar die Geschichte des Ortes Fall ist wahr.

Viele der Gebäude oder Wegbeschreibungen entspringen aber meiner puren Phantasie: So wie das Haus, in dem die Greitnerin wohnt, oder die Schutzhütte, die oberhalb des Draxlhangs stehen soll.

Vor allem aber die Menschen, die ich erwähnt habe, genauso wie ihre Geschichten sind reine Erfindung. Sollte es dennoch Namensgleichheiten oder charakterliche Ähnlichkeiten geben, so sind diese zufällig und keinesfalls beabsichtigt.

Natürlich inspirieren mich immer auch reale Geschichten. Aber für das Schreiben meiner Romane reichen winzige Details, die den Ausgangspunkt bilden und die ich dann weiterentwickele. Wenn meine Figuren dennoch echt wirken, man die Szenen, die ich beschreibe, direkt vor sich sieht, ist es mir gelungen, ihnen Leben einzuhauchen. Und das wäre eines der größten Komplimente für mich.

Wer also auf den Spuren meiner Romane wandern will, wird sich dabei schwertun. Nichtsdestotrotz ist die Gegend wirklich wunderschön und eine Reise wert. Und vielleicht treffen Sie mich dort irgendwo, wenn ich für den nächsten Teil recherchiere ...

DANKSAGUNG

Ganz zum Schluss darf ich hier noch die vielen Menschen nennen, die mich während der Entstehung dieses Buches und im normalen Leben im letzten Jahr begleitet haben.

Meiner Lektorin Iris Kirschenhofer danke ich für ihr Vertrauen, die tolle Zusammenarbeit und ihren wunderbaren Humor.

Ein Dankeschön geht erneut an Carlos Westerkamp, dessen sprachliche Politur meinen Büchern zu wahrem Glanz verhilft.

Großer Dank gilt meinen geduldigen polizeilichen Beratern, die all meine Fragen kompetent beantworten: Kriminalhauptkommissar Ludwig Waldinger vom BLKA München, der, ohne es zu wissen, bei einem Vortrag die Initialzündung zu der Serie gab, sowie Toni Walder, Tiroler Chefinspektor a. D., der mir nicht nur die Abläufe in Innsbruck erklärte, sondern mich auch mit Fotos und Informationen versorgte. Außerdem danke ich Bolha und ihrem Frauchen, die mir alles übers Mantrailing beibrachten.

Besonders erwähnen möchte ich auch einige Kollegen, die mir mit Rat und Tat zur Seite standen. Dieses Mal waren es die charmanten Österreicher Bernhard und Jennifer, die mir halfen, die feinen Unterschiede zwischen den Ländern zu finden, und Manuela, die mir polizeiliche Werdegänge erklärte.

Auch meinen Testlesern danke ich, allen voran Sabine, die es sich selbst im Umzugsstress nicht nehmen ließ, mein Buch zu checken. Außerdem natürlich Daniela, Stephanie und Vanessa.

In dem zurückliegenden Jahr waren meine Freunde wichtiger denn je. Euch sei von ganzem Herzen gedankt, dass ihr mir in dieser Zeit zur Seite gestanden habt, mir meine Ruhe gelassen habt, wenn ich sie brauchte, mir zugehört habt, wenn ich reden musste, und mich immer wieder zum Lachen gebracht habt.

Vor allem aber sage ich danke an meinen großartigen Mann und meine beiden besten Jungs: Wir sind die vier Musketiere. Zusammen unschlagbar!

**HAT IHNEN DER ERSTE FALL VON ALEXA JAHN
UND BERNHARD KRAMMER GEFALLEN?**

Dann lesen Sie gleich weiter –
hier die exklusive Leseprobe
zum zweiten Band

Ihr Schrei
in der Nacht

Ab Frühjahr 2022 überall da, wo es Bücher gibt.

PROLOG

Der Schnee knirschte unter den Sohlen ihrer dicken Fellstiefel. Es war das einzige Geräusch, das sie ausmachen konnte. Die dicht fallenden Schneeflocken verschluckten jeden anderen Laut. Bis zur Hälfte des Schienbeins sank sie in den Neuschnee ein und schwitzte schon vor lauter Anstrengung, trotz der eisigen Kälte. Zum Schutz senkte sie den Kopf, konnte ohnehin kaum die Hand vor Augen sehen. Sie musste sich einfach geradeaus halten, bis die ersten Häuser in Sicht kamen.

Warum war sie nur so spät losgefahren? Im ersten Moment war sie wütend auf den Taxifahrer gewesen, hatte ihm die Schuld in die Schuhe geschoben, weil er sich geweigert hatte, sie bis zu ihrem Elternhaus zu bringen. »Unbefahrbar. Ich bin doch nicht lebensmüde«, hatte er bloß geantwortet und sich weder mit Worten erweichen noch mit Geld bestechen lassen, sie weiter als zum Loipenparkplatz Beim Dannerer zu bringen. Er war einfach umgedreht und hatte sie dort mit ihrer Tasche stehen lassen.

In Wahrheit trug sie selbst die Verantwortung dafür, dass sie diesen Marsch jetzt unternehmen musste. Wie jedes Mal hatte sie ihre Abfahrt bis zum allerletzten Moment hinausgezögert. Dabei waren sämtliche Wettervorhersagen katastrophal gewesen, und ihre Mutter hatte ihr mehrmals auf den Anrufbeantworter gesprochen, dass die Verkehrsbedingungen ausgesprochen schlecht waren und sie sich Sorgen mache, dass Juliane nicht heil nach Hause kommen würde. Es half nichts – sie hatte sich das selbst eingebrockt.

Aber vor ein paar Stunden war die Vorstellung, das warme Bett zu verlassen, in dem sie mit David gelegen hatte, der immer wieder sanft die empfindliche Stelle an ihrem Hals küsste, und stattdessen in die eisige Kälte einzutauchen, die seit ein paar Tagen in Oberbayern herrschte, keine reizvolle Alternative gewesen. Deshalb hatte sie ihre Bedenken einfach stumm gestellt und lachend die Decke über ihre Köpfe gezogen, um noch einmal in der Wärme seiner Umarmung zu versinken und seine Zärtlichkeiten zu genießen, von denen sie beide nicht wussten, wohin sie führen würden. Für sie zählte nur dieser Moment, und David war eindeutig das beste Geburtstagsgeschenk, das sie sich vorstellen konnte.

Nun ärgerte sie sich jedoch. Wenn sie weiterhin in dem Tempo vorwärtskam, würde sie erst weit nach 19 Uhr das Haus ihrer Eltern erreichen. Den Kirchgang würden sie bei der Witterung sowieso ausfallen lassen, insofern wäre die Uhrzeit im Grunde kein Problem. Aber sie ahnte, wie frostig die Begrüßung sein würde, wenn sie sich so sehr verspätete, das Gemüse längst verkocht und der Braten trocken war. Sie spürte sie schon, die Blicke ihres Vaters, der noch nie etwas für sie übriggehabt hatte. »Stundenlang steht deine Mutter in der Küche, reibt sich auf für dich. Und das ist dein Dank?! Na sauber.«

Sie hielt kurz an, blickte in den dunklen Nachthimmel. Kein Stern war zu sehen, nichts als Millionen weißer Punkte, die sich aus den Wolken entluden. Unaufhörlich. Und es wurden immer mehr. Nur die höheren Schneemassen auf den

Seitenstreifen ließen erahnen, wo die Straße ungefähr entlangführte. Wenn der Wind weiter so kräftig über das Land zog, konnten die Schneewehen sie jedoch täuschen. Zwar war sie hier groß geworden und kannte die Gegend wie ihre Westentasche – doch sie wusste auch, wie gefährlich es in dieser Jahreszeit sein konnte, alleine im Schnee zu laufen.

Mit zitternden Händen zog sie ihr Handy hervor, um kurz ihre Mutter anzurufen. Aber wie schon befürchtet, hatte sie keinen Empfang. In dem Tal gab es so manche Lücke im Funknetz. Also nahm sie Tempo auf, um zügig nach Hause zu kommen.

Sie tröstete sich damit, dass es dort warm war, ein leckeres Essen auf dem Herd stand, das sie für die körperlichen Strapazen entschädigen würde. Kurz flammte die Erinnerung an David auf und entlockte ihr einen tiefen Seufzer. Nein, sie durfte nicht an ihn denken, sonst würde sie sofort wieder umdrehen.

Natürlich freute sie sich auf ihre Mutter und war gerührt gewesen, dass sie sie an ihrem Geburtstag bekochen wollte. Sie sei so mager und sie würde ihr Lieblingsessen machen: Schweinebraten mit Blaukraut und Knödeln. Und zum Nachtisch noch eine richtige Geburtstagstorte. Aber mit ihrem Vater an einem Tisch zu sitzen weckte schlimme Erinnerungen. Nicht nur, dass er die meiste Zeit übel roch. Er schien seinen Schweiß zu lieben, ihn als Bestandteil seiner selbst zu sehen, den andere genauso zu ertragen hatten wie seine Bosheiten und seine schlechten Manieren. Nach jeder Mahlzeit, die in der Regel schweigend verlief, schob er seinen Teller von sich, lehnte sich zurück und rülpste laut. Sie war sich sicher, er tat es, weil ihre Mutter sich so sehr davor ekelte, dass sie sofort aufhörte zu essen. Schließlich sollte sie nicht fett werden, das sagte er ihr immer wieder. Danach rieb er sich seinen ausladenden Bauch und begann mit den Fingernägeln seine Zahnzwischenräume zu reinigen.

Juliane verzog sich jedes Mal rasch in die Küche, ihre Mutter brachte ihm sein Bier und stellte den Fernseher an. Erst dann konnte der gemütliche Teil des Abends beginnen, wenn sie dort gemeinsam am kleinen Ecktisch saßen und mit gedämpfter Stimme Neuigkeiten austauschten, bis es Schlafenszeit war.

Nachdem sie eine weitere Kurve gelaufen war, spähte sie in den dichten Flockenvorhang und hoffte, schon die erleuchteten Fenster des geduckten Holzhauses zu sehen. Aber sie war noch immer zu weit weg.

Auch dem war sie entflohen. Den dunklen Räumen mit viel zu winzigen Fenstern, die kaum Helligkeit nach innen ließen. Den fast schwarz gebeizten, massiven Holzmöbeln und dem stickigen Geruch nach verbranntem Holz, der sich auf die Stimmbänder legte und das Atmen erschwerte.

In der Ferne tauchten plötzlich helle Scheinwerfer auf. Erst dachte sie, sie würde es sich nur einbilden, aber dann hörte sie es: Ein Schneemobil kam auf sie zu. Erleichtert stellte sie sich mitten auf den Weg, hob die Arme und winkte, damit der Fahrer sie sehen konnte. Bestimmt war es jemand von der Bergwacht, der sie sicher nach Hause fahren konnte.

Als das Fahrzeug vor ihr zum Stehen kam, strahlten die hellen Scheinwerfer ihr direkt ins Gesicht. Geblendet wandte sie den Kopf ab und musste blinzeln. Als sie wieder hochsah, hob sie die Hand zum Schutz, doch bevor sie erkennen konnte, wer vor ihr stand, spürte sie einen harten Schlag an der Schläfe, der helle Lichtpunkte vor ihren Augen tanzen ließ.

»Nummer fünf«, hörte sie eine tiefe Männerstimme sagen. »Jetzt kann die Party beginnen.«

Und während sie zu Boden sank, in den weißen Schnee, wärmte ein Rinnsal von Blut ihre Wange.

Sie können den nächsten Roman von
ANNA SCHNEIDER
kaum erwarten?
Wir informieren Sie über diese und weitere
spannende Neuerscheinungen
mit unserem kostenlosen Newsletter.

Hier können Sie sich anmelden:
fischerverlage.de/unterhaltungsnewsletter

Jörg Maurer
Den letzten Gang serviert der Tod
Alpenkrimi

Geschmackvoll stirbt's sich besser: der dreizehnte Fall für Kommissar Jennerwein.
Noch durchzieht ein verführerisch aromatischer Duft die Restaurantküche des ›Hubschmidt's‹. Aber der Raum voller blitzender Töpfe, Tiegel und Messer ist ein Tatort. Kommissar Jennerwein findet schnell heraus, dass das Opfer Mitglied eines exklusiven Hobby-Kochclubs war. Aber wem nützt der Tod des Feinschmeckers: dem Chefkoch, der nach dem zweiten Stern giert? Dem veganen Oberförster, der heimlich durch den Wald streift? Nebenbuhlern und Rivalen? Nur Jennerweins Blick fürs Wesentliche kann den wahren Täter überführen …

416 Seiten, Klappenbroschur

Weitere Informationen finden Sie auf
www.fischerverlage.de

AZ 651-02589/1

Stephan Ludwig
**ZORN 10 -
Zahltag**
Thriller

Endlich! Hauptkommissar Claudius Zorn und seine Freundin, Oberstaatsanwältin Frieda Borck, sind zusammengezogen. Trautes Heim, Glück allein. Doch ein heikler Fall verlangt Frieda vor Gericht alles ab. Und auch Zorn und Schröder werden ins Landgericht gerufen, zur Leiche einer Frau, die seit drei Tagen in einer Toilettenkabine lag. Wie konnte ihr Tod so lange unbemerkt bleiben? Noch dazu, da die Frau eine wichtige Zeugin in Friedas Prozess war? Als sich die Anzeichen häufen, dass es sich um Mord handeln könnte, werden Zorn und Schröder hellhörig. Doch noch bevor sie die Ermittlung aufnehmen können, kommt Zorn unter Lebensgefahr ins Krankenhaus ...

384 Seiten, broschiert

Weitere Informationen finden Sie auf
www.fischerverlage.de

AZ 596-70501/1

Eva Ehley
Falscher Glanz
Ein Sylt-Krimi

In einem Kampener Juwelierladen wird der extrem attraktive Verkäufer Adnan Jashari tot aufgefunden. Seine Kehle ist durchgeschnitten, in seinen Augenhöhlen stecken zwei teure Ohrringe. Erste Ermittlungen ergeben, dass der Tote aus einem kriminell aktiven arabischen Clan stammt, der in Berlin lebt. Weil auf seinem Konto größere Geldsummen bewegt wurden, vermutet man einen Fall von Geldwäsche. Als Winterberg, Kreuzer und Blanck jedoch von Jasharis Verhältnis mit seiner erheblich älteren Chefin erfahren, kommt auch Eifersucht als Motiv in Frage. Doch dann bringt die Entdeckung einer weiteren, ebenfalls mit Schmuck dekorierten Leiche alle Theorien zum Einsturz …

304 Seiten, broschiert

Weitere Informationen finden Sie auf
www.fischerverlage.de

AZ 596-70266/1